DON BOTH

Immer wieder Verführung

The End

Immer wieder Verführung – The End

Deutsche Erstausgabe Dezember 2014

© Don Bothbethy86@hotmail.de

https://www.facebook.com/pages/DonBoth/248891035138778

Lektorat: Belle Molina, Sophie Candice

Korrektorat: Mandy Heskamp, Sophie Candice

Cover: Babels

Erschienen im

A.P.P.-Verlag

Peter Neuhäußer

Gemeindegässle 05

89150 Laichingen

ISBN Mobi: 978-3-945164-97-6
ISBN e-pub: 978-3-945164-98-3
ISBN Print: 978-3-945164-99-0

Dieser Roman wurde unter Berücksichtigung der neuen deutschen Rechtschreibung verfasst, lektoriert und korrigiert.

Für meine Leser

›Immer wieder Verführung‹
The End

Würdest du töten, um das Leben deiner Liebe zu retten?

Das Ende einer Ära ...

1. DIE VERSCHMELZUNG

Tristan ›helpful‹ Wrangler

Mmmm, meine Schlampe sah heute wieder mal zum Anbeißen aus, als sie zu mir kam. Ihre langen Beine steckten in engen schwarzen Jeans, die kleinen Füßchen in Turnschuhen, was mich aber nicht störte. Ihren Oberkörper umschmeichelte ein dunkelblauer Pullover mit V-Ausschnitt, der sofort meinen Blick fesselte. Ich mochte es, wenn sie so was trug, denn ich liebte ihr Dekolleté.

Das Haar hatte sie wieder mal, wie so häufig, zu einem Pferdeschwanz hochgebunden, der ihr aber trotzdem bis über die Schulterblätter reichte. Ihr Gesicht war leicht geschminkt, die Tusche ließ ihre Wimpern noch länger erscheinen, als sie von Haus aus waren. Der zarte Lippenstift, passend zu ihren rosa Wangen, brachte mich in Versuchung und erlöste mich nicht von dem Bösen.

Sie war nicht aufgestylt, trug weder Markenkleidung noch High Heels oder einen Push up BH.

Und doch war sie göttlich.

Ihre Rundungen zwangen mich immer wieder dazu, an unanständige Dinge zu denken.

Dann war da noch ihr hübsches Gesicht mit dem makellosen Teint. Diese ausdrucksstarken großen Augen ... der feine Hals ... diese schönen winzigen Hände, die mich immer instinktiv wissend berührten. Ich hätte Ewigkeiten so weitermachen können, denn es gab keinen einzigen duftenden Zentimeter an ihr, der mir nicht gefiel. Fuck, ich wollte sie schon wieder, dabei war sie doch gerade erst in meinem Büro angekommen.

»Hi«, murmelte sie sanft und hängte ihren Mantel, aus dem sie sich gerade geschält hatte, an den Haken neben der Tür. Mir fiel sofort auf, wie kraftlos sie grüßte, und ich mochte es nicht.

»Hi?«, antwortete ich misstrauisch, hob eine Augenbraue, drehte mich mit dem Bürostuhl komplett zu ihr und legte die Fingerspitzen ausgestreckt aneinander, während ich sie darüber hinweg betrachtete.

Sie blieb im Eingang stehen, ihr Blick glitt zwischen meinem Gesicht und meinem Körper hin und her. Ihre Wangen wurden ziemlich rot. Oh ja. Mia wollte mich genauso wie ich sie. Vielleicht kam ihr auch unser letztes Mal in den Sinn, was sie zusätzlich anheizte und mich noch schärfer auf sie machte.

Ich sah natürlich ebenfalls heiß aus, in meinem schlichten weißen Hemd und der tief sitzenden Jeans.

»Was hast du heute mit mir vor?«, fragte sie, und ich konnte am Tonfall heraushören, dass sie schon jetzt ziemlich aufgeregt war. Klar. Sie wusste nie, was ich mir ausgedacht hatte. Ob ich sie wieder mal in die Hölle schicken und vor Fremden ficken oder ob ich sie einfach nur ficken und damit in den Himmel befördern würde.

Heute ... war der Himmel dran.

Denn ehrlich gesagt hatte ich so was wie ein verdammt schlechtes Gewissen wegen der Eva-Sache. Mir hätte klar sein sollen, dass Mia mir nicht verzeihen würde wenn ich mich mit ihrer schlimmsten Feindin verbündete. Dass sie trotzdem noch da war, war der alles erbringende Beweis: Mia Engel liebte mich tatsächlich. Und änderte somit einiges ...

Eva Eber liebte mich zwar auf ihre Art ebenfalls, nur gestalteten sich ihre Gefühle oftmals ziemlich krankhaft und hatten nichts mit der Bedingungslosigkeit Mias gemein. Allein Evas Hartnäckigkeit war erschreckend. Während meiner Knastzeit hatte sie mich ununterbrochen mit Briefen zubombardiert, obwohl ich keinen einzigen davon beantwortet hatte. Als ich dann entlassen wurde, kam sie dahinter, wo sich mein Club befand, und stand eines Abends plötzlich tränenüberströmt vor mir. Ich schickte sie weg, Abend für Abend. Dennoch hatte sie nicht locker gelassen. Das war ungefähr zu der Zeit, als die ersten Schwulengerüchte kursierten, weil der Ficker keinen Bock auf Schlunzen hatte und vehement seinen Dienst verweigerte – oh ja, ich, Tristan Wrangler, war bei anderen Frauen außer Mia Engel impotent! Sie hatte mich zu einem wortwörtlichen Schlappschwanz gemacht! Daher entschloss ich mich, zum Teil aus Trotz, aber auch, um endlich diesen homophoben Sprüchen zu entgehen, Eva Eber zur Alibifreundin zu nehmen. Nichts weiter. Eva war schon glücklich, wenn sie mit mir in der Öffentlichkeit angeben durfte. Jeder, der uns kannte, wusste auch noch, dass wir so etwas wie eine Beziehung führten, und so suhlte sie sich in meinem Ansehen wie eine Sau im Dreck, was ihr genügte. Ansonsten ließ sie mich in Ruhe, zumindest überwiegend.

Doch als hätte sie geahnt, dass Mia wieder in mein Leben getreten war, wurde sie urplötzlich penetrant, rief mich ungeplant an, schlug in ihrem Wahnsinn vor, einfach so vorbeizukommen und nutzte jede Gelegenheit, mich zu betatschen!

Was dachte sich die Oberhobelschlunze eigentlich?

Ihre intriganten Spielchen hatte ich so satt! Schon damals. Auch heute hätte sie beinahe einen Keil zwischen Mia und mich getrieben. Doch das würde ich nicht mehr zulassen. Nie wieder. Langsam schlich sich komplett das alte Schema ein, zu dem auch unsere Stärke gehörte …

Denn Eva war mit ihrem unterbewussten Trennungsversuch alles andere als erfolgreich. Mia Marena war schließlich hier – bei mir.

Die Erleichterung, dass sie nicht endgültig gegangen war, hing gestern bedeutungsschwer in der Luft. Allein deshalb konnte sie mir das Versprechen abringen, nicht mehr so zu sein. Wir wussten beide, was das bedeutete … Keine Erniedrigungen und Demütigungen … Zumindest keine, die sie zerstören würden.

Ich stand auf und ging zu meinem Schrank, aus dem ich einen vorbereiteten Korb barg, und fühlte mich wieder mal wie Rotkäppchen, als ich Mia wortlos meinen Arm anbot. Sie hakte sich ohne zu zögern ein und strahlte.

Amüsiert verdrehte ich die Augen und führte sie durch die Galerie zum hinteren Teil des Grundstücks – auch ›Garten Eden‹ genannt –, der zur Außenanlage meines speziellen Clubs gehörte. Im Sommer konnte man hier draußen die frische Luft genießen, weshalb überall große Rattan-Himmelbetten und andere Fickmöglichkeiten (zum Beispiel auch auf einem Baum, in einer Höhle et cetera) verteilt waren. Es gab verschiedene Schnitzeljagd-Stationen, mit Liebesschaukeln und Bullen, inklusive Dildo-Rücken, auf dem die Frauen Rodeo reiten konnten. Ein Vergnügungspark für Erwachsene. Man konnte es sogar in einer kleinen Achterbahn treiben, das war aber für die besonders gewagten. Es schlängelten sich Wege über die weiträumige Anlage, versteckte Bänkchen standen hinter riesigen Bäumen, versaute Statuen säumten die Alleen. Alles war mit Flutlicht und Nebelmaschinen wunderbar in Szene gesetzt und erinnerte an einen mystischen, aber gleichzeitig verruchten Ort.

Mia sah mich groß an, als ich sie hinausführte. Zwar regnete es nicht, war jedoch ziemlich kalt und die Feuchtigkeit hing penetrant in der Luft. Am Ende des Gartens erreichten wir den geplanten Zielort.

Sie erkannte nicht gleich, wo wir waren, weil dichter Nebel uns umgab. Erst als wir nähertraten, konnte sie die Therme ausmachen, zu der ich sie führte. Ihr Keuchen verriet, wie beeindruckt sie war. Ich hatte ein paar Tausender für die Anlage hingeblättert, aber dafür war sie jetzt der Hit – besonders mit dem Farbenspiel unter Wasser. Der sprudelnde Quell lag etwas versteckt und über ihm erstreckten sich die Blätter einer großen Weide. Alles war aus glattem Vulkanstein gefertigt, es gab keine Ecke und keine Kante und wurde sanft erleuchtet. Die Farben wechselten zwischen rot, gelb, orange, und lila. Es gab nichts Kaltes, nichts Hartes (bis auf meinen Ficker). Nur Wärme und Hitze.

»Wow!«, lautete Mias erster Kommentar, der mich zum Grinsen brachte. Klar. Es war auch wirklich ›wow‹. Wenigstens ein paar Vorteile meiner Welt.

»Hm-Hm.« Ich näherte mich ihr von hinten, konnte nicht widerstehen und schlang meine Arme um ihren flachen Bauch. Sogleich öffnete ich den Knopf ihrer Hose, strich mit der Nase über ihren Hals. Roch ... fühlte ... lächelte ... Dusslig!

Sie erschauerte und wand sich etwas, wobei sich ihre weichen Arschbacken an meinem Ficker rieben. Uhhh. Ich musste da jetzt rein ... Natürlich in das heiße Wasser, denn hier draußen fror man sich sämtliche Körperteile ab.

Der Nebel umspielte uns immer noch, als sie sich umdrehte und mich vorsichtig entkleidete. Knopf für Knopf öffnete sie zaghaft mein Hemd, schaute mir dabei in die Augen und küsste jeden Zentimeter freigelegter Haut. Ich ließ es zu ... Mit meiner linken Brust beschäftigte sie sich besonders ausgiebig, umsorgte jeden Zentimeter unter der Tätowierung, bevor sie ihre vollen Lippen um meinen Nippel schloss und behutsam daran saugte. Mit einem rauen Knurren zog ich den Gummi aus ihren Haaren, sodass sie sich über ihre zarten Schultern und vorwitzigen Brüste ergossen, und ließ meinen Kopf nach hinten fallen, während ich genüsslich die Hände in ihren samtig weichen braunblonden Locken vergrub und sie zerwühlte.

Ich liebte es, sie mit der Faust zu packen und ihren Kopf zurückzuziehen, um ihr die gewünschte Richtung zu weisen. Das tat ich auch jetzt, aber wenn sie weiter so ausgiebig saugte und leckte, würde ich sie nur nach unten drücken wollen. Doch so weit waren wir noch nicht. Alles zu seiner Zeit. Schließlich wollte ich sie erst einmal entkleiden, sie in ihrer ganzen Pracht bewundern. Ganz dringend!

Also machte ich kurzen Prozess und stoppte das kleine Luder. Sie keuchte, doch ich gab ihre Haare schon frei, grinste sie an, streifte ihr den Pullover plus Unterhemd über ihren Kopf, sodass sie oben ohne und frierend vor mir stand.

»Ist dir etwa kalt?«, neckte ich sie, denn ihre Brustwarzen waren steif wie geschlagene Sahne. Bevor sie antworten konnte, beugte ich mich herab und revanchierte mich.

»Mhmmm ...«, summte ich genüsslich an ihrer weichen Haut, als ich an einem Nippel saugte und die andere Titte mit der gesamten Hand knetete. Sanft, nicht grob.

»Oh Gott, Tristan! Was ist heute nur mit dir?«

»Ich halte mich nur an unsere neueste Abmachung ...«, nuschelte ich unschuldig, »Beschwerst du dich etwa?«, und funkelte sie von unten provozierend an. Ich konnte auch anders – wenn sie wollte ...

»Nein!«, rief sie sofort und bog ihren Rücken durch. Ich lachte warm an ihrer immer kälter werdenden Haut und ließ abrupt von ihrem Oberkörper ab. Eilig hockte ich mich vor sie und befreite sie von der übrigen Kleidung. Wie versprochen trug sie keine Unterwäsche, was ich wohlwollend registrierte.

Sobald ich mich erhob, entledigte sie mich auf einen subtilen Befehl hin meiner Hose, um meinen wie üblich ungeduldigen Ficker von den Stofffesseln zu befreien. Ich grinste, als sie die Jeans meine Beine runterzwängte und dabei fast umfiel. Letztendlich schaffte sie es und wir waren beide entblößt, jedoch ungewohnt still. So wenig hatte ich noch nie geredet, seitdem ich mit Mia fickte. Aber heute wollte ich einfach nur ... Ja, was eigentlich? Schweigend genießen ... Die Vergangenheit, Vergangenheit sein lassen ...

Ich grinste auf sie herab, als sie vor mir stand, schlang ganz unverhofft meine Arme um sie und packte ihren glatten, blanken Hintern. Zitternd strahlte sie mich an, als ich sie hochhob und sie sich an meinen Schultern abstützte. Absolut instinktiv legte sie die Beine um meine Hüften, und ich begab mich mit ihr in die heiße Quelle.

Mit dem Rücken lehnte ich mich an den runden Stein hinter mir, ließ seufzend den Kopf zurückfallen und betrachtete sie ausgiebig, während sie auf meinen Oberschenkeln saß. Bequem thronte ich wie auf einem Stuhl, weil die Quelle so angelegt worden war, dass man am Rand sitzen und in der Mitte schwimmen konnte. Hier passten garantiert fünfzehn Personen rein, das andere Ende war durch den Nebel nicht auszumachen.

Die Lichter spielten sanft auf Mias blasser Haut, ihr Haar trieb dunkel auf der Wasseroberfläche. Sie war eine sexy kleine Badenixe ...

Aber zum Glück war sie nicht wirklich eine Meerjungfrau, ansonsten hätte sie keine passenden Löcher gehabt, abgesehen von ihrem Mund vielleicht.

Gemächlich wickelte ich eine nasse Strähne um meine Faust. Sie schnaubte verwundert auf, als ich sie an dieser nach vorne zog. So nah, dass sich unsere Nasenspitzen fast berührten. Oh fuck! Wieso folterte ich mich eigentlich derart? Jetzt wollte ich sie küssen! Dabei war es untersagt! Selbst ihre Augen verrieten, dass sie es sich wünschte. Doch ich tat es nicht, hielt sie nur, solange bis ich die von ihr ausgehende Spannung förmlich vibrieren fühlte, denn ich spielte einfach zu gerne mit ihr und wusste, es war falsch mit ihren Hoffnungen Schindluder zu treiben. Dennoch liebte ich es, wenn sie mich betrachtete, wie in diesem Moment.

»Mia«, hauchte ich an ihr kleines Gesicht.

»Ja?« Das klang so zerbrechlich, so unsicher, sanft und vor allem hingebungsvoll, wie immer ... Das Geräusch fuhr geradewegs in meinen Ficker.

»Du darfst mich jetzt reiten«, verkündete ich großherzig und ließ ihre Strähne los, um ihre Hüften mit beiden Händen zu umfangen.

Problemlos hob ich sie hoch, wobei kurzzeitig beinahe ihr gesamter feuchter Oberkörper aus dem Wasser ragte. Sie keuchte, als die kalte Luft auf ihre aufgeheizte Haut traf, und schloss die Lider, als ich sie über mir positionierte. Ich hielt ihn mit einer Hand an Ort und Stelle und ließ sie langsam herab. Göttlich warf sie den Kopf nach hinten, sogar ihre Augen rollten zurück. Sie bog ihren Rücken durch, als ich komplett in sie eindrang, streckte mir ihre Nippel entgegen, und ich konnte nicht widerstehen, richtete mich auf, umschlang sie fest mit beiden Armen, und saugte ausgiebig an ihnen, während sie, ohne Aufforderung oder Führung, ihre Hüfte kreisen ließ.

Dabei klammerte sie sich an meine Schultern und gab kleine sanfte Stöhner von sich, die sich mit zartem Wimmern vermischten, jedes Mal wenn ich ihre Bewegungen beantwortete.

Der Dampf umfing uns, das Wasser plätscherte sanft. Ansonsten war die Nacht still, dunkel, bis auf das Lichtspiel der Quelle und ihre absolut hingebungsvollen Geräusche. Es wirkte echt himmlisch ... Wie hatte ich darauf nur so lange verzichten können? Wie sollte ich jemals wieder ohne auskommen?

Ich saugte fester an ihrem Nippel. Sie schockierte mich, indem sie sich um mich herum zusammenzog, lauter stöhnte und mich an den Schultern zurückstieß.

»Hör auf damit, Tristan! Sonst komme ich gleich!«, erklärte sie abgehackt.

Oh fuck!

Ich durfte sie nicht mehr ansehen, sonst kam *ich* gleich!

Daher ließ ich den Kopf zurückfallen, legte meine Hände auf ihre Oberschenkel, schloss genüsslich die Augen und fühlte nur noch ... und hörte natürlich. Denn ich liebte ihre verzweifelten Laute, liebte, wie sie immer verlangender in ihren Bewegungen wurde, und vergötterte, wie sich ihre Finger stärker in meine Brust krallten, sie sich heftig auf die Lippe biss und angestrengt die Stirn runzelte. Ihre Beine bebten, sie pulsierte innerlich geradezu und löste beinahe zu früh einen Orgasmus aus.

Jetzt musste ich die Zähne zusammenbeißen und mich fest in ihr nachgiebiges Fleisch krallen, denn ich wollte ihr den Vortritt lassen.

»Mia!«, knurrte ich, weil sie es mit Absicht zurückhielt, und öffnete die Lider, um sie ungehalten anzufunkeln.

Und was machte sie? Sie lächelte mich frech an, wusste genau, was sie mir gerade antat, dass ich mich ihretwegen beherrschte und wie sehr mich das quälte.

»Du kleine Schlampe!,« presste ich abgelenkt halb lachend, halb gequält stöhnend hervor, weil sie sich schon fucking wieder um mich herum zusammenzog.

Okay ... wie sie wollte! Ich konnte sie problemlos, trotz ihrer

Weigerung, zum Kommen bringen. Behutsam nahm ich die Finger von ihrem Oberschenkel und strich über ihren Kitzler.

Schockiert keuchte sie auf und packte meine Hand, aber es war schon zu spät. Der Knopf war gedrückt, die Bombe würde losgehen. Jeden Moment ... Nur ein bisschen zarte Reibung, während sie immer noch mein Handgelenk umklammerte und ...

Plötzlich vernahm ich eine nervige Stimme, die mich aus dem Nebel meiner Lust riss. »Weeeeeeeer wohnt in 'ner Ananas ganz tief im Meer? Spongebob Schwammkopf! Spongebob Schwammkopf!«

Es war ein Klingelton!

Was sollte der Scheiß?

Und dann tat sie etwas, was ich ihr im Leben nicht verzeihen würde. *Niemals!*

Sie ging von mir runter!

»Was zum Fuck?!«, fluchte ich und wollte sie aufhalten, aber sie wich mir aus!

Inzwischen wühlte sie in ihrer Hose, während das Lied ununterbrochen trällerte und mehr und mehr meine Aggressionen schürte. Erst als es sich dem großen Finale näherte, meldete sie sich endlich.

»Hallo?« Atemlos hörte sie zu, während ich sie einfach nur anstarrte. Zitternd und nackt am Rand der Quelle kniend, ohne Anstalten, wieder zu mir zurückzukehren!

Ich war sooo kurz davor gewesen und sie auch!

»Was?«, stieß sie hervor und sprang auf, die Miene panisch. Suchend sah sie sich um und sammelte ihre Kleidung zusammen. »Ja, ich bin in zwanzig Minuten da. Sag ihm, ich komme gleich!«, rief sie verzweifelt und fing tatsächlich an, sich mit einer Hand die Hose anzuziehen. Ich war sprachlos! »Okay, bis gleich!« Damit hatte sie schon aufgelegt, ignorierte mich total, und zwängte sich die Sachen über ihren nassen Körper. Ich hasste es immer noch, wenn Mia sich anzog. Es war geradezu deprimierend!

Mit einem Ruck sprang ich aus dem Becken.

BOAH! War das kalt! Aber egal. Frierend baute ich mich vor ihr auf, in dem Moment als sie sich ihr Unterhemd und ihren Pullover gleichzeitig über den feuchten Kopf zwängte.

»Hey, hey, hey ... Stopp!« Ich half ihr die Sachen runterzuziehen, denn allein wollte es ihr nicht gelingen. »Was zur Fotze ist los?«, fragte ich, sobald ihr Gesicht aus dem Ausschnitt schaute, und konnte nichts gegen mein Zittern tun, es war wirklich schweinekalt.

Da bemerkte ich erstmals ihren Ausdruck. Sie wirkte richtig besorgt.

»Tristan, ich muss los! Es tut mir leid, aber es ist ein Notfall!« Sie suchte ihre Schuhe, um ohne Socken hineinzuschlüpfen, konnte aber nur einen ausmachen. »Ich muss ... ich muss ins Heim ...«

»Was ist da?« Ich reichte ihr den Fehlenden. Schließlich war sie fertig, und musterte mich mit hängenden Schultern und ängstlich glasigem Blick.

»Es ist Robbie ...« Was ihre Panik erklärte. Das war ihr Lieblingskind aus dem Heim, in dem sie arbeitete – zu ihm hatte sie eine innige Verbindung.

»Ich ruf mir ein Taxi!« Sie tippte auf ihrem Telefon herum, als würde ihr Leben davon abhängen, und ich hielt mich gerade so davon ab, die Augen zu verdrehen, bevor ich es ihr abnahm. Ohne auf ihren Protest zu achten, warf ich meine Klamotten über und schaffte es gleichzeitig, ihre kleinen Hände abzuwehren, die mir das Telefon wieder entreißen wollten.

»Ich fahre dich!«, verkündete ich, und marschierte los. Einige Sekunden stand sie verwirrt da, dann folgte sie mir durch den Park an der Seite des Hauses vorbei, zu meinem Audi.

***

Während der Fahrt schien sie sehr unruhig. Ich sah ihr förmlich an, dass sie jede rote Ampel verfluchte und sich wünschte, ich würde jedes einzelne PS aus meinem Baby Nummer ... ich war mir nicht mehr sicher ... rausholen.

Mia war zu nervös, ich hatte echt Schiss, dass sie zusammenbrach, also tat ich etwas, was ich eigentlich nicht mehr tun wollte! Ich beruhigte sie, ging auf sie ein, riskierte mal wieder alles, machte mich nebenbei zum Volltrottel – okay, das war ja in ihrem Zusammenhang nichts Neues ...

»Mia ...« Ganz ohne mein Dazutun klang ich weich und ruhig, als ich ihr Bein leicht drückte. »Was hat er?« Gequält sah sie mich an, und erst jetzt fiel mir auf, dass Tränen über ihre glatte Haut herabliefen. Ganz wunderbar!

»Er bricht seit vier Stunden. Weint ständig und will sich von keinem beruhigen lassen!«

»Oh.« Das war schlecht.

»Ich kann ihn sicher besänftigen. Ich muss für ihn da sein. Er vertraut keinem anderen außer mir!«

Na, wenn das mal kein Fehler ist ...

»Wir sind gleich da«, lautete meine einzige Antwort, denn ihr letzter Satz beschwor zu viele negative Erinnerungen.

Ich bog um die letzte Ecke, und sobald ich gegenüber von dem Heim parkte, war sie schon rausgesprungen und rannte, was das Zeug hielt. Wegzufahren und so zu tun, als wäre es mir egal, war verlockend, aber ein kleiner Teil, der schon gar nicht mehr so klein war, flüsterte in mir, dass mein Mädchen mich brauchte und dass ich gefälligst meinen verdammten Arsch da hoch bewegen sollte! Also stieg ich fluchend aus und ging ihr tatsächlich hinterher.

Als ich den Flur des umgebauten riesigen Bauernhauses mit den bunten Fensterläden betrat, sah ich gerade noch, wie sie um die Ecke eilte und nach oben stürzte. Der Boden unter meinen Füßen knarzte, ebenso wie die Tür, die ich hinter mir schloss. Die Holztreppen protestierten ebenfalls unter meinen Schritten, und ich hatte schon etwas Bedenken, folgte ihr aber trotzdem, bis in den zweiten Stock und ans Ende des Ganges, wo sie eine Tür aufriss und wieder aus meinem Blickfeld verschwand.

Als ich sie erreichte, saß sie schon auf einem kleinen alten Bettchen, während sie einem sehr blassen Robbie über die Stirn strich.

»Mirti?«, fragte er mit zerbrechlichem Stimmchen und hob sein winziges Händchen, um nach ihrer Hand zu greifen.

»Ja, mein Schatz. Ich bin da«, flüsterte sie und beugte sich herab, um ihre vollen roten Lippen auf seine verschwitzte Schläfe zu drücken. Ich musste mühsam schlucken. Über seine Wangen rannen die Tränen, als er die Augen schloss und tief durchatmete.

»Mir ist so schlecht ... Ich hab sicher was Falsches gegessen ...«, murmelte der Kleine und schmiegte sich in ihre Handfläche. Oh … fuck!

Wie er sie ansah, als wäre sie seine Königin. Und wie sie ihn anblickte ... als wäre er ihr kleiner persönlicher Prinz, dem sie die Welt zu Füßen legen würde.

»Was hast du denn gegessen?«, erkundigte Mia sich sanft, mit dem leichten Anflug eines Lächelns auf dem schönen Gesicht.

»Gras. Johann und Stefan haben gesagt, das ist gut für mich«, antwortete Robbie und brachte mich damit zum Schnaufen. Beide schauten überrascht zu mir, offenbar registrierten sie mich erst jetzt, und ich trat unsicher von einem Fuß auf den anderen.

»Öh ... ich ...«, hatte keine Ahnung, was ich sagen sollte. Ich fühlte mich gerade, als würde ich mich ungewollt einmischen, aber Robbies blasse Lippen bogen sich nach oben, bevor er die Lider kurz schloss.

»Schön, dass dein Freund hier ist ... Mirti ... Aber nicht wieder streiten!« Mia starrte Robbie an. Dann mich. Dann Robbie. Dann mich. Und ich lächelte teuflisch. Mal sehen, wie du aus der Nummer wieder rauskommst, Baby …

»Ich hab ihm nicht gesagt, dass du mein Freund bist«, verteidigte sie sich und war in diesem Moment wieder mein Mädchen, das mit seiner Unsicherheit mein Herz erobert hatte. Ich löste mich vom Türrahmen und schlenderte auf sie zu. Bevor ich etwas erwidern konnte, fuhr der Junge fort.

»Das sieht man doch. Es ist eklig, wie verliebt er dich anschaut. Ich hoffe, ihr knutscht nicht!« Jetzt hatte er uns beide kalt erwischt. Ich wollte mich gerade auf den alten Schaukelstuhl neben dem Bett setzen, stolperte jedoch beim letzten Schritt. Mia war komplett überfordert, hatte wohl Angst, ich würde wütend werden. Aber ich war selbst vor den Kopf gestoßen.

Wie kam der kleine Scheißer nur auf so etwas? Ich fand sie vielleicht verführerisch, manchmal auch ein bisschen bezaubernd und ab und zu ... sogar süß, aber ich liebte sie nicht! Schon lange nicht mehr!

»Das kann ich dir versprechen, Chef«, entgegnete ich lachend und setzte mich letztendlich doch. Robbie lächelte noch ein bisschen zufriedener und schaute zwischen der immer noch schockierten tomatenroten Mia und mir hin und her. »Also knutscht ihr nicht?«

»Doch«, konterte ich sofort, ohne mit der Wimper zu zucken. Keine Ahnung, wieso ... na gut ... ich wollte ihn ein wenig ärgern. Es entfachte seine Lebensgeister und das war besser, als wenn er wie ein Schluck Wasser in der Kurve hing und sich nur auf seine Übelkeit konzentrierte.

Mia zog nur eine Augenbraue hoch. »Ach ja?«

Ach ja! Wir knutschten ja gar nicht! Oh fuck! Was war heute nur mit mir los? Wie konnte ich das vergessen?

»WÄH!«, stieß Robbie sofort inbrünstig hervor, und ich gluckste, während er sein Gesicht in den Kissen vergrub. »Mir wird wieder schlecht ...«, murmelte er plötzlich und Mia sprang auf.

»Musst du brechen?«, rief sie, und ich verdrehte die Augen, weil sie eine derartige Panik verbreitete und den armen Jungen wacklig auf ihre Arme hob, als könnte er nicht selber gehen ...

»Jetzt schon«, verkündete er, und sie lief mit ihm ins Bad. Er tat mir leid, besonders, als ich hörte, wie er hustete und würgte ... Aber ich ging immer noch nicht. Während die beiden weg waren, schaute ich mich stattdessen im schummrig beleuchteten Zimmer um.

Es war recht klein, aber in einem Kinderheim war es wohl bereits ein echter Luxus, einen Zufluchtsort für sich allein zu haben. Unter dem Fenster befand sich ein kleiner Tisch aus hellem abgesplittertem Holz.

Der Kinderstuhl davor sah so aus, als würde er jeden Moment auseinanderfallen. Über dem Schreibtisch hingen ziemlich viele Bilder. Auf denen waren meistens Boxhandschuhe oder zwei Strichmännchen gemalt, die sich ordentlich auf die Fresse gaben. Er konnte gut zeichnen für so einen Knirps, nahm ich an ... Neben der Arbeitsfläche in der Ecke stand ein Schrank – ohne Bärchengriffe ... An der Wand über dem Bett bemerkte ich ein riesengroßes Plakat von den boxenden Ukrainern, die ich persönlich kannte, weil sie das Studio unterstützten.

Das Mauerwerk war mit freundlicher gelber Tapete verkleidet, die an einigen Stellen leider schon ziemlich ausgebleicht wirkte und abblätterte.

Mia kam mit Robbie wieder, er hatte ein bisschen mehr Farbe im Gesicht. Allerdings schien er ansonsten schwächer als zuvor.

Sobald sie ihn ins Bett legte, zudeckte und sich danebensetzte, schlossen sich seine großen Augen und er schlief umgehend ein. Mia hörte selbst dabei nicht auf, seine hellen, dünnen Kinderhaare zu streicheln, und mir wurde klar, dass er genau das brauchte. Ihre Berührungen. Das Wissen, dass sie nicht verschwinden würde, auch wenn er träumte, dass es jemanden in seiner kleinen Welt gab, auf den er sich verlassen konnte, egal wie spät es war. Der alles stehen und liegen ließ, um ihm zu helfen, wenn er ihn benötigte, ganz gleich, was er tat oder wo er war. Mia liebte dieses Kind bedingungslos, ich erkannte es an ihrer Mimik und Gestik. Genauso schaute sie mich an und berührte mich auch. Wieso hatte sie mich dann verraten? Wollte sie damals wirklich nicht mehr mit mir zusammen sein? Wäre sie dazu imstande gewesen, mich auf eine so niederträchtige Weise loszuwerden? Könnte sie so etwas Robbie antun? Nein! Ganz sicher nicht. Denn sie liebte ihn ...

Wirklich ... Von ganzem Herzen.

»Liebst du mich?« Kaum war es raus, wollte ich es ungeschehen machen ... doch es war zu spät, Mias Kopf fuhr zu mir herum. Gelassen erwiderte ich ihren Blick, während unter der Oberfläche der erbittertste Kampf aller Zeiten tobte. Eine alles entscheidende Schlacht, oder hatte ich in Wahrheit schon am Anfang verloren? Gewonnen? Je nachdem ...

»Ich liebe dich über alles, Tristan«, entgegnete sie mit vorgetäuschter Ruhe. Aber ich sah in ihren aufgewühlten Augen, dass es ihr ähnlich ging wie mir.

Robbie drehte sich auf die Seite und seufzte dabei wohlig. Er zog Mias Hand mit, sodass sie sich über ihn beugen musste, und hielt sie wie ein Kuscheltier eng an seine Brust gedrückt.

Sanft lächelte sie auf ihn herab und schaute mich schließlich wieder an. Ich starrte zurück – fixierte diese karamellfarbenen Tiefen ...

»Wieso hast du es dann getan?«, flüsterte ich kaum hörbar. Diese Frage hatte mich jahrelang beschäftigt, bis ich zu dem Entschluss gekommen war, dass das ›Warum‹ keine Bedeutung hatte. Sondern nur die Tatsache, dass es geschehen war.

Ihre Augen nahmen ein verdächtiges Glitzern an, was mir nicht gefiel, aber ich würde dennoch auf eine Antwort bestehen. Ich erkannte ihr schlechtes Gewissen, ihre Reue, ihr Bedauern ... hatte jedoch nicht vor, sie zu erlösen.

»Es war eine Falle. Mein Vater hat mich reingelegt.« Sie klang sanft und ruhig, die Stimme zitterte nur minimal, so als hätte sie sich ungefähr eine Million Mal auf dieses Gespräch vorbereitet.

»Wie?« Angestrengt schluckte sie und versuchte sich etwas aufzurichten, aber Robbie brummte ungehalten und sie erstarrte.

»Er drohte mir damit, dich ins Gefängnis zu bringen und deine Karriere zu zerstören, wenn ich nicht gegen dich aussage ... Die Aussage sollte eigentlich nur ein Druckmittel sein ... und ich war blöd genug, ihm zu glauben ...« Humorlos lachte ich auf, denn sollte das wirklich der Wahrheit entsprechen, dann war ja wohl genau das passiert ...

»Wie wollte er mich denn bitte ins Gefängnis bringen? Er

hatte nichts gegen mich in der Hand«, erwiderte ich abschätzend.

Als Reaktion auf meinen ironischen Tonfall reckte sie ihr Kinn. »Er hatte etwas gegen dich in der Hand. Er hatte eine Verbündete ...«

»Ach ja?« Meine Braue schoss nach oben.

»Ja!« Mia schaute mir fest in die Augen.

»Wen?«

Jetzt folgte Mias Braue meinem Beispiel, sie taxierte mich dermaßen abschätzend, dass eine verbale Antwort nicht mehr nötig war. Mir wurde sofort klar, wen sie meinte. EVA!

Prompt lachte ich los.

Die Frau, die meine Alibifreundin mimte und schon immer Mias Pussyrivalin darstellte, führte sich vielleicht wie die letzte Irre auf, aber wäre dazu im Gegensatz zu Mia nicht fähig ... Außerdem, was hätte sie schon gegen mich in der Hand gehabt haben sollen? Sie war seit jeher zu ahnungslos und dämlich noch dazu.

»Vergiss es!« Ich musste wirklich lachen, Robbie wälzte sich herum und ich verstummte abrupt. »Jetzt hast du dich verraten! Das Märchen kannst du wem anders erzählen!«

»Aber es ist die Wahrheit!«, verteidigte sie sich und wurde genau wie ich ein paar Oktaven lauter. Robbie ächzte.

»Weißt du was, Mia Marena?«, knurrte ich verächtlich. »Ich hab keinen Bock auf die Scheiße!« Ich zwang mich, leiser zu reden und stand auf. Mia starrte mich schockiert an. Sie hätte wohl nicht gedacht, dass ich auf ihre Lüge so heftig reagieren würde. »Du wolltest mich vor acht Jahren nicht mehr, aus welchen verfickten Gründen auch immer ... also weiß ich nicht, wieso du dir jetzt die Mühe machst, mir so eine gequirlte Scheiße aufzutischen!«

Während ich mir durch die Haare fuhr, ging ich zur Tür.

»Tristan, nein!« Im nächsten Moment umarmte sie mich von hinten. Keine Ahnung, wie sie es so schnell geschafft hatte, bei mir zu sein. Aber ihre Arme lagen fest um meinen Bauch. Ihr

Gesicht presste sie zwischen meine Schulterblätter. Mein Hemd wurde pitschnass und sie zitterte am ganzen Körper, während sie mich festhielt. Krampfhaft.

Mit der Hand bereits auf der Klinke stoppte ich und fixierte die Tür.

»Lass mich los«, forderte ich tonlos.

»Niemals!«, schwor sie sofort und umklammerte mich noch ein wenig fester.

»Was willst du denn noch von mir, Mia?«, stieß ich zwischen den Zähnen hervor und zermalmte fast die Klinke mit meiner Faust.

»Dich!« Ich verdrehte die Augen bei ihrer geschluchzten Antwort. Wieso fragte ich überhaupt?

»Warum solltest du mich so, wie ich jetzt bin, wollen?«

»Ich wollte dich immer! Egal wie!«

Entnervt schnaufte ich auf, denn wir kamen einfach auf keinen grünen Zweig.

»Okay, dann eben so. Ich bin nicht gut genug für dich.« Irgendwie musste ich sie auf Abstand halten, verdammt! Das hier war alles schon wieder zu intim.

Gefährlich!

Jetzt schnaubte sie ironisch und strich mit der Nase über meinen Rücken, wo sie tief meinen Geruch einatmete.

»Ich weiß, dass ich dich verletzt habe. Aber sieh doch endlich mal ein, dass nicht alles so ist, wie du es dir die letzten Jahre zusammengereimt hast ... Wenn du nur ein bisschen Vertrauen in uns gehabt hättest ... dann ... wäre es dir klar geworden. Aber ich kann verstehen, dass es nicht so war, ich selber bin auch darauf reingefallen ... Keine Frau hat dir jemals einen Grund dazu gegeben, doch mir kannst du vertrauen! Ich habe aus meinen Fehlern gelernt«, flüsterte sie plötzlich. »Ich weiß, dass du mich zwanghaft von dir fernhalten willst, Tristan. Aber du wirst es nicht schaffen! Nie!«

FUCK! Wieso musste die kleine Schlampe mich so

durchschauen!

»Merkst du denn nicht, dass es Schicksal ist, das uns wieder zusammengeführt hat? Merkst du nicht, dass wir noch genau dieselben Gefühle füreinander haben wie vor acht Jahren? Es wird nicht einfach so aufhören, nur weil du es willst! Merkst du nicht, was wir uns gegenseitig geben könnten? Was wurden uns für Hürden in den Weg gelegt? Wie oft habe ich in den letzten Wochen versucht, von dir loszukommen? Wie oft hast du mich weggeschickt? Und doch stehen wir beide hier!«

»Ich merke im Moment nur, dass du aufhören solltest mein Hemd vollzusabbern ...« Damit löste ich meine Hand von der Klinke ... und ließ zähneknirschend den Kopf hängen. Sie hatte recht – verdammt ...

»Ich brauche dich … Bitte ...«, wisperte sie heiser und ich seufzte ergeben ... Wie so üblich chancenlos, wenn sie mir auf diese Tour kam … Oh, verdammtes altes Schema … »Ja, ja«, winkte ich ab, und erst dann ließ sie mich los und begab sich wortlos, jedoch eindeutig erleichtert, zurück an Robbies Bett. Sie lächelte mich an und wischte sich verhalten die Tränen weg, als ich mich wieder auf den Schaukelstuhl setzte und beobachtete, wie sie den kleinen Jungen streichelte.

»Danke, Tristan«, sagte sie auch noch, und ich beugte mich zu ihr vor, stützte meine Hände links und rechts neben ihrem Arsch auf der Matratze ab, sodass ich ihr und ihrem Duft schon wieder viel zu nahe war.

»Bedank dich nicht zu früh. Ich werde meinen Tribut fordern, Miss Angel«, säuselte ich. Heftig biss sie sich auf die Lippe und lenkte meine Aufmerksamkeit schon wieder auf ihren verdammten Kirschmund. »Hör. Auf. Zu. Kauen!«, zischte ich und sie entließ mit einem leisen »Oh!« ihre Unterlippe aus ihren Zähnen.

»Braves Mädchen.« Ich tätschelte ihre Wange und lehnte mich wieder zurück, wobei ich erneut meinen Blick durch das Zimmer schweifen ließ und trocken feststellte: »Sieht hier ja ganz schön abgefuckt aus.« Mia schaltete natürlich sofort auf

Verteidigungsmodus.

»Wir haben kein Geld, um zu renovieren.«

»Echt?« Das war Scheiße für die kleinen Scheißer ...

»Ja.« Sie schaute zu Robbie, der immer noch friedlich schlief. »Es müsste so viel an dem Haus gemacht werden. Die Fenster, die Türen, Wärmeisolation, die komplette Heizanlage, es müsste alles gemalert und die Böden gewechselt werden. Eigentlich befinden wir uns in einer Ruine. Aber wir werden nicht mehr staatlich gefördert, dieses Heim gehört Schwester Carmen. Sie hat es mit vier anderen Nonnen aufgebaut, die aber alle schon gestorben sind ... Sie selber ist pleite und kämpft jeden Monat aufs Neue, um die Rechnungen bezahlen zu können. Aber lange wird sie es wohl nicht mehr schaffen ...«

»Was dann?«, fragte ich, denn der Gedanke gefiel mir nicht.

Mia zuckte mit den Schultern. »Dann werden wir unsere Arbeitsstellen verlieren und ich Robbie wahrscheinlich nie wiedersehen ...« Ihr Schmerz entging mir nicht, der jedoch sofort verdrängt wurde, denn sie war eine Kämpferin. Immer bis zum Äußersten – das war typisch Mia, wenn sie etwas liebte.

»Wir veranstalten ein Oktoberfest mit Bierzelt, um ein bisschen Geld einzunehmen. Es war die Idee von den älteren Kindern ...« Scheiße, sie war so attraktiv, wenn ihre Augen hoffnungsvoll glänzten.

»Oktoberfest? Mit Bier? Lederhosen und Dirndln?«, vergewisserte ich mich mit hochgezogener Augenbraue und ziemlich begeistert – besonders von der Dirndl-Sache.

Mia lachte leise. »Mit Dirndl und Lederhosen, aber Limonade.«

»Mist!« Ich schlug mit einer Faust in die Luft, was sie mit einem leichten Kichern begleitete, bevor sie wieder mal auf ihrer Lippe kaute – grübelnd.

»Wir wissen zwar noch nicht, wie wir das in zwei Wochen organisieren sollen, denn uns fehlen wie üblich Geld und Ausstattung, aber die Werbung wurde gesponsert und wir haben sie schon verteilt. Also wird es stattfinden müssen ... Egal wie ...

Wir brauchen jeden Cent, den die Besucher dalassen.«

»Das wird schon.« Ich zwinkerte ihr zu, und ehe sie antworten konnte, zog ich mit der nächsten Frage nach. »Was genau habt ihr euch vorgestellt?«

»Also ...« Jetzt war sie ganz Feuer und Flamme. Typisch! Wenn ihr etwas am Herzen lag, verkörperte sie die sprichwörtliche Leidenschaft. Ohhh, jaaa ...

»Auf jeden Fall gibt's Weißwürste und Brezen, das ist eh klar. Dann wollen wir ein paar Buden aufstellen mit Dosenwerfen, Kinderschminken, Bogenschießen, Basteln, einen Verkaufsstand mit selbst getöpferten Sachen, Eierlaufen, Sackhüpfen, einem Streichelzoo ... und irgendwas, wo die Kinder kämpfen können, weil sie so viel Spaß daran haben ...«

»Boxen ...«, ergänzte ich grinsend und ihre Augen wurden groß.

»JA!« Sie klatschte in die Hände und strahlte mich euphorisch an, worauf ich lachen musste, denn sie war zu süß ... »Wirst du uns helfen?« Jetzt hängte sie sich auch noch an meinen Ärmel und zog leicht daran. Dann auch noch diese großen freudigen Glupscher. Wie sollte ich ihr bei einem solchen Anblick widerstehen? Wie sollte ich ihr überhaupt widerstehen? Ich seufzte ergeben, als mir klar wurde, dass ich das wohl nie zustande bringen würde.

»Jaaaahaa ...«, kam es widerwillig.

»JAAAAAAAAAAAAAAA!«, rief sie aus und weckte damit Robbie. Mia brachte ihn schnell ins Bad. Währenddessen nutzte ich die Zeit, um draußen eine zu rauchen und sinnlos in die Sterne zu glotzen und meine Gedanken zu klären.

***

Als ich wieder hochkam, schlief Mia mit dem Kleinen in seinem winzig kleinen Bettchen. Sie lag hinter ihm, den Arm über seine Hüfte geschlungen. Die Lippen zu einem leichten Lächeln verzogen. Er lächelte genauso sanft. Beide wirkten absolut entspannt, fühlten sich offensichtlich wohl ... Mein Herz zog sich zusammen.

Robbie verkörperte etwas von der Zukunft, die wir uns immer vorgestellt, aber nie erreicht hatten. Als hätte er als einziger Teil von uns beiden über die Jahre konstant weiterexistiert ... Es war verrückt, aber so empfand ich, wenn ich ihn ansah – als wäre er tatsächlich ein Part von mir und das Bindeglied, das Mia und mich immer irgendwie zusammengeschweißt hatte.

Ein kleiner Abkömmling meines Wesen, der meinen vom Universum vorgesehenen Platz an ihrer Seite für mich freigehalten hatte, solange bis ich bereit war, diesen wieder für mich zu beanspruchen. Der nun aber nicht in den Hintergrund rückte und einfach verschwand ... keineswegs ...

Ich erwischte mich bei dem Gedanken, was wäre, wenn das meine Familie wäre. Dass sie bei mir daheim, in einem abgelegenen Holzhaus im Bett lägen, mit dem Wissen, dass ich über sie wachte und ihnen niemals etwas geschehen würde. Während ich mit dem Bewusstsein, nie mehr allein zu sein, danebensaß und auf sie herab lächelte. In dem Leben, das Mia und ich uns früher erhofft hatten, war es möglich gewesen. Es hatte die Realität – unsere Zukunft dargestellt.

Doch in den letzten Jahren hatte ich den Glauben an dieses erträumte Leben verloren, womöglich hatte ich ihn mir auch eigenhändig genommen, denn letztendlich formt man nur selber, was aus einem wird. Dank Mia fand ich wieder meinen Weg. Wie immer ließ sie mich das Gute in mir entdecken, weil sie immer die Einzige war, die etwas Positives in mir erkannte. Egal wie widerlich ich mich verhielt. Sie glaubte stets an das Gute, weil es in ihr selbst nichts anderes gab. Der Mensch schließt immer von sich auf andere ...

Und so erwischte ich mich dabei, wie ich mich über sie beugte, meine Lippen nur ein einziges verdammtes Mal sehr vorsichtig und sehr sanft auf ihre glatte Stirn drückte.

Irgendwie konnte ich das Gefühl nicht mehr verdrängen, dass sie wirklich mein waren ... Diese seltsame – weil utopische – Gewissheit baute sich immer stärker in mir auf, je länger ich sie betrachtete ...

Und während dieser einen Nacht, als ich über ihren Schlaf wachte, mit Robbie zum Kotzen ging, damit Mia schlafen konnte und er schließlich auf meinem Schoß einschlummerte, passierte es ...

Ich trat den Schritt ins Licht aus der Dunkelheit hinaus, denn kein anderer würde das für mich tun. Und sah mich mit einem Mal dem achtzehnjährigen grinsenden Pisser gegenüber, der ich gewesen war.

Zu dem alten Tristan gehörte Mia Engel wie der Ficker. Sie war sein Mädchen, alles, was sein Leben lebenswert gemacht hatte, alles, was er jemals gebraucht hatte, um zu wissen, wer er war, wo er stand und wo er hingehen sollte. Und es fühlte sich ungewohnt gut an, ihn und seine Emotionen, die immer in mir geschlummert hatten, zuzulassen. Diese jüngere, sorglose, verspielte Ausgabe – diesen Teil, den kein Mensch je von sich verlieren sollte.

Ich war dem wohl immer chancenlos ausgeliefert, denn man kann sich auf Dauer nicht selbst bekämpfen, ohne irgendwann zu zerbrechen – ich kriegte die Kurve.

Was ich allerdings noch lernen musste: die Vergangenheit ruhen zu lassen. Noch konnte ich mich nicht komplett überwinden. Dafür gab es zu viele Ungereimtheiten, die drohten meine Einsicht zu gefährden. Mia und ich mussten die Dämonen vertreiben, daran führte kein Weg vorbei, um gemeinsam vorwärts zu schauen. Und das würden wir, eine Tatsache, die sich unumstößlich in mir festsetzte. All das akzeptierte ich in jenen Minuten, die mich möglicherweise zu einem neuen/alten Menschen machten, wenngleich ich niemals den Fehler beging, eingehender über dieses Ereignis nachzudenken.

Im Grunde zählte nur eines: Mia Engel war hier bei mir, nach acht verdammten Jahren und verkörperte immer noch alles, was ich brauchte.

Viel zu viel Zeit hatten wir bereits mit Sinnlosigkeiten vergeudet, als hätten wir Ewigkeiten und nicht nur so ein beschissen kurzes Leben.

Eines, das ich mit ihr verbringen wollte ...

UND WÜRDE.

2. SEINE VERTEIDIGUNG

Mia Marena ›back to the past‹ Engel

Als ich die Augen aufschlug, war ich im ersten Moment ziemlich orientierungslos.

Wo war ich? Wieso war mir so heiß? Und warum roch es hier so ungewohnt ...?

Nach einigen Sekunden lüftete sich jedoch meine Verwirrung.

Ich lag in Robbies Bett in jenem Kinderheim, in dem ich auch arbeitete. Unter zwei dicken Decken begraben, blickte ich geradewegs auf das süßeste Bild, das sich mir bieten konnte: Tristan Wrangler – mein persönlicher Sexgott, seitdem ich denken konnte – saß immer noch auf einem weißen, abgewetzten Schaukelstuhl in der Ecke des Raumes. Über ihm lag eine kleine Decke ... die so gut wie nichts brachte, weil sie nur seinen Bauch bedeckte. Ich wusste sofort, dass ausschließlich Robbie auf so eine liebenswerte aber unnütze Idee kommen konnte.

Der sechsjährige Engel thronte auf einem winzigen Hocker vor Tristan, die Ellbogen auf seinen Knien abgestützt, das Kinn auf den putzigen Händchen, während die beiden in ein Gespräch vertieft waren.

Tristan lachte gerade leise und mein Herz ging auf, denn dieser Ton war leider immer noch viel zu selten. Er verwuschelte Robbie die feinen hellen Haare, bevor er ihm seine große Hand hinhielt.

»Abgemacht Chef!«

»Wirklich?« Ich wusste, wie Robbies Augen strahlten, wenn er so klang.

»Ja, wirklich«, verkündete Tristan immer noch glucksend und schüttelte die kleine Hand.

»JAAAAAAAAAAAAAAAA!«, rief Robbie aus und beide

blickten sofort alarmiert zu mir.

Ich lächelte sie an und gab ihnen damit zu verstehen, dass sie mich nicht geweckt hatten.

»Was heckt ihr schon wieder aus?«, fragte ich und streckte mich träge. Ich bemerkte genau, wie Tristans Blick ausgiebig auf meinen Brüsten verweilte, bevor er mir unschuldig ins Gesicht sah und mit den Schultern zuckte.

»Nichts.«

»Das ist ein Geheimnis!«, setzte Robbie noch hinzu, dessen Wangen schon um einiges rosiger wirkten als gestern Nacht.

Gestern Nacht, als ich solche Angst gehabt hatte.

Zum einen um Robbie, der sich anscheinend eine Magen-Darm-Grippe oder Lebensmittelvergiftung zugezogen hatte, und zum anderen davor, dass Tristan tatsächlich gehen würde ...

Doch in Bezug auf Tristan Wrangler hatte sich etliches geändert! Wir hatten eindeutig Fortschritte gemacht, denn immer mehr von dem alten Tristan, der vor acht Jahren mein persönlicher Held mit dem knallroten Audi und den dreckigen Gedanken gewesen war, kam durch ...

Und er schien nichts dagegen zu haben!

***

Als er mich nach Hause fuhr, dachte ich über die Ereignisse der letzten Wochen ausgiebig nach.

Unser erstes Treffen bei seiner Fotoausstellung; unser erster Sex – so brutal und gefühllos und doch irgendwie berauschend; der Vertrag, der nie wirklich ganz eingehalten worden war; seine kühle, unnahbare Art, jedoch auch die Momente, in denen er weich geworden war und mich an sich rangelassen hatte. Bis hin zu der Reise nach Prag und unserer Aussprache auf dem Aussichtsturm Petrin.

EVA EBER!

Und seine Beichte, dass ich in all der Zeit die Einzige für ihn gewesen war, neben seinem Versprechen, dass er nicht mehr SO zu mir sein würde.

Aus irgendeinem Grund war er sehr schweigsam und in sich gekehrt, während er sich offensichtlich auf die Straße konzentrierte – kein Durchkommen möglich. Allerdings war das nicht ungewöhnlich, was mir die Gelegenheit gab, weiterhin meinen eigenen Grübeleien nachzuhängen.

Ich dachte genauer an gestern Nacht und als Erstes fiel mir auf, dass Tristan meine Küsse in der Quelle zugelassen hatte, obwohl es eigentlich gegen die Regeln des Vertrages verstieß, den er mir gleich zu Beginn unserer ›Beziehung‹ vorgelegt hatte. Meine Lippen hatten tatsächlich seine perfekten Muskeln unter seiner duftenden Haut berühren dürfen! Und er schien nicht mal gemerkt zu haben, dass ich damit knallhart die heiligen Gesetze des Gottes missachtet hatte. Wahrscheinlich war er so von der Lust berauscht gewesen, dass er alles andere vergessen hatte – wie es mir auch so oft geschah, wenn wir intim wurden.

Aber das war nicht alles!

Gestern war er so anders gewesen! So sanft – ein wenig so wie früher. Er hatte mit mir gescherzt, gelacht und mit mir gespielt, was mich aber keineswegs eingeschüchtert hatte.

Doch das war sicher nur auf sein schlechtes Gewissen wegen Eva Eber zurückzuführen!

Vielleicht aber auch auf die Tatsache, dass ich ihn fast verlassen und ihm somit klargemacht hatte, dass er mich tatsächlich verlieren könnte. Das wollte er nicht, weil der alte Tristan mich immer noch liebte und für uns kämpfte. Tief drinnen, verborgen unter dem ganzen Hass ... unter dem ich ihn immer mehr hervorholte.

Möglicherweise hatte er sich deswegen die restliche Nacht um Robbie gekümmert, und ganz bestimmt fühlte ich mich genau aus diesen Gründen am heutigen Morgen so unsagbar glücklich.

Sehnsüchtig wandte ich ihm meinen Kopf zu und beobachtete sein markantes Profil und den ausgeprägten Kiefer, der so sexy aussah und mich immer magisch anzog und aufforderte, mit den Fingerspitzen oder meinem Mund daran entlang zu gleiten. Seine vollen Lippen, die so unsagbar gut küssen konnten ... seine männlichen, schönen Hände, von denen eine auf der Schaltung lag und die andere locker das Lenkrad festhielt.

Wie üblich entging Tristan nicht, dass ich ihn anstarrte, denn er sah mich an.

»Was?«, fragte er knapp, aber nicht unfreundlich.

»Nichts«, antwortete ich schüchtern und errötete, weil er mich beim Schmachten erwischt hatte – mal wieder!

Natürlich genügte ihm das nicht. »Nichts?«

Ich verdrehte die Augen. »Ich habe nur wieder mal dein hart erarbeitetes Aussehen bewundert«, gab ich also zu, denn ich wusste, er würde nicht locker lassen.

»Ach so das«, winkte er ab. Dann schmunzelte er. »Gefall ich dir jetzt besser als früher? Als reifer starker Mann?« Er zog mich auf – eindeutig. »Jetzt kann ich dich in jeder möglichen Position ohne Probleme halten. Kennst du die hängende 69 eigentlich schon?« Ich wurde knallrot.

»Oh man, Tristan ... Du bist zwar vom Aussehen her reifer, was ich übrigens wahnsinnig sexy finde, aber dein Mund ist noch immer so verdorben wie mit achtzehn ...«

»Und das finden Sie etwa nicht sexy, Miss Angel?«, erkundigte er sich abschätzend.

»Doch«, erwiderte ich kleinlaut und rutschte auf meinem Sitz herum, weil ich vom erotischen Klang seiner Samtstimme unsagbar heiß wurde. Außerdem hatte er mich wieder *Miss Angel* genannt! Nicht *Mia Marena!*

»Überschwemme ich gerade Ihr Höschen?«, bohrte er weiter und das mit dem größten Vergnügen.

»Nein!« Ich hörte auf mich zu winden, und verschränkte trotzig die Arme vor der Brust. »Ich bin nicht mehr so leicht zu reizen wie früher. Du musst nicht mehr nur mit den Fingern schnipsen, um mich kurz vor den Orgasmus zu bringen!« Oh man ... ich lehnte mich mit meiner Lügerei sehr weit aus dem Fenster, aber er war so schrecklich selbstüberzeugt und arrogant! Was er auch sein durfte, denn es war begründet, aber egal.

»Nein, mit den Fingern muss ich dafür tatsächlich nicht schnipsen, wobei das so auch nicht ganz stimmt. Ich weiß von Stellen an deinem Körper, da genügt das völlig. Aber meist reicht es schon, wenn ich dir die richtigen Bilder in deinen versauten Kopf pflanze. Soll ich?«

»NEIN! Ich habe heute vielleicht noch was zu tun! Eventuell muss ich sogar mit schweren Maschinen hantieren und ganz sicher Messer gebrauchen!«

Jetzt lachte er wirklich.

»Halt den Mund!« Und ich schmollte auch wirklich!

»Darf ich dann ebenfalls nicht sagen, dass ich dich scharf wie die Hölle finde, beim Gebrauch von schweren Maschinen? So ein Bagger oder Kran ... am besten in Latzhose und sonst nichts ...«, säuselte er.

Ich schnaubte. »Eigentlich meinte ich den Rasenmäher ...«, woraufhin er lauter lachte. Doch bevor wir dieses befreiende Geplänkel ausweiten konnten, bei dem ich mich fühlte wie damals – einfach nur glücklich –, waren wir auch schon angekommen! Und leider ... musste ich jetzt nach Hause und mich von ihm trennen ...

Als würde er mich auch noch nicht verlassen wollen, verlängerte er unsere Zeit tatsächlich noch um ein paar Minuten, indem er mich begleitete. Beim Hochgehen stolperte ich fast über drei knallpinke Koffer, die vor den Briefkästen standen, und er fing mich kopfschüttelnd am Arm auf – mal wieder.

Vor meiner Wohnungstür blieben wir stehen. »Also ...« Ich kaute auf meiner Lippe rum und betrachtete den Teil Brustmuskel, der nicht von seinem schwarzen Hemd verdeckt wurde.

»Ja?« Er legte seinen Finger unter mein Kinn und hob mein Gesicht an, sodass ich in diese bodenlosen grünbraunen Tiefen fiel.

»Ja ...«, hauchte ich.

»Ich werde jetzt gehen ...« Sein Daumen strich über meine

Unterlippe und ich bildete mir ein, dass er mit sich kämpfte, mich nicht zu küssen.

»Hm-hm ...« Ich streckte meine Lippen unauffällig ein Stückchen vor, weil ich wusste, dass sie so voller aussahen.

»Wir sehen uns ...« Wie gebannt starrte er meine Lippen an – ich seine genauso.

»Hm-hm ...«, summte ich erneut und stellte mich noch unauffälliger auf die Zehenspitzen.

Tristan beugte sein Gesicht herab. Ganz langsam, wie hypnotisiert.

»Was hast du nur schon wieder mit mir gemacht, dass ich an nichts anderes denken kann als an dich ...«, flüsterte er.

OH MEIN TRISTAN!

Ich fühlte und schmeckte seinen minzigen Atem auf meinem Mund und seufzte.

»Dasselbe, was du mir antust ...«

Nur noch ein paar Millimeter trennten mich vom Paradies. Nur noch ein Atemzug ... Ich schloss die Augen und klammerte mich an seinen Unterarmen fest. Seine Hände lagen plötzlich auf meinen Wangen, hielten mich, als bestünde ich aus teurem zerbrechlichem Porzellan ...

»Tristan ...«, hauchte ich und erwartete, dass es nun endlich geschehen würde.

Aber nichts da ...

Jemand kam die Treppen hochgestöckelt und wir sprangen auseinander. Als ich erblickte, *wer* uns unterbrochen hatte, erfror ich auf der Stelle.

»OHHHH WOAAAAH!«, rief die helle Stimme aus, und ehe ich mich versah, befühlte eine Hand, die nicht meine war und somit nicht dorthin gehörte, fachmännisch Tristans Bizeps.

»ER HAT MUSKELN AUS STAHL!« Rote lange Fingernägel brannten sich in meine Optik. »OH ... ein Achtpack, oder?!«, trällerte sie ohrenbetäubend laut. Ich konnte im ersten Moment nur starren, genau wie Tristan.

»Wieso weiß ich nicht, dass du mit so einem Adonis zusammen bist? Der ist ja besser als Ian Somerhalder und Channing Tatum zusammen. Der ist sogar noch besser als Robert Pattinson! Oh, und diese breiten Schultern ... er trainiert sicher täglich ...«

»Mum, hör auf ihn zu betatschen!« Damit packte ich ihre Hände, die ihm gerade an den Arsch fassen wollten, und zog sie von Tristan weg.

»Mum?«, wiederholte er hohl.

»Ja, Mum!«, stieß ich aus und schaute sie mir genauer an. Seit etwa sieben Jahren hatten wir uns nicht mehr gesehen, trotzdem konnte ich mich an ihren Look nicht gewöhnen, denn sie hatte sich in der Zeit kein bisschen verändert.

Neben dem sehr kurzen rosa Jeansrock trug sie ein hellblaues Oberteil. Tausende Ketten hingen um ihren Hals, Ringe an ihren Ohren und Armbänder um ihre Handgelenke. Die Haare hatte sie hellbraun gefärbt, mit diversen blonden Strähnen darin, und das Ganze zu einem merkwürdigen Gebilde toupiert, was sicherlich nur mit einer Dose Haarspray hielt. Kurzum: Meine Mutter sah aus wie ein Streifenhörnchen. Um die zu stark geschminkten Augen hatten sich mit den Jahren kleine Lachfältchen gegraben, die sie aber nicht weniger attraktiv machten. Ihre dunkelschwarzen Wimpern waren eindeutig aufgeklebt und die Lippen rot geschminkt. Die weißen Zähne dahinter waren aufgebleicht. Ihre hohen Wangen schimmerten in starkem Rouge ... im Großen und Ganzen war sofort zu erkennen, dass meine Erzeugerin immer noch sehr auf ihr Aussehen achtete – zu sehr! Mir widerstrebte es zwar, allein diese Gedanken zu hegen, aber sie wirkte wie die personifizierte Schlampe und hatte damit enorme Ähnlichkeit mit Eva Eber, deren Bild sich vermutlich als Veranschaulichung für den Begriff ›Oberschlampe‹ durchgesetzt hatte.

Mittlerweile hatte ich, trotz des Vorsatzes, jedem Menschen ohne Vorurteile zu begegnen, eine tiefe Abneigung gegen solche Frauen entwickelt, aber wie auch nicht?!

Alles an ihr wirkte falsch, ob es nun ihr Charakter, ihre Brüste oder ihre Nase waren, von der ich mich fragte, wie sie diese finanziert hatte.

Ihre Figur war schlank, jedoch gut proportioniert und wurde durch die Solariumbräune unterstrichen. Die Beine steckten in weißen Stiefeln mit mörderischem Absatz. Ihre Aufmachung schummelte locker zehn Jahre weg, trotzdem war das Ergebnis keineswegs liebenswert.

Ich wollte mit ihr nichts mehr zu tun haben, und auch wenn es hart war, so hatte ich für sie nur noch Verachtung übrig.

»Was machst du hier?«, fragte ich und konnte die Abscheu nicht aus meiner Stimme vertreiben. Ich wollte sie hier nicht haben!

Sie lächelte spöttisch und nahm ihren aufdringlichen Blick für keine Sekunde von Tristan, von dem sie wiederum ziemlich überheblich bis leicht angewidert und etwas verstört betrachtet wurde.

»Martin Schmitt hat sich in der Stadt ein neues Konto bei der Bank einrichten lassen, und rate mal, wer sein Berater ist. Dieser heiße Bursche!« Sie wollte erneut nach Tristan greifen, aber er wich einen Schritt zurück.

»Lass die Finger von mir, Frau!«

Nachdem sie laut aufgelacht hatte, redete sie weiter, als wäre nichts geschehen. Genau genommen plapperte sie ohne Punkt und Komma. »Sie haben sich über ihre Freundinnen unterhalten, und rein zufällig fiel dein Name. Martin hat mich natürlich sofort angerufen, um mir zu sagen, wo du zu finden bist ... und ich habe mir gedacht, ich schau mal nach meinem Baby ... Ich konnte es nicht glauben, dass gerade DU mit deinem doch eher durchschnittlichem Aussehen, dir einen waschechten Bankmanager geschnappt hast ... und jetzt, wo ich IHN SEHE ... kann ich es noch weniger glauben. Wie hast du das angestellt?! Na ja ... Aber wenigstens bist du nicht mehr so eine Wuchtbrumme wie früher ... Deswegen ganz sicher!

Wobei ... deine Titten haben ja auch ziemlich unter deiner Abnehmerei gelitten. Vielleicht zahlt dir dein Hauptgewinn ja eine kleine OP, damit du endlich mal aussiehst wie eine anständige Frau ... und was hast du nur mit deinen Haaren gemacht? Die sind so trocken! Nimmst du keinen Hitzeschutz? Sieht nicht so aus, eher als ...«

»Hör auf!« Ich hatte mittlerweile Tränen in den Augen, weil ich es nicht mehr gewöhnt war, so gedemütigt zu werden, und das auch noch vor Tristan, der wohl das erste Mal in seinem Leben wirklich sprachlos neben uns stand.

Unbeeindruckt wandte meine Mutter sich ihm zu, senkte ihre Lider, leckte sich über die Lippen, streckte ihre Brüste raus – schaltete also auf Jagdmodus – und zog aus ihrer Tasche eine Visitenkarte, die sie ihm unter die Nase hielt, während sie sich lasziv an ihn lehnte.

»Wenn du mal Lust auf *wirklichen* Spaß hast, dann melde dich bei mir.«

»Nein, DANKE!« Tristan betonte seine Worte und schob angewidert ihre Hand weg. Sie ließ sich nicht beirren ...

»Ich bin für *alles* offen.«

Tristan tat, als würde er würgen. Sie säuselte trotzdem weiter.

»Außerdem habe ich Erfahrung, Süßer. Erfahrung, von der sie nur träumen kann ... Ich kann Dinge mit dir anstellen, von denen hat das kleine Mäuschen hier keine Ahnung! Mia, du hast doch nichts dagegen, ihn mir mal auszuleihen, oder?«

»HAT SIE!«, stieß Tristan hervor. Ich war derart überwältigt von so viel Dreistigkeit, dass ich nichts sagen und nichts tun konnte, um ihn zu verteidigen. Das Schlimmste ... sie hatte womöglich recht ... Nein, sie *hatte* recht, und sie schaffte es immer, mein Selbstbewusstsein zu zerstören. Das hatte sie schon getan, als ich ein Kind war, und jetzt klappte es genauso perfekt. Ich fühlte mich klein und wertlos und wollte nur noch im Erdboden verschwinden oder mich anderweitig verkriechen, doch ich kam nicht weg. Panik machte sich in mir breit. Die Luft ging mir aus und es wurde alles so eng ...

»Mia-Baby ...«, raunte Tristan plötzlich in bester Ich-schwemme-dein-Höschen-weg-Manier. Ohne Vorwarnung nahm er mein Gesicht wieder zwischen seine Hände, drängte meine Mutter aus dem Weg, drückte mich gegen die Wand hinter mir und presste sich an mich. Ich fühlte sofort, wie es verlangend in seiner Hose zuckte. Verlangend nach MIR!

»Lass das!« Somit beugte er sich herab und gab mir ohne Vorwarnung einen winzig kleinen Kuss auf die Lippen. Diese zaghafte Berührung schoss wie ein Elektroschock durch meinen Körper. Ich keuchte auf, krallte mich in seine Hüften und schmiegte mich eng an ihn. Wo eben noch das blanke Chaos in mir getobt hatte, wurde es nun durch Sehnsucht und sogar Glück ersetzt. Ohne ein weiteres Wort drehte er sich um und marschierte davon. Im Gehen zerriss er die Karte meiner Mutter und schmiss sie achtlos auf den Boden. Ich starrte ihm benebelt hinterher, fasste mir langsam an meine Lippen und konnte nicht glauben, dass Tristan Wrangler gerade seine Lippen auf meine gelegt hatte.

Er hatte mich geküsst. Ganz von alleine!

Als mir das klar wurde, lächelte ich, trotz seines plötzlichen Abgangs, und ein warmes Gefühl breitete sich in meinem Körper aus, das nicht einmal meine Mutter mit ihrer kalten, grausamen Art zerstören konnte.

»Also du musst mir alles von Francesco erzählen«, plapperte die schon wieder los, als wäre nichts geschehen. »Ihr seid ja schon irgendwie süß zusammen, aber ich bin mir sicher, dass er andere fickt ...«

Ich verdrehte die Augen. »Mum, was willst du hier? Jetzt im Ernst!« Schwerfällig ging ich vor, sperrte auf und trat in meine Wohnung. Sie folgte wie ein Dackel.

»Also ... ähm ...«, druckste sie rum, während ich sie genervt abwartend anschaute und mir die Schuhe auszog.

»Ich möchte auch in die Stadt ziehen. Das mit deinem Vater ist mir einfach zu viel geworden ... Ich bin jetzt seit zwei Wochen clean, weißt du ... und mein Therapeut hat mir geraten, das Umfeld zu wechseln.

Dann hörte ich von dir und dem reichen Banker, und dachte mir ... ihr könntet mir vielleicht den Aufenthalt in einer Entzugsklinik zahlen. Dort dürfte ich auch gleichzeitig einen wohlhabenden Mann finden und der Käse hat sich gegessen!«

»Der Aufenthalt ist umsonst!«

Sie lachte.

»Ich geh doch nicht in *irgendeine* Klinik!«

»Nur weil mein Freund Geld hat, heißt es nicht, dass ich es ausgebe, als wäre es meins, Mum.«

»Na ja. Dein Vater hat sich so gefreut, als ich ihm von dir und Francesco erzählt habe.« Sie zog mich zur Couch. Allein bei der Erwähnung von Harald Engel sammelte sich Schweiß auf meiner Stirn und das wusste sie genau!

»Du hast es Dad erzählt?«

»Ja, natürlich! Er will ja nicht, dass du noch einmal an so einen gerätst wie diesen Drustan.«

»Tristan, Mama ...« Mist! Mist! Mist! Okay ... also war Tristan jetzt einfach mal Francesco ... Denn wenn ich ihr die Wahrheit erzählen würde, wüsste mein Vater schneller davon, als mir lieb wäre ... und er würde schneller hier herkommen, als ich Tristan warnen könnte.

»Wie auch immer. Dieser Francesco ist sowieso das Beste, was dir passieren konnte ...«

»Hm-hm ...«

»Wann gehen wir zusammen essen? Ich will ihn richtig kennenlernen!«

»DAS geht nicht!«, wehrte ich entschieden ab.

»Warum? Will er etwa nicht mit seiner Schwiegermutter Bekanntschaft schließen? Oder muss ich erst deinen Vater holen, um ihm Manieren beizubringen?«

»NEIN!« Nicht mein Vater! Bloß nicht den! Er hatte schon einmal alles zerstört. Und es reichte bereits, dass ein Elternteil hier war!

»Also morgen Abend passt mir gut«, verkündete sie süffisant. »Und dann können wir doch gleich mal über meinen

Klinikaufenthalt reden. Aber vielleicht bleibe ich auch einfach für immer bei dir. Deine Wohnung ist zwar hässlich, aber ich kann ja Hand anlegen, dann wird's schon ...« *Ja, mit deiner Hilfe werde ich sicher schön im Müll ersticken ...* dachte ich sarkastisch. Meine Mutter zog sich den Lippenstift nach, während ich mich neben sie auf die Couch setzte und das Handy aus meiner Tasche kramte.

Ich schrieb Tristan.

›*Ich brauche deine Hilfe ...*‹, und schickte es weg, ehe ich es mir anders überlegen konnte.

›*Darauf habe ich gewartet ;)*‹, schrieb er umgehend zurück, und noch bevor ich den untypischen Smiley verkraftet hatte, grapschte meine Mutter schon nach meinem Handy.

»Wem schreibst du?«

»Geht dich nichts an!« Eilig riss ich den Arm hoch und ging in die Küche um Wasser für Tee aufzusetzen.

›*Ich muss sie wieder los werden, Tristan!*‹ Ich fühlte mich schlecht, als ich ihm das textete. Aber gleichzeitig wusste ich, dass er der einzige Mensch war, der mich in der Hinsicht verstehen würde, schließlich kannte er meine Vergangenheit zu gut.

›*Ich weiß.*‹

›*Wirst du mir helfen?*‹ Ich spähte ins Wohnzimmer und sah, dass sie es sich mit der Fernbedienung auf der Couch gemütlich gemacht hatte. Ihre langen, rot lackierten Fußnägel glänzten im Licht des Fernsehers und ich wandte mich ab ... Schon als Kind hatte ich ihre Füße gehasst ... wieso auch immer.

›*Was muss ich tun?*‹, kam seine Antwort. GOTTSEIDANK!

›*Erst mal musst du so tun, als wärst du Francesco ...*‹ Ich zerkaute mir die Fingernägel, als ich auf seine Antwort wartete.

›*Ich bin kein verdammter Kleinschwanz!*‹

›*Tristan, bitte! Sonst wird sie rausfinden, wer du wirklich bist, und dann wird sie es meinem Vater sagen und dann kommt er her!*‹ Ich wusste, dass er das genauso wenig wollte wie ich.

›Sonst noch was? Soll ich für sie Striptease tanzen ... oder gleich mit ihr ficken?‹ Oh, okay ... JETZT war Tristan sauer.

›Nein ... du musst nur morgen Abend mit uns essen gehen! Bitte, Tristan ... Du bist der Einzige, der mir helfen kann, sie wieder loszuwerden. Tust du es, werde ich machen, was immer du verlangst ...‹ Ich fühlte mich schlecht, ihn nach Hilfe zu fragen ... Besonders nach unserer Vergangenheit, aber andererseits wusste ich, dass er mich nicht im Stich lassen würde. Tristan war ein großzügiger und hilfsbereiter Mensch. Außerdem würde ich mich revanchieren. Egal wie. Das wusste er und daraus würde er auch seinen Nutzen ziehen. Er schrieb trotzdem nicht sofort zurück und ich wurde immer nervöser, während ich zwei grüne Tees zubereitete. Ich wollte meine Mutter zwar nicht hier haben, aber rausschmeißen konnte ich sie auch schlecht ... Und ich war gastfreundlich, egal wie verhasst mir die Gäste auch waren.

Würde er mich vielleicht doch hängen lassen?

Als die Nachricht kam, stiegen mir vor Freude die Tränen in die Augen.

›Was tut man(n) nicht alles für sein gottverdammtes Mädchen, mit der Psychomutter ...‹ SEIN GOTTVERDAMMTES MÄDCHEN!

Ihm war es nicht klar, aber er nannte mich immer öfter Mia, Baby oder noch besser Mia-Baby, und jetzt war ich schon wieder sein Mädchen, und nicht mehr seine Schlampe. Inzwischen hätte ich vor Freude gern auf dem Tisch getanzt!

Auf diese Nachricht gab es für mich nur eine einzige Erwiderung.

›Ich liebe dich so, Tristan Wrangler!‹ Seine Antwort kam prompt und war so typisch er.

›Ja, ja ...‹

3. STARKE WORTE

Mia ›keine verfickte Ahnung‹ Engel

»Francesco ... Schatz ...« Ich ging auf den düster schauenden Tristan zu und blieb nicht stehen, bis ich ihn umarmt hatte, egal wie sehr meine Beine auch bei seinem mörderischen Ausdruck schlotterten.

Wir befanden uns vor dem *T&P*. Mista Wrangler sah wieder mal umwerfend und gleichermaßen gefährlich aus in seinem tiefschwarzen maßgeschneiderten Anzug, doch er wirkte nicht gerade erfreut über das gemeinsame Essen mit meiner Erzeugerin. Er war es nicht gewöhnt, dass ihm die Frauen so furchtlos auf die Pelle rückten, wie sie. Normalerweise war er der Dreiste und Skrupellose, aber in meiner Mutter hatte er in dieser Hinsicht wohl seine Meisterin gefunden.

Ich wusste nicht, wer von uns beiden heute mehr mit dem Gedanken spielen würde sie umzubringen. Dies versprach mit Sicherheit ein interessanter Abend zu werden, bei dem wir beide mit unserer Selbstbeherrschung zu kämpfen haben würden!

»Dafür wirst du büßen«, flüsterte er mir samten ins Ohr, während er mir zur Begrüßung einen Kuss auf den Mundwinkel hauchte. Ich erschauerte.

Ja ... das war mir klar ...

»Und da ist er wieder, der Sechser im Lotto!«, versuchte ich die Situation aufzulockern, musste aber selber die Augen verdrehen, als ich die viel zu schrille, aufbrausende Stimme meiner Mutter hinter mir vernahm, die von der Aufmachung des Restaurants schwärmte.

»Du wirst SEHR dafür büßen.« Tristan löste sich mit einem charmanten Lächeln von mir, ließ aber seinen Arm um meine Taille liegen, während wir uns zu meiner Mutter umdrehten, die ein erschreckend kurzes schwarzes Kleid trug.

Wobei es auch ein Negligé hätte sein können. Das war wirklich schwer zu sagen. Das Ganze wurde durch High Heels und tonnenweise Schminke abgerundet. Ich schämte mich furchtbar, und ihr dreckiges Grinsen, mit dem sie seit Neuestem *meinen* Tristan ansah, verwandelte meine sowieso schon vorhandene Abneigung gegen sie beinahe in Hass.

»Wie hab ich mich darauf gefreut, das hier tun zu können!« Dabei war es ihr komplett egal, dass ich gerade nur Millimeter entfernt neben ihm stand, dieser Mann *nur* mir gehörte und sie warnend anfunkelte. Trotzdem umrundete sie mit einer Hand seinen Körper, und ich hoffte stark für sie, dass sie ihm nicht in seine Hintern kneifen wollte.

»Unterstehen Sie sich, Lady!« Tristan hielt ihr Handgelenk in sicheren Fingern, bevor sie auch nur ansatzweise das ausführen konnte, was sie soeben im Sinn hatte. Ihm gelang das Kunststück freundlich zu bleiben, und das auch nur weil es sich bei der Frau, obwohl attestiert geisteskrank, um meine Mutter handelte, davon war ich überzeugt. Außerdem schlug er immer noch keine weiblichen Wesen – zumindest nicht vor Wut. Ansonsten machte er bei meinen Nippeln eine Ausnahme, vermutlich um mich in den Wahnsinn zu treiben.

Mürrisch betrachtete ich seine langen wissenden Finger, welche die Haut einer anderen berührten.

Tristans Blick fuhr aus dem Augenwinkel zu mir herum und ich versuchte, mir nicht anmerken zu lassen, wie unschön es für mich war, dass er jemand anders anfasste ... aus welchen Gründen auch immer.

»Dieser Körper steht nur Ihrer Tochter zur Verfügung«, ergänzte er liebreizend und ließ sie los, um nach mir zu greifen. Er verschlang unsere Finger fest miteinander und sein Daumen strich über die Knöchel.

OH mein Tristan! Er hielt meine Hand, NICHT MEIN HANDGELENK! Streichelte mich, verhielt sich so, als wären wir wieder zusammen ... und glücklich ...

Schüchtern lächelte ich ihn an, registrierte die verräterische

Hitze in meinen Wangen, als er uns zu einem etwas abgelegenen Tisch führte, die Mäntel abnahm und uns beiden die Stühle zurechtrückte. AHA! Es waren also doch vorzügliche Manieren vorhanden. Na gut, er war jetzt sicherlich nur ein vollendeter Gentleman, weil er auch die nötige Reife dafür besaß, WENN er wollte!

Mit einem wachsamen Gesichtsausdruck setzte Tristan sich zwischen uns und zwinkerte mir verschwörerisch zu. Ich grinste zurück – es ging gar nicht anders. Viel zu lange hatte ich auf diesen bezaubernden Ausdruck und das Gefühl dieser tiefen Verbundenheit zwischen uns gewartet, denn nichts von der gewohnten Kälte war in ihm ...

Was war nur geschehen?

Meine Mutter schnaubte und nahm ziemlich aggressiv die Karte von dem netten, gut aussehenden Kellner entgegen. Ich tat es ihr gleich und verschanzte mich dahinter, denn Tristans warme Freundlichkeit, die er seit dem Vorfall mit der zu fleischgewordenen Sau Eva Eber ausstrahlte, verunsicherte mich zutiefst. Es sorgte dafür, dass ich ihn jetzt noch schwerer einschätzen konnte als zuvor. War das eine neue Art, sein Spiel mit mir zu treiben?

»Also, wie lang seid ihr zwei denn zusammen? Es kann ja noch nicht all zu lange sein, wenn du sie noch so anhimmelst, hm?«, erkundigte sich meine Mutter provokativ, und ich blickte sie mit zu Schlitzen verengten Augen an. Ohne zu wissen, was ich bestellen wollte, klatschte ich meine Karte auf den Tisch. Ich würde dieses Verhalten nicht länger dulden!

»Wir sind seit zwei Jahren zusammen!«, verkündete ich unterkühlt und bestellte bei dem Kellner aus Gewohnheit ein Wasser ...

»Sie bekommt ein Spezi«, mischte sich Tristan sofort ein, weil er wohl wusste, dass dies mein Lieblingsgetränk war. Ich starrte ihn fassungslos an, doch er nahm meine Hand auf dem Tisch, drückte sie kurz und ignorierte mich ansonsten überheblich. »Für mich dasselbe.«

Meine Mutter orderte ein Wasser.

»Dazu bitte die italienische Gemüsepfanne«, warf ich ein. Denn ich wollte mich nicht mit einer Vorspeise aufhalten, um diese Situation nicht unnötig in die Länge zu ziehen.

»Sie nimmt den bayerischen Rostbraten, mit Kartoffeln, grünen Bohnen, und viel Soße«, korrigierte mich Tristan wieder mal ungefragt. Nicht, dass ich Rind nicht mochte ... ich liebte es sogar, zu besonderen Anlässen ... besonders Rostbraten, mit Kartoffeln, grünen Bohnen und viel Soße ... aber verdammt! Dieser blöde Vertrag hing mir aus dem ARSCH raus!

»Ich nehme DAS GEMÜSE! Tristan!«, flüsterte ich ihm tadelnd zu.

»Was?«, fragte meine Mutter misstrauisch über den Tisch hinweg, und ich erkannte sofort meinen Fehler, denn für sie war er ja Francesco Cavalli.

»Äh ... ich meinte: Bis dann ...« Unschuldig blinzelte ich sie an. Tristan gluckste.

Meine Mutter zog ihre millimeterdünn gezupfte Augenbraue nach oben.

»Ich esse normalerweise nichts, was mal Haare am Körper hatte ...«, rechtfertige ich mich weiter.

Tristan erstickte mittlerweile fast an seinem Lachen, bekam einen hochroten Kopf und bestellte letztendlich dasselbe wie ich.

»Aha ...« Meine Mutter schien noch etwas argwöhnisch, aber schließlich wandte sie sich an den Kellner. »Ich nehme den Lachs auf Bandnudeln. Kein Pfeffer. Keine Sahne!«, orderte sie hochnäsig und klappte die Karte zu, um Tristan ausgiebig zu mustern. Es nervte mich, wie offensichtlich sie ihn mit Blicken auszog.

»Also, so gut wie Francesco sah dein Ex, dem du so lang hinterher getrauert hast, sicher nicht aus ...«, setzte sie zum ultimativen NO GO an. Klar, sie hatte Tristan auch nie gesehen, obwohl das in dem kleinen Kaff, in dem wir aufgewachsen waren, eigentlich ein Ding der Unmöglichkeit war. Das einzige Mal, als sie aufeinandergetroffen waren, hatte sie einen ihrer

Rauschzustände ausgeschlafen.

Ich japste nach Luft, weil ich wusste, dass es nur noch schlimmer werden konnte. Tristan verkrampfte sich merklich.

»Wie hieß er noch mal, Romeo?«

»NEIN!«

»Dante?«

»MAMA, er heißt Tristan! Tristan, wie *Tristan und Isolde*!« Die anderen Gäste hoben ihre Köpfe, um mich mit Blicken für meine laute Stimme zu maßregeln. Sowas passierte mir in letzter Zeit ständig. Peinlich berührt sank ich etwas in meinen Sitz, und versuchte mich zu beruhigen.

»Wie auch immer ...« Meine Erzeugerin trank noch einen Schluck. »Ich hab nie verstanden, wie du dich wegen eines Mannes so quälen konntest! Schon gar nicht, wenn man bedenkt, wie er die Sache mit dir beendet hat!«

Ich spürte förmlich, wie sich Tristans Blick in mich bohrte. »Du kennst nur Dads Geschichte ...«, presste ich hervor.

»Du hast ja nicht mehr mit mir geredet, nachdem du zu deinem Onkel gegangen bist. Aber Patrick hat mir erzählt, dass du aussahst wie eine lebendige Leiche! Nicht einmal angerufen hast du mich ...« Sie zuckte mit den dünnen Schultern und warf ihre langen Haare zurück, die diesmal nicht toupiert, aber dafür geglättet über ihren Rücken fielen.

»Bist du schon mal auf den Gedanken gekommen, dass du selber daran schuld bist, wenn deine einzige Tochter dir nichts zu sagen hat?« Wahrscheinlich war es Tristans Anwesenheit, die dafür sorgte, dass ich den Mut fand, ihr das ins Gesicht zu spucken, vielleicht lag es auch daran, dass ich sie so lange nicht gesehen hatte. Womöglich war es auch beides.

Sie lachte gekünstelt.

»Du hattest all die Jahre ein Dach über dem Kopf und Essen im Kühlschrank. Was wirfst du mir vor?«

»Und was ist mit Achtung und Respekt? Mit Liebe?«, flüsterte ich sehr leise, während ich den leeren Unterteller vor mir anstarrte und Tränen hinter meinen Lidern brennen fühlte.

Plötzlich war da Tristans Hand unter dem Tisch, die meine nahm. Er löste meine verkrampfte Faust und strich mir über die Innenfläche meiner Hand.

»Pah! Von Liebe allein konnte bis jetzt noch kein Mensch überleben!«

»Aber ohne auch nicht ...«, schaltete sich Tristan plötzlich sehr kühl ein, und ich dachte, ich hätte mich verhört.

»Na ja, für die Liebe bist du ja nun zuständig, nicht?« Sie prostete ihm zu und Tristan schnaubte. *Liebe* ... Er war im Moment meilenweit davon entfernt, mich zu lieben, oder? »Und so, wie ich das sehe, machst du deinen Job ganz gut ...«, fügte meine Mutter verbittert hinzu, als sie den Blick bemerkte, mit dem ich ihn betrachtete.

Mein Kopf fuhr herum, denn diesen Kommentar hatte ich nicht erwartet. Wirkte er etwa auf andere tatsächlich so, als hätte er Gefühle für mich?

»Wie man´s nimmt ...« Tristan zuckte mit den Schultern und ließ meine Hand unter dem Tisch los. Es war, als hätte er mir meine Gedanken soeben bestätigt. Er liebte mich nicht – würde dies wahrscheinlich nie wieder können ...

»Auf ihr Aussehen kannst du ja wohl kaum scharf sein ...« Zum Glück kam der Kellner in dem Moment, denn ansonsten wäre Tristan wohl explodiert. Mir war der Appetit vergangen – komplett.

»Iss ...«, forderte seine samtene Stimme bestimmend und ich folgte murrend, obwohl mein Magen den Aufstand probte

Doch es war wirklich köstlich. Das Gemüse leicht angebraten, pikant gewürzt und die Nudeln hausgemacht. Meine Mutter haute rein, als hätte sie das letzte Mal vor einem Jahr was gegessen. Sie schmatzte, tropfte mit Soße rum und legte keinerlei Anstand an den Tag. Wenigstens war sie still ... und konzentrierte sich nur auf ihr Essen. Ich hingegen wurde in meinem Stuhl immer kleiner, und hoffte, dass dieser Albtraum bald ein Ende hätte ...

Sie zu beobachten, löste in mir einen akuten Anfall von Fremdschämen aus. Dabei fragte ich mich, ob ich etwas von dieser Frau geerbt hatte, betete, dass es – wenn ja – nicht zu viel war, und entschied, nur noch Tristan anzusehen.

Eine gute Wahl. Wenn auch eine ziemlich aufwühlende. Denn er war sehr sexy beim Kauen ... Diese Kiefermuskeln ... Mein Bauch zog sich zusammen.

Tristan bemerkte wie immer mein Starren und wandte mir abrupt sein Gesicht zu. Als er sah, wie ich ihn SCHON WIEDER anschmachtete, denn ich konnte den Blick nicht mehr schnell genug abwenden und wurde zu allem Überfluss auch noch knallrot, grinste er schief und plötzlich lag seine Hand auf meinem Knie ...

Auf meinem *nackten* Knie ...

Es brannte mir nichts dir nichts lichterloh. Sofort musste ich an unseren letzten Besuch in diesem Restaurant denken und verschluckte mich fast an einem Böhnchen.

Ich wollte meiner Mutter in nichts nachstehen und hatte das nuttigste, lilafarbene Kleid angezogen, das mein Kleiderschrank hergab. Tristan schien das zu gefallen, denn seine Finger malten jetzt sanfte Kreise auf meine Haut, immer weiter den Oberschenkel entlang. Ich wusste nicht, wie ich reagieren sollte. Also biss ich mir auf die Lippe. Tristan knurrte leise. Ich seufzte. Oh NO ...

»Geh in fünf Minuten auf die Toilette!« Er hatte sich zu mir gebeugt ... und nun waren seine Lippen an meinem Ohr. Als ich seinen heißen Atem im Nacken spürte, erschauerte ich.

»Nicht hier!« Ich schüttelte den Kopf, auch wenn die Vorstellung sehr verlockend war, seinem Befehl nachzukommen, doch meine Mutter war dabei!

»Ist das etwa ein Nein?« Seine Nase strich langsam über meine Wange und die Finger träge nach oben. »Wenn du nicht vorhattest, mich zu verführen, wieso hast du dann SO EIN Kleid angezogen?«

»Das ist kein Nein!«, rief ich schon beinahe japsend aus, denn seine Hand war fast an meinem, natürlich alles andere als trockenem, Höschen angelangt.

»In fünf Minuten! Aber erst wirst du aufessen ... sonst gibt's keine Nachspeise, Miss Angel«, summte er mir ins Ohr und biss sehr kurz und sehr zart in mein Ohrläppchen. Ich unterdrückte ein wohliges Stöhnen und er lehnte sich zurück.

Sein Gesicht war glatt und emotionslos, während man meinem die Aufgewühltheit auf zehn Meter Entfernung ablesen konnte.

Natürlich gehorchte ich, denn ich wollte wirklich gern meine Nachspeise haben!

Leider besaß ich keine Uhr.

Tristan verdrehte die Augen, als ich nach gefühlten fünf Minuten nach seinem Handgelenk griff und auf seine Rolex sah. Nur half mir das nicht, denn ich wusste ja die vorherige Zeit nicht. Fragend schaute ich ihn an. Er war genervt, wenn auch nur oberflächlich, darunter machte ich seine amüsierte Stimmung aus.

»Geh!«, flüsterte er mir zu und ich warf noch einen Blick auf meine schmatzende Mutter, die ganz mit ihrem Lachsfilet beschäftigt war.

»Entschuldigt mich«, verkündete ich und rannte fast zu den Toiletten ...

Doch dort kam ich nie an ... weil ich gegen eine breite männliche Brust prallte. Große Hände fingen mich an den Oberarmen auf, bevor ich auf meinem Hintern landen konnte, und ein dröhnendes Lachen erklang über mir.

»Sorry!« Als ich die Stimme erkannte, erstarrte ich kurz, dann sah ich hoch und Phillip Wrangler sog geräuschvoll Luft in seine Lungen, als er mein Gesicht erblickte.

»Mia!«

»Phil!«, riefen wir gleichzeitig und dann starrten wir uns an. Er hielt immer noch meine Oberarme fest ... Plötzlich ließ er los, als hätte er sich verbrannt.

»Was tust du hier?«, fragten wir wieder wie aus einem Munde. Tristans Bruder wütend – ich aufgeregt. Wir verstummten synchron und glotzten uns an. Er grimmig – ich erschrocken.

»Weiß Tristan, dass du hier bist?«

»Ich *bin* mit Tristan hier!« Auch diese beiden Sätze kamen

unisono.

»JA!«

»WAS?«

Gott ... das konnte doch nicht so weitergehen! So würden wir nie ein ordentliches Gespräch zustande bringen. Ich ließ ihm den Vortritt, doch er packte mich unverhofft und schleifte mich hinter sich her in die aus Edelstahl bestehende Küche.

»Wieso bist du mit meinem Bruder hier?«, zischte er mich an. »Wie kannst du es wagen, auch nur in seine Nähe zu kommen?« Oh man ... seine großen blauen Augen blickten mich mehr als wütend an. So hatte ich ihn noch nie gesehen. Er wäre ziemlich furchteinflößend gewesen, wenn da nicht die überdimensionale Kochmütze auf seinem Kopf herum gewackelt hätte.

Ich seufzte. »Das alles war ein ... Missverständnis ...« Wie sollte ich ihm denn das JETZT erklären?

»Was?!«, schrie er. Seine drei Küchenhelfer fuhren zusammen und machten einen weiten Bogen um uns. Auch ich zuckte vor ihm zurück – und vor seinen gerade anschwellenden Muskelsträngen ...

»Wow, wow, wow ... Phil ... schalt eine Stufe runter ...« Tristans athletischer Körper schob sich wie eine Mauer in den engen Raum zwischen seinen cholerischem Bruder und mich.

Sein Ton war sehr kühl ... So hatte ich ihn noch nie mit einem seiner Brüder reden hören. »Wenn sie einer anbrüllt, dann bin ich das – *ausschließlich!*«

»Sag mal, hast du sie noch alle, du verdammter Idiot?« Phillip konnte es anscheinend nicht glauben, aber das hielt ihn nicht davon ab, Tristan zu schubsen. Zum Glück besaß Letzterer auch ein paar beträchtliche Muskeln, mit denen er standhalten konnte, ansonsten wäre er wohl in mich gekracht. So wurde ich lediglich gegen die Anrichte hinter mir gepresst.

Ängstlich linste ich über seine Schulter. Wieso ich das tat, wusste ich nicht. Denn der Anblick, wie ich mich verängstigt an seinen kleinen Bruder klammerte, brachte Phil noch mehr in Wallung. Ja ... er hatte schon früher ein Problem mit mir gehabt ... nun war dies anscheinend noch etwas größer geworden.

»Du bist doch echt bescheuert! Willst du dich von diesem Flittchen wieder aussaugen lassen? Willst du wieder dasselbe durchmachen? VERDAMMT, TRIS! Sie ist eine kleine manipulative Schlange, die dich mit ihren verdammten Rehaugen wieder eingewickelt hat ... Sie SCHEISST AUF DICH!«

Ich zuckte zusammen ...

»Das reicht!« Tristan bebte. Doch Phil hörte ihn gar nicht.

»Ich würde ihr ins Gesicht spucken, wenn ich könnte! Dann wüsste sie, was sie verdient hat!«

JETZT bekam ich WIRKLICH ANGST!

»PHIL. HÖR. AUF!« Tristan klang wortwörtlich verbissen.

»Wieso aufhören? Das *muss* gesagt werden! Sie ist nichts WERT! Sie ist ein Stück Dreck! Sie ist ein. Dummer. Hässlicher. TRUTHAHN!«

Tristan machte einen Satz nach vorne. Noch ehe der cholerische Phil sich versah, hatte er ihn im Schwitzkasten gepackt und ich wusste, dass er all seine Beherrschung aufbrachte, um seinem Bruder nicht professionell das Gesicht zu liften.

»Tristan!«, rief ich schockiert.

»Sie ist *mein* verfickter Truthahn!«, knurrte Tristan sehr, sehr leise.

»EGAL!« Phil schwang sich plötzlich herum, und im nächsten Moment hatte er Tristan mit seinem wuchtigen Unterarm am Hals auf dem Küchentresen festgenagelt. Ein paar Zentimeter von den heißen Herdplatten entfernt.

»Phil! Vorsicht!«, kreischte ich erschrocken.

Beide starrten mich kurz an. Der Koch hasserfüllt, Tristan berechnend. Prompt nutzte er die Ablenkung seines Gegners, um ihn wegzutreten. In den Bauch ... AUA!

Phillip taumelte nach hinten ... geradewegs in einen Schrank. Die darin befindlichen Töpfe und Pfannen fielen scheppernd zu Boden – ich brachte mich schnell ein paar Schritte in Sicherheit. So ungefähr ans andere Ende der Küche.

Mein Herz raste ... Wo war ich hier nur schon wieder

reingeraten? UND WIESO kämpfte Tristan meinetwegen mit seinem Bruder? Hätte er keinen anderen Weg finden können? Reden oder so?!

Noch bevor Phil sich wieder aufgerappelt hatte, konnte Tristan ihn festpinnen, indem er seinen Unterarm packte und ihn auf seinem Rücken verdrehte. Der Größere der beiden ächzte vor Schmerzen.

»Sag nie wieder so was über sie!«, wiederholte Tristan etwas atemlos. Sein Bruder knurrte lediglich ...

»Bitte lass ihn jetzt los! Es war ja nicht so schlimm ...«, versuchte ich ihn zu beschwichtigen.

Beide im Moment wirklich einschüchternden Männer visierten mich an. Tristan folgte natürlich nicht, als ob er das jemals getan hätte ... bis hinter mir ein Lachen ertönte.

»OHHH ... Jetzt streiten sich auch noch zwei heiße Kerle um dich!« Meine Mutter war eindeutig erfreut über die Show, welche die Wrangler-Brüder unfreiwillig lieferten.

Widerstrebend ließ Tristan seinen Bruder los und klopfte ihm auf die Schulter. Phillip schlug ihm auf den Rücken. Aber so fest, dass Tristan einen Schritt nach vorne taumelte.

»Verdammter Pisser!«, grummelte dieser und rieb sich die misshandelte Stelle. Er kam zu mir und legte bestimmend seinen Arm um meine Schulter.

»Wir gehen jetzt!« Damit wollte er umdrehen und verschwinden, aber Phil rief uns noch hinterher.

»Morgen um 13.00 Uhr. Hier! Mit ihr!« Tristan schnaubte lediglich.

»Komm, Mum!« Ich packte sie am Oberarm und zog sie mit, denn ich nahm an, dass Tristan nicht so bald vorhatte, stehen zu bleiben.

»Darf ich vorne sitzen?«, fragte sie, sobald sie den wunderschönen Audi A7 in Kirschrot erblickte, der glänzend poliert direkt vor der Tür stand – auf dem Teppich des Eingangs!

»Nein!«, stieß Tristan im selben Moment hervor, in dem ich »Ja ...« brummte.

Seufzend öffnete er ihr die Tür.

Sie kletterte auf den Sitz und freute sich wie ein Kind an Weihnachten. Ja ... Luxus ... damit konnte man meine Mutter WIRKLICH glücklich machen. Mit nichts anderem ... Traurig aber wahr!

Tristan hielt auch mir die Tür auf – die hintere – und half mir beim Einsteigen. Mit einem kurzen Blick versicherte er sich, dass mit mir alles in Ordnung war, dann stieg er elegant ein und parkte rückwärts aus, wobei die schimpfenden Passanten zur Seite springen mussten, wenn sie nicht überfahren werden wollten.

Erschöpft lehnte ich meine Stirn gegen die Scheibe und dachte darüber nach, dass ich morgen offenbar den übrigen Teil seiner Familie treffen würde. Wie sie wohl reagieren würden? Würden sie mich gleich köpfen? Würden sie mich aus dem Land jagen? Mit Mistgabeln und Fackeln?

Ich war so in meinen Gedanken versunken, dass ich zuerst gar nicht merkte, wie sich meine Mutter zu Tristan rüberbeugte und ihm etwas ins Ohr flüsterte.

Gerade wollte ich protestierend eingreifen, denn ich konnte genau sehen, wo ihre Hand ihn berührte, da trat er plötzlich mit so einer Wucht auf die Bremse, dass ich mit dem Gesicht in den Sitz vor mir geschleudert wurde.

»Autsch!« Zitternd stützte ich mich mit beiden Händen ab und wollte sie trotzdem anschreien, als Tristan diese Aufgabe übernahm.

Viel besser als ich es gekonnt hätte: »DEINE TOCHTER sitzt auf der Rückbank! Ich bin der Freund DEINER TOCHTER! *Deiner Tochter*, für die du dir nur das Beste wünschen solltest! Deine Tochter, die verfickte Scheiße noch mal so bezaubernd ist, dass du sie lieben und verehren solltest, verdammt noch mal! Ich habe keine Ahnung, wie so etwas Gewissenloses wie du einen solchen Menschen erschaffen konnte! Aber ich bin froh, dass sie es fertiggebracht hat, sich gegen deinen abgefuckten Einfluss zu wehren! Und ich würde dir raten, mich nicht noch einmal anzutatschen!«

Meine Mutter starrte ihn nur an – genauso wie ich. Tristan funkelte sie rasend an, als er ein Scheckbuch aus seinem Handschuhfach hervorriss.

»Du bist hier wegen Geld – du sollst Geld haben! Und dann lassen du und dein gehirnbeschränkter Ehemann die Finger von ihr, VERSTANDEN? Verdammte Scheiße, ich hab von eurer elendigen Sippe die Schnauze voll! Aber diesmal macht ihr mir keinen verfickten Strich durch die Rechnung!« Währenddessen kritzelte er wild in dem Scheckbuch rum.

»Wieso sollte ich sonst hier sein?« zischte sie zurück und irgendwas in ihrem Ausdruck war versteinert. »Glaubst du etwa, ich bin hier, wegen dem Haufen Schei...« Weiter kam sie nicht, weil Tristan ihren Hals packte und ihren Kopf zu sich riss. Keuchend verstummte sie, als er sich zu ihr lehnte, sodass ihre Nasen sich beinahe berührten.

Ich war wie erstarrt.

»Wage es nicht!« Er betonte jede einzelne Silbe. Sie erschauerte sichtlich und nickte hektisch. Tränen liefen über ihre Wangen. »Wage es nicht, sie noch einmal zu beleidigen. Denn der einzig anwesende Haufen Scheiße bist *du!*«

Jetzt funkelten ihre Augen. Aufmüpfig ... »Ich werde euch meinen Mann auf den Hals hetzen!«

Ziemlich hysterisch lachte ich auf. Tristan ließ abrupt von ihr ab. Aber nicht, ohne auch zu lächeln – eiskalt.

»Ich werde ihn mit größter Freude erwarten!« Seine Augen glitzerten nun so verlangend, wie sie es sonst nur taten, wenn er meine Pussy ansah.

»Sag ihm, Tristan Wrangler richtet ihm einen schönen Gruß aus ...« Während er ruhig sprach, kritzelte er weiter auf seinem Scheckbuch herum. Ihre Augen weiteten sich, als er seinen Namen nannte. »Und sag ihm auch, dass Mia Marena mir gehört! Für fucking immer!« Er riss eine Seite aus seinem Büchlein und schleuderte sie ihr an die Brust. »Er kann gerne kommen, denn ich habe mit ihm noch eine Rechnung offen. Aber *dich* will ich nie wieder in der Nähe von Mia sehen.

DU hast schon genug Schaden angerichtet. Und jetzt verpiss dich aus diesem Auto, bevor ich mich verdammt noch mal vergesse!«

»A ... aber meine Sachen sind bei ...«

»RAUS!« Tristan sprach diese vier Buchstaben so leise und bedrohlich aus, dass sie sofort das kleine Blatt Papier ergriff und förmlich aus dem Wagen stürzte.

Ich konnte nicht glauben, dass es so einfach gewesen war, sie loszuwerden ... Na ja einfach ... Für mich! Ich hatte nur stillschweigend hier gesessen und drei Dinge empfunden.

Erstens: Faszination.

Zweitens: Genugtuung.

Drittens: Schuld.

Faszination, weil Tristan so unglaublich sexy wirkte, wenn er so stark und so autoritär war und jeden genau spüren ließ, dass es ihn einen Fuck scherte, was er von ihm dachte ... So von sich selbst überzeugt ... und das mit Grund!

Genugtuung, weil sie endlich einmal das bekommen hatte, was sie verdiente ... Von einem Menschen, dem sie gefallen wollte.

Und Schuld, weil ich Genugtuung empfunden hatte, als meine eigene Mutter mal diejenige war, die fertiggemacht wurde.

Ich konnte es nicht glauben, dass sie ohne einen Blick auf mich aus dem Auto schlüpfte, und die Tür hinter sich zuschlug. Passenderweise regnete es inzwischen in Strömen und wir sahen uns noch einmal in die Augen, als sie wie der begossene Pudel in der kalten Nacht zurückblieb.

Tristan drückte das Gas durch und raste los. An der Art, wie er das Lenkrad umklammerte und wie er seine Kiefer aufeinanderpresste, bemerkte ich, dass er nach wie vor wütend war.

»Ich kann es einfach nicht ertragen, wenn sie so über dich reden ... Verdammte Scheiße ... verdammt noch mal ... Das nächste Mal bring ich sie um ...«, murmelte er absolut rasend vor sich hin, und ich hatte keine Ahnung, was ich tun sollte ... Ich wusste nur, dass man ihn in einer solchen Verfassung besser in Ruhe ließ. Daher lehnte ich mich auf meinem Sitz zurück, um mich irgendwie ein wenig zu entspannen. Erschöpft schloss ich die Lider und atmete tief durch, versuchte zu verarbeiten, was soeben geschehen war und zu ergründen, was das zu bedeuten hatte ...

»MIA!«, brüllte er mich plötzlich an, und ich richtete mich so heftig auf, dass ich mir oben fast den Kopf anstieß.

»Ja?«, erwiderte ich gehetzt.

Seine Augen funkelten mich düster im Rückspiegel an. »Geht's dir gut?«

Ich lächelte schwach. Mit der Frage hätte ich jetzt nicht gerechnet. Wirklich nicht ...

»Ja, Tristan ...« *Mein strahlender Held mit dem knallroten Audi und den dreckigen Gedanken,* gab ich in meinem Kopf noch dazu und musste verträumt lächeln. Denn dass er genau das mittlerweile wieder war, hatte er soeben sehr eindrucksvoll bewiesen. »Dass du mich so verteidigt hast, war sehr nett von dir, aber du hast meinem Vater praktisch eine Einladung geschickt ...«, fiel mir dann ein, und das Lächeln verschwand sofort von meinem Gesicht.

»Ich weiß ...«, antwortete er ruhig.

»Aber Tristan ...«

»Hör auf, hier lächerliche Panik zu verbreiten, Mia. Ich weiß, was ich tue.«

»Aber ...«

»Fick auf ›Aber!‹«, blaffte er. »Er wird bekommen, was er verdient! Und dieses Mal werde ich mich nicht so stümperhaft anstellen wie vor acht Jahren!«, fügte er so leise brummend hinzu, dass ich es kaum verstand.

Abermals schloss ich die Augen und ließ mich in seinem Sitz zurückfallen. »Ich weiß nicht, ob das so eine gute Idee ist ...«

»Mach dir um dich keine Sorgen, ich überwache deine Wohnung. Außerdem werde ich ein Sicherheitsschloss einbauen, das nicht so ohne Weiteres zu knacken ist. Er wird nicht an dich herankommen. NIE WIEDER! Der Pisser wird dafür büßen, was er uns angetan hat ...«

»Du glaubst mir also?« Mein Herz schien vor Hoffnung lichterloh zu brennen.

»Nein!«, stieß Tristan sofort hervor und die Flammen erloschen. »Dennoch ist er ein sadistischer Wichser, und ich weiß, dass ich der restlichen Menschheit auf diesem Planeten einen Gefallen tue, wenn er ein für alle Mal verschwindet!«

»Tristan ...«

»Ja, ja ...« Er winkte ab und bog nach rechts. Zu meiner Enttäuschung bemerkte ich, dass wir schon bei mir daheim waren.

MIST! Ich hatte gehofft ... er würde mich noch etwas um den Verstand bringen. Auf die gute alte Tristan-Sexgott-Art ... Aber nichts da.

Er blieb in der zweiten Reihe stehen und stieg aus, um mir die Tür zu öffnen.

Wortlos stellte ich mich vor ihn. Schaute zu ihm hoch und bewunderte die Makellosigkeit seines Gesichtes, das gerade ziemlich distanziert auf mich herabsah.

»Was ist das jetzt zwischen uns Tristan?«, fragte ich ... es war weniger als ein Wispern, denn ich hatte vor seiner Antwort eine Heidenangst.

In Tristans Augen blitzte etwas auf, was sehr schnell wieder vorbeizog. Etwas von seinem alten Blick und es erfüllte mich erneut mit Hoffnung. Er starrte mich noch ein paar Sekunden unergründlich an, dann seufzte er tief, und mit einem Mal lag seine Hand an der Seite meines Halses und sein Daumen streichelte mich dort, wo mein Puls raste. Ich erschauerte, auch wenn seine Haut warm und weich war.

»Ich weiß es nicht ...«, flüsterte er fast genauso gebrochen zurück.

»Was wirst du deiner Familie sagen?«

»Ich habe keine Ahnung ...«

»Glaubst du mir, Tristan?« Das klang total eindringlich.

Er zuckte mit den Schultern.

Okay ... heute Abend würde er mir wohl keine andere Antwort

mehr geben, aber das war wenigstens kein *nein*!

Seufzend schloss ich die Augen und genoss einfach nur seine Berührung, denn ich wusste, mehr würde ich nicht bekommen. Nach einer gefühlten Ewigkeit und ein paar Kälteschauern meinerseits sprach er wieder.

»Geh rein!«

Ich öffnete die Lider und ärgerte mich, weil ich sie nicht die ganze Zeit offen gelassen hatte. Wie konnte ich nur eine Sekunde NICHT damit verbringen, ihn anzusehen. Manchmal war ich wirklich eine dumme Kuh!

Er löste seine Hand von mir, aber nicht, ohne den verrutschten Träger meines Kleides hochzuschieben, sodass er wieder auf meiner Schulter lag. Ich lächelte ihn an, denn das war echt süß.

Er verdrehte die Augen und trat galant zur Seite, um mir den Weg frei zu machen.

Ich ging ... Sehr schweren Herzens. Aber ich ging ...

Als ich oben in meiner Wohnung ankam und mich auf meine Couch setzte, an der immer noch das ekelhaft süße Parfum meiner Mutter klebte, fiel mir etwas ein. Ich rannte zum Fenster, aber ich sah gerade noch, wie der Audi davondüste.

Mist!

Also packte ich mein Handy und tippte ein. ›*Wie viel hast du meiner Mutter eigentlich gezahlt, damit sie mich in Ruhe lässt?*‹ Mit feuchten Fingern streichelte ich meinen Chihuahua Stanley, der mich schwanzwedelnd begrüßte. Die Antwort kam sehr schnell und sie schockte mich so sehr, dass ich die Nacht fast kein Auge zubekam.

›*50.000 ... Ich wünsche angenehme feuchte Träume!*‹

OH. MEIN. Tristan!

4. Vergebung

Erzähler alias Don ›fucking‹ Both (Oh Gott, das wollte ich schon immer mal tun!)

Renée Engel trat eine Woche später mit einem breiten Lächeln auf ihrem Gesicht in das Hotel ihrer Wahl. Es war teuer und luxuriös – genau nach ihrem Geschmack. Sie hatte hoch gepokert und alles gewonnen, weshalb sie es sich leisten konnte.

In ihrer Tasche lag der gedeckte Scheck, der ihr all ihre Wünsche erfüllen würde und ein Mann, für alles Weitere, war bereits in Aussicht.

Fett und alt, sterbenskrank – perfekt!

Ja! Endlich war sie vollkommen frei!

Tatsache war, dass Harald Engel, der Mann der sie all die Jahre unterdrückt und terrorisiert hatte, vor zwei Tagen einen tödlichen, ziemlich mysteriösen Unfall beim Angeln gehabt hatte und elendig ertrunken war ... Nur am Rande fragte sie sich, ob der umwerfende Hauptgewinn ihrer beschränkten Tochter etwas damit zu tun hatte. Denn wenn er eines mit Gewissheit nicht besaß, dann waren es Skrupel.

Ihr Lächeln wurde breiter, als sie an die Erleichterung dachte, die sie bei der Nachricht von Haralds Tod durchflutet hatte ...

Jetzt konnte sie endlich anfangen zu leben und mit ihrer Vergangenheit abschließen. Ganz im Verborgenen wünschte sie dies auch ihrer Tochter.

Tristan Wrangler würde ihr das bieten, was sie nie vermocht hatte: Sicherheit. Das hatte er bewiesen.

Tristan ›little‹ Wrangler

Was sollte ich ihnen sagen? Wie sollte ich es ihnen erklären? Und würden sie es verstehen? Sie waren ja immer noch davon überzeugt, dass Mia Marena mich verraten hatte, so viel stand fest – das war allerdings nicht mein hauptsächliches Problem.

Was war mit mir?

Glaubte ich nach wie vor, dass sie aus reiner Boshaftigkeit mein Leben zerstört hatte?

Ich sah auf den Sitz zu meiner Rechten, der sonst stets leer war. Jetzt saß sie dort, spielte nervös mit ihren Fingern, schob die Nagelhäute zurück und pulte ein bisschen unter ihren Nägeln rum. Ihr nachdenklicher Blick war nach draußen gerichtet. Sie war eindeutig aufgeregt – wirkte dabei so *unschuldig ... und schön*. Ihre langen Haare hatte sie zu einem Pferdeschwanz gebunden, die Wangen waren blass, die Haut dennoch lupenrein. Ihr kleiner Körper steckte in einem dicken schwarzen Pullover und einer eng anliegenden Jeans, in der ich ihren kleinen, aber feinen Arsch schon ganz genau abgecheckt hatte.

Sie war so ... *betörend* in ihrer Einfachheit.

Und sie rutschte auf ihrem Sitz herum.

Als ich leise seufzte, schaute sie mich an – mit ihren großen, braunen, fragenden Glupschern –, die verdammt noch mal so offen waren, dass sie mir jede Lüge sofort verrieten. Daher ließ ich es zu ... darüber nachzudenken ...

Also ... wieso ... hatte ich es damals nicht gemerkt? Wieso war sie so schockiert gewesen, als es an diesem verheerenden Morgen an der Tür klingelte? Schon am Abend davor war sie so aufgelöst gewesen – demnach musste sie es gewusst haben. Zumindest *irgendwas*. Warum hatte sie nicht offen und ehrlich mit mir gesprochen? Wieso hatte sie mir nicht vertraut?! Wir hätten eine Lösung gefunden, ich hätte verdammt noch mal *alles* dafür getan, um sie zu schützen!

Und das würde ich auch jetzt.

Schüchtern lächelnd biss sie sich auf die Lippe und legte ihren Kopf leicht schief ... Ich zog eine Braue hoch.

»Die Lippe«, erinnerte ich sie nur, und sie entließ sie sichtlich entnervt aus ihren Fängen.

»Du ...«, erwiderte sie frech.

Meine Augen wurden wohl ziemlich groß, als sie plötzlich die Hand nach mir ausstreckte und mir eine meiner mittlerweile viel zu langen, wirren Strähnen aus der Stirn strich. Als ihre Fingerspitzen sanft und mitfühlend über meine Haut glitten, hätte ich diese Geste unterbinden müssen, aber jede Berührung, und war sie noch so nebensächlich, glich neuerdings einer kleinen Absolution. Ich konnte nicht ... mehr ... so kalt sein ...

Trotzdem versuchte ich es. Noch ein letztes Aufbäumen sozusagen ...

»Wir hatten ein paar Regeln aufgestellt, Miss Angel ...«

»DU hast das ...«, verkündete sie leichthin und ließ ihre Finger frecherweise da, wo sie waren, nämlich in meinem Nacken, wo sie mich kraulte. Ich blickte zurück auf die Straße und schnaubte frustriert, während ich einen wohligen Schauer unterdrückte.

Verdammt! Sie ging mir schon wieder viel zu tief unter die Haut und NICHT nur in den Ficker.

»Ich habe in letzter Zeit nachgelassen. Das heißt aber nicht, dass wir unsere Abmachungen komplett über Bord werfen! Du weißt immer noch, was du für mich bist, ja?« Ich fühlte mich im Moment, als würde ich einen schon längst verlorenen Kampf kämpfen, weil ich sie ERNEUT von mir stieß.

»Die Schlampe! Klar!«, grummelte sie, während ich ihre Finger zurück auf ihren Schoß legte.

Ich lächelte in mich hinein, denn es war witzig, wie leicht man sie verärgern konnte. Doch dann schaute ich sie kurz an, und genau in dieser Sekunde wischte sie sich mit dem Ärmel verhalten über die Augen. Bei dem Anblick wurde mir übel.

»HEULST DU?« Jetzt war ich schockiert, denn ich *hasste* es wie Tripper, wenn sie weinte.

»Nein!«, blaffte sie mir trotzig entgegen, aber ich hörte das Zittern in ihrer Stimme. Sie wandte ihr Gesicht komplett von mir ab. Aber wir waren schon da, also hatte sie Pech.

Ich hielt den Wagen auf meinem Parkplatz direkt neben dem Restaurant und schnallte mich ab. Dann beugte ich mich zu ihr rüber und versuchte sanft zu sein, als ich ihr Kinn packte und mir ihr Gesicht zudrehte.

JA, SIE WEINTE! Und sie funkelte mich gleichzeitig trotzig an, während sie schniefte. Die Hände in ihrem Schoß waren zu kleinen Fäusten geballt. Grübelnd schaute ich in ihre Augen und wollte fast nicht fragen, denn ich schiss mir vor der Antwort in die Hosen, aber andererseits musste ich es auch wissen.

»Warum weinst du?«

»Weil du jedes Mal, wenn ich denke, wir haben einen Schritt in die richtige Richtung gemacht, diese Illusionen zerstörst und mich darauf hinweist, dass es gar kein gemeinsames Ziel zum Erreichen gibt und ich für dich trotz allem nichts weiter bin als eine kleine, billige Schlampe ... DESWEGEN. Und jetzt lass mich los, Tristan!«, zischte sie in guter alter/neuer Mia-Manier.

Ich war etwas baff, weshalb es ihr gelang, sich aus meinen Fingern zu lösen, und auszusteigen. Doch ich erholte mich schnell und schnallte mich ab, um ihr hinterherzustürzen. Natürlich regnete es passenderweise in Strömen.

»Mia!« Wieso musste ich ihr ständig hinterherlaufen, seitdem sie wieder in mein Leben getreten war? Und WIESO hörte sie nur nie auf mich, wenn ich sagte, sie solle stehenbleiben?

Unter dem breiten verglasten Vordach des Restaurants erwischte ich endlich ihren Arm und wirbelte sie zu mir herum.

»Nein!« Sie versuchte tatsächlich sich aus meinem Griff zu winden, doch ich war nicht bereit. »Lass mich los! Bitte ... Ich kann gerade nicht ...«

In meinem Herzen schlugen zwei Takte, die gegeneinander kämpften. Einer wurde stärker ... Immer stärker ...

»HEY, beruhige dich!« Ich entschied, sie mit meiner effektivsten Waffe abzulenken: meinem Körper, und drückte das nasse Etwas vor mir kurzerhand gegen die Wand neben der Tür. Mia keuchte auf und wischte sich hektisch ein paar feuchte Strähnen aus der Stirn. Jetzt schaute sie mich nicht mehr trotzig an, sondern wütend.

»Du hast von Anfang an gewusst, worauf du dich einlässt! Ich habe dir nie etwas anderes als Sex versprochen!«

»Es reicht mir aber nicht, Tristan!«, fauchte sie mir ins Gesicht. »ICH LIEBE DICH! Verstehst du das? Es tut mir weh, wenn ich für dich nur irgendeine Schlampe bin! Es tut mir weh zu wissen, dass ich niemals die Zukunft mit dir haben werde, die wir uns immer erträumt haben! Ich dachte, ich kann alles ertragen, nur um in deiner Nähe zu sein. Aber ich habe mich getäuscht! Ich kann ...«

Weiter kam sie nicht. Im nächsten Atemzug war sie nämlich damit beschäftigt zu keuchen, weil meine Lippen ihre berührten. Ich war selber etwas verblüfft. Doch erstens konnte ich sie nicht weinen sehen – nicht mehr – und vor allem nicht wegen mir! Zweitens waren ihre Lippen nass ... und einladend und ich KONNTE mich einfach nicht mehr dagegen wehren.

Also gab ich nach. Für uns beide.

Ich war nicht sanft und vorsichtig, sondern leidenschaftlich und ausgehungert, als ich mit meinen Händen in ihre Haare fuhr, sie an mich presste, und meine Zunge in ihren süßen Mund vorstieß. Dabei gab ich einen eigenartig heiseren Laut von mir, der kein Stöhnen und kein Knurren war, sondern irgendwas dazwischen.

Denn sie war MEIN MÄDCHEN und sie war das Beste, was ich je gekostet hatte. So süß und gleichzeitig so weich und so samtig ...

Ich liebte es, wie ihre kleine Zunge meiner entgegen kam.

Ich liebte es, wie sich ihre Hände an meiner Brust in den Pullover krallten, und sich daran festhielten, als gäbe es kein Morgen mehr.

Doch es war nicht genug – noch lange nicht. Eine Hand löste ich aus ihrem Haar. Als ich an ihrer Schulter herab über ihre Seite bis zu ihrem Oberschenkel strich, seufzte sie leise in meinen Mund und brachte mich dazu, nur noch eine Stufe wilder zu werden. Denn ihre Geräusche waren der Wahnsinn.

Fest packte ich ihr Knie und schlang mir ihr Bein um die

Hüfte. Ich brauchte sie – so nah wie möglich … Wirklich dringend!

Unmissverständlich rieb ich meinen Schritt an ihrem – und JETZT stöhnte sie richtig. Noch ehe ich mich versah, hatte sie ihr anderes Bein auch um mich geschlungen, und wir keuchten in den Mund des anderen, als ich sie mit beiden Händen am Arsch packte und enger an mich presste.

Das hier … war der gottverdammte Himmel …

Ich wollte sie … GANZ … AUF DER STELLE! Und dabei sollte mein Mund sich nicht eine einzige Sekunde von ihren weichen, vollen kirschroten Lippen trennen.

»Trisi?« Die schrille, geschockte Stimme, die mir direkt ins Ohr kreischte, riss mich aus meinen wirren Überlegungen.

»Nein!«, jammerte Mia gefrustet, als ich atemlos meine Lippen von ihren löste. Mein Ficker pochte heftig und protestierte gegen die Unterbrechung mindestens genauso stark wie sie.

Sobald ich nach rechts blickte, konnte ich meinen Fluch nicht unterdrücken. Es war die Alibihobelschlunze. FUCK!

»Nicht die schon wieder …«, nörgelte Mia weiter, und ihre Hände krallten sich ein bisschen fester in meinen Pullover. Ihre Beine umfingen mich noch enger … sie vergrub ihr Gesicht an meinem Hals … und ich konnte und wollte sie einfach nicht von mir lösen. Also hielt ich sie weiter, während ich zu Eva sah, eine Braue hochzog und grinsend mit den Schultern zuckte. Sie klappte den rot geschminkten Mund wieder zu und ihre Augen verengten sich. Bevor ihr lahmes Hirn entschieden hatte, was sie sagen sollte, ergriff ich meine Chance. Dabei drückte ich mit zehn Fingern beruhigend Mias Backen in meinen Händen, worauf sie an meinem Hals aufkeuchte. Dann kicherte sie … Das klang so viel besser, als wenn sie weinte.

»Eva, ich brauche deine Alibihobelschlunzenfähigkeiten nicht mehr. Du bist gefeuert!«

»JA!«, flüsterte Mia an meinem Hals und ich fühlte ihr Lächeln an meiner Haut.

Evas Mund klappte wieder auf – ihre Augen verengten sich jedoch weiter.

»Das kannst du nicht machen!«, zischte sie.

»Ich kann machen, was ich will, und jetzt hau ab! Siehst du nicht, dass ich beschäftigt bin?«

»Okaay«, meinte sie, plötzlich ruhig, und ihr Starren blieb an Mia hängen, die sie immer noch nicht eines Blickes gewürdigt hatte. »Wie ihr wollt ...«

»Eva ...«, grollte ich warnend.

»NEIN!«, rief sie aus, und irgendwas machte mich stutzig, als sie grinsend ein paar Schritte zurückging. »Werd nur glücklich ... mit deinem ... *Mia-Baby!*« Bevor ich noch etwas antworten konnte, drehte sie sich um und marschierte mit schnellen Schritten im Regen davon.

»Sie ist weg.«

»Ich hab mich schon gefragt, wohin dieser penetrante Nervton verschwunden ist.« Als sie aufblickte, haute es mich fast rückwärts um.

SIE STRAHLTE! Ihre Augen strahlten! Ihre Wangen strahlten! Ich fragte mich, ob sie mich atomar verstrahlen konnte, und runzelte die Stirn.

»DAS war doch mal ein Zeichen«, meinte sie mit einem zufriedenen Grinsen. »Du darfst mich jetzt wieder runterlassen, bevor dir die Arme abfallen.«

»OH!« Ehrlich gesagt hatte ich ganz vergessen, dass ich sie immer noch hielt, aber sie wog ja so gut wie nichts.

Ich stellte sie auf ihre Füße und zupfte ihren Pullover wieder nach unten, der hochgerutscht war, denn ich wollte ja nicht, dass sie sich eine Erkältung holte. Sie lachte, als sie meine Lippen betrachtete und bevor ich fragen konnte, was denn so witzig war, hob sie ihre Hand und fing an fest darüber zu wischen.

»AU!«, beschwerte ich mich.

»Du hast da Lippenstift«, kicherte sie fröhlich und ich seufzte resigniert. Gleichzeitig fiel mir dasselbe bei ihr auf und ich tat es ihr in ihrem Gesicht nach.

»Ich bin eben eine Transe. HA, HA«, scherzte ich kraftlos. Sie lachte lauter.

Als meine Lippen untransig und ihre auch wieder vorzeigbar waren, gingen wir schnell ins Restaurant, denn so durchnässt war es draußen alles andere als warm.

Kaum betraten wir allerdings den warmen Raum, spannte sie sich an.

Ich schaute zu unserem Stammtisch, direkt neben der Küchentür. Sie saßen da wie wartende Löwen, die ihre Beute zerfleischen wollten – und diese Beute war Mia Engel. OH MANN ...

Einer sah angepisster aus als der andere, und ich fühlte förmlich, wie sie umdrehen und weglaufen wollte, als ihre Blicke auf sie fielen.

Nein, Baby ... du bleibst hier ... Ich legte meinen Arm um ihre zierlichen Schultern und führte sie zu dem Tisch. Zum Glück war das Restaurant geschlossen – mittags hatten wir immer zwei Stunden zu –, denn ich befürchtete, dass es unter Umständen lauter werden könnte. Wir waren eine sehr temperamentvolle Familie und Mia wusste das. Vermutlich zögerte sie deswegen so sehr, dass ich sie fast in die richtige Richtung schieben musste.

Als wir am Tisch ankamen, holten alle bereits tief Luft, um anschließend auf uns einzuquatschen.

»STOPP!« Zu aller erst zog ich ihr einen Stuhl vom Nachbartisch heran, auf den Mia sich unsicher niederließ, und dann mir, auf den ich mich verkehrt herum setzte.

»Haltet erst mal alle die Klappe, okay?« Die Münder meiner Familie klappten zu. Alle schauten mich böse an. Na ja, Katha löffelte fröhlich ihre Suppe – an ihr ging das alles vorüber. Sie war noch nie so sehr in die Familiengeschehnisse involviert gewesen, wie wir anderen.

»Vielleicht sollten wir Mia anfangen lassen, bevor sich alle auf sie stürzen.« Sie wurde noch eine Stufe bleicher und ich merkte, dass genau das der falsche Weg war. »Oder fang du an, Viv!« Ich wusste, dass sie Mia nicht wie die anderen zerfleischen würde.

Sie saß uns gegenüber auf der Bank, neben Tom, in ihrem hochgeschlossenen dunkelblauen Wollkleid, sah aus wie ein Elfenmodel und betrachtete Mia schon wieder mitfühlend. Ihr Blick glitt über ihre dünnen Konturen. Über ihre ungesunde Gesichtsfarbe ... Und sie seufzte, bevor sie mit sanfter Stimme anhob.

»Hi Mia ...« Die hatte plötzlich Tränen in den Augen. Die freundliche Begrüßung kam wohl unerwartet. »Wir wollten nicht, dass du hierherkommst, damit du von uns fertiggemacht wirst ... Über die Phase sind wir alle hinweg. Wir werden uns zusammenreißen, und dies wie erwachsene Menschen regeln!« Vivi bedachte alle mit einem strengen Blick. Phil schnaubte genervt. Tom verdrehte die Augen. Katha lachte leise, wohl über den Ausdruck ›erwachsene Menschen‹. Ich funkelte sie alle an. Außer Vivi ... Die machte ihre Sache sehr gut.

»Wir waren gestern alle ziemlich geschockt, als Phil uns erzählte, dass du anscheinend wieder was mit Tristan zu tun hast ... das kannst du sicher verstehen, oder?« Mia nickte und sah Vivi schüchtern unter ihren langen Wimpern hervor an.

»Ich weiß nicht, wie es dazu kam, aber wenn Tristan es so will, dann ist es seine Entscheidung. Auch wenn manche von uns sie nicht nachvollziehen können!« Wieder ein Seitenhieb ...

»Besonders ich! Sie ist eine Verräterin!«, platzte es unvermutet aus Phil raus, und Mia zuckte auf ihrem Stuhl zusammen.

»Philip!« Katha hatte sich eingeschalten, bevor ich ihm die Leviten lesen konnte.

»ICH. HABE. IHN. NICHT. VERRATEN. VERDAMMT!« Mia sagte es fest und laut und man merkte, dass sie es langsam leid war, sich ständig zu wiederholen.

Jetzt starrten sie alle an und wirkten dabei äußerst skeptisch. Die Gefühle, die gerade in mir herumschwirrten, waren mehr als zweigeteilt. Ich wusste einfach immer noch nicht, was ich denken sollte.

Am Ende entschied ich, dass ich das mit ihr ausdiskutieren

musste, und dass es unfair von mir gewesen war, mir nicht ihre Version der Geschichte anzuhören. Ich sah sie an.

»Okay! Erzähl!« Es klang kühl, weil ich innerlich schon wieder total aufgewühlt war.

Mias Blick löste sich von Vivi und sie visierte mich schockiert an. Dann schluckte sie laut ... und betrachtete die vor ihr liegende Serviette.

Ihre Stirn lag in tiefen Falten.

Auch mir fiel es schwer – ebenso wie ihr – und das nicht, weil ich mich nicht daran erinnern konnte, sondern weil es Erinnerungen waren, die mich jedes Mal fast auffraßen, wenn ich sie zuließ.

Zum Glück suchte Mia keinen Augenkontakt, als sie zögernd begann.

»Ich denke, ich fange ab dem Zeitpunkt an, wo alles ... außer Kontrolle geriet ... Als du zum Boxtraining gingst, entschied ich mich mit Stanley spazieren zu gehen ...« Ihr Blick war weit entfernt auf die Ereignisse vor acht Jahren gerichtet. »Im Wald lauerte mir mein Vater auf ...«

Wir alle sogen scharf die Luft ein. Meine rasch erhobene Hand hielt Vivi davon ab, etwas einzuwerfen.

»Er drohte mir ...« Sie klang jetzt schon schmerzerfüllt. »Er drohte mir damit, deine Karriere zu zerstören und dich in den Knast zu bringen, wenn ich nicht das tun würde, was er von mir verlangte. Er sagte mir, er würde dich ins mieseste Gefängnis Deutschlands stecken und deinen Ruf für immer zerstören. Das alleine wäre ja schon schlimm genug gewesen, aber dann war da noch Eva Eber!«

Inzwischen waren alle Blicke auf sie gerichtet, während sich meine Hände zu Fäusten ballten und ich das teure Holz des Tisches fixierte.

»Sie wollte gegen dich aussagen, wegen Vergewaltigung.«

Nun warfen mir alle argwöhnische Blicke zu – die Idioten! –, und ich lachte abfällig auf. »Glaubt ihr etwa allen Ernstes, ich hätte es nötig gehabt, sie zu VERGEWALTIGEN?«

»Natürlich nicht!«, rief meine Familie fast gleichzeitig – die Erleichterung in ihren Stimmen strafte sie Lügen. Doch sofort konzentrierten sie sich wieder auf Mia.

Es fehlte nur das Popcorn, es war FAST komisch. Aber nur fast ...

Sie schluckte und packte die Serviette, um sie in kleine Stücke zu zerpflücken, während sie mit dieser abwesenden leicht schmerzverzerrten zarten Stimme weiterredete.

»Sie war schon bei meinem Vater gewesen, um eine Aussage zu machen. Er hatte gemeint, er würde dich schützen, wenn ich kooperieren würde ... Was hätte ich tun sollen, Tristan? Hätte ich ihn alles, was du jemals haben und sein wolltest, zerstören lassen sollen?« Jetzt schaute sie mich an und ich erwiderte den Blick. Ihre Augen waren glasig – verzweifelt. Momentan hatte ich keinen Schimmer, was ich darauf antworten sollte, ohne absolut sarkastisch und verletzend zu werden, also schwieg ich besser, denn ganz nebenbei brach ich gerade innerlich zusammen.

Als sie ihren vor Niedergeschlagenheit brennenden Blick wieder von mir löste, war es, als wäre ein Bann von mir genommen worden.

Mia machte mit dem Zerpflücken weiter.

»Ich habe zu dem Zeitpunkt nicht geahnt, was er vorhatte ... Ich hatte keine Ahnung, dass er noch einen größeren Plan verfolgte, als mich nur von dir fortzubringen. Ich ließ mich darauf ein, dich zu verlassen, um dich zu schützen, auch wenn es mir das Herz brach, denn ich wollte dich nicht zerstören, du warst doch mein Ein und Alles ...« Inzwischen weinte sie fast ... aber sie hielt sich tapfer. »Ich war einverstanden und unterschrieb somit imaginär mein Todesurteil. Ich sagte, ich würde mitkommen, doch er wollte etwas als Druckmittel gegen mich in der Hand haben, damit ich mich nicht heimlich mit dir aus dem Staub machte ... Weißt du ... das klang damals logisch für mich ...«

Sie machte eine kleine Pause und holte tief Luft. »Eine Aussage ... ich gab sie ihm in der Annahme, dass er sie *niemals* gegen dich verwenden würde ... ich habe ihm aus kindlicher Dummheit vertraut – das war der größte Fehler meines Lebens ...

der größte Fehler *unseres* Lebens ... Das Ende von unserem Leben.« Damit verstummte Mia und ließ den Kopf hängen.

Und dann plötzlich erschreckte sie alle, die gespannt gelauscht hatten, indem ihre Hände nach oben schossen und sie das Gesicht in ihnen vergrub, während sie laut aufschluchzte.

»E ... entschuldigung ...« Unvermittelt sprang sie auf die Beine und hechtete in Richtung der Toiletten. Ich starrte ihr hinterher und wusste nicht, was ich denken sollte. Das war alles zu viel auf einmal. Viel zu viel ...

Ratlos betrachtete ich meine Geschwister, die meinen Blick mit der gleichen Verzweiflung erwiderten. Alle, außer Katha.

»Ich brauch jetzt erst mal`n Keks!« Mit dieser Aussage füllte sie die angespannte Stille und stand auf, um die Küche unsicher zu machen. Tom und Vivi waren entgeistert, Phil starrte ihrem Arsch hinterher ... und ich wünschte sehnlichst, mein Vater wäre hier, und würde etwas dazu sagen!

»Ich geh mal zu Mia«, verkündete Vivi nach einigen Sekunden und verschwand in Richtung Toiletten, womit wir drei Brüder allein waren.

»Wollt ihr vielleicht mal was sagen?«, erkundigte ich mich, als es mir zu blöd wurde.

»Ich geh zu Katha!« Phil, der Arsch! Ich verdrehte die Augen. WAS für eine tolle Familie!

ECHT!

Kurz darauf saß ich mit Tommy allein am Tisch.

»Willst du mich auch noch verlassen?«, fragte ich theatralisch.

Tom grinste breit und flötete »Nichts liegt mir ferner.«

Ich schmunzelte und war froh, dass sich die angespannte Stimmung etwas lockerte.

»Also ... was sagst du? Du als Anwalt ...«, fing ich irgendwann wieder etwas mürrisch an.

Tom trank einen Schluck von seinem verdammten Bio-Ingwer-Tee und rückte die stylische viereckige Brille auf seiner Nase zurecht, bevor er antwortete.

»Es ist nicht von Bedeutung, was ich über die Sache denke, sondern was du *fühlst*, Tris ...«

»Dass du mir auch keine verdammte Hilfe bist!«

»Es ist aber so Tristan. Was soll ich außerdem schon darüber denken? Ich hab gestern erst erfahren, dass einer deiner Erzfeinde von dir so heftig verteidigt wurde, dass du dir deinen eigenen großen Bruder vorgenommen hast, und jetzt erzählt sie so eine herzzerreißende aber logisch klingende Geschichte ... Es würde zu ihr passen ... dass sie so dämlich gehandelt hat ... Mia ist der gutgläubigste Mensch, dem ich jemals begegnet bin.«

»JA, aber Tom ... Ist es nur das? Eine Geschichte?«

Plötzlich beugte er sich vor. Sein graublauer Blick bohrte sich in meinen. »Sieh sie doch mal mit offenen Augen an, dann weißt du es!«

»Oh Mann ...« Ich schnappte mir das Glas Wasser von meinem anderen Bruder und trank es in fast einem Zug leer.

»Außerdem: Ist es denn wichtig, was in der Vergangenheit vorgefallen ist, wenn du sie JETZT liebst?« Ich verschluckte mich und spuckte alles in weitem Bogen auf den Tisch, genau in dem Moment als Phil und Katha aus der Küche kamen. Sie warfen mir angewiderte Blicke zu.

»Ich liebe Mia nicht!«, rief ich, während Tom sich betont angeekelt das Wasser von seinem verdammten Wollpullover tupfte. Katha hatte eine Schüssel Schokokekse und knabberte vor sich hin, derweil Phil sich neben mich setzte, sie auf seinen Schoß zog und mir schon wieder auf meinen gottverdammten Rücken schlug.

»Würdest du dich allen Ernstes für eine Frau, die du nicht liebst, mit mir anlegen? Und das in MEINER Küche? Mit MEINEN Messern?«

Tommy lachte und klaute der blonden Schlampe einen Keks, wofür er sich einen berühmt berüchtigten Todesblick einfing. Und die waren bei ihr *wirklich* fast tödlich!

»Ihr seid mir echt keine Hilfe!«

»Ich könnte dir sagen, was ich denke, nachdem ich darüber

mit Katharina geschlafen habe ...«, bot sich Phil an, während er sich auch einen Keks stibitzte. Katha verfrachtete die Schüssel vom Tisch auf ihren Schoss und zischte ihm etwas zu.

»Gib mir auch mal einen!«, forderte ich und Phil klaute schnell einen für mich.

»Sorry Baby! Er bezahlt die Scheiße mit«, rechtfertigte er sich vor seiner mürrischen Frau, die ihn mit Blicken kastrierte, als er ihn mir reichte.

»Und auf deine Meinung kann ich verzichten! Ich weiß, dass du grundsätzlich immer vom Negativsten ausgehst!«, murmelte ich und biss in den fluffigen Schokokeks.

Ihm war es natürlich egal, er redete trotzdem und überraschte mich.

»Weißt du Tristan ... Ich glaube nicht, dass sie so ein schauspielerisches Talent besitzt ... Nicht, wenn es um dich geht«, sagte Phil plötzlich. »Es hat mich schon damals stutzig gemacht, dass gerade sie, die dich vergötterte, dir SO ETWAS antun sollte, aber ich war zu wütend auf sie, um klar zu denken. Mann, du bist mein kleiner Bruder! Außerdem hat sie dir nicht einmal geschrieben! Und sogar noch vor Gericht ausgesagt! Wegen ihr ging es dir richtig beschissen ... Und, na ja ... Ich wusste, du wolltest es nicht, aber als du im Knast warst, bin ich noch mal zurückgegangen, um sie zur Rede zu stellen. Sie war wie vom Erdboden verschluckt ... ich konnte sie nicht finden. Keiner in dem verdammten Kaff wusste Bescheid. Und jetzt sehe ich, dass es ihr mindestens genauso schlecht geht, dass sie total kaputt ist. Schau sie doch mal an! Sie ist ein Wrack! So wie du! Doch zusammen ... verdammte Scheiße ... seid ihr ganz! Sobald sie neben dir steht, hast du eine komplett andere Ausstrahlung. Das ist Wahnsinn! Nicht so dauerangepisst und verbittert. Und auch sie kann sich zeigen wie sie ist, weil sie weiß, dass keiner sie verletzt, solange du da bist. Jetzt seid ihr die Menschen, die ihr schon seit acht Jahren sein solltet ... Wenn ich in deine Augen sehe, sehe ich endlich wieder *dich*. «

Seufzend fuhr ich mir mit einer Hand übers Gesicht.

Klar, dass Phil trotz meiner Bitte es nicht zu tun, zurückgegangen war, um sie zu suchen.

»Eigentlich ...«, sinnierte Tom nun weiter, »... konnte ich mir nie einen Grund zusammenreimen, warum sie dich loswerden wollte. Sie hatte dir ja praktisch seit der ersten Klasse einen Altar errichtet und du ihr auch, nachdem du sie einmal gefickt hattest. Du hast sie aus ihrem abgefuckten Elternhaus befreit ... Ach so, auch Vivi und ich hatten uns auf die Suche nach ihr gemacht – trara, Überraschung! Tut mir ja auch echt leid. Aber wenn Vivi etwas will, dann geht sie über Leichen und sie wollte unbedingt erfahren, was mit Mia war ... doch auch wir fanden nichts.«

Diese elendigen Verräter! Ich knurrte, auch wenn ich es mir hätte denken können! Tom sprach einfach weiter. »Du hast ihr all das gegeben, was sie anscheinend nie hatte. Sie hat aus dir nur Nutzen gezogen, und im Bett war sie auch mehr als ... ähm ... befriedigt, den Lauten nach zu urteilen, die ich mir in zahllosen, grausamen Nächten anhören musste ... Die ganze Geschichte war einfach nur unlogisch, die Chief Pimmelkopf dir an dem Morgen angedreht hat. Aber dir ging es besser damit. Du konntest die Realität besser mit dem Glauben an die Lüge ertragen, denn du hättest an der Situation nichts ändern können.« Tom zuckte mit den Schultern, setzte seine Brille ab, hauchte sie an und begann sie mit der Ecke seines Pullovers zu putzen.

»Also glaubst du ihr?«, wollte ich ihn festnageln.

»Tris ...« Seufzend schüttelte Tom den Kopf, als wäre ich *total* dämlich. »Ich habe dir schon einmal gesagt, dass meine Meinung unbedeutend ist. Eigentlich ist es auch unbedeutend, was vor acht Jahren geschehen ist! In so langer Zeit können sich Menschen ändern. Heute, morgen, *immer!* Es zählt nur das Hier und Jetzt. Also sag mir eins: Was fühlst du, wenn du sie JETZT ansiehst? WAS ist sie für dich?«

Nun hörte sogar Katha auf, ihre verdammten Kekse zu knuspern, und schaute mich wie die anderen beiden gebannt an.

Es war nicht schwer für mich, ein Bild von Mia in meinem Kopf zu erschaffen, denn sie war dort ständig. Ich sah sie beim

Schlafen – mit Robbie im Arm –, in der Quelle als heiße Nixe, so schutzlos auf dieser Massageliege in einem Prager Hotel, unsagbar sexy auf der Bühne in meinem Club, während ›Sex is on fire‹ im Hintergrund dröhnte, von oben im Boxstudio. Total verletzlich in unserer letzten Nacht vor acht Jahren in meinem Zimmer, glücklich auf der Lichtung im Bach, noch glücklicher in der Schuldusche, unsicher in der Turnhalle ... Es gab Tausende von Möglichkeiten, und wenn ich ehrlich war, war sie in jeder Einzelnen nur eines für mich ...

»Mein Mädchen ...«, erwiderte ich kraftlos mit hängenden Schultern.

Tommy schob sich die Brille wieder auf die Nase.

»Das ist die Antwort!« Zufrieden lehnte er sich zurück, denn Vivi und das Objekt meiner Begierde und schlaflosen Nächte kamen zurück.

Ich warf einen kurzen prüfenden Blick zu Vivi und machte mir fast in die Hosen, weil sie mich wütend anfunkelte. NA TOLL! Jetzt hatte sie die Seiten gewechselt. War eigentlich klar! ICH war ja auch hier der Arsch!

Mia setzte sich um einiges gefasster, aber mit ziemlich geröteten Augen neben mich auf ihren Stuhl und konnte mich nicht ansehen, sondern fixierte angestrengt ihre Hände in ihrem Schoß.

Vivi platzierte sich auf Tom und dann lagen wieder mal alle Blicke, bis auf Mias, auf mir.

Ich jedoch betrachtete sie – *mein verdammtes Mädchen*. Wenn ich sie in dem Licht der neuen Tatsachen ansah, öffnete sich mir eine komplett neue Gefühlswelt. Eine komplett *freie* Gefühlswelt. Keine erdrückende, düstere ...

»Mia?« Sie biss sich auf die Lippe, als ich sie weich ansprach. Erst nach einigen Sekunden schaffte sie es, den Kopf zu heben und mir direkt in die Augen zu schauen. Wieder mal durch all die Schichten und Mauern und Wände, die ich *erneut* erbaut hatte, sah sie mir mitten in mein verdammtes Herz.

Ihr Blick fraß sich durch mein Sein und meine Seele und raubte mir den Atem.

Sie betrachtete mich so ... ergeben. Als würde ihre komplette Welt von den Worten abhängen, die ich nun zu ihr sagen würde. Die Spannung, die von ihr ausging, war fast unerträglich.

FUCK!

Was hatte ich ihr nur angetan? Wieso hatte ich, verdammt noch mal, nicht an uns – an sie!!! – geglaubt! Das war der einzige Gedanke, den ich im Moment fassen konnte. Wenn alles stimmte, was sie sagte – was von Minute zu Minute mehr Sinn machte ... Dann gab es für MICH auch nur noch eine einzige Frage von Bedeutung: WAS. HATTE. ICH. IHR. BLOSS. ANGETAN?

Ich wollte auf meinem Stuhl zusammensinken, das Gesicht in meinen Händen vergraben und nie wieder aufstehen, aber das konnte ich nicht.

Anscheinend musste ich schleunigst mit der Wiedergutmachung beginnen, bevor sie sich tatsächlich entschied, mich, den sadistischsten Wichser von allen, zu verlassen ...

Dann, als ob das alles nicht schon gereicht hätte, mischte sich Schmerz in ihren Blick. Und er wurde stärker, je länger ich zögerte.

Das gab den Ausschlag.

Ich merkte, wie all die Erkenntnis und all das Wissen, welches ich die letzten acht Jahre über sie gehabt hatte, in sich zusammenfiel. Was zurückblieb war nur eins ... Es erstrahlte in meinem Inneren. Genau an der Stelle, wo mein gottverdammtes HERZ WAR. Denn sie liebte mich felsenfest, komme was wolle, und sie war hier ... hatte alles durchgestanden und auf sich genommen, nur um jetzt neben mir zu sitzen ... und damit war es doch eigentlich perfekt! Ich war wieder ganz. Mein Herz hatte mir nur gefehlt, weil sie nicht da gewesen war und nicht weil sie es mir boshaft entrissen oder gar zerstört hatte. Sie war doch schließlich mein verdammtes Herz.

Alles was ich die ganzen Jahre zu meinem Glück gebraucht

hatte, war sie.

Mein ... Mia-Baby.

»Mia ... Baby ...« Oh Fuck ... ich war so ein Looser ... Meine Stimme klang dick und rau, doch allein schon diese zwei Worte ... oh ... sie fluteten ihr Gesicht zuerst mit Schock, und dann mit so einer unbändigen Freude, dass ich Angst bekam, sie könnte dieser nicht standhalten. Aber ich musste es sagen, musste sie dringend von ihrer Schuld erlösen, die ich jedes Mal in den Karamellaugen sah, wenn sie mich betrachtete. Ich musste auch ihr die Möglichkeit geben, wieder zu leben.

Frei. Glücklich. Mit mir zusammen.

Also sagte ich die drei Worte ... Die Einzigen, die sie von mir hören wollte.

Nein ... nicht DIE Worte! Die anderen!

»Ich glaube dir.«

Man hätte einen leisen Pups gehört, sofern der stattgefunden hätte. Nur das Ticken der teuren Uhr an der Wand war zu vernehmen, und ein paar gedämpfte Straßengeräusche drangen durch die Scheiben der Fenster und Türen. Ansonsten NICHTS.

Keiner von uns atmete – vor allem nicht Mia.

Stattdessen wurde sie leichenblass. Ich wollte schon aufspringen und sie wiederbeleben, konnte mich nur leider nicht rühren, wie jeder andere von uns ...

Gerade als ich mit aller mir zur Verfügung stehenden Macht versuchte, mich aus der Schockstarre zu befreien, um sie zu retten, erschreckte sie uns mit so einem markerschütternden Schrei, dass wir auch ALLE auf einmal aufschrien. Im nächsten Moment saß sie breitbeinig auf mir, hing an meinem Hals und überflutete mein Gesicht, das sie sorgsam in ihren kleinen Händen hielt, mit kleinen, weichen Küssen.

Ich war so schockiert und hörgeschädigt, dass ich erst mal die Dinge auf die Reihe bringen musste, bevor ich reagieren konnte. Das all zu breite Lächeln war auf mein Gesicht getackert, als ich meine Arme um ihre Taille schlang, und sie sehr fest an mich drückte.

Die anderen atmeten vernehmlich auf und fingen an zu motzen, wegen dem Geschreie und dem Schreck, entschieden sich dann jedoch, uns ein wenig Privatsphäre zu gönnen und verstreuten sich weiß die Muschi wohin.

Mir war das alles scheißegal.

Denn ihre verdammten Lippen küssten gerade meine Mundwinkel und ich wusste, was sie wollte ... Aber da waren ja noch die VERDAMMTEN SCHEISSREGELN!

FUCK DRAUF!

Alles, was zählte, war sie! Und wenn ich ehrlich zu mir war, nicht erst seit gerade eben!

»Mhhmmm, Baby ...« Fröhlich kicherte sie los, als ich sie wieder so nannte. »Ich weiß, was du willst ...« Somit drehte ich ihr einfach mein Gesicht zu, umfing ihren Hinterkopf mit einer Hand und nahm ihre Lippen in einem langen, sehr intensiven Kuss gefangen. Dem intensivsten Kuss, den wir jemals geteilt hatten.

DAS war die pure Erlösung.

Erleichtert stöhnten wir auf, als sich unsere Zungen berührten und andächtig den Geschmack des anderen kosteten. Meine Hände strichen über ihren Rücken, was sie nicht nur einmal erschauern ließ, aber ich musste sie FÜHLEN. Jeden einzelnen Zentimeter von MEINEM MÄDCHEN!

Ich bemerkte die salzigen Perlen, die über ihr Gesicht liefen, aber ich wusste, dass dies die Tränen, des puren Glücks waren, also unternahm ich nichts dagegen. Ich fühlte ihre Finger, die sich in meine Schultern bohrten, ihre heiße Pussy, die sich an mir rieb, ihre vollen Titten, ihre seidige Zunge, ihre Lippen, ihre Haare in meiner Faust.

Doch selbst der schönste Kuss hat irgendwann ein Ende, und zwar dann, wenn beide Parteien zu ersticken drohen.

Absolut keuchend und atemlos lösten wir uns voneinander und ich lehnte meine Stirn an ihre. Sie leckte sich über die Lippen und hatte ihre Augen verträumt geschlossen, während sich ihre Fingerspitzen vorwagten und die Ansätze meiner Haare im

Nacken kraulten.

Das setzte Gänsehautschauer über meinen gesamten Rücken frei, und ich beugte mein Gesicht hinab, um den Gegenangriff zu starten. Sanft ließ ich meinen Lippen über ihren Hals gleiten.

»Tristan ...« Ich achtete nicht auf ihren Tadel, sehr wohl aber darauf, dass sie ihren Unterkörper – auch Pussy genannt – erneut gegen meinen drückte.

Aufstöhnend glitt ich tiefer.

»Tristan!« Sie KLANG tadelnd, WAR aber gerade am Dahinschmelzen.

»Ruhe!«, befahl ich, als sie abermals ansetzen wollte, und gab ein stranguliertes Geräusch von mir, sobald sie anfing, mich trocken zu ficken. Ihr Körper war mir hilflos ausgeliefert, auch wenn ihr Geist sich im Moment ein kleines bisschen sträubte.

»Tristan ... DA DRAUSSEN SIND LEUTE UND BEOBACHTEN UNS!«

»OH!« Konsterniert spähte ich über die Schulter und sah eine dreiköpfige Familie vor der Tür stehen. Sie drückten sich fast die Nasen platt. Besonders das kleine ungefähr zwölfjährige Mädchen, mit Zahnspange und Brille.

Ich lachte lauthals und erhob mich mit Mia, setzte sie aber sofort wieder auf den Stuhl, wo ich sie mit geröteten Wangen, strahlenden Augen und den Keksen zurückließ, die Katha komischerweise hier vergessen hatte, um ihnen zu sagen, dass hier erst in einer Stunde geöffnet wurde.

Warum war ich so fröhlich? Ach ja ... ich hatte aufgehört zu grollen und stattdessen angefangen zu leben.

***

Leider musste ich mein neues Leben vorerst mit Vivi nach Hause schicken, denn die Arbeit rief. Lena war anscheinend ziemlich mitgenommen, weil sie die Nacht ordentlich eingesteckt hatte. Deshalb würde sie wohl heute Abend nicht arbeiten können, vermutlich sogar die ganze Woche nicht, auch wenn sie aus Stahl war.

Das würde Konsequenzen haben ... für den Verursacher, ein hoch angesehener italienischer Mafiosi, frisch aus Sizilien nach Deutschland eingeschleust, der noch nicht wusste, wie er sich bei mir zu verhalten hatte.

Mia war nicht gerade begeistert, dass sich unsere Wege schon jetzt trennten, aber ich versprach sie anzurufen, sobald ich Zeit hatte.

»Können wir später noch mal über alles reden?«, fragte sie mich schüchtern, nachdem ich in mein Auto gestiegen war und sie am offenen Fenster stand. Passenderweise hatte es nun aufgehört zu regnen und die Sonne strahlte hinter ihr zwischen den dunklen Wolken hervor und ließ sie wie die Heilige erscheinen, die sie war.

»Jepp!« Ich strich ihr eine Strähne aus dem Gesicht und war froh, so etwas wieder ohne bohrende Zweifel tun zu können.

»Und du wirst es dir später nicht anders überlegt haben?«

»Was?«, erkundigte ich mich ahnungslos.

Sie lächelte hinterlistig und beugte sich vor, wobei sie sich mit beiden Händen an meinem Fenster festhielt und mir eine phänomenale Aussicht bot.

»Das ...« Im nächsten Moment küsste sie mich.

Hauchzart. Sanft ... *Versprechend ... Verführend ...*

Ich knurrte an ihren Lippen. Das Verlangen, das mich unkontrolliert flutete, wenn sie mich so küsste, war fast stärker, als wenn sie es voller Leidenschaft tat.

Lachend löste sie sich von mir und ihre Augen funkelten so verheißungsvoll, dass ich sie am liebsten eingepackt und nie wieder hergegeben hätte. Aber trotz der neuen Erkenntnisse brauchten wir etwas Zeit für uns, um all das zu verarbeiten. Und sie musste mit Stanley spazieren gehen ... Ja sie hatte ihn immer noch, worüber ich sehr froh war. Es vermittelte ein wenig den Eindruck, als hätten wir nicht acht Jahre verschwendet, als könnten wir wirklich an damals anknüpfen. Ohne den vierbeinigen Scheißer wäre es nicht dasselbe gewesen ...

»Wir sehen uns, Baby!« Sie erstrahlte eine Stufe atomarer. Ich gab ihr einen letzten kleinen Kuss auf die Stirn und zwang mich dazu loszufahren, nachdem sie von dem Auto zurückgegangen war ...

FUCK!

Was war ich doch für ein glücklicher Wichser.

Ich erkannte mich selber nicht mehr.

***

All das Glück verließ meine Brust schlagartig, als ich mein Büro betrat und den Monitor in dem Schrank neben meinem Schreibtisch einschaltete, von dem aus ich Mias Wohnung überwachen konnte.

Mein verdammtes, soeben wieder angesprungenes Herz, versagte spontan seinen Dienst.

Denn Francesco saß gelangweilt auf ihrem BETT! Neben ihm lag ein brauner Umschlag und er spielte mit einer VERDAMMTEN KNARRE! Der Boden war mit Plastikfolie ausgelegt, wie in einem verdammten Splatterfilm!

»NEIN!«, brüllte ich durch mein Büro, holte aus der Schublade mein Baby Nummer drei, klemmte es mir in den Hosenbund und dann RANNTE ICH UM MEIN LEBEN, während ich ihre Nummer wählte.

NUR DIE MAILBOX! Bei Vivi genauso.

FUCK!

5. SEIN SCHUTZ

Mia ›in danger‹ Engel

Am Anfang dachte ich, der Tag würde als komplette Katastrophe enden – aber ganz sicher hatte ich nicht mit so etwas gerechnet!

Ich hatte Tristan wieder! MEINEN Tristan! Ich sah es an dem weichen Ausdruck in seinen wunderschönen Augen. Ich fühlte es an der Art, wie seine Zunge meine berührte und hatte es in seinen Worten gehört ...

Ich war wieder Mia-Baby ... Sein Mädchen ... Sein ein und alles.

Die ganze Fahrt über in dem gelben Porsche von Vivi, die ich nun auch wieder zurück hatte, weinte ich vor Glück. Sie hatte mir zuerst geglaubt, und mich getröstet, als ich auf die Toilette gelaufen war, als hätte es die letzten acht Jahre nicht gegeben. Als hätte nie etwas zwischen uns gestanden. Vivi hatte mir gesagt, dass sie mich zusammen mit Tom gesucht hatte, obwohl Tristan es der ganzen Familie verboten hatte. Sie konnte nie wirklich glauben, dass ich ihm das angetan haben könnte. Ich hingegen hatte Schwierigkeiten damit, zu glauben, dass Vivian Müller ... dass die ganze Familie Wrangler wieder da war.

Und, dass ich eine Zukunft mit Tristan hatte.

Letztendlich verschwand jegliches Misstrauen aus ihren Augen. Ob es meine Worte, mein Zusammenbruch oder Tristans Vergebung war, wusste ich nicht. Auf jeden Fall schienen sie mir auch zu glauben ... Nicht zu VERZEIHEN – aber zu glauben. Das war der wichtigste Schritt in dieser Geschichte!

Und sie hatten nach mir gesucht, hatten mich nicht vergessen, ich war ihnen immer wichtig gewesen.

Mir war so warm ums Herz. Ich war so glücklich, und ich fühlte immer noch das Prickeln, das Tristans Lippen auf meinen ausgelöst hatten, als mich Vivi vor meinem Haus absetzte, aber nicht, ohne sich mit mir zu verabreden. Sie wollte mich bei der Arbeit besuchen und ich freute mich schon tierisch darauf zu erfahren, was sie die letzten Jahre so getrieben hatte.

Mein Leben nahm langsam aber sicher wieder normale Bahnen an. Ich war nicht mehr tot.

Alles wirkte bunt und fröhlich. Wild winkte ich Vivi, tänzelte ins Haus und stieg vor mich hin summend die Treppen hoch. Ich sang das Lied von Alfred Jodocus Kwak. ›*Warum bin ich so fröhlich? So fröhlich? So fröhlich?*‹ Ja, ein Kinderlied! Aber es kam mir im Moment einfach so passend vor ...

Ich dachte an Tristan. An seine funkelnden Augen. An seine warmen Hände. An sein sanftes Lächeln, bei dem ich jedes Mal fast ohnmächtig wurde.

Ich dachte daran, dass er wieder mir gehörte und befürchtete, vor Liebe auf der Stelle zu platzen ...

BIS ...

Ich meine Haustür aufschloss ...

Das Erste, was mir auffiel, war, dass Stanley nicht angelaufen kam. Das war unnormal – er kam sonst immer.

»Stanley?«, rief ich in den Flur, doch er tauchte nicht auf.

Leise Panik schnürte meine Kehle zusammen, meine Brust fing an zu brennen, denn er war nicht mehr der Jüngste und ich hatte Angst, dass er tot in seinem Körbchen liegen könnte. Dennoch wagte ich mich den Flur entlang und öffnete die angelehnte Tür zum Schlafzimmer mit ausgestreckter, bebender Hand.

Aber es kam alles ganz anders ...

Denn auf dem Bett fand ich Francesco. Er trug ein lässiges dunkelgrünes Shirt und eine schwarze Jogginghose, als käme er gerade aus dem Fitnessstudio. Locker saß er da und schaute nicht auf, als ich in den Durchgang trat.

Das alles wäre ja nicht so schrecklich einschüchternd gewesen – was er in seinen Händen hin und her drehte, war es jedoch ... Sehr ...

Eine Waffe. Eine große silberne. Mir war nicht klar gewesen, dass er überhaupt so ein Ding besaß, aber wenn man der Neffe vom italienischen Drogenbaron dieser nicht gerade kleinen Stadt war, dann brauchte man so was wohl.

»Hi MAUS ...«, begrüßte er mich mit seltsam abwesender Stimme, aber dennoch so liebevoll, als hätte er mit einem selbstgekochten Essen und einem Glas Champagner auf mich gewartet.

»Francesco?« Ich spürte mein Herz zu schnell in meiner Brust schlagen. Das hier war nicht gut ... Nun erblickte ich auch die Folie, die auf dem Boden ausgelegt war, und keuchte.

Erst jetzt sah er auf und grinste, seine Augen glänzten irre ...

Ich machte einen Schritt zurück und überlegte, wie schnell ich an der Haustür sein könnte, denn dies war kein netter Besuch meines Freundes, sondern etwas ganz anderes.

Etwas Schreckliches.

»Wenn du versuchst wegzulaufen, dann schieß ich dir ins Bein. Komm lieber her und setz dich zu mir. Ich will nur ein bisschen mit dir reden.« Francesco legte die Waffe neben sich auf meine graue Tagesdecke und klopfte einladend auf die andere Seite. Mit wackligen Schritten und schwitzigen Händen kam ich seiner Aufforderung nach.

»Wo ist Stanley?«, fragte ich und schaute mich, den Tränen nahe, um. *Oh bitte, bitte, bitte lieber Gott, wenn es dich gibt, lass ihn Stanley nichts angetan haben! Bitte!*

»Dort!« Schulterzuckend deutete er auf meinen Kleiderschrank. »Ich wollte nicht, dass er mir einen Strich durch die Rechnung macht, indem er mir in die Wade beißt ... kannst froh sein, dass ich die stinkende Töle nicht gleich gekillt habe, ein Fausthieb hätte gereicht!«

Ich schluckte laut und hoffte, er sagte mir die Wahrheit, als ich mich vorsichtig und mit Abstand neben ihn niederließ. Als mein Hintern Papier berührte, sprang ich sofort auf. Francesco nahm lachend den großen Umschlag weg, auf den ich mich gehockt hatte. Steif nahm ich wieder Platz und versuchte so viel

Abstand wie möglich zwischen uns zu bringen. Die Nerven gespannt wie Drahtseile.

Er hantierte mit dem Kuvert herum und starrte es böse an, während ich Francesco anstarrte. Das Schweigen und die gesamte Situation wurden immer unangenehmer. Das Blut rauschte stetig lauter durch meinen Körper und das ungute Gefühl in meinem Magen schnürte mir schon jetzt die Kehle zu.

Dann sprach er ... Kalt und unerbittlich.

»Ich nahm vieles von dir an, weißt du ...« Er öffnete den Umschlag und holte ein paar Fotos heraus. Er zeigte mir das erste und ich erstarrte, als ich es ansah ... »ABER ICH WOLLTE NICHT GLAUBEN, DASS DU SEINE SCHLAMPE BIST! Nett von Frau Eber, mir Beweisfotos zu schicken ...« Auf der Aufnahme waren Tristan und ich ... an der Stange ... im Club ... schlechte Qualität – aber man konnte alles Relevante erkennen.

Bevor ich alles realisieren konnte, hatte er mir an den Haaren den Kopf zurückgerissen und beugte sich über mich. Schmerzerfüllt stöhnte ich auf. Das war krank ... so krank. JA! OKAY! Ich hatte ihn betrogen, aber das rechtfertigte nicht, was er hier tat. Er zog fester!

»Wie lang fickst du schon mit ihm?«

Vor Angst blieb mir Luft weg, sodass ich nicht antworten konnte. Doch ich hätte auch nicht gewusst, was. Schon hatte er mir mitten ins Gesicht geschlagen ... und zwar mit seiner Faust! Der Schmerz durchschoss mich wie eine Kanonenkugel und breitete sich anschließend aus. Das Blut strömte in einem Schwall aus meiner Nase auf meinen Pullover, auf Francesco, auf das Bett.

»AHHHRGH!« Ich fasste mir mit beiden Händen reflexartig an die pochende Stelle. Als mir die Tränen in die Augen traten, hatte er mich schon an den Haaren nach oben gezerrt und dann stieß er mich auf die Knie – direkt auf die Folie. Ich brach auf meinen Händen zusammen. Das Blut tropfte aus meiner Nase auf das Plastik. *Tropf. Tropf. Tropf. Tropf.*

Ohne dass ich es verhindern konnte, mischten sich Tränen dazu, und ich zitterte unaufhörlich. Alles ging so schnell, es war kaum greifbar. Die Panik hielt mich in ihren Klauen und ich schaffte es nur mit Mühe, mich zu rechtfertigen.

»Es ... es tut mir leid Francesco ... Ich ... liebe ihn ... aber ich hätte ...« Bevor ich noch etwas sagen konnte, war er mir auf die Finger getreten. Erst hörte ich das schreckliche Knacken, dann setzte der Schmerz ein und ich schrie auf. Er blieb mit der Hacke auf meiner Hand stehen und drehte seinen Fuß hin und her. Ich ächzte.

»Bitteeeeeeeee ... hör auf ...!«, flehte ich schluchzend und umklammerte mit der anderen mein Gelenk, versuchte es fortzuziehen, wippte dabei vor und zurück. Der Schmerz war unerträglich!

»Oh, wie ich es liebe, wenn sie jammern, heulen und um Gnade winseln ...« Er klang nicht mehr wie der Mann, den ich kannte, sondern wie ein Wahnsinniger.

Ich verstand die Welt nicht mehr. Wie konnte ich mich auch in ihm so täuschen?

Er atmete tief durch. »Mhmm ...«

Offensichtlich genoss er meine Schwäche, aber ich wollte ihm diese Genugtuung nicht verschaffen. Stattdessen musste ich irgendwie Zeit schinden und dabei auch noch stark bleiben. Denn ich dachte an die Kameras, die Tristan hier überall installiert hatte, und setzte meine gesamte Hoffnung in ihn. Sonst würde ich hier wohl nicht mehr lebend rauskommen.

Francesco nahm seinen Fuß von meiner malträtierten Hand und hockte sich vor mich, während ich mich etwas aufrichtete und meine schmerzenden bebenden Finger vorsichtig mit meiner anderen Hand an meine Brust drückte.

»Ich hatte dich vorerst sowieso nur als kleines Alibi ... für mein eigentliches Hobby«, säuselte er mir jetzt wieder lammfromm ins Gesicht.

Wovon redete er?

Leise lachte er. »Ich liebe es, wenn sie wie Schweine

ausbluten, sobald ich mit ihnen fertig bin ...!«

Meine Augen wurden groß und meine Atmung noch hektischer. Eine furchtbare Ahnung kroch eiskalt in mir hoch und mein Magen rebellierte, bevor mich unendliche Ruhe überkam und mit ihr die Gewissheit, vor der ich in meiner Dummheit in all den Jahren die Augen verschlossen hatte. »Du bist ein Mörder ...«, stellte ich fest.

»Ich bevorzuge den Ausdruck: Schlitzer ...«, erwiderte er leichthin. »Sogar ein ziemlich guter ...« Lässig stand er wieder auf und schlenderte zu meinem Bett. »Und jetzt bist du dran ...« Er dachte wohl nicht, dass ich noch so geistesgegenwärtig war zu flüchten. Aber ich entschied, dass ich nicht einfach hier bleiben und mich meinem Schicksal ergeben durfte, wie die holde Maid, die auf ihren Prinzen wartet. Also rappelte ich mich auf und lief so schnell ich konnte und mit laut klopfendem Herzen in Richtung Wohnzimmer und zur Eingangstür.

Leider hatte ich keine verdammte Chance. Auf Höhe der Couch holte er mich geräuschlos ein und stellte mir ein Bein, sodass ich mit dem Oberkörper mit voller Wucht auf meinem Couchtisch knallte. Der Aufprall presste mir die Luft aus den Lungen.

Automatisch drehte ich mich von dem Tisch herunter auf den Rücken und versuchte zwanghaft zu Atem zu kommen. Francesco beugte sich grinsend über mich, die Waffe erneut in der Hand.

»Ab!« Er deutete ins Schlafzimmer. Aber ich konnte nicht ... Ich drohte zu ersticken.

»AAAAAAAAAAAAAB!«, brüllte er und trat mir in die Seite. Bevor er noch mal ausholen konnte, rappelte ich mich keuchend und weinend auf, um in den Raum zu krabbeln.

Kaum befand ich mich zurück auf der schrecklichen, mittlerweile mit Blut besprizten Folie, riss er meinen Oberkörper in eine aufrechte Position und stellte sich vor mich.

Ich unterdrückte gerade mal so einen panischen Schrei, als ich etwas Eiskaltes an meiner Schläfe fühlte. Es war seine Waffe.

Mein Herz erfror zu einem Klumpen. Ich dachte mir, jeden Moment würde er abdrücken und kniff die Augen zusammen.

Mein wohl letzter Gedanke war. *Tristan ... Tristan ... Tristan ...*

Doch er drückte nicht ab.

Ich öffnete vorsichtig die Lider und sah, wie er zufrieden auf mich herab grinste. Oh, das gefiel ihm ... *Sehr.*

»Ich werde dich erst killen, wenn du mit mir all das gemacht hast, was du mit ihm getrieben hast. Und wenn ich mit dir fertig bin, werde ich mich um ihn kümmern ...«

»Er wird sich eher um dich kümmern!«, spie ich ihm entgegen, auch wenn ich keine Ahnung hatte, woher ich den Mut nahm. Als in seinen Augen der pure Hass aufblitzte, bereute ich, mein vorlautes Mundwerk nicht gehalten zu haben.

»Das werden wir ja sehen.« Francesco fing tatsächlich an, sich die Hose zu öffnen. »Ich frage mich, wie lange er dich schon fickt. Bereits vor dem Treffen in der Galerie?«

Eine Antwort blieb ich ihm schuldig, denn es war sowieso egal, was ich sagte, außerdem jagte mir seine Waffe immer noch eine Heidenangst ein.

»Oder erst seitdem du alleine bei ihm warst ... Hat er dich auf seinem Schreibtisch gefickt ...? In seinem Club?« Dann fiel ihm etwas ein. »WARST DU DAS BEI DEM ESSEN?«

OH NEIN! Meine Augen verrieten ihm wohl genug, denn er presste seine Pistole fester gegen meinen Schädel. Ich fühlte am Lauf, wie seine Hand bebte. Wir waren aufgeflogen und ich war mir sicher, die Situation nicht mehr entschärfen zu können. Auch Tristan wäre nicht mehr schnell genug da, um mich zu retten. Mein Schicksal war besiegelt und das wo ich ihn endlich wieder hatte!

»ER HAT ES GEWAGT, DICH VOR MIR ANZUFASSEN?«

»Er hat mich sogar vor dir gefickt! Er war ganz tief in mir, während du ahnungslos gegessen hast!« Ich würde so oder so sterben und es tat so verdammt gut ...

»DAS, meine Liebe, wird das Ganze hier um ein paar Stunden

hinauszögern ...«, verkündete er schließlich zitternd, und dann holte er seinen Penis aus der Hose. »Mach dein Maul auf!«

Ich presste meine Lippen aufeinander und schaute ihm fest in die Augen. Um nichts in der Welt würde ich ihm freiwillig Genuss verschaffen. Dabei liefen die Tränen über meine Wangen.

»MAUL AUF!« Er drückte die Waffe noch fester an meinen Kopf, doch noch immer reagierte ich nicht, sondern starrte in dieses irre Lodern.

Plötzlich verschwand seine Waffe von meiner Schläfe und er richtete sie auf meine Brust.

»Dann schieß ich dir deine Titte weg!« Gequält schloss ich die Lider und wünschte mir, er würde mich einfach erschießen. Ich hatte keine Kraft mehr, um für ein Wunder zu beten.

Daher versuchte ich mich mit Tristan abzulenken ... Mit seinem letzten sehnsüchtigen Blick, den er mir zugeworfen hatte, nachdem sich unsere Lippen getrennt hatten. Doch mein Kopf machte mir einen Strich durch die Rechnung. Es herrschte ein einziges Chaos und ich konnte mich vor lauter Angst nicht konzentrieren.

Ich wollte sterben. Einfach nur sterben ... JETZT!

In meinen Mund war noch nie ein anderer Mann gewesen, außer Tristan und dabei sollte es auch bleiben. Ich wollte mich nicht entweihen lassen, sondern nur ihm gehören ... Jetzt, nachdem wir wieder zusammengefunden hatten. Jetzt, nachdem ich wieder Hoffnung hatte ... sollte es enden?

Irgendwer duldete einfach nicht, dass wir glücklich wurden!

Angesichts dieser miesen Gedanken schluchzte ich auf und wartete auf das grausame Ende, denn ich würde niemals meinen Mund freiwillig für einen anderen öffnen! Nie!

Plötzlich hallte ein ohrenbetäubender Knall durch den Raum, der mir in den Ohren pfiff. Ich war mir sicher, jetzt zu sterben. Aber gleichzeitig wurde ich mit etwas Warmen besprenkelt, besonders im Gesicht. Francesco fing an zu schreien, nein zu brüllen ...

Als ich die Augen aufriss, sah ich, dass er mit zwei Händen krampfhaft den Bereich zwischen seinen Beinen bedeckte. Er war vor mir auf die Knie gesunken. Schockiert betrachtete ich das Blut, das unter seinen Fingern durchsickerte und seine Waffe, die auf dem Boden lag.

Francesco fluchte und wimmerte auf Italienisch. Ich war wie benebelt, konnte ihn nur anstarren, während zwei Beine in mein Sichtfeld traten. Ohne das dazugehörige Gesicht zu sehen, wusste ich, wem sie gehörten. Denn mit einem Mal umspülte mich Erleichterung und Ruhe ... Keine Panik mehr. Ich schaute hoch, geradewegs auf seinen göttlichen Hintern und seinen breiten Rücken – er hatte sich zwischen uns gestellt, um Francesco mit dem Griff seiner Waffe eins überzuziehen, sodass dieser zur Seite fiel ...

Bewusstlos ... Immer noch aus dem Schritt blutend.

Ich weigerte mich, genau hinzuschauen, wusste aber auch so, dass er ihm in das Teil geschossen hatte, das dieser Wahnsinnige mir in den Mund stecken wollte.

Endlich war es totenstill, aber ich wagte nach wie vor nicht, mich zu bewegen. Völlig regungslos kniete ich auf der blutverschmierten Folie und starrte vor mich hin.

Dann kam Tristans Gesicht in mein Blickfeld. Er umfasste meine Wangen mit beiden Händen und alles, was ich in seinen Augen sehen konnte, war tiefe Besorgnis ... und WUT.

Unbändige, brutale Wut.

»Hörst du mich? Mia!« Ich blinzelte ein paar Mal, weil ich nicht glauben konnte, dass mein rettender Held tatsächlich vor mir hockte. Um es mir zu beweisen, hob ich die gesunde Hand und berührte seine Wange. Er schloss die Lider, fasste meine Finger und drückte sie gegen sein Gesicht. Im nächsten Moment machte ich einen Satz und warf mich in seine Arme.

»Tristan ...«, japste ich.

»Ja, Baby. Ich bin jetzt hier ... Es tut mir leid, dass ich es nicht früher geschafft hab ... Es tut mir leid! FUCK ...«

»Shhh ... Du bist da.« Wie konnte ich in einer solchen

Situation nur so ruhig klingen? Es war nicht normal, was für eine Sicherheit mir dieser Mann bot. Einen Moment hielt er mich noch fester, bevor er sich von mir löste und mein Gesicht drehte, um es sich genauer anzuschauen.

»Sie ist nicht gebrochen«, stellte er trocken fest. Dann hob er meine linke Hand und inspizierte sehr vorsichtig meine Finger. Sie taten schon gar nicht mehr weh, pochten nur noch ein bisschen und ich wusste, dass Francesco sein Testament machen konnte, als die Wut erneut in seinen Augen aufloderte.

»DIE sind auch nicht gebrochen. Zum Glück ... Ich möchte, dass du jetzt ins Wohnzimmer gehst und dich auf die Couch legst. Ich werde gleich nachkommen.«

Wild den Kopf schüttelnd klammerte ich mich an seinem Pullover fest. Nein ... er durfte nicht gehen. Er durfte nicht gehen!

»Nur ganz kurz. Ich bin die ganze Zeit hier. Dir kann nichts geschehen. Bitte. Geh. Ins. Wohnzimmer!«

»Nein!« Verzweifelt fand die Kraft, um ihn noch intensiver zu umarmen. Tristan atmete tief in meinen Haaren durch.

»Dann bleib! Aber ich werde ihn büßen lassen ... Er hat dich angefasst, Mia, verdammt, *er hat dich verdammt noch mal angefasst* ...«, flüsterte er mir mit leiser und bebender Stimme zu.

Ich nickte absolut umnebelt ...

Er ließ mich los und überlegte wohl, wo er mich hinsetzen sollte. Doch ich krabbelte zunächst zum Schrank und befreite den reglosen Stanley. Er atmete, zum Glück. Dann kauerte ich mich mit ihm in eine Ecke, während ich Tristan dabei zusah, wie er gefährlich und gleichzeitig wunderschön aufstand und ins Bad ging.

Dabei wirkte sein Gesichtsausdruck äußerst entschlossen. Die Lippen waren zu einem schmalen Strich zusammengepresst, die Augen eisig kalt. Ich wollte nicht mit Francesco tauschen, der immer noch bewusstlos, aber nicht mehr blutend auf dem Boden lag. Tristan kam mit einer Schüssel Wasser zurück und ich fragte mich gerade angestrengt, was er damit wollte, als er es frontal über Francescos Gesicht schüttete.

Dieser kam keuchend zu sich und fasste sich sofort wieder schmerzverzerrt, wenn auch etwas benommen, an den Schritt. Ich vermied es nach wie vor, mir das Ganze genauer anzusehen.

»Hey Kleinschwanz!« Tristan tippte ihn mit dem Fuß an. »Weißt du, wer ich bin?« Und im nächsten Moment trat er ihm mit voller Wucht in den Nieren. »Dein schlimmster Albtraum!«

Francesco Augen schienen aus seinen Höhlen zu quellen, während er sich am Boden krümmte.

Tristan grinste zufrieden. Auch wenn er mir derzeit sehr weit weg schien, hätte er mir näher nicht sein können. Geschmeidig ging er vor dem Sadisten in die Hocke, wartete geduldig, bis Francesco sich erholt hatte und ihn mühsam anblickte.

»Du hast mein Mädchen angefasst«, stellte er nüchtern fest, und Francesco Augen wurden groß. Sein Blick wanderte wirr durchs Zimmer, bis er mich in der Ecke kauernd fand. Ich starrte ihn an.

»Mann ... Das war ein ... Versehen ... Ich wollte ... nicht ...«

»Oh, oh, oh ...«, tadelte Tristan sanft. »Ich glaube kaum, dass du ihr aus Versehen ins Gesicht geschlagen, ihr fast die Finger gebrochen hast und deinen Schwanz in ihren Mund stecken wolltest ... Oder ...?« Er nahm Francescos blutbesudelte Hand in seine und packte einen Finger – den Kleinen ... Sein wachsamer Blick glitt zu mir ...

»Ich würde an deiner Stelle wegsehen!«

Mein Magen vollführte schon jetzt einen Salto, weshalb ich eilig tat, wie mir geraten, und Tristan flüsterte ihm deutlich ins Ohr. »Fühlt sich das hier wie ein Versehen an?« Dann erklang ein schreckliches Knacken – Francesco fing an zu brüllen wie am Spieß ...

»Oder das?« *Knack. Schrei.*

»Oder das?« *Knack. Schrei.*

»Oder das?« *Knack. Schrei.*

»Oder das?« *Knack. Schrei.*

Jetzt war mir wirklich schlecht ...

Ich versuchte tief durch die Nase zu atmen und es half ein

bisschen ... Vielleicht sollte ich doch ins Wohnzimmer gehen. Tristan sah so aus, als wäre er gerade erst warm geworden ... und als würde er es genießen ... Trotzdem war ich nicht entsetzt, denn ich *hätte* es an seiner Stelle auch genossen, wenn ihm jemand das angetan hätte, was Francesco mir angetan hatte.

»Du darfst wieder schauen«, verkündete er fröhlich, aber ich konnte nicht!

»Baby?«

»Ja«, antwortete ich verbissen.

Dann fühlte ich, wie er mir vorsichtig über die Wange strich.

»Geh ins Wohnzimmer«, forderte er sanft. »Ich will nicht, dass du mich so erlebst!«

Hä? Jetzt sah ich hoch. »Glaubst du, das ändert etwas an meiner Meinung über dich?«

Nun war Tristan verwundert.

»Nichts könnte das, außerdem hat er es verdient! Ich war nicht sein erstes und letztes Opfer«, stellte ich sachlich klar.

Tristan grinste. »Das ist mein Mädchen.«

Und dann beugte er sich vor und gab mir mit seinen sanften Lippen einen kleinen Kuss. Und ich ... ich lächelte ...

***

Doch egal, wie stark ich dachte zu sein, irgendwann gab ich auf ...

Es wurde mir zu viel, als Tristan Francescos Kopf zur Seite drehte, sodass er mit einer Wange auf der kühlen Plastikfolie lag.

»Du hast meinem Mädchen fast die Nase gebrochen ...« Somit setzte er seine Hacke auf der Nase von Francesco an und ... DIESES Knacken war zu viel des Guten.

6. RACHE

Tristan ›hunting‹ Wrangler

Ich war nicht mehr bei Sinnen, als ich vor Mias Tür ankam, glich eher einem Amokläufer, als einem klar denkenden Menschen.

Das Bild von Mia, wie sie vor ihm kniete und SCHMERZEN litt, weil sie VERLETZT war, brachte eine Seite in mir zum Vorschein, die ich so intensiv noch nie gefühlt hatte.

JETZT passierte genau das, wovor sie früher immer Angst gehabt hatte: Ich mutierte zum unzurechnungsfähigen Irren.

Eindeutig!

Mein Kopf war ausgeschaltet!

Ansonsten hätte ich daran gedacht, einen Schalldämpfer anzulegen, bevor ich mitten in einem beschissenen Wohnhaus meine verdammte Waffe auf den Schwanz von irgendeinem Typen richtete. UND AUCH NOCH ABFEUERTE!

Wer einen Schuss noch nie gehört hat, dürfte überhaupt keine Ahnung haben, wie laut der Scheiß sein kann. Das ist nicht so wie in Filmen, dass man in ein 12-Familienhaus rennt, dort eine fette Schießerei hinlegt und keiner die verdammte Polizei ruft, weil man es nicht HÖRT.

Das hört man! Durchs ganze HAUS! Und da wird die Polizei gerufen! Nicht nur hier in Deutschland! Überall! Auch in einer von Ratten jeder Art verseuchten Großstadt ...

Wenn mein Gehirn noch einsatzfähig gewesen wäre, dann hätte ich wohl ebenfalls bedacht, dass die Nachbarn den Schuss unter Garantie mitkriegen würden, hätte die verdammte Waffe beiseitegelegt und den Wichser manuell ausgeknockt. Aber mein Hirn war ja leider momentan nicht zu gebrauchen.

Denn da war sein gottverdammter Schwanz vor ihrem Gesicht, und tja, ich hatte nun mal das passende Gerät dazu in der

Hand, um das, was er meinem Mädchen antun wollte, sehr effektiv zu unterbinden.

Ich meine, hey ... du kannst einem Mann überall hinschießen und er wird es verkraften, wenn er nicht aus Versehen stirbt. Aber wenn du ihm in den Schwanz schießt ...

Oh, oh, oh ...

Darauf hätte es im Gesetzbuch für Kerle wohl die Todesstrafe gegeben.

Gerade deswegen verabreichte ich ihm eine tristanische Beschneidung, wobei ich jedoch darauf achtete, ihn nur zu streifen, denn er sollte nicht an DIESER Wunde verbluten. Nein, das gönnte ich dem kranken Schwein nicht. Das Leben ist oft schlimmer als der Tod, wenn es dir übel mitspielt.

Francesco lag also kurz darauf keuchend auf dem Boden und krümmte sich vor Schmerzen.

Mein Mädchen war soeben bewusstlos geworden, als es an der Tür klingelte. Nicht nur einmal, sondern zweimal hintereinander und das sehr penetrant.

Mich überkam sofort ein ungutes Gefühl, dass ich gar nicht wissen wollte, wer genau störte.

Natürlich kümmerte ich mich erst mal um das Wichtigste: trat zu Mia Baby und hob sie vom Boden auf. Ich konnte nicht zulassen, dass sie dort weiter in der Ecke kauerte, auch wenn sie ohnmächtig war.

»Baby ... wach auf ...« Ich legte sie auf das Bett, als es erneut klingelte. Kurz darauf hämmerte auch noch jemand gegen die Tür und brüllte:

»POLIZEI! ÖFFNEN SIE DIE TÜR!«

GANZ TOLL!

... wollte ich schon zurückrufen, besann mich aber eines Besseren und ging rüber zu Francesco, um den Keucher erneut außer Gefecht zu setzen, bevor er noch anfing zu schreien. Außerdem konnte sich bei dem Gestöhne ja kein Schwein konzentrieren.

Ich war im Kampfmodus, seitdem ich die verdammte Wohnung betreten hatte, deswegen verpasste ich ihm erst mal einen gut trainierten Kinnhaken, der ihn vorerst von seinem Leid befreite. Im Mittelalter hat man die Leute auch nicht anders betäubt, bevor man einen Zahn zog, also gäbe es für den Pisser nicht mal einen Grund, sich zu beschweren, schließlich war ich human.

Wie ein sehr enormer Stein fiel er mit Vollkaracho auf den gottverdammten Boden, als ich zu Mia schaute und sie gerade ihre Augen öffnete, während weiterhin die Tür mit Fäusten malträtiert wurde.

»Wenn Sie nicht sofort die Tür öffnen, werden wir uns notfalls mit Gewalt Zutritt verschaffen!« War das Erste, was sie hörte und sie keuchte auf.

»Tristan ... was ist los?«, flüsterte sie schwach und blinzelte zu mir auf, als ich mich vor das Bett hockte.

»Francesco ist bewusstlos. Die Bullen stehen vor der Tür. Wie geht's dir, Baby?« Besorgt befühlte ich ihre Stirn.

»Die Polizei ist da?« Sie japste und konzentrierte sich dann auf das nervige Gehämmer, Geschrei und Geklingel. »Tristan! Scheiße!« Ruckartig richtete sie sich auf und versuchte ihren Blick auf mein Gesicht zu fokussieren, doch ich schob sie zurück in die Kissen.

»Ich regel das ... Aber könntest du dich eventuell bis auf die Unterwäsche ausziehen und gleich zur Tür kommen.« Sie starrte mich ungläubig an, als ich meine charmante Bitte äußerte. NEIN! Ich dachte mal ausnahmsweise nicht an DAS! Ein Schmunzeln schlich sich auf meine Züge.

»Du weißt, normalerweise würde ich sie kaltmachen, wenn sie deinen Body abchecken, aber diesmal wäre es von Vorteil, Okay? Und wasch dir das Gesicht, Baby!«

»Wir brechen jetzt die Tür auf!« Ich schaute Mia immer noch in die Augen. So lange, bis sie sich aufrappelte und ins angrenzende Bad stürmte. Im Laufen zerrte sie sich bereits schmerzhaft stöhnend die Kleidung vom Leib. Inzwischen verstaute ich die blutbespritzte Überdecke unter ihrem Bett und zog mich auf den Weg zur Tür bis auf die Shorts aus.

Mit einer Hand zerzauste ich mir noch etwas mehr die Haare, mit der anderen öffnete ich.

Der Traum eines jeden Berufsverbrechers: Die Polizei steht vor der Tür, wenn du soeben dein Opfer foltern willst ...

Es waren zwei Männer – leider. Mit zwei Schlunzen wäre dies hier um so vieles leichter geworden. Einer war gerade mal so groß und alt wie Mia. Der andere ein Stück größer als ich. In Uniform und mit wichtigen Gesichtern schauten sie mich gelangweilt an.

Kein Hallo. Kein Nichts. Unhöfliches Pack!

»Ist bei Ihnen alles in Ordnung?« Ihre Hände schwebten verdächtig über den Halftern, die sich viel zu eng unter den Bierbäuchen spannten, während sie versuchten, sich nichts wegen meines so gut wie nackten Aufzugs anmerken zu lassen.

»In allerbester Ordnung, sogar ...« Ich war so locker wie Rührteig.

»Man hat uns angerufen, weil ein lautes Knallen, das sich wie ein Schuss anhörte, in Ihrer Wohnung zu vernehmen war ...«, rasselte der eine tonlos runter, während der andere über meine Schulter spähte. In den Flur. Kein Problem, da war alles in bester Ordnung.

Skeptisch runzelte ich die Stirn.

»Aha.«

Sie sahen mich auffordernd an, ich sah genauso auffordernd zurück. Nette Information – und so aussagekräftig –, und was wollten sie jetzt von mir?

Schließlich leuchtete die imaginäre Glühbirne auf und die Dienstmarken wurden gezückt – eindeutig genervt. Endlos lange starrte ich diese an, bis ich einen erneuten Hauch Nervosität bemerkte. Dann grinste ich.

»Ich war gerade etwas ... *vertieft*, deswegen könnte es sein, dass ich es nicht gehört habe ...«

Aus dem Schlafzimmer kam ein kaum zu verkennendes Stöhnen. *NA SUPER, Kleinschwanz, halts Maul!* Ich schaute die Polizisten anklagend an, die sofort ihre Öhrchen spitzten. »Jetzt macht sie ohne mich weiter!«

Sie wirkten bereits *leicht* irritiert.

»Könnten wir uns bei Ihnen umsehen?« FUCK! Wieso mussten die verdammten Scheißbullen immer ihr verdammtes Scheißprotokoll durchgehen?

»Ich weiß nicht, ob meine Freundin damit einverstanden wäre ... Sie könnte es durchaus als sexuelle Belästigung auffassen, wenn Sie sie in ihrem derzeitigen Zustand antreffen ...« Inzwischen klang ich etwas schärfer.

»Tut mir leid, aber wir müssen darauf bestehen.« Und schon schoben sich meine lieben Mitmenschen in Kotzblau (nicht mal das Grün konnten sie sich noch leisten, sondern wirkten wie unterbezahlte Schaffner) an mir vorbei.

Verdammt! Ja, eigentlich war es ihnen nur mit Durchsuchungsbefehl gestattet, sich mit dem Eigentümer und mit Zeugen durch fremde Wohnungen zu bewegen, aber bei ›Begründetem Verdacht‹ durften sie schon mal eine Ausnahme machen.

Und die Idioten hätten sogar einen Furz als ›begründeten Verdacht‹ eingestuft, fuck!

Sehr genau inspizierten sie das Wohnzimmer, fanden erstaunlicherweise nichts Verfängliches an meiner weit verstreuten Kleidung, die sie offensichtlich nur verwirrte, denn einer ... der größere Bulle ... schaute mich STÄNDIG mit skeptisch hochgezogener Augenbraue an, als wäre sie dort oben festgewachsen. Doch ich ließ mich von dem Idioten nicht verunsichern und lehnte mich locker mit verschränkten Armen an die Wand.

Hier konnten sie sich ja ruhig umsehen, aber vor dem Schlafzimmer würde ich sie aufhalten.

»Und Sie haben also nichts Verdächtiges gehört oder gesehen, Herr ...«, fragend beäugte mich der Kleinere von beiden, der schon zweimal gestolpert war, obwohl gar nichts im Weg lag. Meine Anwesenheit machte sie überhaupt ziemlich nervös, denn die Hände schwebten immer über ihrem Gummiknüppel ... Die riechen es halt eben doch, wenn sie vor einem der Ober-Ganoven der Stadt stehen.

»Wie gesagt: Ich war die letzte Stunde in meiner Freundin versunken. Alles was ich gesehen habe, waren ihre weiblichen Vorzüge!«

Ich hatte entschieden, sie ein bisschen zu schocken, schon um von der Frage nach meinem Namen ablenken. *Der* hätte nur für Aufruhr gesorgt.

Jetzt stolperte der Stolperer RICHTIG und fiel fast auf seine krumme Nase, der andere mit der dauerhaft erhobenen Augenbraue betrachtete angewidert die herumliegende Kleidung.

Verschwörerisch beugte ich mich zu ihm und unterdrückte die ekelhafte Gänsehaut, die meinen Rücken hinabschoss. »Sie kennen das doch, als Mann ... Einmal drin und man will nie wieder raus, egal was passiert ... Selbst wenn das Bett zusammenbricht.«

Als Antwort wich er vor mir zurück – wollte hier offensichtlich nur noch raus. Wunderbar.

Der Kleine schnaubte und öffnete kurzerhand die Tür zum Schlafzimmer, ohne dass ich die geringste Möglichkeit hatte, es noch zu verhindern.

Fuck!

Ich war auf Francesco vorbereitet, im Blutbad liegend, stöhnend vor sich hinsiechend und natürlich gehörig übertreibend, der Schlappschwanz! Aber dem war nicht so. Stattdessen war die Folie weg; Francesco war weg und Mia lag bis auf die Knochen verschwitzt, mit hochrotem Gesicht und so abgearbeitet auf dem Bett, als hätte sie Zementsäcke auf der Baustelle geschleppt. Ich musste mich beherrschen, um nicht in Gelächter auszubrechen, während die Schlümpfe mal wieder schockiert im Türrahmen stoppten.

»Oh ... mein GOTT! DAS IST DEINE ÜBERRASCHUNG?«, rief sie sofort und ich riss die Augen auf. Was hatte die Frau vor? »ZWEI STRIPPER? Schatz, du bist der Beste!« Lüstern leckte sie über die volle Unterlippe. ARGH! SIE MACHTE MICH FERTIG! UND ICH WAR SIE GEWÖHNT!

Wie musste es erst den anderen beiden gehen? Göttlich, wie sie war, lag sie auf der Seite und genierte sich kein bisschen, so wie ich es ihr beigebracht hatte. HA! Ich hatte doch gewusst, dass mir die ganze Scheiße irgendwann mal nützlich werden würde.

Kleinschwanz wollte sie verdammt noch mal umbringen, die normale Reaktion wäre gewesen, dass sie völlig außer sich wäre. Aber mein Mädchen ließ keine Schwäche zu, oh nein. Schon gar nicht, wenn es um mich ging. Für mich wuchs sie immer wieder über sich hinaus, was mich verdammt stolz auf sie machte.

Ihre Unterwäsche war weiß und unschuldig, aber ihr Körper darunter makellos und wohlgerundet. Und dann war da noch ihr verführerischer Blick, mit dem sie die Polizisten abcheckte und mich schon wieder komplett aus der Fassung brachte. Obwohl die kleine Show dieses Mal nicht für mich bestimmt war. Ihr Zeigefinger strich lasziv und einladend über ihre geschwungene Seite. Ja ... sie war eindeutig Meisterin ihres Fachs, wenn sie wollte.

Den Bullen hingen die Zungen bis zum untersten Stockwerk. Sie KONNTEN nicht anders als zu starren. Der Kleine vor Geilheit, der Große vor Schock.

Tja ... ich hatte schon Glück, dass diese kleine sexy Nymphe mir gehörte. Von ihrem Anblick wurde ich sofort hart und der gesunde Menschenverstand verabschiedete sich, so wie es die Evolution bei uns beiden vorgesehen hatte.

Langsam richtete sie sich auf ... und dann tat sie etwas, was mich wirklich beinahe in die Knie zwang. Sie setzte sich BREITBEINIG, mit wunderschönen glatten Beinen, auf die Bettkante und ich schaute sie erwartungsvoll an, während ihre Finger ungeniert über ihren flachen Bauch hinab in ihr Höschen rutschten.

»Ich mach es mir gerne selber, wenn ich zwei heißen Typen beim Ausziehen zusehe... «, verkündete sie verrucht. »Also legt los!«

»E-e-entschuldigen Sie die Störung.« Der große Bulle stürmte aus dem Schlafzimmer, der kleine folgte seinem peinlich berührten Kollegen nur widerwillig, aber er folgte.

Mia zwinkerte mir niedlich zu, während ich zu ihr ein »WOW!« mit den Lippen formte und die überforderten Gesetzeshütern zur Tür begleitete.

»Wir wollen Sie nicht länger stören ... Sie können anrufen, wenn Ihnen noch was einfällt. Schönen Tag noch!« Und schon hielt ich die Visitenkarte von des Großen in der Hand.

Dann gingen sie, jedoch nicht, ohne dass sich der Kleine noch einmal umdrehte und einen sehnsüchtigen Blick in Richtung Schlafzimmer warf.

Ja ... ja ... so was siehst du nicht alle Tage ..., dachte ich selbstzufrieden.

Und weg waren sie, während ich noch etwas verdattert an der Tür stand, bevor ich sie schloss und die Karte zerriss ...

Nachdem ich abgesperrt hatte, ging ich als Erstes zu meiner Hose und zog eine Zigarette inklusive Zippo aus der Packung. Erst als ich eine brennende Kippe im Mund hatte, senkte sich langsam mein Adrenalinspiegel.

Durch Mias Anblick war ich eindeutig in einen GANZ ANDEREN als den Kampfmodus gewechselt. Aber zunächst musste ich erfahren, was sie mit Francesco angestellt hatte. Ich hoffte, sie hatte ihn nicht in einem Anflug von Gangsterstyle aus dem Fenster geschmissen.

Als ich ins Schlafzimmer kam, saß sie leider nicht mehr so verführerisch auf dem Bett, sondern hing sogleich an meinem Hals.

»Oh mein Gott! Tristan!« Ich fing sie auf und stöhnte etwas gequält, weil sie sich gegen meinen Ficker drückte. Mit einer Hand hielt ich sie an der Hüfte fest.

»Das war so verrückt!«, keuchte sie schockiert, und bebte am ganzen Leib.

»Einen Moment ...« Ich trug sie ins angrenzende Bad und warf dort meine gerade angefangene Kippe ins Waschbecken. Mia zitterte zu sehr.

»Alles klar?« Sanft hob ich ihr Gesicht an und las in ihren geweiteten Augen. Sie nickte.

»Das hast du fucking gut gemacht, Baby! Du hast uns den beschissenen Arsch gerettet.« Was mir ein schüchternes Lächeln und leicht gerötete Wangen einbrachte. So etwas war sie eindeutig nicht mehr gewöhnt.

»Wenn es um deinen Arsch geht, tu ich alles ...« Damit umarmte sie mich erneut und ich hielt sie so lange, bis sie aufhörte zu zittern ... Sanft strich ich mit einer Hand über ihren Rücken, wollte mir gar nicht vorstellen, was passiert wäre, wenn ich nicht rechtzeitig da gewesen wäre. Ich hatte sie doch gerade erst richtig zurück ...

Fuck ... mir war zum Heulen zumute, aber je länger sich ihr Körper an meinen presste, desto mehr wandelte sich meine Stimmung. Da gab es ganz andere Gelüste als Heulerei, die es jetzt zu befriedigen galt. Wie zum Beispiel meine Sucht nach der Droge namens Mias Pussy.

Das entschied deren Eigentümerin zumindest, denn irgendwann zog sie meinen Kopf herab und küsste mich.

Nach der langen Entbehrungsphase ließ sie sich keine Möglichkeit dazu entgehen. Auch jetzt nicht, und es wurde mehr als leidenschaftlich. Ihr Arsch landete einfach auf dem Waschbecken, und ich schob schnell ihren BH nach oben, damit ich ihre weichen Titten auf meiner nackten Brust spüren konnte. Ihre Brustwarzen waren steif, auch sie hatte dieser ganze Scheiß erregt.

Ich stöhnte in ihren Mund, während sie mich mit den Beinen heftig gegen ihren Unterkörper drängte, an dem ich sofort meine Hüften bewegte, um uns beide ein bisschen heiß zu reiben.

»Wo ist er?«, fragte ich, als meine Lippen zu ihren Nippeln

hinabwanderten, die schon strammstehend auf mich warteten. Sie krallte sich in meinen Nacken und beugte ihren Rücken durch, als ich fest an einem saugte und ihn mit der Zungenspitze umkreiste. Sie schmeckte so verdammt süß ...

»Im Schrank«, keuchte sie.

Ich lachte an ihrer feuchten Haut, was sie erschauern ließ.

»Genau da gehört der Pisser auch hin!«

»Und er ist gründlich in Folie eingewickelt.« Mein Lachen wurde lauter und ich hob meine Hand, um ein bisschen ihre Clit über dem Höschen zu reiben. OH FUCK! Da unten war sie so verdammt überhitzt und so verdammt überflutet. Bei mir zuckte es heftiger.

»Weißt du eigentlich, wann ich das letzte Mal in deine Pussy gespritzt habe?«, raunte ich in ihr Ohr, was sie hilflos aufstöhnen ließ. Meine Lippen glitten über ihre Wange und ich leckte über ihre Unterlippe.

»Es ist schon viel zu lange her ...« Damit biss ich sie sanft in das zarte Fleisch, während ich meinen Ficker befreite und ihr Höschen zur Seite schob ...

In dem Moment entschied unsere Folienkartoffel, das Bewusstsein wieder zu erlangen und fing an herumzuschreien, was mich leicht angepisste. KEINER STÖRT EINEN TRISTAN WRANGLER, WENN ER GERADE SEIN MÄDCHEN FICKEN WILL!

»Wollen wir Francesco ein bisschen ärgern?«, fragte ich sie schelmisch und stellte sie auf den Boden.

»Noch mehr?«, erwiderte sie und klang schon etwas skeptisch, aber ich zog sie bereits hinter mir her ins Schlafzimmer. Seine Stimme klang durch den Schrank nur gedämpft, trotzdem holte ich ein Bündel Socken aus der Kommode und stopfte es ihm in sein großes Maul, sobald ich die Schiebetüre zur Seite befördert hatte.

»Maul halten!«, war meine Ansage Nummer eins, dabei trat ich ihm in die Rippen und musste lachen, als ich ihn genauer betrachtete.

Er sah aus wie eine schlecht eingepackte Mumie, nur sein blasser Kopf ragte raus. »Und zusehen«, lautete Ansage Nummer zwei, bevor ich Mia direkt vor ihm positionierte, sodass er sie anschauen *musste*.

Meine Anwesenheit hatte mein Baby wohl gestärkt und ihr Selbstbewusstsein zurückkehren lassen, denn Mia musterte ihn mit hochgezogener Augenbraue und wirkte dabei wie eine Todesgöttin in weißen Spitzendessous, während ich sie langsam umrundete.

»Sieh zu und lerne, wie man mit so einem himmlischen Wesen umgeht. Wie man es ehrt ... Denn nur dann wird es dir die größtmögliche Freude bereiten.« Mia erschauerte hart, weil ich beim Umrunden über ihren Brustkorb, ihren Arm und schließlich über ihren Rücken strich.

Schließlich blieb ich halb hinter ihr stehen, sodass ich den Wichser noch genau im Blick hatte. Meine Finger öffneten ohne jegliche Probleme ihren BH-Verschluss, während ich mich nach vorne lehnte und ein paar gut platzierte Küsse auf ihren eleganten Nacken tupfte. Sie ließ ihren Kopf vertrauensvoll auf meine Schulter zurücksinken und bot mir Zugang.

»Mmmm ... siehst du? Sie vertraut mir ... vollkommen ... Sie lässt sich fallen. Sie weiß, dass meine Hände ihr niemals ernsthaft wehtun würden ... Ich darf alles mit ihr machen. Ich darf sie überall berühren«, hauchte ich an ihrer Haut und ließ seinen entsetzten und gleichzeitig vor Lust fast wahnsinnigen Blick nicht los. Meine Hände hoben sich und entfernten langsam ihren BH, den ich in Francescos Richtung fallen ließ. Das Teil blieb ein kleines Stück vor ihm liegen, doch er konnte seine Augen sowieso nicht von ihren steil aufgerichteten Brustwarzen abwenden.

»Nur ich kann ihr solche Laute entlocken.« Feinfühlig nahm ich beide Nippel zwischen meine Finger und zupfte daran. Sie stöhnte sanft und wand ihre prallen Arschbacken gegen meinen Ficker.

»Nur ich kann dich dazu bringen, dass du vor Lust fast

wahnsinnig wirst, nicht wahr, Baby?«, flüsterte ich ihr samten zu und sie erschauerte allein durch den Klang meiner Stimme.

Sofort stöhnte sie brav ein »Ja!«, als ich ihre Hügel komplett mit den Händen bedeckte und sie knetete. Dabei ließ ich sie an meinem Atem hören, wie sehr mich das anmachte und wie sehr sie auch mich mit ihren heftigen Reaktionen auf meine Reize in den Wahnsinn trieb.

Ich liebte unseren Sex. Über alles!

»Hörst du, wie ihr meine Stimme gefällt? Siehst du, wie ich ihren Körper damit zum Schwingen bringe? Sie wird nie vor mir zurückschrecken ... Auch wenn meine Hände sich verirren ...« Langsam und quälend glitten meine langen Finger über ihren Bauch hinab.

»ARGH!«

Ich lachte leise, als sie sich beschwerte, und ihren Arsch verlangend an mir rieb. Sie wusste, dass sie mich so außer Kontrolle bringen konnte. Aber diese Vorstellung galt nicht allein ihr oder mir ... uns, sondern war gleichzeitig Folter ... und so wie Francesco aussah, eine recht effektive … Deswegen wurde ihr Gewinde kurzerhand durch einen schnalzenden Klapser unterbunden.

»Beweg dich nicht!« Sie murrte ungeduldig vor sich hin und ich grinste.

»Hörst du, wie sie aufbegehrt, weil ich SIE nicht an ihrer heißesten Stelle berühre? Sie würde im Moment dafür töten, nur damit ich ihr einmal über den Kitzler streiche.«

»OH JA!«, presste Mia zwischen ihren Zähnen hervor, was mich erneut zum Auflachen brachte, bevor ich ihr ein paar beschwichtigende Küsse auf die Schläfe hauchte.

»Geduld, Baby ... Du bist mein Folterwerkzeug ... also benimm dich auch so.«

Sie kicherte atemlos. Von Beschweren keine Spur, denn meine Hand war unter ihr Höschen gerutscht und rein zufällig mit einem Finger zwischen ihre Falten geglitten ...

»Tristan ...«

Francesco gab ein komisch stranguliertes Geräusch von sich.

Ja, tut weh im Schwanz, hm? Wenn ich gut getroffen hatte, würde er NIE wieder in den Genuss kommen!

»Du willst es sehen, nicht? Das darfst du und dabei verbluten.« Somit ging ich hinter ihr in die Hocke und zog gleichzeitig die Pantys mit.

In diesem Moment ertönte ein Stöhnen, das in drei verschiedenen Kehlen gebildet worden war, dabei aber sehr unterschiedlich ausfiel.

Francescos klang gequält, Mias gespannt und meines ... *fasziniert!*

Ich strich mit meinem Zeigefinger von hinten zwischen Mias wohlgeformten unteren Lippen entlang und sie drängte sich mir entgegen, tief stöhnend. Mich zügelnd biss ich die Zähne zusammen und tat ihr den Gefallen, endlich meinen Finger problemlos in sie hineingleiten zu lassen.

»Du wirst nie wissen, wie es sich anfühlt, wenn sie sich dir dermaßen hingibt ...«, äußerte ich schon *ziemlich* verbissen und Francesco stöhnte noch gequälter, als meine Bewegungen ein schmatzendes Geräusch verursachten.

»Hmmm, mein Mädchen läuft wieder mal aus ... WEGEN MIR ... Denn nur ICH bin ihr Sexgott. Sag es ihm, Baby!« Zur Bekräftigung nahm ich einen zweiten Finger dazu.

»JAA!«, keuchte sie heftig. Ihre Beine fingen an zu zittern und mir war klar, dass ich sie wohl besser hinlegen sollte, wenn ich so weitermachte. Ansonsten würde sie im Rausch der Lust einfach zusammenbrechen.

Schweren Herzens löste ich mich von ihr und stellte mich lächelnd vor sie, denn ich wollte nicht, dass sie sich von mir benutzt fühlte. Sie lächelte verschwörerisch zurück und zog mein Gesicht zu sich hinab, um mich zu küssen, während ich sie rückwärts zu ihrem Bett drängte.

Gezielt setzte ich sie an die Kante und spreizte weit ihre wohlgeformten Beine, sodass er ALLES sehen konnte, bevor ich mich vor sie kniete. Ich hörte nicht auf sie zu küssen, als meine Hand an ihrem Oberschenkel entlang strich und ich erneut meine

Finger in ihr versenkte.

»So eng«, murmelte ich an ihren Lippen. Mit der anderen Hand packte ich meinen STEINHARTEN Ficker aus und fing an, mir einen runter zu holen. Ansonsten hätte ich dem Druck da unten nicht mehr standgehalten. »So nass ...« Mia stöhnte in meinen Mund und kratzte über meinen Rücken. »So perfekt ... *Meins.*« Mit diesem Wort zog ich meine Finger erneut aus ihrer seidigen Weichheit und schaute ihr tief in die Augen.

Sie war schon jetzt kurz davor. Ihre Wangen gerötet, die Haare maßlos zerzaust, im Großen und Ganzen einfach nur ... eine wunderschöne Erscheinung. Ich lehnte meine Stirn an ihre, während ich weiter meinen Ficker bearbeitete.

»Kannst du deine Beine auf meine Schultern legen, Baby?« Sie tat, worum ich sie gebeten hatte, und sah mich erwartungsvoll an, während sie sich in die Laken zurückfallen ließ. Plötzlich drehte sie Francesco ihr Gesicht zu und fixierte ihn. »Meintest du das so mit dem Schreibtisch, Francesco?«

Ich lachte, als er ein Grunzen von sich gab, und drückte mich genau im richtigen Moment in ihr Inneres. TIEF in ihr Inneres. Ihre Muskeln umschlossen mich eng und meine Augen rollten in meinem Kopf zurück. Mit festem Griff hielt ich ihre seidig glatten Unterschenkel fest, denn ich wollte nicht, dass es zu anstrengend für sie wurde, während meine Hüften dem Rhythmus folgten für den sie erschaffen wurden.

»Siehst du?«, keuchte ich in Francescos Richtung. »Sie tut ALLES, was ich ihr sage, auch wenn ich fordern würde: Gib mir dein Arschloch!« Warnend betrachtete mich Mia zwischen ihren herzhaften Stöhnern, die jedes Mal erfolgten, wenn ich bis zum Anschlag in ihr versank und verengte die Augen. Das war ein eindeutiges »NEIN!« – also wurde Arschficken von meiner mentalen, mit-Mia-noch-zu-Erledigen-Sexpraktiken-Liste gestrichen. Mir war es egal, es gab ja noch genug andere.

»Hmmm, Baby ... das ist wie damals auf der Lichtung, weißt du noch? Bin ich jetzt genauso tief?« Noch heftiger stieß ich mit verbissenen Zähnen zu.

»OH GOTT«, schrie sie, was mich hoffen ließ, dass die notgeilen Polizisten das Haus schon verlassen hatten.

»Das war keine Antwort!« Francesco wirkte ziemlich verdattert, als ich die Lichtung erwähnte – ich war trotz Wahnsinns-Sex so geistesgegenwärtig, die Folter zu vertiefen. Von wegen Männer sind nicht Multitaskingfähig!

»Yeah, ich war ihr erster und einziger Ficker, Francesco. Ich war ihr Lehrmeister vor acht Jahren. Aber sie war schon ohne mich die BESTE ... AHHH … fuck Mia!« Stöhnend warf ich den Kopf zurück, als sie ihr kleines Ich-spanne-mich-um-Tristan-an-und-treibe-ihn-damit-in-den-Wahnsinn-Spiel begann und meine angestrengten Worte somit bestätigte.

»Sie mag es hart ... und tief ... sie kann jeder Art von Stößen standhalten, und egal wie wild du bist ... sie wird es immer wilder wollen.« Ich bewegte mich heftiger, trieb mich immer stärker in ihren feuchten Spalt.

»Wenn du denkst, du bist im Himmel, wird sie dir zeigen, dass es immer höher geht!« Sie hatte meine freie Hand gepackt und sie auf eine ihrer wackelnden Titten verfrachtet. Das weiche, warme Fleisch zu fühlen, war fast zu viel für mich, und ich musste die Zähne zusammenbeißen, um nicht genau in diesem Moment abzuspritzen.

Doch ihr ging es nicht anders. Also sie drohte nicht, irgendwohin zu spritzen, sondern kam nur beinahe, als ich anfing, ihre Titte zu massieren.

»AHHHH ... Tristan ... GOOOOTT!«

Ich fickte sie noch härter.

»Und wenn du einmal in ihr kommst«, presste ich mit meinem letzten bisschen Hirn was noch funktionierte hervor ... »bist du sofort süchtig ... und du wirst nie wieder in deinem Leben etwas anderes ficken wollen ... als ... diese ... Pussy ... Komm für mich, Baby!«

Mia kam ... LAUT. Schreiend. Heftig zuckend. Mich mitreißend ...

Ende, aus, over!

Als wir wieder halbwegs ins Hier und Jetzt zurückgekehrt waren, ließ ich ihre Beine los, und sie glitten lasch an meinen Hüften herab, bis sie übers Bett hingen, sodass ich auf ihrem nackten Oberkörper zusammenbrechen konnte. Der Schweiß floss in Strömen aus unseren Poren.

Ich atmete heftig und freute mich über das typische Mia-nach-dem-Sex-Aroma. Träge strich ich mit meiner Nase über ihren Bauch und zwischen ihren Brüsten entlang, verteilte hier und da mal einen Kuss, und leckte ein paar salzige Schweißtropfen von ihrer dampfenden, reinen Haut.

»Mmmmh, das war der Wahnsinn«, summte sie zufrieden, fast schon schläfrig, und strich mit ihren Händen über meine Unterarme, die rechts und links von ihr lagen.

»Das war es. Dank dir«, bestätigte ich mit einem Lächeln und streckte mich nach oben, während sie sich auf die Ellbogen aufrichtete, damit wir uns küssen konnten. Ich konnte nicht genug von ihr bekommen und verlor mich beinahe wieder in ihren Zärtlichkeiten, als mich ein resigniertes Keuchen an die Gesamtsituation erinnerte.

Keinschwanz war ja auch noch da.

Mit einem Grinsen an ihren Lippen löste ich mich sanft von ihr.

Als ich wieder zu Francesco blickte, wirkte er, als hätte er mittlerweile komplett seinen Verstand verloren. Ha! So eingepackt und mit Schmerzen und keinen freien Händen, die ihm Erleichterung verschaffen könnten, war diese Show sicher schlimmer als jeder Bruch, den ich ihm zufügen hätte können.

Prompt küsste ich mein Mädchen gleich noch mal.

Einfach weil wir genial waren ...

7. ANKOMMEN

Mia ›confused‹ Engel

Tristan hatte mich soeben vor meinem gequälten Ex-Freund gefickt. Tief, hart, erbarmungslos ... und doch so voll Gefühl. Jetzt lag ich da und schaute blicklos in die leeren Augen jenes Mannes, der einige Jahre lang an meiner Seite gestanden hatte. Die Augen des Mannes, der vorgehabt hatte, mich zuerst zu vergewaltigen und dann umzubringen.

Tristan *war* gar nicht der Psycholover gewesen!

Wie man sich manchmal täuschen konnte, denn in Wahrheit hatte immer Francesco den wahren Psycho gegeben und mir war es nur entgangen. Nie im Leben hätte ich gedacht, dass er zu so etwas Grauenvollem imstande wäre. Mein einziges Glück war tatsächlich Tristans stalkerische Vorrichtung in meinen Räumen gewesen ...

Ansonsten hätte niemand jemals erfahren, was heute Abend mit mir passiert wäre. Ansonsten läge ich jetzt womöglich schon tief in der Erde, verscharrt unter Tonnen von nassem Beton. Niemand hätte mich je gefunden, außer vielleicht irgendwelche Archäologen in tausend Jahren. Die hätten dann mein Skelett untersucht und ... Nein, ich wollte mir lieber nicht ausmalen, was sie sich wohl über mich zusammengereimt hätten.

Francesco schaute mit zu Schlitzen verengten Augen zu mir, als ich träge über Tristans muskulösen Rücken strich. Ich hob eine Augenbraue. Dachte er etwa, er wäre gerade in der Lage etwas zu melden? Sich zu beschweren? Tristan folgte meinem Blick und knurrte tief in seiner Kehle.

HMMMM, der Laut war so sexy ... sofort erschauerte ich.

»Nicht ...«, murmelte ich und drehte sein Gesicht wieder zu mir. Ich wollte nicht, dass er gleich noch mal austickte. Meiner Ansicht nach hatte Francesco seine Strafe bekommen, auch wenn

Tristan bestimmt nicht glaubte, dass diese ausreichend gewesen war.

»Wir sollten gehen.« Seine grünbraunen Augen musterten mich intensiv. Inzwischen wirkten seine Züge völlig entspannt – frei von dem Groll und Hass der letzten Wochen. Er schien einfach nur offen und blickte liebevoll auf mich und meine sicher immer noch geröteten Wangen und zerzausten Haare herab.

»Ich bin so froh, dass ich rechtzeitig gekommen bin.« Seine Stimme zitterte verdächtig.

Schockiert riss ich die Augen auf, doch er hatte schon seinen Kopf an meiner Brust vergraben und umarmte mich sehr fest, nur, um sich im nächsten Moment aufzurichten und meinen Körper zu verlassen.

»Wääähhh.« Angewidert verzog ich das Gesicht, als alles an meinen Beinen hinablief.

Tristan gluckste an meiner Haut und ich fühlte, wie er mich auf einen Nippel küsste.

»Sieh nur, was für eine Sauerei du hier veranstaltest, also wirklich!«, schimpfte er auch noch sanft mit mir. »Wir könnten es Francesco auflecken lassen.«

Ich kotzte fast, woraufhin er mich auslachte, Klopapier aus dem Bad holte und wieder mal meine Beine spreizte, um alles wegzuwischen. Das war ein Déjà-vu! Die Situation war so intim, dass mir die Tränen in die Augen traten und ich nicht anders konnte, als ihn an mich zu ziehen und ihm einen kleinen aber dafür sehr heftigen Kuss auf die vollen Lippen zu drücken. Er grinste verschmitzt und sammelte wortlos meine Unterwäsche auf. Nachdem er sie mir gereicht hatte, zog er sich seine Shorts ordentlich an und schlenderte zu Francesco hinüber.

»Wenn du schreist oder anderweitig auf dich aufmerksam machst, dann werde ich dich in diesem Schrank verfaulen lassen. Ich schätze, das weißt du, oder?« Sobald Tristan die Socke aus Francesco Mund gelöst hatte, versuchte dieser, ein paar Flusen auszuspucken, er nickte aber. »Du kommst jetzt erst mal mit zu Onkel Wrangler nach Hause ...«

OH NEIN! DAS würde ich mir *nicht* antun, denn Tristans Augen funkelten schon wieder unheilvoll und animalisch ...

Grob packte er seine Geisel an den Schultern und hievte sie ohne Probleme aus dem Schrank.

Francesco konnte kaum geradestehen, brachte es aber zustande, nicht umzufallen, während Tristan ihn fröhlich auswickelte. Als Nächstes zog sich Tristan seine Jeans an, klemmte, mit warnendem Blick auf Francesco seine Waffe in den Bund seiner Hose und verbarg sie sorgsam unter dem Hemd, das folgte.

Auch ich schlüpfte schnell in eine frische Jeans und warf einen Pullover über, dann setzte ich mich mit Stanley, der gerade aufwachte, aufs Bett, um ihn zu untersuchen. Auf den ersten Blick schien er – GOTT SEI DANK – in Ordnung und leckte meine Hände ab. Ich wusste nicht, was ich getan hätte, wenn ihm wirklich etwas geschehen wäre! Düster und mit ungewöhnlichen Mordfantasien starrte ich Francesco an, der sich auf den Stuhl in der anderen Ecke niederließ und mich genauso beobachtete. Ich übertraf seinen Hass um Längen. Für mich war er nichts weiter als ein Stück Dreck, schließlich hatte er sich an meinem Stanley vergriffen!

Ich *wollte* dass Tristan ihn mitnahm!

Als dieser vollständig angezogen war, zerrte er Francesco nicht unbedingt liebevoll am Oberarm auf die Beine. Ächzend fasste der Widerling sich an den Schritt und taumelte Tristan hinterher. Aus Höflichkeit stand ich mit Stanley auf dem Arm auf und begleitete sie bis zur Eingangstür.

»Ruf mich später an, ja? Also ... ähm ... tschüss ...«, verabschiedete ich ihn aus Ermangelung der Alternativen. Tristan war schon im Hausflur und ich wollte gerade schließen, als er seinen Fuß in den Spalt schob.

»Tschüss?«, wiederholte er ungläubig und drückte die Tür mit der Hand auf. »Sag mal ...« Fassungslos starrte er mich an, als wäre es ganz offensichtlich, weswegen er sich jetzt aufregte und mich ansah wie einen Außerirdischen.

»Was?«, erkundigte ich mich ziemlich kampfeslustig, denn ich war müde und ausgezehrt. Ich wollte doch nichts weiter, als irgendwie VERGESSEN und baden ...

Baden wäre wirklich gut!

»Nimm Stanley. Nimm einen Mantel. Zieh dir Schuhe an. Nimm eine Tasche und komm, FRAU! Ich habe keine Lust, ihn ohnmächtig durch die Gegend zu schleppen!«

WAS? Er wollte das ich mit zu ihm kam? Okay! GERN!

Ich tat wie mir befohlen und folgte Tristan, der Francesco noch immer hielt, die Treppen runter. Zum Glück war es schon spät und keiner begegnete uns. Meine Gedanken rasten.

Was würde er jetzt mit meinem Ex tun? Würde er ihn umbringen? *Wollte* ich, dass Tristan meinetwegen zum Mörder mutierte? Aber würde uns Francesco in Ruhe lassen, wenn Tristan es nicht tat? Meine Fragen erwiesen sich als unnötig, kaum dass wir Tristans Auto auf dem großen Parkplatz erreichten. Denn sobald ich den Griff der Beifahrerseite berührte, fühlte ich etwas Kaltes an meiner Schläfe und erstarrte.

»FUCK, ALEC!«, rief Tristan aus und zog blitzschnell seine Waffe aus dem Hosenbund, um sie auf Besagten zu richten, der mich bedrohte. »Nimm das Teil aus ihrem Gesicht! SOFORT!«, knurrte er, während er mit der anderen Hand Francesco aufrecht hielt, der stöhnte und den Eindruck machte, als würde er jeden Moment zusammenbrechen. Er war kreidebleich und zitterte. Stanley führte währenddessen auf meinem Arm ein wahres Knurrkonzert auf.

»Lass ihn los, Mann! Leo wird dir und jedem, der mit dir in Verbindung steht, den Arsch aufreißen, wenn du ihn killst!«, antwortete Alec scheinbar ruhig und ich sah, wie Tristan die Zähne zusammenbiss. Das gefiel ihm nicht, doch er fackelte nicht lange und presste hervor:

»Nimm. Das. Teil. Aus. Ihrem. Gesicht!« Seine Augen loderten warnend und Alec tat gut daran, nach ein paar meinerseits atemlosen Sekunden, die Waffe sinken zu lassen.

»Steig ein, Mia!«, forderte Tristan als Nächstes und öffnete Stanley und mir die Tür, nachdem er mit Francesco das Auto umrundet hatte, um ihn zu Alec zu stoßen. Dabei ließ er Alec und Francesco nicht aus den Augen. Auch nicht, als er selber einstieg und den Motor startete.

Ich merkte, dass er jetzt WIRKLICH gereizt war, weil der kleine Alec ihm sein Spielzeug entrissen hatte, und verhielt mich leise, als er mit quietschenden Reifen losfuhr.

Mir schien es, als würde er eine Zeit lang nur wirr und aggressiv durch die Gegend rasen und ich lehnte erschöpft meine Stirn gegen die Scheibe. Doch irgendwann hielt ich es nicht länger aus und musste ihn doch fragen. Denn das war meine größte Angst: wieder von ihm getrennt zu werden – jemals!

»Bringst du mich wieder nach Hause?«

Zunächst blieb jede Antwort aus, er starrte nur finster hinaus und lenkte offenbar tief in Gedanken versunken das Auto wer weiß wohin. Und als er schließlich doch zu sprechen begann, hatte ich längst die Hoffnung auf eine Erwiderung aufgegeben.

»Weißt du noch, vor acht Jahren, als du dich mir geöffnet und mich endlich mit zu dir heim genommen hast?« Ich zuckte zusammen, doch als er mich mit hochgezogener Augenbraue betrachtete, nickte ich.

»Habe ich dich jemals an irgendeinem Ort zurückgelassen, von dem ich wusste, dass du dich dort unwohl fühlst?«

»Nein!«, wisperte ich.

»Was tat ich stattdessen?« Meine Augen wurden immer größer ... Mittlerweile sah ich sicher wie ein Anime-Charakter aus, zumindest von der Augengröße her.

»Du hast mich mit zu dir genommen«, flüsterte ich und konnte – nein WOLLTE – es nicht glauben. Denn wenn ich mir jetzt Hoffnung machte, dass wir schon so weit waren, dann wäre ich am Boden zerstört, sollte sich herausstellen, dass ich damit falsch lag. Und so gab ich mir alle Mühe NICHTS von alledem zu empfinden, während er weiter sprach.

»Genau ... Ich habe dich mit zu mir genommen. Also komm

nicht noch mal auf die Idee, mich zu fragen, ob ich dich nach Hause bringe. Egal ob jetzt, später oder die Tage.« Somit war das Thema für ihn gegessen. Er wandte den Blick von mir ab, lehnte sich gemütlich im Sitz zurück und fing an zu pfeifen. Nebenbei strich er Stanley, der auf meinem Schoß saß, über sein kleines Köpfchen und ließ sich von ihm die Hand lecken.

Oh mein Tristan ... Ich dachte, ich müsste vor Freude meinen Kopf aus dem fahrenden Auto strecken und die Nachbarschaft zusammenschreien, was ich am Ende aber aus Rücksichtnahme nicht tat und mich nur damit begnügte, ihn dankbar anzustarren.

***

Gut ... er nahm mich nicht mit in sein Bett, sondern quartierte mich in dem riesigen weiß gehaltenen Schlafzimmer neben seinem Büro im Club ein. Nebenbei erzählte er mir, dass die gesamte Ebene eine Wohnetage sei und ich ja nicht auf die Idee kommen solle, zu Garrett oder Georgi ins Zimmer zu gehen, die hier ebenso wie Mary und Lena lebten.

Sie alle hatten sich gerade in der großen Wohnküche zum Kochen versammelt und boten mir verbrannte Pfannkuchen an, nachdem sie den Schock darüber verkraftet hatten, dass beim Eintreten Tristans Arm um meine Schulter gelegen hatte.

Mit einiger Mühe ignorierte ich ihre Sexoutfits, besonders Georgis, der war (vielleicht aus Zeitgründen?) gleich komplett nackt. Beim Essen informierte er mich darüber, dass er geborener Nudist war und ich mich schon mal daran gewöhnen sollte. Tristan rollte nur mit den Augen und zog mich besitzergreifend auf seinen Schoß. Ansonsten lenkte er mich von den anderen ab, indem er mich fütterte. Er ließ sich sogar von mir füttern, wobei mein Finger nicht gerade zufällig in seinem Mund landete. Und das mit diesen funkelnden Augen.

Es war himmlisch, ihm tatsächlich wieder so nahe zu sein.

Doch trotz der Dauerberauschung schlief ich fast auf seinem Schoß ein, weshalb Tristan mich bald in mein neues Zimmer trug und mir dort ungeniert beim Ausziehen zusah.

Er sprach nicht mit mir, stand einfach nur in der Ecke und beobachtete mich, mit Stanley auf dem Arm. Sobald ich mich mit tomatenroten Wangen ins Bett gelegt hatte, schlenderte er auf mich zu, reichte mir Stanley und küsste meine Stirn ... Nein, er kam nicht zu mir ins Bett. Nein, er liebte mich nicht ... Nein ... er entfernte sich stattdessen und ich ignorierte den Stich in meinem Herzen, als er die Tür leise hinter sich zuzog. Der alte Tristan hätte mich jetzt nicht allein gelassen, aber der neue Tristan hätte mich auch nicht mit zu sich nach Hause genommen.

Ich musste mit seiner Zurückweisung klarkommen, denn ich verstand sein Verhalten. Er glaubte mir vielleicht, aber er brauchte dennoch Zeit. Solange ich die Hoffnung auf eine gemeinsame Zukunft haben durfte, würde ich geduldig warten. Und die hatte ich ...

Das Brennen in meiner Brust ignorierend und wissend, dass ich irgendwie doch bei ihm war, schloss ich die Augen. Egal was ich heute erlebt hatte, das mit Tristan würde mir keiner zerstören. Nicht noch einmal ...

8. Vivian Müller und ihre Pläne

Mia ›Marathonrunner‹ Engel

Am nächsten Morgen kam ich zu spät in die Arbeit, denn ich hatte nichts zum Anziehen gehabt. Deshalb verbrachte ich locker eine Stunde in dem begehbaren Kleiderschrank der freundlichen, ruhigen und wunderhübschen Lena, und verlief mich fast darin, nur um ein Outfit zu finden, in dem ich nicht aussah wie eine Bordsteinschwalbe ... Es gab Lack, Leder, die kleine Krankenschwester, und die sexy Kellnerin, die Doktorin, die Bäuerin, die Indianerin und vor allem gab es tausende Variationen der strengen Domina. Aber was Normales wie Kinderheimmitarbeiterin war nicht vorhanden ...

Jetzt trug ich einen schwarzen Jogginganzug aus Tristans Boxclub, der vorzüglich saß und der Tristan fast in den Wahnsinn getrieben hätte, als er in aller Herrgottsfrühe an der Küche vorbeischlenderte, und mich auf der Bank mit meinem Kaffee sitzen sah. Er hatte einen Vollstopp eingelegt, sich zurückgelehnt, um durch die Tür zu mir zu linsen, grinste, und war dann auf mich zugekommen, um mich professionell für den Rest des Tages um den Verstand zu küssen. (Überhaupt schlich er die ganze Zeit durch die Gänge, vermutlich wegen des nackten Georgis. Tristans Devise lautete schließlich: Vertrauen ist gut, Kontrolle ist besser.)

Nun stand ich in der Heimküche, um alles für Vivis Besuch vorzubereiten. Dabei inhalierte ich tief den aromatischen Kaffeegeruch und blickte durch das alte Fenster nach draußen, wo die Kinder mit Eric das Laub zusammenkehrten und den Garten winterfest machten.

Gleichzeitig befielen mich wie üblich Bedenken, ob dieses Haus einen weiteren Winter überhaupt überstehen konnte, egal wie dick die Mauern schienen.

Doch kaum aufgekommen verdrängte ich den Gedanken wieder, denn im Moment brachte es absolut nichts, mir deswegen auch noch den Kopf zu zerbrechen. Allein würde ich an der Situation nichts ändern können ...

Vivi kam mit einer Aktentasche in der Hand durch die knarzende Tür geschneit und unterbrach meine Überlegungen.

Ihre langen, tiefroten Locken hatte sie zu einem strengen Pferdeschwanz gebunden. Sie trug einen beigefarbenen Mantel aus Wolle, hohe Stiefel, die mit Sicherheit ökologisch einwandfrei und vegan waren, und einen Pullover der Biomarke ›Waschbär‹, in dem nur sie es schaffte, auszusehen, als wäre er von Dolce. Als sie den Mantel über den Stuhl gelegt hatte, begrüßte sie mich.

»Hi Süße!« Ich bekam einen Kuss links und rechts auf die Wange, dann schoss sie schon an mir vorbei. Bewaffnet mit einem Notizbuch und einem Stift, stellte sich mitten in den Raum und schloss die Augen. Langsam durchatmend streckte sie die Hände von sich.

»Vivi?«, fragte ich und beäugte skeptisch, wie sie irgendwas von »Gute Schwingungen« vor sich hinmurmelte und dann in ihr Moleskin kritzelte. Sie antwortete nicht und lief zu den fast deckenhohen, alten Fenstern.

»Dies ist ein wirklich alter Altbau«, stellte sie klar, als sie die Fenster öffnete und sich die Scharniere ansah. Als Nächstes wurde die Dicke der Mauer ermittelt, während sie unentwegt irgendwelche Dinge in ihr Büchlein kritzelte.

»Vivi, was machst du da? Wollten wir nicht Kaffee ...«

»Psssst, du störst meine Inspiration.« Sie rannte wieder durch die Küche und beugte sich plötzlich unter die Anrichte, wo sie den Schrank öffnete und sich die Wasseranschlüsse anschaute. Dann kritzelte sie wieder. Neugierig glupschte ich ihr über die Schulter, doch Vivi erschreckte mich, indem sie ohne Vorwarnung in die andere Ecke der Küche wirbelte und dort die Tapete einer genauen Inspektion unterzog. Ich musste ihrem leichten Parfumhauch folgen, um zu wissen, wo sie gerade hinwirbelte, denn fürs menschliche Auge war sie fast zu schnell.

Zehn Minuten krabbelte sie über den Boden und schaute sich die abgewetzten Holzdielen genau an.

Als Letztes wurde ich noch dazu abkommandiert, ihr beim Ausmessen des Raumes zu helfen.

Auch hier wurden die Ergebnisse genauestens notiert, während mir jede Information darüber verwehrt wurde, was die kleine Hexe schon wieder vorhatte. Aber so, wie ich Vivi kannte, hatte sie einen ihrer mehr oder weniger genialen Pläne.

»Jetzt die Sanitäranlagen!«, verkündete sie fröhlich und lief voraus ...

Ich folgte brav und kaum hatten wir die Waschräume erreicht, wiederholte sie das Spiel mit dem Ausmessen, dem Rumkriechen, dem Schnüffeln und dem Gekritzel.

Aus dem geplanten schönen und vor allem gemütlichen Kaffeenachmittag inklusive wichtigem Informationsaustausch unter Frauen, wurde ein Ich-renne-wie-ein-Depp-rum-ohne-zu-wissen-warum-Nachmittag.

Als wir schließlich wieder in der Küche ankamen, war der Kaffee eiskalt und mir taten die Füße weh. Sie hatte mich sogar in den verhassten Keller und in den mit Spinnenweben benetzten Dachboden geschleppt und dort wie eine Geistesgestörte alles überprüft.

Als wir uns hinsetzten, ließ ich erschöpft meinen Kopf auf die Tischplatte fallen.

»So!« Vivi klappte das erste Mal, seitdem sie hier reingeschneit war, ihr Notizbuch zu.

»Sagst du mir jetzt, was die Weltreise sollte?«, fragte ich noch etwas atemlos und sah träge zu ihr auf. Vivi stieß ein glockenklares Gelächter aus.

»Ich bin Architektin, du Dummerchen und betreibe mit Katha ein Büro.«

»Hä?«

»Tristan hat mir aufgetragen, dieses Schloss zu renovieren! Krieg ich jetzt vielleicht mal einen Kaffee?«

»ER HAT WAS?« Jetzt saß ich aufrecht und meine Schmerzen waren wie weggeblasen.

Vivi blitzte mich amüsiert an und verdrehte dann die Augen »War ja klar, dass er dich nicht vorwarnen würde.«

»Wirklich?« Angestrengt kramte ich bereits in meiner engen Hosentasche nach meinem Handy.

»Habe ich dich jemals belogen?«, entgegnete sie trocken, wie üblich meine Frage mit einer Gegenfrage beantwortend. »Freundlich, wie er ist, teilte er mir mit, dass er will, dass der Scheiß spätestens nächsten Sommer fertig ist ... Und dass ich alles Geld zur Verfügung habe, das ich brauche.« Sie zuckte mit den Schultern und stand seufzend auf, um neuen Kaffee zu machen, denn ich kämpfte immer noch mit meinem Handy, das nicht aus der Hose raus wollte. Immer diese engen Taschen ... »Mit dem Außenbereich können wir jetzt nicht mehr beginnen, dafür ist es schon zu feucht. Aber ich denke, spätestens Anfang Sommer werden wir mit allem fertig sein, wenn wir im Februar/März anfangen. Vorausgesetzt, es liegt kein Schnee mehr. Ich habe auch schon einen Ausweichort bis dahin organisiert. Ein altes Landheim ... für die paar Monate des Baus wird es reichen ... aber wir müssen auf jeden Fall ...«, brabbelte sie, während ich Tristans Nummer wählte und ihre Worte zu einem wirren Schwall verklangen. »Das Gemäuer ist stabil und hochwertig verarbeitet ... Das behalten wir ... ich kann gleich sagen, dass keine Einbruchgefahr besteht! Nur die Böden geben mir zu denken.«

»Wie beruhigend ...«, murmelte ich ironisch und wartete mit wachsender Ungeduld darauf, dass Tristan ranging.

»Es müssen unbedingt neue Fenster und Türen rein. Und der Grundriss muss auch geändert werden. Es sollte ein Gemeinschaftsbad im Erdgeschoss und im ersten Stock geben. Und der Dachboden könnte ausgebaut eine Menge Stauraum liefern ... Ich könnte mir vorstellen, dass sich die Kinder über einen großen Beschäftigungsraum freuen würden ... Vielleicht noch eine kleine angrenzende Turnhalle ... und eine ordentliche

Küche ...« Tadelnd glitt ihr Blick über die Uraltküche im unmodernen Omagrün, die hier schon seit Kriegszeiten stand. Ich wollte ihr gerade sagen, dass sie sich keine Umstände machen musste, da hob er ab.

»Baby?«

»Tristan!«, rief ich anklagend und Vivi kicherte glucksend.

Er lachte auch. *»Vivi ist wohl bei dir?«*

»JA, das ist sie in der Tat ... sie hat mich erst mal eine Stunde durchs komplette Haus gescheucht!« Tristan lachte lauter. »DAS ist nicht witzig! Jetzt tun meine Füße weh!«

»Um mir das zu sagen, rufst du mich an? Du willst doch jetzt sowieso nur von mir hören, dass ich sie massieren werde ...« Ich stockte.

»Würdest du?«

»Ja.«

»Oh!« Jetzt hatte er mich aus der Bahn geworfen, denn ich konnte förmlich seine talentierten Finger fühlen, die meine Fußsohlen verwöhnten – mit Öl!

»Hör auf zu träumen, ich hab jetzt keine Zeit für Telefonsex.« Dieser Kommentar trieb mir das Blut in die Wangen, weshalb ich mich eilig auf den Grund meines Anrufes besann.

»Tristan, das ist zwar das Großherzigste, was du jemals getan hast, aber das kannst du nicht machen.«

»Woher willst du wissen, dass es das Großherzigste ist, was ich jemals getan habe? Ich habe schon viel Großherziges getan, ich geh damit nur nicht überall hausieren ... Du kränkst mich zutiefst ...« Ich verdrehte die Augen, denn ich wusste, dass es fast unmöglich war, diesen Mann zu kränken.

»Ich weiß doch, dass du es nur wegen mir tust. Ich würde mich ewig schuldig fühlen.«

»Und?«, fragte er locker. *»Also ich hab nichts dagegen, wenn du mir was schuldig bist, und du hast nichts dagegen, diese Schuld in meinem Bett abzuarbeiten. Außerdem tue ich es nicht nur für dich, sondern für Robbie, und jetzt hör auf, mich zu nerven. Ich muss Einstellungsgespräche führen.«*

Plötzlich flammte wilde Eifersucht in mir auf, die alles zuvor von ihm Gesagte verdrängte.

»Einstellungsgespräche? Welche?«

»*Stripperinnen*«, informierte er mich leichthin, wobei ich deutlich sein Schmunzeln vernahm.

»Rekeln sie sich schön an ihren Stangen, ja? Hast du einen Ständer?« Es war für mich unmöglich, das Gift aus meiner Stimme zu vertreiben. Vivi schaute mich mit großen Augen an und zwang sich eindeutig, nicht zu lachen.

»*Was für eine Frage! Für einen Mann, egal wie alt, egal woher, egal in welcher Situation, gibt es nichts Schöneres, als einen perfekten Frauenkörper, der sich IRGENDWO rekelt. Im Moment tut das Monique für mich, wenn du es genau wissen willst. Hey ... zeig mal, wie du deinen Arsch bewegen kannst, das mit dem Tittengewackel reicht jetzt! Da wird man ja seekrank!*«, rief er MONIQUE zu und ich sah rot, platzte fast vor Wut und plusterte meine Backen auf.

»*Mia?*«, erkundigte er sich leise lachend. »*Bist du schon detoniert?*«

»NEIN!«, krächzte ich außer mir und legte auf, bevor ich ihm noch einen wirklichen Aufstand machte. Mit zitternden Fingern schaltete ich mein Handy aus und stützte meine Stirn auf meine Hände.

»Bei dir dampft es ja gleich aus den Ohren.« Vivis kleine Hand legte sich auf meinen Unterarm. »Was war denn jetzt los?«

»Er stellt gerade neue Stripperinnen ein und lässt sich zeigen, wie gut sie tanzen können! Inklusive Tittengewackel!«, erwiderte ich zickig.

»Das ist sein Job.«

»Das ist mir egal!« Da war mit mir nicht zu verhandeln. »Ich will nicht, dass er sich andere Frauen so anschaut, und außerdem, wenn er neue NUTTEN einstellt, testet er die dann auch? Hat er schon mal mit einer Hure geschlafen?«

»Wenn, dann hat er sicher verhütet«, konterte sie leichthin. Ganz Vivi eben, sollte mich das wohl beruhigen, oder so. Zu spät bemerkte sie meinen Gesichtsausdruck und redete eilig weiter.

»Und du glaubst doch wohl nicht wirklich, dass der große Tristan Sexy es nötig hat, zu einer Prostituierten zu gehen?«

»Was weiß ich!« Ich war noch viel zu rasend, um auf ihren Schlichtungsversuch eingehen zu können. Außerdem stellte sich langsam mein schlechtes Gewissen ein. Ich hatte mich mit ihr getroffen, um über alte Zeiten zu reden und einen lockeren Nachmittag zu verbringen, nicht, um sie mit meinem derzeitigen Stress zu belästigen. Aber Vivi war noch nicht fertig und ich wäre ihr fast um den Hals gefallen, als sie die folgenden Worte aussprach, die mich sofort acht Jahre zurück versetzten ...

»Wenn es dich dermaßen aufregt, dass er andere Frauen beim Strippen beobachtet, dann habe ich einen Plan ... Werd doch einfach DU seine Stripperin.«

Und ab diesem Moment drehte sich alles nur noch um nicht jugendfreie Themen und äußerst anregende Anregungen.

Wir blieben mit unseren Gesprächen zum größten Teil in der Gegenwart. Die Vergangenheit war für mich zu schmerzhaft, auch wenn Vivi einige Fragen an mich hatte – genauso wie ich an sie. Nachdem Tristan ins Gefängnis gekommen war, hatten sie sich im Land verstreut. Alle hatten studiert und etwas aus ihrem Leben gemacht. Immer mit dem Gedanken, Tristan zu unterstützen, sobald er entlassen worden war. Doch er hatte ihre Hilfe nicht gewollt, sondern sich ein paar Jahre erfolgreich von ihnen allen abgekapselt. Allerdings hatte keiner von ihnen zugelassen, dass sie sich komplett aus den Augen verloren. Sie alle liebten ihn und standen immer zu ihm, auch wenn er darauf seiner Ansicht nach gern verzichtet hätte. Und jeder von ihnen hatte nach mir gesucht!

Ich war ihnen *so* dankbar!

Erst kurz bevor ich wieder aufgetaucht war, schien er sich ihnen ein wenig zu öffnen. Er baute mit Phil die Restaurantkette auf. Tommy wurde sein Anwalt und investierte in den Club. Die Brüder wurden wieder eine Familie. Katha war im vierten Monat schwanger und insgeheim verdammt stolz drauf. Vivi hatte auch Kinderwünsche, aber obwohl sie es seit einem Jahr versuchten, klappte es nicht.

Weswegen sie auch zu der biologischen Lebensweise gewechselt waren, denn sie hatte Angst, dass Toms Spermien durch Drogen (in der Jugend) und ungesundes Essen (immer) nicht mehr die Besten wären. Vivi und Katha betrieben ein gemeinsames Architekturbüro, im selben Tower, in dem auch Tom seine Kanzlei unterhielt. Im Großen und Ganzen führten sie ein glückliches Leben und das freute mich für sie.

Vivi gefiel meine Arbeitsstelle, aber das war auch schon alles.

Sie plagte das schlechte Gewissen, weil wir uns so lange nicht mehr gesehen hatten. Doch sie hatte Angst gehabt, dass Tristan mir etwas antun würde, hätte sie mich aufgespürt und damit unnötig seine Aufmerksamkeit auf mich gelenkt. Deswegen konnte sie nur im Verborgenen suchen.

Aber Vergangenes war vergangen und nun war sie selig, dass wir anscheinend ohne fremde Hilfe zueinandergefunden hatten. Angeblich hatte sie schon immer geahnt, dass das Schicksal uns wieder zusammenführen würde, denn wenn man uns kannte, wusste man, dass wir zusammengehörten.

Alles in allem wurde es doch noch ein lockerer Nachmittag, bei dem ich meine Freundin zurückgewann. Und als Vivi schließlich ging, war es längst Abend.

Wir hatten noch zusammen gekocht und mit den Kindern gegessen. Sie war ganz hin und weg von Robbie, aber er auch von ihr. Für ihn war sie eine als Mensch getarnte Elfe, und Vivi beließ ihn natürlich in dem Glauben. Den gesamten Nachmittag über himmelte er sie mit seinen wunderschönen grünen Augen an, tat alles für sie, schenkte ihr zu Trinken ein und schlug sogar vor, ihr das Gemüse abzunehmen! Da hatte mein Kleiner wohl seine erste große Liebe gefunden und sie hatte genauso ihr Herz an ihn verloren.

Robbie wickelte sie einfach alle um den Finger und dabei musste er nur er selbst sein.

9. Seine Unterwerfung

Mia ›the sexbomb‹ Engel

Als ich um neun in der gemeinsamen Küche des Clubs ankam, saßen dort Lena und Georgi und tranken Kaffee. Ihre Schicht würde bald beginnen und sie tankten wohl noch mal Power. Stanley thronte erhaben auf Georgis Schoß und ließ es sich dort gut gehen.

»Wie viel Hundekekse hast du schon in ihn reingestopft? Er sieht aus wie ein Fass auf zwei Beinen!« Beide lachten, als ich meinen Hund hochhob und kritisch seinen Bauch inspizierte. Der sah aus, als würde er aus allen Nähten platzen.

»Ein oder zwei ...«, gab Georgi unschuldig lächelnd zu.

»Oder zehn ...«, murmelte Lena nüchtern.

»Hmmm.« Ich schenkte mir Kaffee ein. »Wo ist Tristan?« Mit dem heißen, duftenden Getränk in den Händen lehnte ich mich an die Anrichte.

»Im Studio. Er will ein zweites in der nächsten Stadt eröffnen und geht mit seinen Mitarbeitern ein paar geschäftliche Dinge durch.«

»Also kann das länger dauern?«, fragte ich und merkte mit Grauen, dass ich knallrot wurde.

Lena stand auf und wusch ihre Tasse ab. »Auf jeden Fall ... Wieso läufst du denn jetzt so an?«, erkundigte sie sich mit ihrer sanften Art amüsiert und ich wurde noch einen Tick dunkler.

»Tja ... also ... ich ... ähm ...« Georgi lehnte sich interessiert in seinem Stuhl zurück, wobei ich verwundert registrierte, dass er eine Jogginghose trug. Auch Lena musterte mich gespannt von der Seite, während ich meine Lippe zerkaute und unentschlossen auf den Boden starrte. Okay ... Jetzt oder nie ...

»Könnt ihr mir beibringen, wie man strippt?« Ich war ja so verrucht!

Einige Sekunden war es still, dann packte Lena meine Hand und zog mich lachend hoch. Ihre hellbraunen Haare wehten ihr hinterher, als sie mich zum Treppenhaus dirigierte.

»Haha, DAS kann ja was werden!« Georgi war offensichtlich schon Feuer und Flamme. Er folgte uns die Stufen hinab und durch den Hintereingang in den Kellerbereich.

»Wohin verschleppst du mich?«, fragte ich Lena, die immer noch nicht stoppte. Kurzerhand machte sie einen scharfen Bogen nach rechts und zog mich durch eine rot lackierte Tür.

»AJA!« Wir befanden uns eindeutig im Strippzimmer, wenn man das so nennen konnte. Alle Wände waren verspiegelt, was den Raum optisch größer machte und die Stange in der Mitte gut in Szene setzte. Am anderen Ende stand ein schwarzer Chefsessel aus Leder. Ich stellte mir Tristan darin sitzend vor, wie er die Mädchen inspizierte, und heiße Eifersucht loderte wieder in mir auf. Hinter dem Ledersessel schlängelte sich ein Metallgerüst nach oben, das sicher dazu diente, den Mann seiner Wahl festzubinden. Diffuses Licht sorgte für die richtige Stimmung, dennoch konnte man alles erkennen. Genau wie in Tristans Schlafzimmer hatte man mit dem Polarlicht gespielt. Alle möglichen Rottöne tanzten wie Farbkleckse durch den Raum und wurden, wenn sie die Spiegel trafen, zurückgeworfen. Ein faszinierender Anblick, von dem ich mich kaum losreißen konnte.

»Hier arbeite ich sehr gerne«, verkündete Lena grinsend. Georgi setzte sich locker im Schneidersitz auf den Sessel. Vorfreude strahlte in seinen großen hellgrünen Augen, während mich Lena in die Mitte des Raumes und auf den weichen roten Teppich lotste.

Unsicher betrachtete ich sie, denn sie war so schön mit einer natürlichen Ausstrahlung und wirkte geradezu edel – wie eine ägyptische grazile Katze. Und ich sollte gleich vor ihr den strippenden Truthahn mimen? Gott ... wieso hatte ich nur gefragt?

»Tristan wird ausflippen!« Das befürchtete ich genauso, aber ihr verschwörerisches Grinsen zerstreute all meine Bedenken augenblicklich.

»Ich auch!«, rief Georgi und ich versuchte, ihn zu ignorieren.

»Also das Wichtigste an der ganzen Sache ist, dass DU weißt, was du zu bieten hast. Denn nur so hast du eine gute Ausstrahlung. Beim Tanzen, und bei vielem mehr, kommt es auf nichts weiter als auf die Ausstrahlung an. Du bist eine wunderschöne junge Frau mit perfekten Proportionen. Bei dir ist alles an genau der richtigen Stelle und dein Gesicht ist wirklich BEZAUBERND. Das ist schon mal ein großer Vorteil, denn ein hübsches Gesicht kann man sich in keinem Fitnessstudio antrainieren. Tristan Wrangler, der schönste Mann auf diesem Planeten, ist verrückt nach dir. Er wird dich immer schön finden, er wird dich immer verehren und er wird dich immer lieben. Egal was du tust, auch wenn du stolperst oder wenn du etwas nicht perfekt hinbekommst. Vergiss das nicht, okay?«

»Ist er echt so verrückt nach mir?«, fragte ich voller Hoffnung.

»Und wie!«, bestätigten mir beide wie aus einem Munde. »Er hat sich ziemlich verändert, seitdem ihr zusammen seid«, fügte Georgi hinzu.

»Also.« Lena nahm mit ihren zarten Händen meine Hüften. »Das hier ist am wichtigsten. Wenn du die hier nicht bewegen kannst, dann kannst du kurz gesagt auch nicht tanzen. Kannst du mit ihnen kreisen?« OH JA! Das konnte ich! Ich tat es oft genug, wenn ich Tristan ritt. Als Beweis ließ ich meine Hüften kreisen.

»WOW!« Lena und Georgi schienen begeistert.

»Sie könnte das professionell machen!«, gab Georgi sofort zu und ich verdrehte die Augen.

»Du wirst ihn wirklich wegbangen!«, lachte Lena hell.

Dann fing sie an, vor mir zu strippen und mir dabei Anweisungen zu geben. Sie bewegte sich so geschmeidig wie flüssiges Wasser. Nichts wirkte unsicher oder tölpelhaft. Sie war ein Traum von einer Frau, komplett im Einklang mit ihrem Körper und ihrem Können. Außerdem bemerkte man sofort, dass sie eine Grundausbildung in Ballett hatte und ich wusste genau, wieso Tristan sie eingestellt hatte.

Als ich an der Reihe war, wurde die Sache, die so leicht ausgesehen hatte, schon schwerer. Beide waren wirklich süß und sprachen mir Mut zu, doch bei mir sah es keineswegs so aus wie bei Lena und vor allem musste ich die ganze Zeit daran denken, dass ich nicht mal vernünftige, geschweige denn zusammenpassende Unterwäsche trug, während Lena hier in einem atemberaubenden Set aus Satin und Spitze aufwarten konnte.

Als ich am Schluss in besagter unpassender Unterwäsche da stand, war mir das Prinzip klar – viel mehr aber nicht. Die beiden versicherten mir, dass ich meinen Körper sehr gut bewegen konnte, das hatte man ja ohne Frage damals gesehen, als ich an der Stange getanzt hatte ... OH MANN!

»Also Mia ... dieser Move hier wird ihn umbringen.« Georgi erhob sich und stellte sich hinter mich. Ziemlich nah hinter mich. Aber das verdrängte ich jetzt mal aus meinem Bewusstsein.

»Streck deinen Rücken durch, den Arsch raus und dann schmeiß deinen Kopf nach hinten.« Er packte einfach meine Haare und zeigte mir, wie er es meinte ... »Dann musst du nur deinen Arsch ein bisschen an seinem Schritt reiben, während du dich aufrichtest, und er wird auf der Stelle losgehen wie eine Granate. JA, GENAU SO!« Ich tat ihm den Gefallen und rieb mich mit hochrotem Kopf etwas an Georgi. Lena lachte, als sie Georgis gequältes Gesicht sah.

»Und du bist dir sicher, dass ich die Freundin vom Chef nicht vögeln darf? Auch kein kleines bisschen? Nur ganz kurz mal andocken? SIEH, WAS SIE MACHT!«, klagte Georgi an Lena gerichtet, als ich meinen Kopf gegen seine Schulter sinken ließ und mich ein bisschen an ihm wand und rekelte.

Lena lachte lauter und gab ihm eine Kopfnuss. »Du hast dich freiwillig als Trainingsobjekt gemeldet, also ertrage es mit Würde.«

»ARGH ... SIE BRINGT MICH UM!«

Ich hatte mich umgedreht und drückte meine Brüste gegen ihn, während ich nach unten in die Hocke ging. An meinem

Benehmen war natürlich nur das Glas Vodka schuld, das die beiden mir zur Auflockerung angeboten hatten ... Das würde ich zumindest als Ausrede vor mir selbst benutzen.

»Ist das ein guter Move, Georgi?«, ärgerte ich ihn weiter, woraufhin er nur ironisch schnaubte.

»DAS finde ich NICHT!«, hallte plötzlich eine eiskalte Stimme durchs Zimmer.

Gleichzeitig stoben wir auseinander.

»OH BLED!«, flüsterte Georgi leise auf Russisch, dann lauter: »HEY, CHEF!«

»Raus!«, donnerte dieser und Lena sammelte schnell ihre Sachen ein, bevor sie fluchtartig mit Georgi den Raum verließ.

Ich drehte mich um und schaute zur Tür. Da stand er: Tristan in all seiner Pracht!

Mit schwarzer Anzughose, schwarzem Hemd, dünner Krawatte, wunderschönem Körper, zerzausten dunklen Haaren, angespannten Zügen und Psycholoverblick. Mir wurde gerade gleichzeitig ziemlich heiß und eiskalt, wie immer, wenn er mich so ansah.

»Hi«, murmelte ich und bemerkte, wie sein glühender Blick äußerst besitzergreifend über meinen Körper glitt. Ich hatte schließlich nur Unterwäsche an. Trotz des akuten Schweißausbruchs, der mich heimsuchte, zwang ich mich, auf ihn zuzugehen. Auch wenn sein Ausdruck alles andere als einladend war. Er verschränkte die Arme vor der breiten Brust und lehnte sich mit arrogant und göttlich hochgezogener Augenbraue zurück an die Tür,.

»Plötzlich so schüchtern?«, fragte er kühl. Ich hatte keine Ahnung, ob er immer noch wütend war oder ob der Anblick meines Körper ihn schon etwas besänftigt hatte.

»Es ist nicht so, wie es aussieht«, flüsterte ich und blieb Lippen kauend vor ihm stehen.

Jetzt wirkte er amüsiert und gleichzeitig stocksauer. »Ach ja?« Er zog seine Augenbraue weiter nach oben. »Was denkst du denn, wie es für mich ausgesehen hat?«

Er wusste ganz genau, dass er mich gerade einschüchterte. DABEI HATTE ER HEUTE DEN GANZEN TAG DAMIT VERBRACHT, ANDERE FRAUEN BEIM STRIPPEN ZU BEOBACHTEN! Wahrscheinlich hier in diesem Raum! Alles war verpestet!

Jetzt erst fiel es mir wieder ein.

»Ja, Mista Wrangler ... Sie sind ja das Unschuldslamm, nicht wahr? Ich hoffe, Sie hatten genug Geld dabei, um den ›Damen‹ etwas in ihre billige Unterwäsche zu stopfen ...«, zischte ich aus heiterem Himmel. Tristan musterte mich einen Moment verwundert, bevor er in schallendes Gelächter ausbrach, was ich überhaupt nicht lustig fand.

»Tristan!«, presste ich zwischen zusammengebissenen Zähnen hervor.

»Mia!« Er zog mich unvermittelt an sich. Sein Duft umhüllte mich, genauso wie seine harten Muskeln. Sofort seufzte ich besänftigt.

»Hör auf damit, eifersüchtig zu sein. Du bist keine Siebzehn mehr und das ist mein Job! Ich verdiene nun mal mein Geld mit Strippen, Ficken und anderen Dingen, die mit Sex zu tun haben, und ich schaue es mir nicht an, um geil zu werden, sondern weil ich MUSS, okay? Freiwillig will ich nur eine sehen, die sich für mich auszieht.« Sanft küsste er meine Schläfe, seine großen Hände strichen an meinem Rücken hinab und packten unerwartet meinen Hintern. »Verstanden?«

»Ahh«, keuchte ich ungehalten, konnte aber nichts gegen mein Kichern tun, als er mich hochhob, und mich an sich presste, während ich meine Beine um seine Hüften schlang. Wir waren wirklich ein eingespieltes Team.

»Gerade eben warst du alles andere als schüchtern, als du vor Georgi gehockt hast.« Er knetete meinen Hintern. »Und jetzt siehst du mich an, als hättest du noch nie was von Sex gehört ...« Seine vorwitzigen Fingerspitzen schoben sich unter mein Höschen.

Uhhh, war es hier schon immer so schrecklich heiß gewesen?

»Ich habe geprobt«, flüsterte ich schwach an seinem Hals und sog seinen Geruch ein. »Für dich.«

»Für mich?« Mittlerweile war seine schlechte Stimmung wie weggeblasen.

Mühsam schluckend versteckte ich mein glühendes Gesicht an seiner Brust. »Ja, für dich ... Gibst du mir schnell fünf Minuten?«

»Ich weiß nicht«, zog er mich auf und hob mit zwei Fingern mein Kinn an, sodass ich ihn ansehen musste. Dabei hielt er mich locker mit einem Arm fest. »Aber ich denke schon«, erbarmte er sich schließlich und drückte mir einen weichen, kleinen Kuss auf die Lippen.

»Mmmmhh«, summte ich und wollte den Kuss ausweiten, doch er entließ mich bereits gedankenverloren aus seinen Armen und setzte sich gelassen auf den Sessel.

Ich starrte sein heißes, weltmännisches Erscheinungsbild an, versank wieder mal in Träumereien. »Die Zeit läuft, Miss Angel. Fünf Minuten!« Er trommelte mit den Fingerspitzen auf seine Uhr.

OH JA, immer diese blöde Zeit! Eilig lief ich zur Tür raus und war froh, dass Lena und Georgi dort auf mich warteten.

»Puh ... ihr Kopf ist noch dran!«, freute Georgi sich.

»Natürlich ist er noch dran, du Idiot! Ohne Kopf kann sie ihm keinen blasen! Komm schnell!«

»Ähm? Habt ihr gelauscht?«

»JA!« Lena zerrte mich nach oben in ihr Zimmer, direkt in den begehbaren Schrank, wo sie mit sicherem Griff ein schwarzes durchsichtiges Nichts-Set hervorholte, und mir überstreifte.

OH GOTT! Blinzelnd betrachtete ich mich im riesigen Spiegel vor mir.

Darin sah ich verdammt sexy aus! Wie eine richtige Stripperin. Aber ich konnte mich nicht ausgiebiger bewundern, denn schon wurde mir eine weiße Bluse und ein schwarzer kurzer Rock in die Hände gedrückt ... und Stiefel ... oder sollte ich eher sagen: Selbstmord-auf-zwei-Pfennigabsätzen?

Bisher lag ich gut in der Zeit und hatte noch eine Minute.

Lena zupfte zum Abschluss ein paar Strähnen zurecht, nachdem ich die Haare in einem Pferdeschwanz zusammengebunden hatte, den ich zum geeigneten Zeitpunkt lösen sollte.

Georgi zeigte mir mit erhobenem Daumen, was er von meinem Aufzug hielt, als ich vor Lenas Tür trat.

»Ach ja!«, fiel ihr noch ein, bevor sie in ihr Zimmer flitzte, kurz darauf zurückkam und mir silberne Handschellen reichte.

»Mach ihn fest, sonst wirst du deinen Tanz nicht zu Ende führen können. Hier ist der Schlüssel ...« Sie grinste mich dreckig an und versteckte ihn zwischen meinen hochgepushten Brüsten. Ich hoffte, dass die Röte aus meinem Gesicht verschwunden sein würde, bis ich unten bei Tristan ankam.

***

Das war sie natürlich nicht.

Ich war so aufgeregt, als ich hinter der roten Tür stand, dass mir die Anspannung fast den Atem raubte. Gleich würde ich für Tristan strippen!

Vivi und ihre Pläne ... würden mich irgendwann umbringen. Nach ein paar tiefen Atemzügen überwand ich mich, betätigte die Klinke und trat ein. Die Handschellen hielt ich unsicher hinter meinem Rücken versteckt, als ich die Tür hinter mir schloss und zeitgleich absperrte, denn ich wollte keinen ungebetenen Besucher. Unnötig lange vergewisserte ich mich, dass das Guckloch auch zu war, bevor ich mich zu ihm drehte und ihn schüchtern ansah.

Tristan saß noch immer locker im Sessel, die langen Beine weit von sich gestreckt, die Hände auf dem flachen Bauch gefaltet und den Kopf nach hinten gelehnt. Er zog eine Augenbraue nach oben, nur sein Blick regte sich und wanderte langsam und gemächlich über die Bluse, den kurzen Rock ... und über die Schuhe, bevor er wieder nach oben glitt und sich mit meinem verwob.

Er starrte mich wie ein hungriger Löwe an, und man konnte die Elektrizität zwischen uns förmlich knistern hören. Ein dreckiges Grinsen umspielte schließlich seine Mundwinkel, von dem sich mein Herzschlag beschleunigte.

»Ich habe da eine Vorahnung ... und die ist hoffentlich nicht zu gut, um gleich wahr zu werden«, meinte er samten und sinnlich.

Meine Knie wurden weich, doch als er sich aufrichten und aufstehen wollte, war ich nach einigen schnellen Schritten bei ihm. Ich musste meine Schüchternheit ablegen und in meine Rolle schlüpfen, sonst würde er wie immer die Führung übernehmen und vorbei wäre es mit meiner Showeinlage.

»Nein, Mista Wrangler!« Bevor er sich erheben konnte, hatte ich mich schon breitbeinig auf seinen Schoß gesetzt. Er schaute mich verwundert an. »Sie werden heute mir gehorchen!« Tristan wendete seinen SUPEREINSCHÜCHTERUNGSBLICK inklusive verengten Lidern und spöttischem Schnauben an. Der war aber nicht ernst gemeint, denn ein Hauch von Belustigung flackerte in seinen Augen ... und Verlangen. Pures, ungebändigtes Verlangen. Dies loderte noch mehr auf, als ich die Handschellen hinter meinem Rücken hervorholte, und sie unschuldig und silbern blitzend von meinem Zeigefinger vor seinem hübschen arroganten Gesicht baumeln ließ.

»Kannst du mich ohne nicht bändigen?«, provozierte er mich, während er zeitgleich freiwillig seine Arme nach oben ausstreckte und sich festhielt, sodass ich ihn an der Gitterwand fesseln konnte. Ganz ehrlich? Nein, das konnte ich sicher nicht! Und noch ehrlicher? In dieser Pose sah er absolut heiß aus!

»MMMM«, brummte er verträumt in meinen Ausschnitt, als ich mich vorbeugte und die Handschellen mit zitternden Fingern zuklacken ließ.

»Ist es so in Ordnung?« Mit rasendem Herzen richtete ich mich auf seinem Schoß auf, und blickte auf seine hilflose männliche Gestalt hinab ... Mich überkam ein Gefühl heißer Macht, als ich bemerkte, wie er mich schon jetzt betrachtete.

Wie das Raubtier seine Beute, welche er über alles begehrte. Nur, jetzt konnte er mich nicht einfangen ...

Aber er konnte seinen Schritt an meinem dünnen Höschen reiben, und mir zeigen, wie gut ihm die Situation gefiel. Dabei biss er sich auf die weiche glänzende Lippe ...

OHHHHH!

Jetzt wusste ich, wieso ihn das Lippengebeiße so anmachte. ICH wollte an ihm knabbern.

»Wie Sie unschwer fühlen können, ist alles in bester Ordnung, Miss Angel.« Er kreiste mit seinen Hüften und schaffte es um ein Haar, so angekettet und hilflos, wie er war, die Macht über mich zurückzuerlangen, indem er mich berauschte.

PAH! NEIN!

»NA, dann ist es ja gut!« Somit klatschte ich ihm leicht mit der flachen Hand auf die Wange. Als er scharf den Atem einsog, sprang ich eilig von seinem Schoß und hoffte, dass die Handschellen im Notfall wirklich halten würden.

»Warte ab, bis ich die Dinger wieder los bin ...«, hörte ich ihn hinter mir grummeln, als ich zur Anlage stolzierte, den Kopf erhoben, den Rücken gerade, die Hüften wiegend, und die CD einschaltete, die ich mit Lena und Georgi vorher ausgesucht hatte.

Die Musik umspielte uns sanft und ich ließ sie in mich eindringen, denn sie versetzte mich in eine andere Gefühlswelt ... Der heftige Rhythmus zog sich bis in meinen Bauch. Verzauberte mich ... erregte mich ... noch mehr.

Schon jetzt hörte ich an seinem heftigen Atem, dass die Lage misslich für ihn war. Dabei stand ich gerade mal mit dem Rücken zu ihm und kreiste lediglich mit meinen Hüften ... während ich ihn über meine Schulter hinweg lasziv anschaute und ihm zuzwinkerte.

Dann drehte ich mich um.

Langsam und mit animalischen Bewegungen ging ich auf ihn zu, jeden Schritt bewusst machend, und das, ohne auch nur einmal zu straucheln! Ich war stolz auf mich! Meine Finger glitten hinab und öffneten problemlos Knopf für Knopf der Bluse.

Ich blieb genau zwischen seinen ausgebreiteten Knien stehen, als ich das Stück weißen Stoff zu Boden sinken ließ. Mit verbissenem Kiefer zerrte er unbewusst an seinen Handschellen und ich wusste ganz genau, dass er im Moment meine Knöpfe drücken wollte. Doch ich schüttelte nur tadelnd den Kopf und strich mit meinen Händen an meinen Körper hinunter. Hoffte, dass er sich vorstellte, es wären seine ... bis zu dem Reißverschluss meines Rockes. Das winzige Zittern, als ich mich umdrehte und den Stoff LANGSAM nach unten zog, konnte ihm unmöglich entgehen.

Aber alles, was ich von ihm hörte, war, wie er die Zähne aufeinander biss. Ich bückte mich direkt vor ihm und mein Rock wanderte zu Boden. Dabei dachte ich an den raus gestreckten Hintern und den durchgedrückten Rücken und beschloss in einer Blitzentscheidung, ihn zu schockieren. Woraufhin ich mich einfach mit dem Rücken zu ihm auf seinen harten Schoß fallen ließ.

Er keuchte mir ins Ohr. An den Lehnen stützte ich mich mit beiden Armen ab, mit dem Fuß kickte ich den Rock weg, dann lehnte ich meinen Kopf an seine Schulter und ließ meine Hüften auf ihm kreisen.

»Okay ... Mach mich LOS!«, knurrte er mir ins Ohr, und ich fühlte, wie er mit seiner Zunge über mein Ohrläppchen leckte ...

Doch ich dachte ja gar nicht daran zu folgen, sondern konterte mit der nächsten Schockeinlage. Er keuchte wieder, als ich mich kopfüber von seinem Schoß stürzte, sodass meine Beine breitbeinig über seinen Oberschenkeln knieten, ich aber auf ausgestreckten Armen auf dem Boden ankam und er eine wunderbare Aussicht auf meinen Hintern und sein Paradies genießen durfte.

»BIST DU IRRE?«

Ich konnte nicht anders, als leise zu lachen, während ich ihm freizügig diesen Ausblick auf mein durchsichtiges Höschen bot. Ein wenig kreiste ich wieder mit den Hüften, wand mich, zeigte ihm, wie ich mich ansonsten unter ihm bewegte.

»Ich schwöre, bei meinem Ficker, wenn du mich jetzt nicht losmachst, dann ... Mia!«

Mit einer Hand hatte ich den Verschluss meines BH geöffnet, und ließ meine Füße langsam auf den Boden herab, bis ich mit dem Rücken zu ihm kniete. Eine Hand hob ich, mit der anderen warf ich den Spitzenstoff weg, bevor ich ihm über meine Schulter wieder zuzwinkerte.

Inzwischen wirkte er leicht gequält ... Mit einem leisen, zufriedenen Grinsen drehte ich mich zu ihm um und packte mit beiden Händen seine Knie.

Tristan starrte mit durchdringendem Blick auf meine Brüste. Ich rieb meine nackte Haut an seiner Hose, als ich mich an ihm hochzog, schob dann die Arme zusammen und bot ihm einen vorzüglichen Blick auf mein Dekolleté.

»Das wirst du zurückbekommen«, quetschte er hervor. Ich sah genau die verdächtigen Schweißperlen auf seiner Stirn, als ich mich erneut auf seinen Schoß setzte. Mit einem Ruck zog ich ihn an seiner Krawatte nach vorne an meine Brust.

»Saug!«, lautete mein Befehl. Tristan stöhnte heiser, wieso auch immer, und folgte sofort. Verlangend umkreiste er meinen Nippel mit feuchter, warmer Zunge und stöhnte dabei malträtiert.

Laut keuchend warf ich den Kopf zurück, jetzt wollte ich, dass er woanders seine Zunge zum Einsatz brachte, und entschied in diesem Moment, mir zu holen, was ich brauchte.

»Das reicht!« Damit riss ich seinen Kopf zurück, packte dabei seine vollen Haare und erschrak mich im nächsten Moment zu Tode. Das war tabu ... oder? Meine selbstsichere Maske fiel in sich zusammen, während ich ihn anstarrte.

Doch zu meiner immensen Verblüffung verdrehte er die brennenden Augen. »MACH WEITER!«

OK! ICH DURFTE WIEDER SEINE HAARE ANFASSEN! Freude durchströmte mich, wärmte mein Inneres, ließ meinen Bauch erglühen und mein Herz heftig pochen. Noch heftiger, als es das ohnehin schon tat.

Aber ich zwang mich, professionell zu bleiben.

»Wieso so ungeduldig?«, fragte ich engelsgleich und hüpfte von seinem Schoß. »Soll ich die hier ausziehen?«, neckte ich ihn und hakte meine Finger in den Bund des Höschens.

»Mia ...«, warnte er und rasselte an seinen Ketten wie ein eingesperrtes, hungriges Sex-Monster.

»Ja, ja ...« Fröhlich drehte ich mich um und zog einfach so meine Hotpants herab ...

Tristan gab einen strangulierten Laut von sich, als wäre er dem Tode nahe. Ich lächelte in mich hinein, und beugte mich etwas vor, während ich mit beiden Händen zwischen meinen glatten Beinen entlang strich. Es fühlte sich an wie Samt und Seide ... Wie sehr feuchte Seide.

»ARGH!«, keuchte Tristan, der beobachtete, wie ich einen Finger in mich einführte. Als ich mich zu ihm umdrehte, ähnelte er tatsächlich eher einem besessenen Vampir, als einem normalen Menschen. Ich setzte mich mit meiner Hitze genau auf sein Knie und hielt ihm den vor Feuchtigkeit glänzenden Finger unter die Nase.

»Willst du mal probieren?« Er streckte seinen Kopf nach vorne und wollte nach meinem Finger schnappen, aber ich entzog ihn ihm lächelnd. »Dann musst du aber brav sein!«, verkündete ich schelmisch. Tristan hob seinen dunklen Blick und knurrte mich mit glühenden Augen an. Ich erschauerte, entschied jedoch, ihn noch etwas mehr zu quälen, denn das war gar nicht brav gewesen. Kurzerhand hob ich meinen linken Fuß und stellte ihn auf die Lehne, sodass er eine sehr gute Aussicht hatte.

»Okay ... wenn du nicht lieb zu mir sein willst, dann muss ich eben selber lieb zu mir sein.« Somit strich ich mit zwei Fingern zwischen meinen nassen Falten entlang.

Tristan stöhnte frustriert und ruckelte ungeduldig mit seinen Hüften. Ich legte meine Hand auf seine Erregung, die steinhart unter der Hose zuckte. »OH ... du armer kleiner Tristan ... tut es etwa weh?« Er rieb seinen Schritt an meiner Hand und ließ gequält den Kopf nach hinten fallen, während ich ihm nicht die Erlösung gab, die er wirklich dringend brauchte!

»Baby, bitte ...«, presste er durch die Zähne und ich dachte, ich hätte mich einen Moment verhört. Aber es war tatsächlich geschehen. Tristan Wrangler hatte mich angefleht!

»Was denn?« Langsam öffnete ich den Knopf seiner Hose ...

»Mia!« Ein sehr unzufriedener Laut folgte auf meinen Namen.

»Ja, Baby?« Ich zog den Reißverschluss runter.

»Du bringst mich um den Verstand!« Anklagend, das war sein Blick. Ich lächelte ihn vergnügt an.

»Ach ja? Jetzt weißt du, wie es mir immer geht!« Und damit stellte ich mich mit einer fließenden Bewegung auf die Lehnen. Breitbeinig. Sodass meine Schnecke genau auf der Höhe seines Gesichtes war.

Ich packte ihn erneut an den Haaren und presste ihn an meinen Schritt.

»Leck!«, forderte ich und erschauerte heftig, als seine Zunge über meinen Kitzler strich. Ich war schon so angeschwollen und so feucht, dass ich meine eigene Erregung nicht vertuschen konnte, aber das musste ich nicht. Denn Tristan leckte mich, als würde sein Leben davon abhängen. Mit beiden Händen hielt ich seinen Kopf, während seine Zunge an meiner Mitte tanzte.

Ohne jede Gnade. Ohne jede Zurückhaltung. Ohne jede Scham.

Er war wie ein wildes Tier und brachte mich innerhalb von Minuten dazu, am ganzen Körper zu zittern, sodass ich befürchtete, gleich zusammenzubrechen. Dabei gab er heisere Laute von sich, die über mein pulsierendes Fleisch vibrierten, und mich nur näher an den Abgrund trieben. Laute, die deutlich zeigten, wie gut ich ihm schmeckte.

»OH ... Gott!« Ich war mir sicher, dass ich jeden Moment kommen würde, und kniff die Augen zusammen. Gleichzeitig verfestigte ich meinen Stand auf der Lehne, denn ich wollte nicht mitten im Orgasmus den fallenden Truthahn mimen.

Er schaffte allein mit ein paar gezielten Strichen seiner Zunge, dass ich kam – heftig –, aber nicht laut, denn ich drückte ihn dabei eng an mich. Hörte sein gequältes Stöhnen, als er an der

Zunge fühlte, wie ich pulsierte ...

WOAH! Das war der ultimative Höhepunkt!

Kraftlos ließ ich mich auf ihn fallen, legte mein Gesicht an seine Halsbeuge und verschnaufte verträumt. Das Lied lief in Endschlossschleife weiter und umhüllte uns immer noch mit seinen sexy Tönen. Erst jetzt merkte ich so richtig, dass Tristan zum Bersten gespannt war. Dass er heftig atmete. Dass er fast ZITTERTE!

OH! OH!

»Mach. Mich. Jetzt. LOS!«, knurrte er mir in die Haare und ich erschauerte von dem bestimmten und gleichzeitig drohenden Tonfall.

»Ja ... warte ...« Ich wich seinem Blick aus, als ich zu dem BH sprang und dort den Schlüssel suchte.

Vorsichtig und vor allem immer noch nackt und verschwitzt, setzte ich mich rittlings auf seinen Schoß und beugte mich über ihn, damit ich ihn losmachen konnte. Ich fühlte seinen heißen Atem auf meiner Brustwarze und entschied, die Stimmung ein wenig zu lockern.

»Muss ich davonlaufen, wenn ich dich jetzt befreie?«

Klick ... eine Handschelle war offen ...

Sofort umfing sein frei gewordener Arm wie ein Stahlträger meine Taille und hielt mich fest ... Okay ... die Frage hatte sich somit erübrigt.

Ich schluckte mühsam und öffnete die andere Handschelle ... Schon holte er mit einer fließenden unkomplizierten Bewegung seinen Ficker aus seiner Hose ... Ich hatte keine Chance, selbst wenn ich hätte flüchten wollen. Er fing meinen Blick auf und lächelte dämonisch.

Mit einer Drehung seiner Hüften hatte er mich ausgefüllt, was mir einen heiseren Laut entlockte und meine Fingernägel dazu brachte, sich in seine Schultern zu bohren. Sobald er in mir war, hielt er mich mit beiden Händen an der Taille aufrecht, denn meine Beine zitterten noch von meinem letzten Orgasmus, und stieß sehr langsam immer wieder in mich.

»Fühlst du das, Baby? Wie tief ich dich ficke?

Wie ich dich dehne? Wolltest du darauf etwa verzichten?«, stöhnte er rau in mein Ohr, und ich seufzte laut auf, als ich meine Lippen auf seine senkte und seine Zunge, die nach mir schmeckte, in einen heftigen Kampf verwickelte. Seine gesamten Bewegungen gerieten außer Kontrolle, wurden arrhythmisch, und ich wusste, dass er jede Sekunde kommen würde, auch wenn er mich äußerst vorsichtig nahm.

Sein Ficker fing an, in mir zu pulsieren. Genau in dem Moment presste er seinen Finger auf meinen Kitzler, und drückte noch ein allerletztes Mal den richtigen Knopf, sodass alles eine Sekunde schwarz vor meinen Augen wurde, weil ich nicht mit so einem plötzlichen Orgasmus gerechnet hatte.

Danach sackte ich wirklich atemlos und komplett fertig mit der Welt auf meinem persönlichen Sexgott zusammen ...

»Du bist die heißeste Stripperin, die mich jemals schamlos um den Verstand gebracht hat.« Ja, ja ... er hatte mein Vorhaben durchschaut. Aber die Art, wie er mich in seinen Armen hielt und wie sich seine Lippen in meinen Haaren zu einem Lächeln verzogen, sagte mir, dass ich alle anderen meilenweit ausgestochen hatte ... Yeah!

»Ich will, dass du nur mir bei so was zusiehst!«, nuschelte ich an seinem Hals.

»Baby ...« Ich fühlte förmlich, wie er die Augen verdrehte. »Ich arbeite in einem Sexclub! Ich muss mir meine Mädels dabei ansehen, denn ich muss überprüfen, ob sie gut sind, oder nicht!«

»Bin ich gut?« Ich versteifte mich in dem Moment, als die Frage meinen Mund verlassen hatte.

»Nein. Du bist nicht gut ...«, antwortete er ruhig und ich dachte, ich hätte mich verhört.

»BOAH!«, legte ich schon los und richtete mich auf, um ihn wütend anzufunkeln, doch dann sah ich sein verschmitztes Lächeln. Er nahm vorsichtig mein Gesicht in seine Hände.

»Du bist nicht gut, sondern die Beste, verdammt noch mal. Jeder Mann hätte gern an meiner Stelle gesessen.« Dann zog er mich zu sich heran und küsste mich. Ich konnte einfach nicht aufhören, an seinen vollen Lippen zu lächeln.

***

Eine halbe Stunde später waren wir wieder auf dem Weg nach oben. Tristan brachte mich erneut in mein Zimmer.

»Wieso darf ich nicht bei dir schlafen?« Ich konnte es einfach nicht zurückhalten, auch nicht, dass ich dabei verdammt trotzig klang.

Tristan hob eine Augenbraue und sah mich halb belustigt, halb tadelnd an, sobald ich mich zu ihm umdrehte.

»Weil, meine liebe Mia, ich diesen Schritt noch nicht machen kann.« Sanft strich er mir durch die zerwühlten Sex-Haare.

Kraftlos setzte ich mich auf mein Bett. »Du ... Aber Tristan ...«

Er ließ mich nicht weiter reden, sondern hockte sich zwischen meine Beine. »Ich brauche noch Zeit.«

»Wofür?« Ich verlor mich in seinen grünbraunen Seen und blickte gleichzeitig in den Himmel.

»Zum Nachdenken. Über uns.« Tristan flüsterte genauso wie ich. »Es waren acht Jahre, Mia. Acht JAHRE, OHNE DICH ... ACHT JAHRE nur mit meinem Hass. Ich weiß nicht wie und wann ich komplett darüber hinwegkommen werde. Wann ich wieder komplett mit *mir* klarkomme ... aber wenn es so weit ist, lass ich es dich als Erste wissen.« Mir zuzwinkernd, zwang er sich, das Gespräch locker zu belassen und mich nicht aufzuregen. Er war so mitfühlend, und obwohl er mich zurückwies, gaben mir seine Worte weitere Hoffnung.

»Also gibt es ein Wenn ... sie nicht gestorben sind, dann ficken sie noch heute?«, erkundigte ich mich und hob meine Hand, um ihm über die gerade Nase zu streichen ... und gleich mal an diesem ausgeprägten Kiefer entlang. Nun musste er schmunzeln und ich wusste, dass er mich in diesem Moment süß fand. Ich sah es an diesem nachgiebigen Ausdruck in seinen Augen. Wortlos beugte er sich vor und küsste mich sanft.

»Hmmm«, brummte er dabei. Keine weitere Antwort erfolgte, außer dieses nicht gerade aussagekräftige ›Hmmm‹! Als er zurückwich, grinste er verschmitzt und ich liebte das Funkeln in seinen Augen.

»Ja, was ›Hmmm‹?«, fragte ich und hielt mich gerade so davon ab, ihm einen Klaps auf die Schulter zu geben. »Was soll ich jetzt bitte unter ›Hmmm‹ verstehen? ›Hmmm‹, ja? ›Hmmm‹, nein? ›Hmmm‹, vielleicht?« Jetzt lachte er leise, woraufhin ich streng meine Augenbraue hochzog.

Anmutig stand er auf und strich mir noch eine Strähne aus dem Gesicht, während er auf mich herabblickte.

»Tristan!«, motzte ich und zerrte an seinem Hemd. Er fing meine Finger ab, beugte sich herab und drückte mir einen sanften Kuss auf den Handrücken.

»›Hmmm‹, auf jeden Fall«, war das Einzige, was er noch sagte, bevor er sich umdrehte und das Zimmer verließ.

Verdattert sah ich die Tür einige Sekunden an ...

Auf jeden Fall!

Mit einem Jauchzen ließ ich mich in die Kissen zurückfallen, umarmte eines und strampelte mit den Beinen.

AUF JEDEN FALL würde es ein ›*Und WENN sie nicht gestorben sind, dann ficken noch heute*‹ geben!

10. FUCK

Tristan ›totaly FUCKED‹ Wrangler

Die nächsten Tage vergingen zäh und träge. Nach den letzten Ereignissen war ich allerdings dankbar für ein bisschen Ruhe. Kleinschwanz war mir entwischt, weil ich nur ungern eine Kugel in dem hübschen Köpfchen von meinem Mädchen stecken sah, doch mir war klar, dass von seiner Seite ein Gegenschlag erfolgen würde. Darüber hinaus musste ich mir was Nettes für Eva überlegen, das mindestens genauso prickelnd sein sollte, wie Mias und meine absolut unglaublich BEFRIEDIGENDE Folter für Francesco. Aber das hatte Zeit ...

Mir war klar, dass der Sturm noch lange nicht vorbei war, dennoch ließ ich mich nicht aus der Ruhe bringen. Wenn die Scheiße kommen will, dann kommt die Scheiße ... und du kannst rein gar nichts dagegen tun! Deswegen ist es absolut überflüssig, sich über eventuelle Scheißalitäten schon davor den Kopf zu zerbrechen, es zählt lediglich, wie man es anpackt, sobald man in der Situation steckt.

Mia war die einzige Person, um die ich mir Sorgen machte, daher ließ ich sie von zwei meiner Securitys beschützen. Sie folgten ihr auf Schritt und Tritt, natürlich, ohne dass sie es bemerkte. Ansonsten hätte ich mir garantiert was anhören dürfen. Außerdem hatte ich Georgi dazu verdonnert, verdammte Hosen zu tragen!

Während ich in meinem Büro hockte, tausend Kippen rauchte, meinen Papierkram erledigte, den ich über alles HASSTE, und in zwei Stunden ungefähr fünf Tassen Kaffee trank, ließ ich in Gedanken die letzten paar Tage Revue passieren.

Da war nur eines, was sich geändert und Bedeutung hatte: dass Mia wieder mein Mädchen war.

Sie war *die* Frau in meinem Leben. Alles konnte ich verdrehen, wegen allem konnte ich mich und jeden anderen belügen, aber diese Tatsache würde als Einzige so stehen bleiben. Mein Leben lang. Schwarz auf weiß.

Wir gehörten zusammen, wir *passten* zusammen, denn wir waren auf eine übergeordnete Art und Weise verbunden, die nur wenige jemals erlangen. Diejenige, die unter die Haut ging ...

Wie sinnlos war es doch von mir, jemals zu glauben, mich gegen sie wehren zu können.

Mein Herz war da und schlug stetig in meiner Brust. Auf sehr erschreckende Weise hielt sie es dennoch in ihren Händen. Jedenfalls seit ich ihr glaubte, denn so eine allumfassende Show konnte niemand abziehen.

Was hatte es nicht alles verändert! Seit ihrer Beichte, unter heißen Tränen erzählt, konnte ich wieder ohne Groll leben, denn ihr war es genauso schlecht ergangen wie mir. Sie hatte genug gelitten und gebüßt, war wie ich ein Opfer und kämpfte wie damals an meiner Seite.

Und jetzt ... wo die Sonnenstrahlen wieder ein wenig mein düsteres Loch erhellten, erschien mir absolut unklar, wie ich mich jemals hatte so irren können – getäuscht von den Dämonen der Vergangenheit.

Wie hatte ich das alles nur von ihr annehmen können? Von *meinem* Mädchen? Wieso hatte ich mich so von meinen eigenen Unsicherheiten und Vorurteilen zerfressen lassen, obwohl ich Vorurteile doch selber verabscheute? Wieso hatte ich erneut den Weg des geringsten Widerstandes gewählt und somit acht Jahre mit dieser wunderbaren Frau weggeschmissen?

Wieso hatte ich freiwillig auf ihr Lachen, auf ihre Küsse und auf ihre Berührungen verzichtet?

Wie hatte ich sie, mein Mia-Baby, *so* behandeln können?

Ich war so ein elendiger Vollidiot ...

Und ich war nicht gut genug für sie.

Am liebsten wäre ich weggelaufen, weit, weit weg. Aber diesmal nur, um sie vor mir zu schützen.

So etwas Kostbares gehörte nicht in die Welt, zu der auch ich zählte. Sie war zwar eine Sexgöttin, allerdings hatte sie mit dem abgefuckten Geschäft, welches ich führte, *nichts* gemein. Mia war nur MEINE Sexgöttin – rein und unverdorben! Ganz dringend musste ich sie von den Einflüssen fernhalten, die mich verdorben hatten und sie nicht weiter mit reinziehen. Doch gleichzeitig war mir vollkommen klar, dass ich nicht mehr ohne sie sein wollte. Ich KONNTE nicht. Nicht schon wieder.

Wenn ich sie jetzt noch einmal verloren hätte, hätte man mir gleich eine Kugel verpassen können!

Natürlich hätte ich sie aufgrund der Situation bei meinen Brüdern unterbringen sollen, dort wäre sie auf jeden Fall sicherer gewesen, aber ich wollte sie jede freie Minute an meiner Seite haben – zu lange waren wir getrennt gewesen. In dieser Hinsicht war ich zu egoistisch, um nachzugeben, zeigte sogar stalkerische Tendenzen, denn ich musste sie Nacht für Nacht beim Schlafen beobachten und über sie wachen. Sie immer in meiner Nähe wissen. Mein Mädchen mit Küssen wecken, sie verdammt sanft und langsam ficken, und am Abend mit ihr in den Armen einschlafen, so wie es schon die letzten Jahre hätte sein sollen. Diese tiefen Bedürfnisse waren mir wichtiger als ihre Sicherheit, womit ich mal wieder bewies, dass ich nichts als ein Arschloch war – doch das war ja nichts Neues.

Demnach musste ich einen Drahtseilakt wagen: so viel Mia-Baby, dass es ihr nicht schadete und so wenig, wie ich ertragen konnte.

***

Als ich am Abend um acht Uhr aus dem Boxstudio kam, in dem ich einen ›Worte statt Schläge‹-Kurs beobachtet hatte, der bei uns neu im Programm war, erhielt ich eine unschöne Nachricht. Sofort zerschmetterte sie das Idyll der letzten Tage.

»Wir müssen reden. Sofort. Und nimm deine neue Schlampe mit. L.«

»Fuck ... Fuck ... Fuck ... Fuck!«, fluchte ich immer noch, als ich mit meinen Designerschuhen die Nobelküche meines Clubs betrat.

»Was?«, fragten fünf kauende Münder unisono.

Es roch köstlich und ich dachte, ich müsse auf der Stelle verrückt werden, weil ich sofort witterte, dass mein Mädchen dieses legendäre tschechische Paprikahähnchen zubereitet hatte, für das ich schon vor acht Jahren gestorben wäre. Aber ich konnte mich nicht lange darüber freuen, denn sobald ich zu ihr sah, fing ich ihren besorgten Blick ein.

Sie trug einen einfachen roten Strickpullover, der ihr viel zu groß war, dazu schwarze hautenge Leggings, während sie mit angezogenen Beinen auf der Bank saß. In der Position wäre es sicher auch mehr als angenehm sie zu fi ...

OH FUCK!

Dann auch noch dieser Pferdeschwanz, an dem ich sie so gerne rumdirigierte. Diese großen offenen *Ich-les-deinem-Ficker-jeden-Wunsch-von-der-Eichel-ab*-Augen und diese sanft glänzenden roten Lippen. Die leicht geröteten hohen Wangen, die schimmernden hellbraunen Locken. Sie war die Verführung in Person. Und ich würde sie GANZ SICHER NICHT ZU LEO MITNEHMEN!

»Nichts, was!«, blaffte ich, von der Idee aufgewühlt, so etwas Kostbares wie sie in die Höhle des Löwen mitzuschleppen, und verfluchte mich für meine damalige Dämlichkeit, sie zu dem Essen mitgenommen zu haben. Super, das hatte ich nun von dem Beweis, dass sie mir nichts bedeutete ...

Missmutig ließ ich mich neben Mia auf die Bank fallen und bückte mich, um Stanley zu streicheln, der, wie immer schwanzwedelnd, angetänzelt gekommen war. Dann schrieb ich dem italienischen Pisser zurück.

›*Ich komme in einer halben Stunde.* Allein.‹

Mit fest zusammengebissenen Zähnen drückte ich auf *Senden*, lehnte mich zurück, schloss die Lider und ignorierte die Blicke von Mary, Georgi, Lena, Garrett und VOR ALLEM den aufmerksamsten: *ihren*.

»Willst du was essen?«, fragte sie mich sanft und berührte vorsichtig meine Hand, die auf meinem Oberschenkel lag. Ich öffnete ein Auge und schaute skeptisch auf sie hinab. Sie kaute schon wieder auf ihrer vollen Unterlippe rum! VERDAMMT!

»Ja, wenn du es genau wissen willst«, verkündete ich mit leichter Belustigung und doch ziemlich aggressiv, wobei ich ihren Kopf am Pferdeschwanz zurückzog. Im nächsten Moment krachten meine Lippen auf ihre.

Sie gab ein erschrockenes Keuchen von sich, als ich sie mit all meiner Leidenschaft überfiel.

HEY! Ich hatte sie den ganzen Tag nicht gesehen und trotzdem an nichts anderes denken können, als daran, sie wieder zu berühren. Ich war AUSGEHUNGERT!

Um ihr das zu veranschaulichen, biss ich ihr in die Unterlippe. Leicht – nicht fest. Sie zuckte zusammen, stöhnte aber im nächsten Moment, als ich daran knabberte, wie ich es immer gern an ihrem Kitzler tat.

Ihre kleine Hand legte sich auf meinen Oberschenkel, der in einer weißen Anzughose steckte, wo sie sich selbstständig machte. Als sie REIN ZUFÄLLIG über meinen immer härter werdenden Schritt glitt, stöhnte ich heiser und hob sie mit einem Arm kurzerhand auf meinen Schoß.

Erschrocken keuchte sie auf, presste sich aber breitbeinig an meinen Körper und überfiel jetzt mich.

Gut! Wenn sie den anderen eine Show liefern wollte, mir war es egal! Ich packte sie an beiden weichen, wundervollen Arschbacken und genoss das kleine Stöhnen, das ich von ihr bekam, als ich sie knetete. Ich wusste, sie liebte es, wenn ich sie so roh berührte, und ihr zeigte, dass ich die Kontrolle verlor, aber NUR, wenn mein Mädchen mich mit ihren Reizen betörte.

Irgendwann ging uns die Luft aus, doch Mia entschied, nach der kussfreien Zeit nicht von mir abzulassen, sondern mich atemlos am Hals weiter zu verwöhnen.

Zufrieden lehnte ich den Kopf zurück, strich ihr einfach nur über den Rücken, bevor ich meine Augen schloss und genoss.

Natürlich waren die anderen inzwischen geflüchtet. Obwohl ... Georgi und Garrett hatte die Einlage sicher gut gefallen. Wobei ich bei Mary nicht so überzeugt war, denn ich hatte schon des Öfteren gemerkt, dass sie auf Mia gar nicht gut zu sprechen war. Ich hoffte, dass ihre Antipathie meinem Mädchen gegenüber nicht irgendwann zu Problemen führen würde, ansonsten müsste ich sie feuern. Noch mehr Scheiße konnten wir uns im Moment nicht leisten.

Inzwischen saugte Mia an meinem Adamsapfel, und ich stöhnte, als sie hauchzarte Küsse bis zu meinem Nacken verteilte.

»Baby ...« Sie kicherte glücklich, als ich sie so nannte, ihr Atem kitzelte mich am Hals. Ich erschauerte und zog sie an ihrem Pferdeschwanz von mir weg. Ach ... das Teil war ja soo fucking praktisch!

»Du musst jetzt aufhören, denn ob ich will oder nicht, ich muss los!«

»Nein!« Sie leckte mit ihrer Zunge meinen Kiefer entlang und strich mit ihren Händen über meine Oberarme, fühlte meine Muskeln und presste ihren dünn bedeckten, heißen Unterleib enger an meinen. Pussy traf auf Ficker ... und mein Kopf schaltete sich aus.

Ich schnaubte. »Okay!« Im nächsten Moment fegte ich mit eine Handbewegung alle vorhandenen Teller auf dem Tisch hinter ihr beiseite – irgendwo klirrte es auch verdächtig – und hob sie an ihren Hüften darauf.

»Wie du willst!« Sie lachte aufgeregt, als ich mich zwischen ihre Beine stellte, die mich umfingen und nun *ihren* Hals verwöhnte. Meine Finger hatten sich schon in Richtung ihres Feuchtgebietes verirrt und rieben dort heftige Kreise.

»Ohhh, Gott ... Ich hab dich vermisst!« Hingerissen ließ sie ihren Kopf nach hinten fallen, rekelte sich wollüstig unter meinen Lippen und meiner Zunge und drehte ihr Gesicht so, dass ich sie optimal erreichen konnte. Währenddessen knöpften ihre Hände mit erstaunlicher Sicherheit mein Hemd auf.

»Ich dich auch«, murmelte ich an ihrer duftenden Haut und zog sie an den Hüften fest gegen meinen Unterkörper, damit sie den Beweis meiner Sehnsucht spüren konnte.

»Ahhh ...« Sie ließ ihr Becken an meinem Ficker kreisen und ich hatte eine Sekunde SCHISS, dass ich gleich abspritzen würde, weil diese verdammte Leggings so dünn war. Doch Leo hatte entschieden, zu antworten, weshalb wir von seiner eingehenden Nachricht unterbrochen wurden.

»Moment!« Ich richtete mich etwas auf und stützte mich mit einer Hand auf dem Tisch neben ihr ab, während ich in meiner Hosentasche nach dem schlauen Telefon kramte.

Genervt las ich. ›*Bellisimo. Und vergiss Mia Engel nicht.*‹

»Fuck!« OH! Ich hatte gar nicht bemerkt, dass ich laut geflucht hatte, und sobald es mir aufging, schaute ich schnell auf sie hinab. Sie lag immer noch unter mir. Mit mittlerweile geschwollenen Lippen, wunderbar roten Wangen, diesem vertrauensvollen und doch so lustverschleierten Gesichtsausdruck, wie meine kleine Sexgöttin und ich würde sie ihm ausliefern? NEVER EVER!

»Was ist, Tristan?«, fragte sie, wohl von meinem Ausbruch alarmiert.

»Nichts ...« Ich musste sie ablenken, also beugte ich mich erneut hinab und küsste sie, doch sie schob mich nun an der Brust von sich und ich seufzte genervt, denn ich wusste, sie hatte mich schon längst durchschaut. Um sie jetzt noch auf andere Gedanken bringen zu können, würde ich härtere Geschütze auffahren müssen, und hätte wohl trotzdem keinen Erfolg. Stures, hartnäckiges, sexy Weibsstück!

»Wer hat dir geschrieben?«, erkundigte sie sich sanft und strich mit beiden Händen über meine Brust.

»Leo«, knurrte ich und richtete meine Kleidung.

»Was wollte er?« Auch sie setzte sich auf und tat es mir mit ihren Klamotten gleich.

Mehr als unwillig stellte ich mich ihrem Kreuzverhör.

»Er will, dass ich zu ihm fahre ...«

»Scheiße!«

»Scheiße?«

»Ja, Scheiße! Mir gefällt es nicht, dass du mit diesen Menschen was zu tun hast!«, erklärte sie sofort, als hätte sie nur auf diese Gelegenheit gewartet. »Sie haben keinen guten Einfluss auf dich, Tristan. Für sie zählt nichts außer Geld und Drogen und Macht. Außerdem sind sie gefährlich ...«

»Ach!«

»Geh nicht, sondern bleib hier bei mir«, schlug sie mir hoffnungsvoll vor. »Ich hab einen besseren Einfluss auf dich ...« Ihr flehender Blick und ihr vielversprechendes Lächeln riefen sofort meinen Ficker auf den Plan. Er verlangte energisch danach ihr augenblicklich zu gehorchen und ich hätte ihm rein theoretisch jederzeit seinen Willen gelassen, doch ich musste zu Leo, wenn ich es mir nicht komplett mit ihm versauen wollte ...

»Baby ... ich weiß, dass du dir Sorgen machst, aber ich bin schon ein großer Tristan – ich kann auf mich aufpassen. Außerdem kann ich nicht so einfach fernbleiben, denn ich bin von Leo abhängig. Ohne ihn läuft mein Geschäft nicht!« Das musste sie einfach verstehen.

Jetzt kaute sie wieder nachdenklich.

»Dann komm ich mit!«, verkündete sie schließlich, als hätte sie soeben den Einfall des Jahrhunderts gehabt.

»Nein!«, rief ich sofort, und sie zuckte kurz vor Schreck zusammen.

»Wenn ich keinen Grund zur Sorge habe, wieso bist du dann so nervös? Was hat er geschrieben?« VERDAMMT! Wieso musste mich dieses Teufelsweib so gut kennen?

»Dass er neuen Parmaschinken hat, und jetzt vergiss es! Das ist meine Angelegenheit!« Angepisst trat ich einen Schritt zurück und ging zu der Anrichte, um mir einen weiteren Kaffee einzuschenken. Mein Handy hatte ich achtlos auf dem Tisch liegen lassen – ich Idiot! Als ich mich mit meiner Tasse in der Hand wieder zu ihr umdrehte, wären mir fast die Augen aus dem

Kopf gefallen.

»Mia!« Sie hatte sich nicht wegbewegt und hielt mein Smartphone in der Hand. Mit gerunzelter Stirn und vorgeschobener Unterlippe drückte sie konzentriert darauf herum.

»Geht's noch?! Schon mal was von Privatsphäre gehört?!« Mit drei Schritten war ich bei ihr und wollte danach greifen, doch sie sprang leichtfüßig vom Tisch und floh dann auf die gegenüberliegende Bank.

»Dann lüg nicht!« Gerade als ich sie mir schnappen wollte, kletterte sie, diesmal über die Tischplatte, auf die gegenüberliegende Seite.

»AAAARGGHHH, Mia!«, brüllte ich außer mir vor Wut durch die gesamte Küche.

»Ich soll mit zu Leo?« Verfickt perfekt! Jetzt hatte sie es also gelesen. Meine Schultern fielen in sich zusammen, während sie mich düster anstarrte. Mit zwei Schritten war ich bei ihr und rupfte ihr grob das Mobilteil aus der Hand.

»Verdammte Scheiße!«, fluchte ich noch und schloss die Nachricht. »Sei froh, dass ich dich nicht übers Knie lege!« Doch sie hörte mich gar nicht mehr, denn Mia befand sich bereits auf dem Weg zur Tür, welche sie mir wenig später auffordernd aufhielt.

»Vergiss es, Baby!«, war das Einzige, was ich hervorbrachte.

»Er verlangt, dass ich komme, also werde ich mitgehen. Ich will nicht, dass dir etwas passiert, weil du seine Befehle missachtest. Außerdem sind wir ein Superteam und ich habe dir schon mal aus der Patsche geholfen ... denk an die Einpackaktion von Francesco!« TROTZIG schaute sie zu mir hoch, denn ich hatte sie erreicht, die Hand immer noch an der Klinke. VERDAMMT! Seit wann stand ich eigentlich schon wieder so unter ihrer verdammten Fuchtel? Und seit wann war sie *so* kämpferisch und unnachgiebig?

Ich seufzte ... und beschloss, nicht nachzugeben, auch wenn ich sie damit sehr verärgern würde – es ging nicht anders.

»Dann komm«, raunte ich angepisst und bot ihr meine Hand, die sie misstrauisch nahm.

»›Dann komm‹? Nichts weiter? Kein heldenhafter Kampf über zehn Runden?«, bohrte sie skeptisch nach, während ich sie durch die Tür zog.

»Nö«, erwiderte ich leichthin, musste allerdings insgeheim über meine Hinterhältigkeit grinsen.

Sobald wir unsere Mäntel anhatten und im warmen Auto saßen, fuhr ich erst mal zum Mc Drive. Schließlich wollte ich nicht, dass sie verhungerte, nur weil ich sie vorhin nicht hatte aufessen lassen. Sie war dünn genug. Ich kaufte ihr zwei Colas, und zwar keine LIGHT, denn LIGHT ist scheiße, und zwei Menüs mit Nuggets. Sie beobachtete mich mit verengten Augen.

»Was?«, fragte ich. »Ich hab noch nichts gegessen!«

»Hättest du ja tun können! Richtiges Essen ...«, murrte Mia nur und spielte an meinem Radio rum. »Aber nein, du hast deine Zeit lieber damit vergeudet, mich durch die Küche zu jagen ...«

»Ich bin eben das geborene Raubtier!«

***

Leos Club lag natürlich mitten im Rotlichtviertel. Es war der größte der Stadt, doch er besaß bei Weitem nicht dieselbe Klasse wie meiner. Ich parkte in einer abgelegenen Seitenstraße und schnallte mich ab, Mia tat hektisch das Gleiche, die Aufregung war ihr genau anzumerken. Doch als sie aussteigen wollte, hielt ich sie am Oberarm zurück.

»Bleib noch einen Moment sitzen! Ich will erst nachsehen, ob die Luft rein ist.« Mit meinem Lächeln lenkte ich sie ab, öffnete beide Fenster einen Spaltbreit und stieg aus. Sofort verriegelte ich alle Türen und umrundete das Auto.

Ihr Mund klappte auf.

Während ich meine Hände in die Hosentaschen schob, musterte ich sie zutiefst bedauernd, als ob es mir wirklich sehr leidtun würde. Ihr dämmerte sofort, was ich vorhatte und sie bekam wirklich sehr große Augen.

»Tristan, nein!« Sie rüttelte am Türgriff. Vergebens.

»Trinken und Essen hast du, Musik hast du auch. Im Notfall liegt ein zweites Handy im Handschuhfach, du kannst nur meine Nummer wählen. Wenn du aufs Klo musst, haben wir Pech gehabt. Aber ich glaube, hinten steht noch ein Benzinkanister ...«, erklärte ich grinsend.

»Hast du sie noch alle! Das ist üble Freiheitsberaubung!« Sie rüttelte so heftig, dass ihre Haare umherflogen, und ähnelte dabei so sehr einer Psychopathin, dass ich lachen musste. »Sorry, Baby. Aber es ist tatsächlich gefährlich – für dich. Du hast doch wohl nicht geglaubt, dass ich dich dorthin mitnehme! Ich habe mich nicht endlich damit abgefunden, dass du mir alles bedeutest, nur damit ich dich im nächsten Moment abknallen lasse oder zusehe, wie Leo dich als seine Privatnutte versklavt. Du bleibst im Auto. Ende!«

Sie rollte mit den Augen und warf sich aggressiv und sehr teenagermäßig in ihren Sitz, um mit verschränkten Armen zu schmollen. Ihre Wangen waren aufgeplustert, weshalb sie wie ein beleidigter Hamster wirkte.

»Bis später, Baby« Zum Abschied schlug ich noch zweimal mit der Handfläche aufs Autodach und marschierte dann über die Straße davon. DAS würde sie mir noch SEHR LANGE vorhalten! Aber die Alternative wäre schlimmer gewesen.

Am Hintereingang ließ mich Claus der Türsteher wortlos, aber mit sichtbarem Respekt ein.

Das miese Gefühl in meinem Bauch, das dort vor sich hin brodelte, schob ich jetzt mal auf die Tatsache, dass ich soeben die Freiheit meines Mädchen beschnitten hatte. Wie bereits so häufig zuvor klopfte ich wenig später an Leos Bürotür, nachdem ich mich in den ersten Stock begeben hatte, und öffnete, ohne das ›Herein!‹ abzuwarten.

Als Begrüßung landete eine Faust mitten in meinem Gesicht und ein Knie zeitgleich in meinem Bauch.

FUCK!

Die Luft blieb mir eine Sekunde weg und ich fasste mir an den Magen. Als ich den Blick hob, wusste ich, weshalb ich so unschön empfangen worden war. Denn an Leos Schreibtisch saß Kleinschwanz mit gebrochenen Fingern und winkte mir mit der gesunden Hand zu. Sein halbes Gesicht war schwarz und zugequollen, wohl wegen meiner Behandlung seiner Nase. Ich wollte gerade meine Waffe aus dem Hosenbund ziehen, da fühlte ich bereits etwas Kühles an meiner Schläfe ...

OKAAAY!

Ich schaute nach links und erstarrte, denn die Augen, in die ich blickte, kamen mir bekannt vor, obwohl ich sie noch nie gesehen hatte. Sie waren groß und von einem unnatürlich hellen Blau. Aber diese runde Form war mir vertraut. Genauso wie diese Lippen. Eigentlich stand ich nicht auf Männer, deswegen wusste ich nicht, wieso ich gerade jetzt an verdammte Kirschen dachte.

»Hi, Tristan ...«, grüßte Francesco auch noch locker und lehnte sich gemütlich in seinem Stuhl zurück.

Ich löste meinen Blick von den eiskalten Augen und richtete ihn auf das Weichei.

In dem Moment zählte ich eins und eins zusammen. »*Du* hast mir die Nachrichten geschrieben!«

»Jepp! War nicht schwer, sich bei meinem Onkel einzuhacken ... und dich in die Falle zu locken.« Ich wollte lachen. Nahm er wirklich an, ich würde nicht mit zwei Spaten fertig werden? Egal ob ich eine Knarre an der Schläfe hatte, oder nicht? »Wo ist die Kleine? Hast du sie schon totgefickt?« Ich konnte ihm die Enttäuschung ansehen, auch wenn er sie zu verbergen versuchte.

»Ich kenne keine Kleine ...« Damit richtete ich mich auf und warf Blauauge einen warnenden Blick zu, denn er drückte seine Knarre immer noch mit zusammengepressten Lippen gegen meinen Kopf. Francesco stand von seinem massiven Schreibtisch auf und schlenderte locker auf mich zu. »Seitdem ich davon weiß, frage ich mich, wie lang das schon mit euch beiden läuft ...«

»Schon sehr lange«, antwortete ich ruhig. Er blieb direkt vor mir stehen und schaute auf mich herab, denn er war einen Kopf größer als ich. Aber ich war schneller und geschickter ...

»Na ja, das spielt auch keine Rolle, denn jetzt ist es sowieso vorbei.«

Ich zog eine Augenbraue nach oben. »Das glaub ich eher nicht ... by the way ... kannst du mal die verdammte Knarre aus meiner Optik nehmen?« Ich fuhr zu dem Typen mit den langen dunkelblonden Haaren, die er zu einem Pferdeschwanz gebunden hatte, und den eisigen Augen herum. Der grinste nur überheblich und drückte fester zu. Entnervt verdrehte ich die Augen, denn ich hasste es, mich zu wiederholen.

»Was ist überhaupt mit DEINER Knarre?«, sprach mich der Typ mit dem Pferdeschwanz stattdessen an, worauf ich nur schief grinste. Doch schließlich zog ich mein Baby Nummer drei aus meinem Hosenbund und genoss – wie üblich – das Gefühl des schweren, glatten, kühlen und so meisterhaft verarbeiteten Metalls in meinen Händen.

»Meinst du die hier?« Provozierend hielt ich sie ihm vor die Nase, drehte sie geschickt mit meinen Fingern, und schmiss sie ein paar Mal in die Luft. Der Druck des Laufs an meiner Schläfe steigerte sich, offenbar machte ich ihn nervös – Anfänger!

»Gib sie her!«, zischte er mir ins Ohr.

»Klar ... sag das doch gleich!«, konterte ich scheinbar geschlagen und reichte sie ihm mit dem Griff zuerst. Er beobachtete mich skeptisch, während er sie vorsichtig nahm. Meine Miene blieb emotionslos. Doch genau in dem Moment, als seine Finger die schlanken Rundungen meines Babys berührten, rammte ich ihm mein Knie in die Niere, während ich ihm das Gelenk der Hand brach, die seine Waffe hielt. Er war darauf nicht vorbereitet gewesen, ließ seine Pistole fallen und schrie vor Schmerzen auf.

Im Augenwinkel sah ich Francesco auf mich zukommen. Er wollte gerade nach der am Boden liegenden Waffe greifen, doch ich kickte sie an die nächstbeste Wand und trat ihm mit voller Wucht auf die grapschenden Finger. Während ich darauf stehen blieb, packte ich Blondies Unterarm.

»AAAHH!« Ich ignorierte Francescos Weicheigetue, als ich mit meinem Hacken den Druck verstärkte und seine Knochen einzeln zermalmte. Der war erst mal fertig mit der Welt!

Mit einer fließenden Bewegung brachte ich mich hinter den Blauaugen-Körper, verdrehte ihm den gebrochenen Arm und presste ihm jetzt *meine* Knarre, die ich verdammt noch mal niemals aus der Hand geben würde, gegen die Schläfe.

»Und jetzt?«, hauchte ich ihm ins Ohr und genoss den Schauer, der sichtlich über seinen Rücken rieselte, als ich mit dem Lauf an seinem Gesicht hinabstrich und ihn direkt gegen die Seite seines Halses drückte.

»VERDAMMT, Wrangler!«, stieß Francesco hervor und hielt sich die frisch malträtierte Hand mit seinen bereits geschunden Fingern, nachdem ich meine Schuhe nicht weiter damit beschmutzen wollte. Ich konnte mir ein Lachen nicht verkneifen, denn es *war* einfach witzig.

Nun war ICH derjenige mit der einzigen Waffe und einer Geisel dazu. Soviel zu seinem ausgeklügeltem Hinterhalt!

»Also, Francesco ... nur, damit ich dich richtig verstehe ... Du wolltest Mia und mich ohne Befehl hinterfotzig killen? Das ist aber nicht die feine italienische Art ... Was würde die Famiglia dazu sagen? Ich glaube, ich rufe Luca am besten sofort an«, berichtete ich höflich und er erbleichte auf der Stelle. Ich zog Blondie etwas von der Tür weg und tastete mich zu der Ecke mit dem schwarzen Ledersessel vor. Etwas von Francesco weg, denn ich wusste nicht, ob er auch eine Waffe am Körper trug. Wobei das eher nicht der Fall sein dürfte, sonst hätte er schon versucht sie zu benutzen – irgendwie, mit gebrochener rechter Hand.

Francesco stand nur dumm da und starrte mich mit zusammengekniffenen Augen an. Der Hass darin war unverkennbar. Vermutlich wünschte er mir gerade die schmerzhafteste Seuche an den Hals oder alternativ einen Meteoriten, der mich erschlug ... Der ließ auf sich warten ... Womit sein Schicksal feststand: Ich würde ihm den Arsch aufreißen.

Zwar hatte ich überhaupt keine Ahnung, was Blondie von mir wollte, aber auch das würde ich in Erfahrung bringen ... bevor ich ihm *auch* den Arsch aufriss, versteht sich.

»Also ich denke, wir machen kurzen Prozess, denn ich will zurück zu meinem Mädchen ... Aber mit wem fangen wir zuerst an?«, sinnierte ich. »Ah, ich habs! Wie wärs mit Eene meene Miste?«

Weiter kam ich nicht, weil die Tür aufgerissen wurde und besagtes Mädchen kopfüber in den Raum stolperte.

Sie sah stinkwütend aus, doch als sie Francesco erblickte, verließ alles Blut ihre Wangen. Bevor ich schreien konnte, war er bei ihr und drehte ihr den zarten Arm auf den Rücken. Gebrochene Finger oder nicht! Adrenalin bewirkt wahre Wunder – leider!

»Hi, Mäuschen!« Er drückte seine ekelhaften Lippen auf ihre duftende Haut der Schläfe. Schockiert schaute sie zu mir und ich verdrehte die Augen. »Baby ... Das war gerade das Paradebeispiel für beschissenes Timing.«

Doch sie sah mich schon gar nicht mehr an, denn inzwischen hatte sie Blondie entdeckt. Ihr Gesichtsausdruck signalisierte blanke Panik und dann flüsterte sie ein einziges Wort.

»Patrick!« Ihr Blick flog wie ein verirrter Vogel zwischen ihm und Francesco hin und her, bevor er schließlich wieder in meinem strandete. Sie begann zu zittern.

»Ja, dein Onkel war auch so nett, zu kommen. Ich habe ihn darum gebeten, mir dabei zu helfen, dass die verkaufte Ware auch bei mir bleibt ...« Francesco führte sie zu dem großen Schreibtisch und mein Herz schlug schneller, als er mit einer Bewegung alle Blätter, das Telefon und die Ordner wegwischte. Mein Hals schnürte sich zusammen, als ich weiter dabei zusehen musste, wie er sie auf den Schreibtisch setzte. Sie trat nach ihm, doch er wich gekonnt aus, öffnete eine Schublade und zog ein Messer hervor. Ich konnte mir ein Zischen nicht verkneifen, als er es an ihren eleganten Hals hielt und somit ihre rege Gegenwehr perfekt beendete.

Und das ziemlich fest.

Er durchschnitt fast die zarte Haut, und das erste Mal in meinem Leben hatte ich das beschissene Gefühl, dass meine Beine jeden Moment nachgeben würden.

»Nein ...« Fuck ... ich hörte mich an wie ein verzweifelter Schuljunge.

»Lass ihn los!«, forderte Francesco trocken und ich löste meinen verkrampfen Griff von ONKEL Patricks Unterarm. Heilige Fresse! Deswegen war er mir so bekannt vorgekommen! Er drehte sich sofort zu mir um und riss mir die Waffe aus den bebenden Händen. Als Nächstes krachte seine Faust auf meinen Kiefer und ich gab ein unfreiwilliges Ächzen von mir. Er besaß eine gute Rechte, soviel musste ich dem Pisser lassen.

»Aufhören!«, schrie Mia grell und wollte vom Tisch springen, aber Francesco drückte fester zu und ihr flackender Blick fuhr zu ihm hoch. »Nicht bewegen, oder deine Kehle ist durch ...«, hauchte er. Ihr trat der Schweiß auf die Stirn.

Der Anblick von dem Messer an ihrem Hals lähmte mich förmlich. Patrick schubste mich auf den Hocker, auf dem ich erst mal die Ellbogen auf die Knie stützte und mit beiden Händen über mein Gesicht strich. Wenn ich noch eine Sekunde die Klinge an ihrem Hals sehen müsste, würde ich loskotzen. Als sie jedoch wimmerte, riss ich mich zusammen und richtete den Blick auf die beiden.

»NIMM. DEINE. FINGER. DA. WEG!« Meine Stimme klang tödlich und ich wollte auf der Stelle zum Berserker zu mutieren. Viel hätte nicht mehr gefehlt. Denn Francesco knetete über dem Pullover ihre weiche, warme Titte. MEINE TITTE!

»Mach ihn fest ...«, forderte er nur kühl.

»Glaubst du, ich lasse mich von dir einfach so anketten, Pissnelke?« Ich funkelte den lieben Onkel hasserfüllt an und fletschte die Zähne, als er mit Handschellen auf mich zukam.

In dem Moment jammerte mein Mädchen erneut und fesselte damit meine Aufmerksamkeit. Der Penner mit dem ruinierten Kleinschwanz hatte es gewagt, ihr den Hals leicht anzuritzen!

Tiefrotes Blut lief in feinen Strömen über ihre bleiche, makellose Haut und schrie mich förmlich an.

»Ich werde jeden in den Arsch ficken, der dein verdammtes Gesicht KENNT!« Mit diesen emotionslos ausgesprochenen Worten hielt ich dem lieben Onkel meine Hand hin und unterdrückte das Übelkeitsgefühl in meinem Bauch, während ich versuchte, mein Mädchen mit Blicken zu beruhigen, aber sie starrte mich nur panisch an. Ihre Brust hob und senkte sich schnell und hektisch – sie hatte eine Heidenangst. Und ich durfte ihr nicht zeigen, dass es mir ebenso ging.

»Baby ... komm runter!«, formte ich mit den Lippen, während die Handschellen zuklickten und mich Onkelficker an die Heizung kettete. Er grinste mich an und stellte sich mit vor der Brust verschränkten Armen neben mich. In seinen Augen leuchtete ein gieriger Schimmer. Sein Tod war besiegelte Sache, genau wie Francescos ... der sich soeben komplett an Mia wandte und ihr mit seinen wulstigen gebrochenen Fingern über die Wange strich.

»Hat dir dein toller Lover eigentlich erzählt, wie er mich dazu gebracht hat, dass ich dich zu ihm lasse?« VERDAMMT! Geschlagen schloss ich die Lider, als Mias Blick ziemlich vorwurfsvoll zu mir herumfuhr. War klar, dass der Penner jetzt DAVON anfangen musste. »Tja ... er hat mir angeboten, dass er dich trainieren würde, so wie schon etliche Frauen davor, damit du meinen Anforderungen entsprichst. Damit du schön gedehnt und vor allem hörig bist ... Nur vor dir haben wir so getan, als ginge es um ein Scheiß-Shooting. Kein Schwein konnte ahnen, dass ihr einen auf Romeo und Julia macht!« Ich öffnete die Augen und schaute mein Mädchen an.

»Weißt du eigentlich, dass er bei starken Frauen keinen hochbek...«

»BRING IHN ZUM SCHWEIGEN!«, zischte Francesco und ich bekam erneut eine mit dem Knauf meiner eigenen verdammten Waffe in die Fresse. Dieses Mal flog mein Kopf herum.

Mit der freien Hand wischte ich mir das Blut vom Mundwinkel und starrte Onkelficker tödlich an, während meine Wange anfing zu pochen. Doch das war ich gewöhnt. Damit konnte ich bestens umgehen – als Boxer war es schließlich normal Schläge einstecken zu müssen.

»Hört *bitte* auf damit!« Mia schluchzte jetzt aus vollem Herzen und betrachtete schmerzverzerrt meine aufgeplatzte Lippe. TOLL! Jetzt heulte sie auch noch!

»Es ist nicht so schlimm, verfickt noch mal! Beruhige dich!«, beschwichtigte ich sie und spuckte einen Klumpen Blut auf den Boden. Ihre Angst machte ihn an. Er liebte es, zu quälen ... Er liebte es, sie so zu sehen.

»Lasst ihn bitte gehen ... Ich tue alles, was ihr wollt. Aber bitte ...« Sie wandte sich an Francesco, krallte sich an ihm fest. Ich schnaufte nur genervt – jetzt FLEHTE sie auch noch!

»DU TUST NICHTS VON DEM, WAS DIE WOLLEN, VERDAMMT!«, fuhr ich sie eiskalt an. Sanft war ausgeflogen, sie sollte bloß nicht anfangen, sich *für mich* zu opfern! Mia schluckte den nächsten Schluchzer und ihre Tränen angestrengt herunter und straffte sich. Denn sie wusste, wenn ich so mit ihr sprach, meinte ich es verdammt ernst.

Das gefiel mir schon besser!

»Was willst du hier?«, fragte sie ihren Onkel und ihre Stimme zitterte fast gar nicht mehr.

Patrick, der also tatsächlich ihr Onkel war, schnaubte ironisch.

»Francesco hat eine enorme Summe für dich gezahlt, an mich und deinen Vater! Dafür soll er dich auch bekommen! Schließlich haben wir uns bei der Erziehung so viel Mühe gegeben ... auch wenn letztendlich nicht das aus dir geworden ist, was wir wollten ... Dank ihm!« Er nickte abfällig in meine Richtung. Sie starrte ihn entsetzt an. Wenn möglich, wurde sie noch einen Tick bleicher als sie heiser wisperte: »Ihr habt mich ein Leben lang darauf vorbereitet, verkauft und bis an mein Ende misshandelt zu werden? DAS waren die Pläne meines Vaters?«

»Du kannst dich doch noch an die Kunden erinnern, die bei

uns jeden Abend ein und ausgingen? Sie waren da, um dich zu besichtigen. Es gab ziemlich viele, die dich wollten, aber Francesco hier hat am meisten für dich geboten. Also hab ich es so arrangiert, dass er dich gerettet hat. Ich wusste, du würdest aus Dankbarkeit alles für ihn tun ... in der Hinsicht war Harald gut ... Ich habe noch nie so ein schutzbedürftiges, unterwürfiges und total dämliches Frauenzimmer wie dich gesehen!« Onkelficker zuckte mit den Schultern, die in einem schwarzen Hemd steckten, und betrachtete seine Nichte kalt, als wäre sie für ihn nur irgendeine dahergelaufene Schlampe.

Francesco grinste dümmlich und nickte fortwährend.

»Ich hab gleich gemerkt, dass *du* das perfekte Opfer bist.«

Mia schüttelte den Kopf. »Nein ... Das ... NEIN!«, schrie sie dann und versuchte, Francesco wegzustoßen, doch das war genau das Falsche. Ich biss die Zähne zusammen, als er sich versteifte und sie an MEINEM geliebten Pferdeschwanz zurückkriss.

»Oh doch! Du gehörst mir. Es existiert sogar ein Kaufvertrag! Und jetzt werde ich dich benutzen, so wie ich es schon viel früher hätte tun sollen. Allerdings wollte ich den netten Schein für dich wahren und habe dich zwei Jahre lang verschont, weil ich andere Schlampen zum Befriedigen meiner speziellen Neigung hatte und ich die Vorfreude genießen wollte ... DOCH DAS IST JETZT VORBEI!« Damit beugte er sich zu ihr hinab.

»Tristan!«, rief Mia noch panisch. Dann wimmerte sie nur noch gequält, weil er seinen Mund auf ihren gepresst hatte. Er zwängte ihren Lippen auseinander und vergewaltigte sie mit seiner Zunge, während er sie an ihren Haaren festhielt.

»NIMM DEIN AFFENMAUL VON IHR!« *Dies* war die perfekte Folter und Francesco wusste es. Ich warf mich umher, zerrte wie wild an den Handschellen, sah tiefrot. Für mich gab es nur noch die heißen Tränen, die über ihre Wangen rannen, das Zittern ihres Körpers, ihre kleinen Fäuste, die gegen seine breite Brust trommelten. Lachend löste Francesco sich von ihr. Meinen Aufstand ignorierte er komplett.

»Ohhh, du schmeckst süß. Ich kann verstehen, dass er so verrückt nach dir ist ... Wollen wir mal sehen, ob das überall so ist? Was hältst du davon, Wrangler?« Jetzt legte er sein Messer an die Seite des Schreibtisches und lächelte auf sie hinab. Sie schüttelte den Kopf und presste ihre wild bebenden Hände auf ihre Brust.

»Francesco ... Mann ...« Ich ließ den Kopf hängen, hatte keine Ahnung, was ich noch tun oder sagen sollte. »Bitte, tu es nicht.« JA! Verdammt, ich flehte ihn an – wie ein mieser Schwächling. Ich fühlte mich gerade, als hätte man mir all meinen Atem genommen, denn mein Mädchen befand sich in der Gewalt eines anderen und ich konnte nichts dagegen tun. Wenn er sie vor meinen Augen verletzen würde. DAS wäre mein Ende ... Mein schlimmster Albtraum! Allein der Gedanke riss mich auseinander und ich presste die Zähne fest zusammen.

Er packte ihren Pullover an der Taille und schob ihn hoch. Wohl um mir weitere Schläge zu ersparen, gehorchte sie der stummen Aufforderung sofort und hob die Arme wie eine willenlose Puppe. »Ein Tristan Wrangler kann also auch um etwas BITTEN ... Interessant ...« Mit diesen Worten zog er ihr das Kleidungsstück über den Kopf und entblößte ihre cremige Haut. Mia keuchte, als ihr zart gerundeter Körper zum Vorschein kam. Ich biss die Zähne fester zusammen, denn jetzt war noch offensichtlicher, wie sehr sie zitterte. Kleinschwanz nahm derweil erneut sein Messer, hielt es versuchsweise an den Stoff ihres weißen, unschuldigen BHs und schaute mir provokativ in die Augen. Ich starrte tödlich zurück und zischte: »LASS ES!« Anstatt zu folgen, grinste er nur dreckig, und es machte *RATSCH*! Mia schluchzte zittrig auf.

»Ich schwöre, das wirst du bereuen ...«, hauchte ich dumpf, denn ich musste irgendwie verkraften, dass sie jetzt nackt vor IHM saß. Die Abscheu wurde fast zu viel. Als er sie berühren wollte, zuckte Mia automatisch zurück, weswegen er das Messer zur Seite legte und stattdessen unverhofft ihren Hals packte. Ohne jegliches Erbarmen drückte er sie zurück auf den Tisch und legte die andere Pranke auf ihre Brust.

»Du Teufelsweib hattest deinen Bann um mich gesponnen ... Ich weiß nicht, wieso ich mit dir Miststück immer so sanft umgegangen bin«, keuchte er hektisch.

»Bitte nicht ...« Ihr leises Schluchzen klang erstickt, während sie versuchte, seine Hände von sich zu schieben. Ich konnte verstehen, dass sie flehte, ich für meinen Teil wäre im Moment auch vor ihm auf die Knie gegangen, nur damit er aufhörte.

»HMMM ... Sie schmecken sicher so gut, wie sie sich anfühlen.« Es war verdammt feige, aber ich musste die Augen schließen, als er den Kopf senkte. Peinlicherweise konnte ich ein Würgen nicht unterdrücken. Wieder schluchzte Mia auf und wimmerte meinen Namen. Das machte alles nur noch schlimmer. Viel schlimmer ... Gequält kniff ich die Lider zusammen. Mein Mädchen wurde vor meinen Augen vergewaltigt und ich konnte es nicht verhindern! Das tötete mich – brutal. Immer und immer wieder ... Schweiß sammelte sich auf meiner Stirn, und ich wünschte mich an einen anderen Ort. Wünschte mir, das wäre nicht die Realität, sondern nur ein grausamer Albtraum ...

»Tristan, nicht ...«, hauchte sie sanft und holte mich wieder in die Gegenwart.

Plötzlich keuchte Francesco erschrocken auf. Als ich einen Blick wagte, sah ich gerade noch, wie sich ihre kleine Hand in seinen Haaren versenkte und sie seinen Kopf nach oben riss. Dann schaute sie ihm fest in die Augen. Er war ziemlich verwundert – genau wie ich.

»Du willst mich also FICKEN, Francesco? So hart und geil wie er?« WOW! Wieso klang sie auf einmal so fest? So entschlossen? Der Pimmelschwanz war komplett vor den Kopf gestoßen und konnte nur blöde nicken. »DANN lass es uns genauso tun, wie ich es mit ihm tue!« Im nächsten Moment war sie vom Tisch gesprungen und hatte ihn darauf gedrückt. Francesco taumelte und ächzte, als sie sich an ihm hochschlängelte und sich breitbeinig über ihn hockte.

Ich hatte vergessen, wie man den Mund schließt, der Sabber lief sicher schon in Strömen, doch ich konnte mich nicht einmal darauf konzentrieren. Irgendwann fand ich wenigstens meine Sprache wieder.

»Mia?« Sie warf mir einen winzig kleinen Seitenblick zu, der mehr sagte als tausend Worte. ›REISS DU dich zusammen!‹ Was zum Fuck, ich sollte mich zusammenreißen? WIE? Hatte die Frau jetzt endgültig den Verstand verloren? Andererseits hatte ich wohl keine andere Wahl.

Als sie ihn anlächelte und über seinen Schritt strich, wollte ich sie auf der Stelle anbrüllen, aber ich sagte keinen Ton.

»Soll ich dafür sorgen, dass du dich gut fühlst, Francesco?« Irritiert fragte ich mich, was sie vorhatte. Unten rum war schließlich alles verbunden, also konnte sie dort nicht viel ausrichten. Angewidert visierte ich Onkelficker an, der einen Schritt neben mir stand. Er war so auf Mias Arsch in den dünnen Leggings fixiert, dass er mich gar nicht mehr beachtete. Die Waffe hielt er eher nachlässig in der Hand.

Francesco musste wohl erneut dämlich genickt haben, denn als ich mich wieder dem Grauen stellte, öffnete Mia gerade sein Hemd. Ich unterdrückte all die Wut und den Ekel und wartete auf meine Chance. Dabei hätte ich Mia in Wahrheit immer noch gern angeschrien, aber ich gab diesem Wunsch ausnahmsweise mal nicht nach ... auch wenn es schwerfiel.

Bis zu den Haarwurzeln angespannt, die Geräusche ignorierend, welche die beiden von sich gaben, biss ich die Zähne zusammen und hörte Onkelchens Keuchen, als sie anfing, Francescos Oberkörper mit Küssen zu bedecken, von denen ich genau wusste, wie sie einen verrückt machten. Dann sprach sie auch noch mit dieser sanften, sexy Stimme, die eher zu einer Telefonsexhotlinemitarbeiterin passte, als zu meinem Mia-Baby ...

»Oh Francesco ..., oh Francesco ... du weißt im Moment gar nicht, wie dir geschieht, hm?« Als sie mit ihrer kleinen Zunge seinen Bauchnabel umkreiste, musste ich erneut einen akuten

Kotzreiz unterdrücken und sammelte all meine Konzentration, um im richtigen Moment reagieren zu können. Wieder schaute ich zu Onkelficker, der genauso gebannt wie Francesco schien und hatte keine Ahnung, wer widerlicher war!

»Und jetzt?«, fragte sie plötzlich kalt und ich schaute gezwungenermaßen wieder zu den beiden. Kurz darauf hätte ich beinahe aufgelacht, als ich sah, dass sie das Messer in der Hand hielt und wo sie es ihm hindrückte.

Patrick wollte reagieren, aber ich war schneller. Sobald er die Waffe hob, trat ich ihm mit aller Kraft in die Kniekehle. Er sackte schön zusammen, bevor ich ihm mit Schmackes gegen den Kiefer trat. Ohrenbetäubend laut löste sich ein Schuss, der jedoch in der Wand hinter Francesco landete.

Patricks Kopf krachte gegen die Wand hinter ihm und ich bückte mich, um an die Waffe zu gelangen, die er verloren hatte. Sie war einen Zentimeter zu weit entfernt. FUCK! Angestrengt angelte ich mit dem Fuß danach und zog sie schließlich glücklich in meine Reichweite.

Als ich den Blick mitsamt Knarre hob, hatte Mia Francesco immer noch unter Kontrolle. Er rührte sich nicht ... starrte nur auf die kühle Klinge, die sie gegen seinen Schwanzansatz presste, und wagte kaum zu schlucken.

Sie war eindeutig Herrin der Lage. Gleichzeitig war mir vollkommen klar, dass sie jeden Moment zusammenbrechen würde. Ich richtete die Knarre auf den Onkelficker, der sich vor Schmerzen ächzend über den Boden rollte, und dabei seinen Kopf hielt.

»Mach mich los!«, befahl ich und stupste ihn mehr als unsanft mit meiner Fußspitze an. Dabei ließ ich den Blick nicht von meinem Mädchen, das Francesco unentwegt anvisierte, genauso wie sie ihn. Ihre Hand zitterte immer mehr, bald darauf so unkontrolliert, dass sie das Messer kaum noch halten konnte. »MACH MICH LOS!«, brüllte ich wieder, weil der blonde Wichser sich viel zu langsam bewegte. Wir mussten *hier raus!*

Patrick beeilte sich jetzt und fummelte hektisch an dem Schloss herum. Als es aufklickte, legte ich ihm die Handschellen um und kettete ihn an die Heizung.

Mit drei Schritten war ich bei Francesco, konnte nicht widerstehen und zog ihm erst mal den Knauf quer über die hässliche Visage. Und zwar so fest, dass seine Lippe auch aufplatzte und das Blut träge über sein Kinn rann. Schweren Herzens zügelte ich mich sofort – auch wenn es mich unmenschliche Kraft kostete – und nahm die Hand von meinem Mädchen. Francesco krümmte sich vor Schmerzen auf dem Tisch und spuckte weiße Splitter aus, die vor ein paar Sekunden noch zwei Zähne gewesen waren.

»Lass es los, Baby!«, forderte ich sanft und Mia schaute mich mit verweinten geröteten Augen an, wie den heiligen Geist persönlich. Erst nach ein paar Sekunden öffnete sich ihre verkrampfte Faust, und das Messer fiel klappernd zu Boden.

Ich hätte Francesco gerne auf der Stelle kaltgemacht, aber wie das Leben so spielt, war der Schuss nicht unbemerkt geblieben. Im nächsten Moment stürmten zwei Securitys in den Raum, auf die ich erst mal meine Waffe richtete. Sie kannten mich, weshalb sie nicht gleich losfeuerten und ihre Mienen lediglich wachsam wurden, denn ich stand immer noch unter dem Schutz der Famiglia.

Ich musste Mia hier rausbringen. *Umgehend!* Also bückte ich mich, hob ihren Pullover auf und streifte ihn ihr über den Kopf, wobei sie wieder so widerlich mechanisch die Arme hob.

»Du wirst hier nie rauskommen!« Francesco hatte sich leicht aufgerichtet.

»Du bist tot!«, war das Einzige, was ich erwiderte, dabei ging ich rückwärts und verdeckte sie mit meinem Körper, bis ich sie aus der Tür ziehen konnte.

Im nächsten Moment umfing ich ihren Oberarm und rannte los.

Wir liefen über den hell erleuchteten Flur, den ich von früheren Besuchen her sehr genau kannte. Als wir um die Ecke biegen wollten, vernahm ich schon die hektischen Stimmen der Securitys, und schob Mia kurzerhand in die nächstbeste Tür. Wir fanden uns in einem düsteren Treppenhaus wieder, von dem aus man in den Club gelangen konnte.

»Komm, Baby!« Ich verschränkte unsere Finger fester, klemmte die Knarre in den Bund meiner Hose und zog sie dann die Stufen herunter. Dabei ignorierte ich ihr Zittern, ignorierte ihren hektischen Atem, ignorierte SIE, weil ich ansonsten vor Sorge um sie verrückt geworden wäre. Jetzt musste ich einen klaren Kopf bewahren.

»Tristan«, fragte sie atemlos, als wir am untersten Absatz ankamen.

»Was?« Ich öffnete die Tür in den Club und spähte hindurch, ob die Luft rein war. Der Beat dröhnte uns entgegen, aber es war alles in Ordnung. Nichts als feiernde, halb nackte Menschen.

»Hat er dich schlimm verletzt?« OH MANN! Ich fuhr zu ihr herum und konnte den Schmerz nicht von meinem Gesicht vertreiben. DAS fragte SIE MICH? ICH war nicht gerade gegen meinen Willen von einem perversen Sadisten begrapscht worden! Mein Gesichtsausdruck musste wohl ziemlich wild sein, denn sie wich erschrocken vor mir zurück. Eilig ordnete ich meine Züge bis ich nicht mehr ganz so verrückt aussah. Dann umfing ich seufzend ihr immer noch bleiches Gesicht mit einer Hand und strich mit dem Daumen über ihren Wangenknochen ...

»Mit mir ist alles in Ordnung, Mia-Baby. Lass uns hier rauskommen, dann kümmer` ich mich um dich, okay?« Ich versuchte, sie anzulächeln und scheiterte nicht. Sie nickte schwach und ihr Mundwinkel zog sich leicht zitternd nach oben, während ihre Augen ein wenig den gehetzten Ausdruck verloren. Viel besser!

Seufzend beugte ich mich herab und strich mit den Lippen vorsichtig über ihre. Doch ich konnte unseren Kuss nicht besonders ausweiten, weil wir erstens keine Zeit hatten, und weil zweitens meine Lippen wie die Hölle brannten.

Ich zog sie durch die Tür und presste mich mit ihr gleich an die Wand, weil zwei *riesige* Securitys vorbeistürmten. »Warte!« Mit einem Arm stützte ich mich neben ihrer Schulter ab, küsste sie sanft unter dem Ohr und ließ meine Lippen auf der samtig weichen Haut ruhen. Mia klammerte sich an meinem Rücken fest, und ich war davon überzeugt, dass es nur noch Sekunden dauern würde, bis sie endgültig zusammenbrach. Ich spürte ihr wild schlagendes Herz an ihrem Hals, bemerkte ihren stockenden Atem. Jede Faser meines Körpers wollte sie beruhigen, sie schützen und aus dieser Gefahrenlage befreien.

FUCK!

»Baby ...«, murmelte ich an ihrer Haut. »Mach deine Haare auf!« Ohne nachzufragen, tat sie wie ihr befohlen. »Und jetzt leg deine Beine um meine Hüften!« Sie schaute mich an, als wäre ich verrückt geworden, doch ich grinste.

»Nein ... ich will dich jetzt tatsächlich ausnahmsweise mal nicht ficken. Alles, was ich will, ist, dass wir unerkannt und vor allem LEBEND hier rauskommen!« Während ich redete, zog ich eilig mein Hemd aus. »Das heißt, wir müssen aussehen, wie alle anderen hier: NOTGEIL!« Zum Glück war es mir gelungen, die Situation etwas aufzulockern, denn ein süßes Lächeln umspielte ihre Lippen und sie schlang ihre Beine um meine Hüfte. Ich packte sie mit beiden Händen fest am Arsch, sodass sie sich kaum halten musste, und dann stürzte ich mich in die Menge.

Verdammt, war hier viel los! Ich musste mir meinen Weg durch die tanzenden Menschen bahnen, weil das am kürzesten war, und überall liefen die Scheißsecuritys mit ihren Scheißanzügen rum.

»War ja klar, dass du nicht in dem Scheißwagen bleibst!«, fluchte ich ungehalten, während ich so schnell wie möglich zum Ausgang strebte. Mias Fingernägel bohrten sich in meinen nackten Rücken und ihr heißer Atem berührte in heftigen, kurzen Intervallen meinen Hals.

»Es tut mir leid ...«, flüsterte sie immer wieder.

Ich rollte mit den Augen. »Hör auf, dich zu entschuldigen,

verdammt, und halt dich lieber fest!«

»Aber deine Waffe«, jammerte sie.

»Was ist damit?« Ich sah den blinkenden Ausgang schon. Jetzt mussten wir nur noch ohne Zwischenfall an der korpulenten überschminkten Kassiererin vorbei.

»Sie drückt ...«

»Sie drückt?« Wir waren fast an der Kasse, die Musik hatten wir hinter uns gelassen. Hier in dem dunklen Kassenbereich hörte man nur noch das Dröhnen des Basses.

»Sie drückt!«

»Wohin?«

»An meine ... Pussy!« AHH! Ich musste glucksen, als ich eins und eins zusammenzählte.

»Da wirst du jetzt wohl durchmüssen! Hol den Geldbeutel aus meiner Arschtasche!« Sie tat wie ihr geheißen. »Nimm 200 raus!« Auch das wurde befolgt, wenn auch stirnrunzelnd.

Kurz darauf reichte ich mit einem »Du hast nichts gesehen!« das Geld der gelangweilten Kassiererin, die auf ihrem Kaugummi rumkaute und desinteressiert nickte.

***

Sobald ich die Tür öffnete und mir die kalte Nachtluft entgegen wehte, fühlte ich mich besser.

Ich setzte Mia nicht ab, solange wir die Straße nicht überquert hatten, an dem gegenüberliegenden Puff vorbeigelaufen, in die nächste Straße eingebogen waren und vor meinem Auto standen.

»Okay ... Baby ... wir sind gleich daheim ...«, flüsterte ich ihr zu und strich ein paar Strähnen aus ihrem immer noch viel zu bleichem Gesicht, sobald sie wieder wacklig am Auto lehnte. Sie nickte tapfer und versuchte, mich schwach anzulächeln.

Ich lächelte zurück, nahm ihre Hände in meine und drückte einen Kuss auf jedes Handgelenk, bevor ich ihr die Tür aufhielt. Sie wollte gerade einsteigen, da wurden ihre Augen plötzlich groß und fokussierten sich auf etwas hinter mir.

»Was zum Fuck?« Ich wirbelte herum und sah gerade noch einen sehr ramponierten Francesco vor mir stehen. Im nächsten Moment fühlte ich einen dumpfen Schlag auf meinem Kopf und der Boden kam besorgniserregend schnell auf mich zu.

»Tristan!«, hörte ich gerade noch mein Mädchen schreien, doch ich konnte nicht mehr antworten, weil alles verdammt noch mal schwarz vor meinen Augen wurde ...

11. NUR EINS: VERFICKTE SCHEISSE

Tristan ›dieing‹ Wrangler

VERDAMMT!

Mein verdammter Schädel ... Er schmerzte.

Das war das Erste, was ich registrierte, bevor ich verschwommen wahrnahm, dass ich in so etwas wie einem Bett liegen musste, denn es war weich und warm. Genauso drang das verdammte Geflüster um mich herum eher nach und nach in mein Bewusstsein vor, das allerdings immer lauter und penetranter zu werden schien. Aus diesem Gewisper stach besonders Phils Stimme hervor, denn sie zerrte an meinen Nerven ... Was wollte er hier überhaupt mitten in der Nacht? Und Katha? Und Vivi? Und Tom? *Verdammt!*

Ich kniff die Lider zusammen und versuchte mich zu erinnern. Versuchte zu rekonstruieren, wieso ich im Bett lag und meine Familie sich offensichtlich um mich versammelt hatte. War ich tot? War dies meine Beerdigung? Lag ich in einem Sarg? Wieso heulten die dann nicht?

Erst mal war da gar nichts, bis auf diese dämlichen Überlegungen ... Doch dann durchfuhr mich ein gigantischer Schreck, denn plötzlich waren da die Kleinschwanzlippen auf den Titten meines Mädchens, die eiskalten Augen des Onkelfickers, ihre Angst, ihr Beben ... unsere Flucht ... Als Nächstes fiel mir alles mit der Schlagkraft eines Holzhammers ein und ich richtete mich ruckartig auf.

»Mia!« Panisch huschte mein Blick durch den Raum, registrierte, dass ich offensichtlich in meinem verdammten Schlafzimmer war, und zählte drei Mal die vier Gestalten, die um mein Bett herumstanden, doch eine fünfte konnte ich darunter nicht ausmachen.

»WO IST SIE?« Es war mir scheißegal, dass ich nur Shorts anhatte, als ich aus dem Bett hechtete. Es war mir scheißegal, dass mein Gehirn versuchte, meine Schädeldecke zu sprengen. Ich krallte mir den erstbesten Arsch, der mir in die Finger kam – weil ich sonst umgefallen wäre –, und das war Tom.

»SAG MIR, WO SIE IST! SAG ES MIR!« Ich konnte mich nicht davon abhalten, ihn am Kragen seines Scheißsuperbiohemdes zu packen und ordentlich zu schütteln, während ich absolut ausflippte! Denn es gab nur eine Möglichkeit. Ich war hier und sie war noch DORT!

»Hör auf! Wenn du jetzt an einem Herzinfarkt verreckst, bringt das keinem was!« Geduldig löste er meine verkrampften Finger von seinem Kragen und richtete ihn, während ich bereits entschlossen unter mein Bett griff, und dort meinen Riesenkoffer hervorzerrte.

»Tristan, hör auf damit!«

»Er zittert am ganzen Körper ...«

»Mann, Bro ... trinken wir erst mal einen Kaffee!« Ruppig schlug ich die Hände weg, die nach meinen Schultern griffen, um mich nach oben zu ziehen. Dann ließ ich den Koffer aufspringen und war glücklich, weil er immer noch prall gefüllt mit 500-Euroscheinen war.

»Hast du keinen Safe?«, erkundigte Phil sich tadelnd.

»DOCH! Der ist bis oben hin voll! Ich habe überall Kohle gebunkert! Sogar im Badschrank! Ist doch jetzt scheißegal!« Damit klappte ich das Teil wieder zu.

»Tristan ... was wird das?« Auch Kathas Hand schüttelte ich ab.

»NACH WAS SIEHT ES DENN AUS? Ich werde hier nicht untätig rumsitzen und beschissenen Kaffee trinken, während MEIN SCHEISSMÄDCHEN bei dem sadistischen Penner ist! Wieso habt ihr noch nichts unternommen? Wieso seid ihr hier und noch nicht bei ihr? Wieso lasst ihr mich in meinem VERFICKTEN BETT SCHLAFEN, WIE SCHEISSDORNRÖSSCHEN! VERDAMMT!« Ich konnte es nicht glauben!

Bilder rauschten auf mich ein. Bilder von meinem Mädchen! Hilflos ... Schutzlos ... in der Hölle ... mit diesem kranken Bastard! Vielleicht war sie schon ... *FUCK!*

Mein Magen machte bei dem Aufruhr, der in meinem Inneren herrschte, nicht mehr mit und ich fing tatsächlich an, zu würgen. Fluchend rannte ich ins Bad und schaffte es gerade noch so zu meiner Kloschüssel. Es war nicht viel, was ich auskotzte, aber es brachte mich dennoch ins Schwitzen.

Als ich fertig war, stand ich wackelig auf und betrachtete mich flüchtig im Spiegel, während ich mir den Mund ausspülte.

»Wie habt ihr mich gefunden?«, rief ich ins Schlafzimmer und Phil antwortete mir.

»Die Security ist dazwischen gegangen. Leo passt wohl tatsächlich übel auf dich auf ... doch Francesco war nicht allein ... hatte noch drei von seinen Affen dabei ... deswegen konnten sie für Mia nichts tun ... Die steht nicht auf der persönlichen Schutzliste ... Vinc war einer der Securitys, er hat dich heimgebracht«, berichtete Phil. »Du musst dich jetzt wirklich beruhigen! ATME!« Er bemerkte wohl, dass ich mich kaum noch auf den Beinen halten konnte, als er im Türdurchgang erschien.

Meine Familie hatte recht. Ich musste ausnahmsweise einen kühlen Kopf bewahren, auch wenn es um mein Mädchen/Leben ging. Ich durfte nicht daran denken, was er wohl gerade mit ihr anstellte. Oder gar daran, dass es vielleicht schon zu spät war, um sie zu retten ... denn bei dem Gedanken brach ich erneut in kalten Schweiß aus und mir drehte sich der Magen um.

Ich presste die Augen zusammen und kniff mir in den Nasenrücken. Atmete ein paar Mal tief durch und musste mich am Beckenrand abstützen, um nicht umzukippen.

Die Panik wurde immer größer, fraß sich durch meinen Schädel ...

RUHIG, Tristan ... ruhig ... Schieb die Emotionen beiseite, du kannst das, verdammt noch mal! Sogar, wenn es um dein Mädchen geht! Wenn nicht du, wer dann?!

Meine Hände umklammerten den Beckenrand immer fester. Die Knöchel traten weiß hervor, die Haare hingen mir wirr und verschwitzt in die Stirn, meine Augen wirkten irre und gehetzt, aber langsam kehrte der kühle Schleier zurück und hinterließ eine Gewissheit, während ich mich selbst im Spiegel ansah. Ich würde sie dort rausholen oder bei dem Versuch zugrunde gehen!

Ich war ihr verfickter Held, ihr Beschützer, derjenige, der alles und noch viel mehr für sie geben würde, der Einzige, dem sie vertraute *und* den sie liebte. Sie setzte alles auf mich!

Noch einmal atmete ich tief durch und strich mir mit beiden Händen die feuchten Strähnen zurück.

Als ich wieder einigermaßen klar war, ging ich gemessenen Schrittes zurück in mein Schlafzimmer, wo die anderen auf meinem Bett saßen und mich sorgenvoll betrachteten. Tom sah aus, als würde er schon an einem Plan arbeiten. Phil strahlte vor düsterer Vorfreude. Katha aß ... Kekse ... und Vivi saß in ihrem mit Mohnblumen gemusterten Kleid verzweifelt da, hatte den Kopf in ihren Händen und starrte blicklos zu Boden.

Erst jetzt fiel mir auf, dass sie noch kein Wort gesagt hatte, was wirklich ungewöhnlich war. Als ich reinkam, erfuhr ich auch den Grund. Sie richtete sich auf und ich blieb wie angewurzelt stehen, weil sie mich geradezu HASSERFÜLLT anstarrte.

»Warum, Tristan?«, flüsterte sie, eine Träne löste sich aus ihrem Augenwinkel, wanderte über ihre glatte Wange und tropfte von ihrem Kinn.

»Du weißt, dass ich das nicht wollte ...« Ich klang genauso zerstört wie sie und schlüpfte mit kraftlosen Bewegungen in meine Jeans, ohne sie anzusehen. Die Scham war zu groß.

»DOCH!«, schrie sie plötzlich. Schon allein aufgrund der Anspannung zuckte nicht nur ich zusammen, sondern, auch alle anderen. Automatisch wich ich einen Schritt zurück, als sie sich mir näherte. Ihre Augen brannten, ihre kleinen Hände waren feste Fäuste und ihre ganze Haltung drückte aus, dass ich mich jetzt besser in Acht nehmen sollte.

»GENAU DAS WOLLTEST DU DOCH! DU KRANKES

ARSCHLOCH! SIE BÜSSEN LASSEN! SIE FERTIGMACHEN! ANSTATT SIE ANZUHÖREN!« Und dann schlug sie mir mit der Faust gegen die Brust.

»Woah ... beruhige dich Süße ...« Tommy wollte sie von mir wegziehen, doch sie schubste ihn von sich, als hätte er mindestens genauso viel Schuld an diesem Albtraum. Ihr Gesicht war mittlerweile tränenüberströmt, und die Verzweiflung darin zu lesen, gab mir den Rest.

»DU hast sie in die Scheiße mit reingezogen! Wegen dir ist sie jetzt DORT! Allein! Sie bedeutet dir gar nichts! Sie ist dir scheißegal! Alles, was für dich zählt, ist dein verdammter SCHEISSFICKER! Dir ist es doch egal, ob sie verreckt, sonst hättest du sie nie diesen Leuten vorgestellt! Sonst hättest du sie nie an dich rangelassen, du kranker, perverser Psycho! Wahrscheinlich bist du froh, dass du sie los bist, wenn sie STIRBT!«

»Vivi!« Ich konnte es nicht ertragen, wenn sie von Mias Tod sprach. Der Schmerz, den das Gesagte, mit dem sie zum Teil recht hatte, auslöste, war zu viel. Ich war nicht in der Lage, mich zu bewegen oder wenigstens ihre kleinen Fäuste aufzuhalten, die unablässig auf mich einschlugen. Tommy hob sie kurzerhand an der Taille hoch und stoppte so seine kleine Frau, die in ihrer Wut dermaßen gefangen war, dass sie ihm die Arme zerkratzte, wie wild strampelte und weiterhin schrie, während ihre roten Haare ihr wirr ins Gesicht hingen.

»SIE HAT DAS NICHT VERDIENT! JEDER, ABER NICHT SIE!«

Einige Zeit beobachtete ich sie ausdruckslos mit hängenden Schultern, hörte die Worte, die durch meinen Kopf ihre Bahnen zogen und sich immer tiefer in mein Fleisch bohrten.

Wenn Mia wegen mir starb ...

»Lass sie runter, Tommy!« Er tat es, wenn auch mit einem Auf-eigene-Gefahr-Blick! Von einer Qual zerfressen, die sich ein Mensch nicht vorstellen kann, wenn er sie nicht selber durchlebt hat, fiel ich vor Vivian auf die Knie und sie erstarrte schockiert.

Sie war nicht mehr die Einzige, die weinte.

»Ich liebe sie ...« Mehr konnte ich zu meiner Verteidigung nicht vorbringen, und ich klang genauso gequält, wie ich mich fühlte.

Ihre Augen wurden zuerst groß, und ganz langsam wich die Härte aus ihnen, was blieb, war endlose Trauer ... Kummer, Sorge und Mitgefühl ...

Sie schluchzte auf, ließ sich plötzlich zu mir auf den Boden fallen und ihre kleine zitternde Gestalt warf sich in meine Arme. Sie weinte an meiner Brust und ich umschlang sie fest. Das erste Mal in meinem Leben ließ ich zu, dass mir jemand anderes außer Mia Kraft gab ... und meine Gefühle mit mir teilte.

»Dann hol sie zurück, Tristan ... Hol unser Mia-Baby zurück ...«

Ich vergrub mein Gesicht in ihren weichen roten Haaren. »Das werde ich Vivi ... Ich schwöre es.« Mit geschlossenen Lidern drückte ich sie noch enger an mich.

»Und dann ... gib sie nie wieder her.«

Ich nickte, denn etwas anderes hatte ich nicht vor. Doch um unser verdammtes Happy End zu bekommen, musste ich mich zusammenreißen und mich nicht von der Aussicht, dass es eventuell schon zu spät sein könnte, lähmen lassen, auch wenn ich mich fühlte, als wäre jeder Schritt einer zu viel.

Was sollte ich ohne sie tun?

Was würde Robbie ohne sie tun? Dieser Gedanke war es, der mit einem Mal den springenden Funken zündete, der mich ruckartig aus meiner Verzweiflung riss, mich dazu bewegte, die Schultern zu straffen und mich aufzurichten.

Nicht für mich, nein ...

»Ich kann sie nicht zurückholen, wenn du kleine Hexe an mir hängst und mich vollheulst ... also ...« Erschöpft grinsend schob ich sie von mir und sie tat mir den Gefallen, die Augen zu verdrehen und trotz der schrecklichen Lage zu lächeln. Schwungvoll stand ich auf und zog sie dann an der Hand auch nach oben.

Ich wandte mich an Tommy – wir sahen uns stumm an und er nickte wortlos, während er Vivi anstatt meiner in die Arme schloss. Als Nächstes fühlte ich Phils große Hand meine Schulter drücken.

»Frag nicht ...«, meinte er und ich schaffte es, ein halbes Lächeln zustande zu bringen, bevor wir uns auf den Weg machten ...

***

Wir hatten verdammtes Glück im Unglück, denn genau heute Abend würde in Leos Club, der übrigens ›Glamour‹ hieß, eine Kostümparty stattfinden. Zum Glück hatte ich alles an Verkleidungsutensilien da, das war Job-bedingt nun einmal Standard, und Lena, Katha und Vivi waren so freundlich uns einzukleiden.

Phil stellte zum Schluss einen Werwolf dar, inklusive Maske, pelzigem Shirt und gleichgearteten Hosen. Tom hingegen mimte einen Korporal der Südstaaten Armee, trug einen Hut und die typische blaue Armeekleidung. Und ich gab den verdammten Vampir ... im Blutrausch ... hatte einen langen schwarzen Ledermantel an, darunter ein durchsichtiges, ärmelloses, dunkles Shirt, Lederbänder um die Handgelenke, tausende an Gürteln und knallenge Lederhosen ... Zusätzlich hatte Katha mein Haar mit viel Gel nach hinten gekämmt, mir in aller Eile üble Augenringe verpasst und mich kreidebleich geschminkt, wobei sie sich da nicht großartig anstrengen musste, denn ich sah bereits aus, wie der Tod auf Latschen.

So würden sie uns aller Wahrscheinlichkeit nach nicht gleich auf den ersten Blick erkennen – vorausgesetzt wir hatten weiterhin Glück. Ich flehte das verdammte Schicksal an, wenigstens ein einziges Mal Erbarmen zu zeigen!

Wir fuhren extra früh zum Club. Es herrschte noch kein großer Andrang und wir wurden ohne Probleme vom Türsteher eingelassen. Klar! Drei sexy Kerle wie wir, augenscheinlich mit einem Haufen Kohle bewaffnet, waren genau die Zielgruppe ...

Wir sahen aus wie verschissene Stripper und ich wollte die Hobelschlunzen blöd anfauchen, weil sie mir synchron die Hälse hinhielten, als ich an ihnen vorbeiging.

Der Hauptraum war bunt und knallig geschmückt, die Musik dröhnte bereits in voller Lautstärke. Auf den obersten Treppenstufen blieben wir stehen, um die Lage zu überblicken.

Es waren ziemlich viele Menschen anwesend, wenn man bedachte, dass das Teil von außen noch recht verlassen wirkte. An den Seiten lungerten die gelangweilten Securities herum, denn erfahrungsgemäß kam es erst zu späterer Stunde zu den üblichen unangenehmen Ausfällen. In der Mitte der Tanzfläche verbogen schon zwei Schlunzen ihre Körper an der Stange. Das Licht brach sich an ihren glitzernden Kostümen und wurde im gesamten Raum widergespiegelt, wie von Discokugeln. Die Idee würde ich mir merken.

Aber eigentlich suchten meine Augen nur eines ... Mein Mädchen ... Ich fand sie nicht, genauso wenig wie Kleinschwanz.

Also beschlossen wir erst mal die Bar aufzusuchen und bestellten uns dort was zu trinken. Am liebsten hätte ich meinen Whiskey einfach so runter geschüttet, aber das wäre wohl nicht ratsam gewesen. Auch wenn meine Nerven zum Bersten gespannt waren, meine Sinne mussten ungetrübt bleiben. Ich war bereit, bei der kleinsten Kleinigkeit zu reagieren, über Leichen zu gehen und ALLES dafür zu tun, um sie hier raus zu bringen.

»Tristan ... cool down ...« Tommy löste meine Finger – die schon weiß anliefen – von dem schweren Glas. »Wir werden sie hier rausholen. Beruhige dich! Wir sind die Wrangler-Brüder, Mann! Uns hat noch nie jemand angeschissen und wenn, dann haben wir die doppelte Ladung zurückgepfeffert.«

»Yeah, genauso ist es, wir sind die verdammten Wrangler-Brüder und Mia ist unsere verdammte Wrangler-Schwester!« Phil prostete uns zu und schlürfte seinen verdammten Cocktail, als wären wir zum Spaß hier.

Ich schnaubte ironisch und kippte den Inhalt meines Glases jetzt doch auf ex. »Sie ist nicht meine Schwester, und du bist ekelhaft, Phil!«

Phil lachte, ebenso wie Tom. »Hör auf meine verdammte Wange zu tätscheln!« Ich schlug seine Hand weg, die in meinem Gesicht rumgrapschte.

»Oh, sorry, du hast einfach so weiche Haut ... wie ein Babypopo – dank Arschcreme ...« Tom grinste nur und schaute belustigt zu Phil, der an meiner anderen Seite stand. Er schwitzte wie ein Schwein, weil ihm in diesem Pelzkostüm viel zu heiß war. FAST hätte ich gelacht ... Das war auch Sinn und Zweck des dummen Gelabers meiner Brüder ... Sie wollten mich runter bringen ...

»Ist dir zufällig heiß?«, fragte Tom hinterlistig.

»Halts Maul ... die Scheißzotteln nerven so! Das hat Katharina mit Absicht gemacht, aber ich hab keine Ahnung weswegen!« Phil wischte sich den Schweiß von der Stirn und ich verdrehte die Augen. Denn mein Bruder war richtig angepisst von seinem unvorteilhaften Kostüm. Dann auch noch diese peinliche Wolfsmaske ...

Ich wollte gerade einen stinkigen Köterkommentar ablassen, da trat der selbst ernannte Fürst der Sexwelt, Leo, auf die Bühne. Mittlerweile hatte sich der Laden gut gefüllt, weshalb sich etliche Köpfe in seine Richtung drehten. Die Stammgäste fingen an zu jubeln, alle anderen schauten nur blöd aus der Wäsche. Ein Knurren entkam mir und ich sah meine Brüder angepisst an, weil sie mir gleichzeitig die Hände auf die Arme legten und mich festhielten.

»Hört auf mit der Scheiße!«, flüsterte ich und schaute zu Leo hoch, der dort in einem strahlend weißen Anzug stand, wie die Unschuld in Person. Die schütteren Haare hatte er fest zusammengebunden, aber die Scheinwerfer beleuchteten ihn so unvorteilhaft, dass seine Falten wie tiefe Furchen wirkten. Sein nicht einmal unattraktives Gesicht erzählte von vielen Dingen, die er erlebt hatte und die einem normalen Menschen den Verstand kosten würden. Die Schuhe waren aus Krokoleder, die Armbanduhr Bonze pur und Goldketten hingen um seinen Hals.

Er war eben durch und durch ein Zuhälter, Drogenbaron und Verbrecher. Unweigerlich fragte ich mich, ob ich in zehn Jahren genauso aussehen würde.

»Guten Abend, meine lieben Ficker und Fickerinnen ...« Den Spruch hatte er von mir geklaut! Ich hasste Diebstahl geistigen Eigentums! Für so etwas Unkreatives sollte es eigentlich die Todesstrafe geben! Doch anstatt mich lautstark aufzuregen, schnaubte ich nur und bestellte noch einen Whiskey, während ich mich mit dem Rücken an die Bar lehnte und die Beine überkreuzte. Zwei Frauen in Mittelalterkostümen rückten immer näher und ich verdrehte die Augen, als sie offenbar versuchten, mit mir zu flirten. Hatten die keine anderen Sorgen? Schließlich war ich nicht hier, um meinen Schwanz irgendwo zu versenken, sondern befand mich auf einer gottverdammten Rettungsmission!

Meines Mädchens!

Scheiß-Schlunzen!

»Heute Abend habe ich besondere Leckerbissen, den ich nach langem Kampf von meine liebe Neffe bekommen habe ...« Ich biss die Zähne aufeinander.

FUCK!

Jetzt gehörte sie tatsächlich Leo? Das war SCHEISSE!

»Verdammt!«, fluchte Tommy im selben Moment. Das änderte die Lage, denn Leo war mit Vorsicht zu genießen. Ihn konnte ich weder so ohne Weiteres in die Schranken weisen noch anderweitig unter Druck setzen, geschweige denn endgültig aus dem Weg räumen. Das hätte ich am liebsten mit dem Pisser Francesco gemacht – langsam ausbluten lassen –, aber selbst hier waren mir die scheiß Hände gebunden. Schließlich war er immer noch Leos Neffe und mit dem legte man sich nicht an. Es sei denn, man war lebensmüde. Es war ein ungeschriebenes Gesetz: Wer die Famiglia fickte, fickte auch mit Leo – und Luca. Und mit Luca wollte man nicht ficken.

Mir scheißegal! Wenn Leo sie nicht freiwillig rausrückte, würde eine nette kleine Kugel mit seinem Kopf Bekanntschaft schließen. Und Francesco würde an den Eiern baumeln – auf jeden Fall. Als mir klar wurde, dass der wahrscheinlich schon seinen kranken Spaß mit ihr gehabt haben würde, glich dies einem Hieb in den unteren Teil des Magens und es schürte meine Mordfantasien. Ich fletschte die Zähne, er würde bluten!

»Hi ... du böser Vampir ... Es ist wahnsinnig sexy, wenn du deine Zähne fletschst ...« Plötzlich befand sich Mittelaltergirl neben mir. Sie hatte lange rote Haare und große Titten, die beinahe oben aus ihrem Kleid rausfielen. Ich ignorierte sie.

»Hier iste meine neueste Errungenschaft ... Und das Beste? Sie iste die perfekte Schmerzsub!« Wenn ich nicht schon leichenblass gewesen wäre, dann wäre ich es jetzt geworden, denn einer der großen Mitarbeiter von Leo kam mit einem schlaffen Körper über der Schulter die Treppen hoch geschlendert und wurde von einem dramatischen rot glühenden Scheinwerfer erleuchtet.

»FUCK!« Phil und Toms Hände schossen erneut gleichzeitig nach vorne, als ich kopflos zur Bühne stürmen und jedem den Garaus machen wollte, der sich zwischen mich und mein bewusstloses Mädchen stellen würde.

Sie steckte in einem engen, schwarzen Catsuit und als sie der Mitarbeiter, der oben ohne war, auf dem Boden absetzte, musste er sie festhalten, damit sie nicht in sich zusammenfiel. Ihre Augen waren kaum geöffnet, die langen Haare klebten in ihrem Gesicht. Ihr Kopf hing schlaff nach vorne. Sie schien mehr tot als lebendig ... Auch wenn ich keine erkennbaren Schäden an ihrem Körper ausmachen konnte ... zumindest an den wenigen Teilen, die freilagen ... Ich wollte gar nicht wissen, wie sie unter dem Lack aussah, in den man sie gezwängt hatte.

Die Menge fing an zu johlen, als Leo ihre Vorzüge, angefangen von ihren langen Beinen bis hin zu ihren ›perfekten Tittchen‹ aufzeigte und drauf klatschte. Phil musste mich nun mit all seiner Kraft zurückhalten.

Leo heizte die Menge noch mal an, machte sie scharf auf MEIN Mädchen, während sein Mitarbeiter sie sich wieder wie einen Sack Kartoffeln über die Schulter warf, weil sie ansonsten einfach umgefallen wäre. So etwas würde bei mir im Club nie ablaufen! Nutten oder nicht!

Ich war zu weit hinten, um viel von ihr zu erkennen, aber das, was ich soeben gesehen hatte, gab mir fast den Rest.

»Hallooohooo? Willst du mit mir in den Darkroom gehen und ein bisschen von meinem Blut trinken?« Ach ja, die Fotze hatte ich ganz vergessen.

»Ich bin Vegetarier!«, blaffte ich sie an, denn Leo verkündete soeben, dass er die braunhaarige Schönheit tatsächlich für eine Nacht versteigern würde.

Zum Glück hatte ich genug Geld dabei und zum Glück lief alles glatt.

Auch wenn zwei andere Typen ganz schön hartnäckig waren. Der eine war Chinese und trug ein Pokemonkostüm, der andere hatte sich als Barbar verkleidet und machte mir dennoch weniger Sorgen als der Asiate. Zum Schluss musste ich tatsächlich bis 10.000 Scheinen gehen. Aber das war nichts! GAR. NICHTS!

Das Einzige, was ich inzwischen echt dringend wusste, war, dass ich zu ihr musste. Ich musste sehen, wie es ihr ging. Musste ihr zeigen, dass ich sie nicht hier verrecken lassen würde. NIEMALS!

Ich wurde von einem großen mit Öl eingeriebenen Typen geholt, der nur schwarze enge Shorts trug. Tom und Phil wollten mit uns gehen, aber ich befahl ihnen, zurückzubleiben, ansonsten wäre es zu auffällig gewesen. Im hinteren Bund meiner Hose steckte mein Baby Nummer drei, das gab mir genug Sicherheit. Außerdem hatte ich im Zweifelsfall immer noch meine Fäuste. Es war besser, wenn meine Brüder in sicherem Abstand warten würden. Darauf vorbereitet unter Umständen einzugreifen.

»Du wirst deinen Spaß mit der kleinen Schnecke haben ... Ich hab noch nie jemanden gehört, der *so laut* schreit!« Der Ölige grinste widerlich, als er mich eine Etage tiefer in den einzigen Extraraum führte – den SM-Keller.

Ich wollte ihm fast antworten, dass Schmerzschreie nichts gegen ihre Lustschreie waren, und dass er ein abgefuckter Drecksack war, der diesen Tag allein wegen dieser Bemerkung nicht überleben würde, aber ich verkniff es mir. Schließlich nahm er an, ich wäre genauso krank wie Francesco oder die anderen Wichser, die nur Befriedigung erfahren konnten, indem sie eine unschuldige Person brachen. Wann immer ich mich daran erinnerte, dass ich auch mal so gedacht hatte, schüttelte mich der Ekel. Zum Glück war es MIR nie gelungen, denn tief in meinem Inneren war ich immer der alte Tristan gewesen und der hatte nicht zugelassen, dass ich sie zerstörte ... Weil ich andernfalls selbst daran zugrunde gegangen wäre.

Wir blieben vor der pechschwarzen Tür stehen und der eingeölte Arsch grinste mich noch mal an. Er musste sich mal wieder rasieren, fand ich, so einen Bart hätte ich nicht durchgehen lassen.

»Kann sein, dass du ihr erst mal etwas kaltes Wasser ins Gesicht schütten musst.« Mit diesen Worten öffnete er die Tür. »Viel Spaß ...«

Ich biss die Zähne aufeinander und ballte die Hände zu Fäusten, um ihm nicht sein Nasenbein schnurstracks in den verdammten Schädel zu rammen und betrat das Zimmer. Sobald er hinter mir die Tür geschlossen hatte, sperrte ich von innen zu.

Eilig sah ich mich um. Der Raum war groß, kalt und mit dem üblichen Inventar ausgestattet. An den Wänden hingen verschiedene Folterwerkzeuge. Es existierte sogar eine Streckbank. Ein Andreaskreuz. Ein Sessel. Ein großes Bett. Alles war mit Handschellen ausgestattet. An der Decke gab es ein Gitter, an dem man seine Sub festbinden konnte. Der Boden bestand aus teurem roten Marmor, aber im Großen und Ganzen kam dieser Raum nicht im Geringsten an meinen SM-Keller ran ... Und ich hatte ja auch noch neun weitere Zimmer.

Auf dem Bett entdeckte ich sie. Mein Mädchen lag zusammengerollt auf der Seite und schlief wohl ... dabei weinte sie und schmiss sich herum, ihre langen Haare klebten dunkel und nass in dem viel zu bleichen Gesicht. Sie wimmerte voller Verzweiflung. »Tristan ...« und warf sich auf den Rücken.

FUCK!

Mit zwei Schritten war ich bei ihr und setzte mich auf den Bettrand.

»Baby, ich bin hier«, flüsterte ich, strich ihr die feuchten Strähnen aus der Stirn, und wusste, sie konnte mich im Schlaf hören, so wie immer ...

»Bitte ... ich hab Angst ... Bitte ... Verlass mich nicht ...« Keuchend drehte sie sich wieder auf die Seite und klammerte sich an meinem Schenkel fest. Und sie dämmerte immer noch. Mir zerriss es fast das Herz, mit zitternden Fingern wischte ich ihre Tränen fort.

»Mia-Baby ... ich bin hier. Wach auf!«, wisperte ich und kniete mich neben das Bett, um sie wieder zu streicheln und meine Stirn an ihre zu lehnen. Mia entspannte sich sofort, und als ich mich etwas mehr vorbeugte, bemerkte ich, dass sie nach saurem Schweiß roch. SCHEISSE, SCHEISSE, SCHEISSE!

Die nächste Krise bekam ich, weil ich getrocknetes Blut in ihren Haaren fühlte, als ich ihren Kopf umfasste ... sobald ich die feuchten Strähnen vorsichtig auseinander schob, erkannte ich eine Platzwunde. Mia wimmerte, während ich sie vorsichtig untersuchte.

»FUCK, Baby ... Fuck!«, fluchte ich verhalten und betrachtete ihr bekümmertes hübsches Gesicht. Die verkniffenen Lider ... die angespannte Stirn ... die zusammengepressten, aufgeplatzten Lippen.

Fuck ...

Sie reagierte auf meinen leisen Fluch, denn plötzlich umspielte ein kleines Lächeln ihre Mundwinkel. Natürlich wusste ich, dass ich wieder mal ihre Träume manipulierte, so wie in der Nacht, als ich sie in ihrem Bett geleckt hatte, während Francesco schlafend daneben gelegen hatte. Zum Glück, oder sollte ich sagen leider, hatte sie meine leise gewisperten Worte damals nicht wirklich gecheckt.

Ich wollte gar nicht wissen, was sie alles hatte tun müssen. Wie hatte es nur so weit kommen können?

»Tristan ... du bist hier ... du hast mich nicht vergessen«, raunte sie heiser ...

»Ich würde dich nie vergessen.« Erneut lehnte ich meine Stirn gegen ihre und streichelte ihre Wange – wollte sie noch ein paar Minuten schlafen lassen, bevor ich sie rausbringen würde.

»Du bist mein strahlender Held mit dem knallroten Audi und den dreckigen Gedanken ...« Sie lächelte breiter und die Sonne ging auf. Ich seufzte.

»Nein ... ich bin der gewissenlose Vampir, der seine Zähne dann in deinen Hals gräbt, wenn du es am wenigsten erwartest und dich zum Abschluss den Löwen zum Fraß überlässt«, flüsterte ich zurück und sie runzelte ungehalten ihre Stirn ... Das passte wohl nicht in ihr Delirium, in dem sie gerade schwebte.

Doch dann fingen ihre Lider an, zu flattern, ihre langen Wimpern warfen Schatten auf ihre bleichen Wangen, ihr Atem wurde hektischer und sie kniff die Augen zusammen. Ich wusste, sie wollte nicht aufwachen und auch genau, weshalb. Sie hatte Angst – genauso wie ich. Ich fürchtete den Ausdruck, mit dem sie mich bedenken würde, nachdem was sie durchgemacht hatte.

Sie kämpfte gegen ihr Bewusstsein ... verlor allerdings ihre Schlacht ... denn mit einem Mal hellwach öffnete sie die Augen, und schaute direkt in meine. Wir waren nur ein paar Zentimeter voneinander entfernt. Aber ich zischte, als mich ihr Blick wie eine Bombe traf. Von ihrer einstigen Lebendigkeit konnte ich nichts mehr erkennen, keinerlei Emotionen spiegelten sich in dem Karamell. Ich hätte genauso gut einer Leiche in die Augen schauen können. Da war ... nichts ... NICHTS.

»Baby?«, fragte ich nach ein paar Sekunden, als ich mich von dem ersten Schreck erholt hatte.

Sie reagierte nicht und sah mich nur starr an, das bereitete mir zunehmend Angst. Ruckartig richtete ich mich auf, doch sie blieb genauso auf der Seite liegen. Das Einzige, was überhaupt passierte, war, dass ihr Körper anfing zu beben. Sie musste einen verdammten Schock erlitten haben.

»Mia!« Ich drehte sie auf den Rücken und schaute leicht panisch auf sie hinab. »BABY? Erkennst du mich?«

Nichts ...

»Fuck!« Hektisch fuhr ich mir durch die Haare und schloss einen Moment die Lider, denn ich konnte diesen Todesblick nicht ertragen.

Nur schwer beruhigte ich mich gedanklich. Vermutlich hatte sie nur einen Schock. Wer konnte es ihr verdenken, nach allem, was sie hatte durchmachen müssen ...

Sobald ich mir dies vergegenwärtigt hatte, schaute ich sie fest an.

»Hör mir zu, Baby. Ich bin jetzt hier. Phil und Tom sind auch hier, also wird dir nichts mehr geschehen. Bevor dich noch jemand anfasst, sterbe ich! Und keine Angst ... bevor ich krepiere, tun das erst die anderen. Ich werde nicht zulassen, dass dir noch irgendjemand etwas antut ...« Ich wartete auf eine kleine Reaktion – ein Aufblitzen, eine Handbewegung, ein Wort. Doch es passierte nichts. Sie starrte mich einfach nur an.

OH, FUCK! Mit ihrem Verhalten machte sie mich ungewohnt nervös, aber ich ließ mir nichts anmerken. Um ihre geistige Verfassung würde ich mich später kümmern, jetzt musste sie erst mal RAUS HIER!

»Wir verschwinden jetzt, Baby.« Vorsichtig richtete ich ihren zierlichen, vertrauen Körper auf und ließ mich von ihrem Blick nicht beirren, als ich ihr meinen Mantel anzog und ihn zuknöpfte. Er war ihr viel zu groß, aber er bedeckte und wärmte sie, und ihr Gesicht entspannte sich für eine Millisekunde. Vorsichtig hob ich sie auf meine Arme. Sie biss die Zähne zusammen, klammerte sich aber zitternd an mir fest.

Mein erster Impuls war, brüllend durch den Club zu rennen und jedem eine Kugel zu verpassen, der hiermit etwas zu tun hatte. Aber sie kam an erster Stelle. Meine Rache ... meine wilde, blutrünstige Rache, musste leider warten ...

Womöglich war es auch von Vorteil, dass sie jetzt Leo gehörte. Francesco hing emotional an ihr. Auf seine kranke und abgedrehte Art. Leo hingegen ging es in erster Linie ums Geld, und ich würde jede gottverdammte Summe zahlen, um sie hier rauszukriegen. Ich beschloss, es erst mal auf gutem Wege zu probieren. Aber wenn er sie mir nicht geben würde, dann war er ein toter Mann. VERDAMMT! Wieder einmal fragte ich mich, warum ich das nicht hatte früher kommen sehen. Wieso hatte ich unterschätzt, welche Gefahr er wirklich darstellte? Wieso hatte ich so etwas zugelassen?

Ich hatte keine Zeit mehr zu verlieren. Als ich die Tür des Kellers öffnete, erlitt ich fast einen Herzinfarkt, weil etwas Zotteliges auf mich zukam, doch dann erkannte ich, dass es sich um Phil handelte, der Tom im Schlepptau hatte. Außerdem lag der ölige Wichser reglos vor meinen Füßen.

»SCHEISSE!«, riefen sie gleichzeitig, sobald sie Mia erblickten, die sich an meinem Shirt festklammerte und ihr Gesicht an meiner Brust vergraben hatte. Sie zitterte immer noch und weinte leise vor sich hin. Mittlerweile fragte ich mich beklommen, ob sie jemals wieder damit aufhören und sich erholen würde. Eilig informierte ich meine Brüder über die derzeitige Lage.

»Ihr bringt sie hier raus und nach Hause. Ich rede mit Leo. Tom nimm Mia! Phil die Knarre. Schieß jedem in den Schädel, der euch aufhalten will ...« Ich wollte weiter reden, aber dann sah ich, WIE VERSCHWITZT Phil schon war. Ihm lief der Schweiß bereits in die Augen, was mies war, weil er somit im Falle eines Schusswechsels ziemlich blind wäre. Einen Kommentar konnte ich mir beim besten Willen nicht verkneifen. »Oder vertreibe sie meinetwegen mit deinem Schweißgeruch. Aber bring sie hier SICHER RAUS und ruf dann Dr. Banner an. Er soll sofort kommen, wenn ihr im Club seid!«

Tom hielt mir seine Arme entgegen, doch ich zögerte noch, weigerte mich, sie aus meinem direkten Schutz zu entlassen. »Tomas. Ich gebe dir jetzt mein verdammtes Leben.«

»Ich weiß, Tristan«, erwiderte er fest und bestimmt, ohne den Hauch von Spott in der Stimme. Seufzend wollte ich sie zu ihm schieben, aber sie verfügte trotz der Strapazen, die sie durchgemacht hatte, über immense Kraft.

Mit dieser krallte sie sich an mir fest und presste ihr Gesicht an mein Shirt.

»Fuck ... Mia ... Dir wird nichts mehr passieren. Das sind meine Brüder. Ich würde dich keinem anderen anvertrauen! Bitte Baby, lass los ...« Während ich verzweifelt auf sie einredete, legte ich meine Lippen an ihre Schläfe, doch sie ließ nicht los, fing stattdessen laut an zu schluchzen und noch ein bisschen mehr zu zittern. Ich brachte es kaum übers Herz, doch es war unumgänglich, deshalb löste ich ihre Fäuste gewaltsam von mir, denn ich wollte sie hier endlich raus haben!

»Nimm sie jetzt!«

Er riss sie förmlich von mir los und sie taten gut daran, sofort die Kurve zu kratzen. Ich wusste, sie würden sie hier raus bringen. Phil, der Yeti, würde jeden über den Haufen rennen, der sich ihnen in den Weg stellte, aber das würde er gar nicht müssen. Wenn jemand die beiden des Diebstahls bezichtigte, würde Tom schon eine einleuchtende Geschichte für JEDES mögliche Szenario parat haben. Er war unglaublich, wenn er jemanden von etwas überzeugen wollte.

Ich trat über den bewusstlosen Körper des Türstehers (Phil oder Tom hatten mir den ganzen Spaß genommen, denn es war einfach nicht dasselbe einen Ohnmächtigen zu erschießen), der eigentlich vor dem verlassenen SM-Keller Wache halten sollte, holte meine Knarre hervor und ging auf dem kürzesten Weg hinauf zu Leos Büro.

Das Klopfen ließ ich ausfallen und riss die Tür einfach mit gezogener Waffe auf. Auf Mätzchen hatte ich nämlich derzeit absolut keinen Bock.

Leo war allein und schniefte gerade eine Line mit Hilfe eines Spiegels am Schreibtisch, auf dem gestern noch Francesco mein Mädchen betatscht hatte. Als ich mit Baby Nummer drei eingelaufen kam, mit dem Fuß die Tür hinter mir zuknallte, schaute er nur kurz auf und rotzte erst mal seelenruhig fertig, bevor er sich zurücklehnte und mich anlächelte wie der nette Opa, der gerade Besuch von seinem Enkel bekommt. Es gab für mich nur eins zu sagen.

»Sie gehört mir!«

»Oh, Tristan ... nimm deine Smith & Wesson runter und probiere. Das iste das Kolumbianische ...«

»Nein, danke!« Er wollte mir schon eine aufziehen, aber dann legte er die Karten wieder hin. Es war außer uns niemand anwesend, Leo wirkte ganz entspannt und keineswegs kampflustig. Also ließ ich die Waffe sinken, baute mich vor seinem Tisch auf und zückte mein Scheckbuch.

»Wie viel?« Leos immer vorhandener Geschäftssinn blitzte in den kalten Augen auf und er lächelte schwach.

»Das kommte darauf an, wie viel sie dir werte ist.« Normalerweise war ich ein guter Geschäftsmann mit dem perfekten Pokerface, aber nicht jetzt, denn es schoss sofort aus mir raus – Schande über meinen verdammten Pussyarsch.

»ALLES!« Leos Lächeln wurde breiter, war jetzt schon fast ein richtiges, er lehnte sich in seinem Sessel zurück, legte die Fingerspitzen aneinander und beobachtete mich wie die Schlange ihre Beute.

»Verdammt, spuck es einfach aus!«

»Du liebste sie, hm?« Mit der Frage hätte ich jetzt nicht gerechnet. Sie ließ meine Beine plötzlich schwach werden, sodass ich mich setzen musste, was ich auch tat.

»Ist das nicht offensichtlich?«, erkundigte ich mich resigniert und strich mir mit einer Hand übers Gesicht.

»Was hat diese ragazza nur an sich?«, sinnierte er. Ich lachte lediglich trocken. Denn das hatte ich schon vor acht Jahren herausgefunden.

»Sie ist die Beste!« *Und sie gehört mir!*

»Das hat de Francesco auch gesagt ...«, meinte Leo nachdenklich. Ich bemerkte ein ätzendes Zucken in meiner Wange ... und mein Finger wollte abdrücken.

»Du hast gewusst, was für kranke Scheiße er mit ihr abgezogen hat?«

»No!«, rief er sofort, fast schon empört. »Das wusste ich nichte. Ich ware bei Mama ... Sie machte tollste Spaghetti mit de Pesto ...« Sein Blick sagte mir, dass er nicht log. Aber ich hatte jetzt keine Nerven, mich von ihm mit seinen unendlichen Geschichten vollschwafeln zu lassen. Leo war sicher schon um die zweihundert, und wenn er einmal ein Opfer gefunden hatte, das ihm zuhörte, dann gab es kein Halten mehr. Dabei wollte ich doch nur zu meinem Mädchen. Sonst nichts! Verdammt!

»Sag mir einfach, was du für sie willst«, wiederholte ich also gefasst, und nahm das Scheckbuch, das ich auf den Tisch geschmissen hatte.

Leo schaute mich einige Sekunden an, seine dunklen blutunterlaufenen Augen blitzten auf. Dabei grinste er süffisant und konterte ...

»Deine Club.«

Ich schluckte. »Meinen Club?«

»Si, deine Club«, erwiderte er schlicht und fing an, sich seelenruhig eine neue Nase aufzuziehen.

FUCK! MEINEN CLUB! Mein Imperium, das ich mir mit meinen eigenen Händen aufgebaut hatte? Mein ganzer Stolz, für den ich mir den Arsch aufgerissen und so viele Strapazen in Kauf genommen hatte?

»Wenn du ALLES für sie geben würdest, ist deine Club doch nichts, oder?«, fügte er mit einem stillen Lächeln hinzu, bevor er sich wieder seiner Line widmete.

Ich schluckte – hart ...

12. TOTE AUGEN

Tristan ›caring‹ Wrangler

Als ich bei mir im Club ankam, war es fast Morgen. Die Sonne ging schon hinter dem Nebel über der Stadt auf, die ich von hier oben perfekt überblicken konnte. Ich lehnte mich noch für drei Minuten an mein Auto, zündete mir eine Zigarette an und genoss den beruhigenden Rauch, der in meine Lungen strömte.

Erschöpft ließ ich meinen Kopf nach vorne hängen und atmete tief durch ...

Phils weißer Mercedes, den meine Brüder genommen hatten, stand auf dem Parkplatz und sie hatten mir eine Nachricht geschrieben, dass sie heil angekommen waren. Mein Gespräch mit Leo hatte nur zehn Minuten gedauert ... demnach hatte ich nicht lange benötigt, um hierher zu gelangen.

Mia war in Sicherheit ... also ebbte mein Adrenalinspiegel langsam ab und ich fühlte mich irgendwann einfach nur ... erschöpft.

Und ehrlich gesagt verspürte ich etwas Angst davor, jetzt da rein zu gehen und wieder in diese toten Augen sehen zu müssen. Gleichzeitig wusste ich jedoch, dass ich das mit ihr Durchstehen musste, komme, was wolle. Denn sie war mein Mädchen und ich der Einzige, der IRGENDWAS für sie tun konnte.

Aber vielleicht hasste sie mich jetzt auch? Vielleicht hatten wir die Rollen getauscht? Vielleicht hatte sie verstanden, dass ich nicht gut für sie war, dass ich sie in die Scheiße reingezogen hatte. Obwohl sie Francesco, den Psychopathen, ja ohne mich kennengelernt hatte ... Trotzdem, ich würde es ihr nicht verübeln, wenn sie mir die Schuld an all dem geben würde. Ich hielt es ja selbst auch nicht anders. Meine Gedanken gingen allesamt in düstere, niederschmetternde Richtungen, was mich zusätzlich fertigmachte.

Alles in meinem Inneren zog sich wild protestierend zusammen, sobald ich daran dachte, dass ich sie verloren haben könnte. Aber sollte sie gehen wollen, würde ich sie ziehen lassen, auch wenn sie mein Herz mal wieder als blinden Passagier mitnehmen würde.

Aber diesen Verlust würde ich irgendwie überleben – solange ich sie dann nur in Sicherheit wusste. Und davon überzeugt sein konnte, dass sie von dem ganzen Dreck hier meilenweit entfernt war ... ohne Gefahren, ohne Angst.

Aggressiv schnipste ich meine halb gerauchte Kippe weg, und strich mir mit beiden Händen durch die fettigen Haare, bevor ich mich abrupt abwandte und ins Haus ging. Ich musste dringend duschen. Ich stank. Ich hatte geschwitzt. Ich hatte geheult. Es war alles ekelhaft.

Tom, Vivi, Katha, Phil, Georgi, Garrett, Lena und sogar Mary saßen in der Küche. Keiner redete ein Wort, sie schwiegen sich an, wobei jeder eine dampfende Tasse in seinen Händen hielt.

»Wo ist sie?« War das Erste, was ich fragte, denn mit einem Mal konnte ich nicht schnell genug bei ihr sein.

»Oben.« Vivi sah von ihrer Tasse auf und wirkte wie ein Zombie mit ihren dicken Tränensäcken.

»War der Arzt schon da?«

»Ja ... aber sie hat sich nicht untersuchen lassen«, erwiderte sie, und fuhr einen Tick leiser fort »Ich habe versucht mit ihr zu reden. Aber sie spricht nicht, schaut mich nicht mal an. Als wäre ich nicht da ... Sie hat sich von mir auch nicht umziehen lassen ... Nichts ...« Nur bei der Erinnerung daran klang sie bereits ziemlich verzweifelt, was in etwa meine Gefühlswelt widerspiegelte. Nur nicht so intensiv.

»Ich werde jetzt zu ihr gehen!« Damit drehte ich mich um, doch Tommy stoppte mich.

»Sie hat sich eingeschlossen und macht keinem die Tür auf.«

»Glaubst du, ich lasse mich von ein bisschen Holz aufhalten?« Erneut wollte ich den Raum verlassen, doch diesmal rief Phil mich zurück.

»HEY! Wie lief es bei Leo?«

Ich seufzte schwer »Frag nicht«, bevor ich die Küche endgültig verließ, und über mein Büro die Treppen nach oben nahm. Die anderen hatten recht gehabt, es war tatsächlich abgeschlossen.

»Mia?«, rief ich und war nicht verwundert, als ich keine Antwort bekam. »Baby, bitte mach auf!« Sie rührte sich nicht. Also ging ich schnaubend die Stufen hinunter und kramte in meinem Schreibtisch nach dem Zweitschlüssel. Als ich ihn gefunden hatte, stieg ich erneut nach oben und sperrte einfach auf.

Ich entdeckte sie sofort. Sie saß vor der Glasscheibe in einem Sessel, eingemummelt in eine Decke, die Knie bis unters Kinn angezogen und die Hände um die Beine geschlungen. Ihre Wange lag auf ihrem Knie und ihr Blick ... machte mich fertig. Schon wieder. Teilnahmslos betrachtete sie die leuchtende Stadt mit der aufgehenden Sonne dahinter, wobei sie wie ein gefallener Engel in das goldene Licht der ersten Sonnenstrahlen gehüllt wurde.

In mir schrie alles, als ich sie so gebrochen da sitzen sah. Aber ich wusste, ich war der Einzige der uns beiden helfen konnte, deshalb fiel ein hysterischer Zusammenbruch meinerseits immer noch aus.

»Baby?« Nachdem ich mir die Schuhe ausgezogen hatte, ging ich langsam auf sie zu, doch sie reagierte nicht auf meine leise Stimme. Ich trat hinter sie, wusste einen Moment nicht, was ich tun sollte. Aber dann fiel mir das vertrocknete Blut in ihren Haaren wieder auf, und ich wusste, ich musste mich JETZT sofort über ihren körperlichen Zustand informieren!

Also umrundete ich sie, berührte sie aber nicht, sondern hockte mich vor sie und schaute sie an. Mia nahm mich nicht wahr, starrte stattdessen an mir vorbei nach draußen, als wäre ich Luft. Es war das Schrecklichste, was ich bisher erlebt hatte. Undenkbar und vernichtend.

Mia Engel SAH MICH NICHT!

»Mia, ich muss wissen, ob du schwer verletzt bist ...«, versuchte ich zu erklären und nahm ihre eiskalten Hände in meine. Als ich sie an meine Lippen und mein Gesicht drückte, reagierte sie nicht ... doch sie zog sie auch nicht zurück. Ich brauchte noch ein paar Minuten, um ihre duftende Haut zu riechen und die vertraute Weichheit zu fühlen. Nur, um mich zu vergewissern, dass sie noch lebte. Denn das war das Wichtigste im Moment. Sie war nicht tot ... Zumindest nicht körperlich ...

Nur leider zeigte sie keinerlei Anzeichen, dass sie meine Anwesenheit bemerkte, ihre kleinen Hände lagen schlapp in meinen, und eher nebenbei registrierte ich, dass meine Sicht verschwamm und sich Feuchtigkeit in meinen Augen sammelte. Bevor es jedoch zum Äußersten kommen und ich endgültig in Tränen ausbrechen konnte, riss ich mich mit aller Macht zusammen und räusperte mich.

»Ich werde dich zum Bett tragen.« Widerstandslos ließ sie sich von mir hochheben und auf die Matratze legen. Dabei hing sie regungslos in meinen Armen, zeigte nicht das geringste Erkennen oder irgendeine Anteilnahme. Verdammt, selbst für einen hysterischen Schrei wäre ich mittlerweile dankbar gewesen.

Noch immer hatte ich mich unter Kontrolle, zwang meine Hände dazu, nicht zu zittern und packte den Scheissreißverschluss ihres Scheisscatsuits.

Fuck! Nie wieder würde sie Lack tragen, so wahr ich Tristan der Scheißer war!

Ihr ganzer Körper zitterte, als ich den Reißverschluss öffnete, sie kniff ihre Augen zusammen und drehte ihr Gesicht von mir weg.

»Ich ziehe dich jetzt aus, Mia. Ich werde dich nicht sexuell berühren. Ich werde dir nicht wehtun ... Du kannst mir immer sagen, dass ich meine Finger von dir lassen soll. Dann werde ich SOFORT aufhören ... Ich bins – vertrau mir«, flüsterte ich mit verdammt bebender Stimme – die hatte ich leider nicht unter Kontrolle –, und zog den Reißverschluss bis zu ihrem Schritt hinab. Sie zuckte zusammen, als ich mit meinen Knöcheln versehentlich ihren Intimbereich streifte und ich biss die Zähne aufeinander ...

Du musst jetzt stark sein! DU musst! Du Gott verdammter Arsch, SEI STARK! - hämmerte es in mir, während ich die ersten Tränen auf meinen Wangen spürte und NICHTS dagegen tun konnte.

Bebend atmete ich tief durch, zwang mich, nicht in ihr Gesicht zu sehen, sondern betrachtete mit einem finalen Atemzug ihren Körper ...

... und stöhnte entsetzt auf ...

Sie schluchzte nicht und schniefte nicht. Aber es war, als hätte man einen Wasserhahn aufgedreht und es wirkte echt gruselig, wie die durchsichtigen Perlen plötzlich unentwegt über ihre bleichen Wangen rollten. Ihre Augen schienen nichts aufzunehmen, schon gar nicht mich, sondern fixierten weiterhin irgendeinen Punkt hinter mir. Ich konnte mich nicht darauf konzentrieren, denn das wäre das Aus gewesen. Allerdings war die Alternative auch nicht besser.

Ihr Körper. Ihr wunderschöner, perfekter Körper. MEIN KÖRPER.

Er war so ... kaputt ... es kostete mich jedes Quäntchen Mut, ihn anzusehen. Mia half mir nicht, als ich sie etwas hochhob und komplett aus dem Scheisslackteil befreite. Währenddessen schluckte ich an dem unaufhörlichen Schwall von Flüchen, die meine Zunge folterten und nach Außen strebten. Aber ich schaffte es nicht komplett. Als sie nackt war, setzte ich mich erneut auf die Kante des Bettes und berührte ganz sacht mit den Fingerspitzen ihre Wange ... Sie reagierte nicht sonderlich, nur ihr Zittern legte sich ein wenig.

»OH Fuck ... Mein Baby ...«, flüsterte ich, ohne es zu wollen, und begann meine Inspektion an ihrem Hals, der unter dem Kragen des Catsuits versteckt gewesen war. Er war blau ... eindeutig war sie gewürgt worden, die Male ließen keine andere Erklärung zu ... und das nicht nur einmal ... Außerdem machte ich verdammte BISSSPUREN auf ihrer feinen Haut aus.

Mein Blick wanderte weiter herab und ich verstärkte den Druck meiner Zähne in der Unterlippe so sehr, dass ich Blut schmeckte. Ihre gesamte, ansonsten so cremige helle Haut, war übersät mit Hämatomen, die gerade noch dabei waren, sich zu entwickeln. Man konnte genau *seine* verdammten Pranken auf ihr erkennen. Er hatte sie nicht einmal sanft angefasst, sondern ausschließlich brutal zugepackt ...

Aber nicht nur das ...

»Hat er etwa!« Ich beugte mich zu ihr herab und strich sehr vorsichtig über die kleinen kreisrunden Brandblasen, die besonders auf ihren Brüsten zu sehen waren.

Ich konnte es nicht glauben ... aber sie stammten eindeutig von glühenden Zigaretten.

Eine Welle der Übelkeit überrollte mich, riss mich mit sich und ich war für einen Moment versucht, mich neben das Bett zu knien und meinen Mageninhalt von mir zu geben. Bisher konnte ich diesen wahnsinnigen Drang unterdrücken – nur, wie lange noch?

Zwischendurch schlängelten sich heftige Knutschflecke über ihren gesamten Körper ... Ihre Beine waren auch mit blauen Flecken übersät ... die Hände und Beingelenke rot und blutig aufgeschürft ... Ich hatte Angst weiter nach unten zu sehen. WIRKLICHE Angst.

»Es tut mir so leid.« Hauchzart strich ich über ihre Blessuren. War so sanft zu ihr, wie ich konnte und kämpfte längst nicht mehr gegen die Tränen an, die an meinen Wangen herabliefen.

Sie waren von Grund auf ehrlich, wichtig und in dieser so furchtbaren Situation angebracht. Vielleicht der ultimative Beweis, dass ich noch ein Mensch mit funktionierendem Herzen war.

Ich konnte mir nicht mal ansatzweise vorstellen, was sie in den paar Stunden durchgemacht hatte und das ALLES war meine Schuld ...

Für einen kurzen Moment schloss ich die Augen, bevor ich mich zwang, sie wieder anzusehen.

»Mia ... darf ich deinen ... Intimbereich ... untersuchen?«
Fuck! Ich konnte einfach nicht Pussy sagen ... das ging nicht –
nicht in diesem Zusammenhang!

Sie erwiderte nichts und schaute mich nicht an. Die Tränen
liefen weiter, aber sie spreizte die Beine. GOTTSEIDANK!

Auch wenn selbst diese Geste etwas zutiefst Ergebenes und
Resigniertes an sich hatte. Denn ich ahnte – wusste in meinem
Innern vielleicht sogar –, dass sie es nicht für mich tat, so wie
sonst alles, sondern aus jener neuen Demut heraus, die ihr in den
vergangenen Stunden eingebläut worden war.

Ein übermächtiges Schluchzen stieg in meiner Kehle hinauf,
das ich in dieser Art seit mehr als zwei Jahrzehnten nicht mehr
gespürt hatte. In Wahrheit fühlte ich mich rein emotional
zurückversetzt, war teilweise wieder jener kleine Junge, der vor
den Scherben seiner Existenz gestanden und sich hilflos an die
Hand seines Vaters geklammert hatte. Nur langsam ging mir auf,
dass ich mich inmitten meines zweiten persönlichen Overkills
befand.

Nein, nicht der Dritte – im Vergleich zu dem Moment, als
meine Mutter sich umgebracht hatte und dem, was ich hier gerade
erlebte, war der Moment von Mias scheinbarem Verrat NICHTS
gewesen. Ein Fuck! Unvorstellbar, dass ich mich jemals so
wahnsinnig in diese Kleinigkeit hineingesteigert hatte. Zumindest
sah ich es jetzt so.

Ich atmete noch mal tief durch und kniete mich zwischen ihre
Beine. Dennoch zögerte ich, bevor ich so sanft wie möglich ihre
Unterschenkel berührte und die glatten Beine noch ein Stück
weiter öffnete. Sie wollte zucken, es entging mir nicht und wäre
nur natürlich gewesen. Doch eine neue Kraft, die es bis gestern
auch nicht gegeben hatte, hinderte sie erfolgreich und ließ sie nur
ein wenig ächzen.

»Sorry ... Fuck ...«, sagte ich hastig, schaute flüchtig zu ihr
auf, bevor ich ihre ramponierte Haut an den Knöcheln streichelte
und mich zwang, mein Lieblingskörperteil von ihr anzusehen.

Diesmal wurde mir nicht nur schlecht, sondern kotzübel und ich musste tatsächlich würgen. Auch wenn es mir gelang, die saure Flüssigkeit, die meine Speiseröhre bereits erobert hatte, nochmals zurückzudrängen.

Sie blutete dort!

Das konnte nicht wahr sein!

»Oh Gott!« Ich merkte, wie sich Schweiß auf meiner Stirn bildete und meine Magen unablässig rebellierte. Deswegen schloss ich erst mal die Augen und versuchte mich zu beruhigen. »Fuck ... Fuck ... Fuck ...«, murmelte ich vor mich hin und strich inzwischen sanft über ihre Unterschenkel. Sie sollte nicht meinen, dass ich sie auch nur eine Minute allein ließ.

Als die Übelkeit ein wenig nachgelassen hatte, öffnete ich die Lider erneut.

»Ich muss dich dort anfassen, okay? Ich werde dir nicht wehtun ...« Sie reagierte nicht weiter, also begab ich mich zum Waschbecken und befeuchtete ein paar weiche Tücher.

»Ich werde dich an den Rand legen, damit ich dich besser waschen kann.« Sehr vorsichtig, als wäre sie aus zerbrechlichem Porzellan, brachte ich sie in die gewünschte Position. Rechts und links stellte ich zwei Stühle hin, und platzierte ihre Beine darauf – das Ganze wirkte wie ein behelfsmäßiger Gynäkologenstuhl, was auch nicht dafür sorgte, dass es mir besser ging.

Ich kniete mich vor sie und wischte erst mal sehr vorsichtig das Blut weg. Verdammt ... ich war absolut nicht sicher, ob sie ins Krankenhaus und genäht werden musste ...

Sie biss die Zähne zusammen, als ich sie berührte, aber sie wich nicht vor mir zurück. Doch schon allein das Zähnezusammenbeißen zog an meiner Seele. Sie vertraute mir nicht mehr! *Mir*, der sonst mit ihr alles anstellen konnte, was er wollte.

Zum Glück war es ohne das Blut nicht so schlimm wie anfänglich angenommen. Trotzdem: Das Schwein war so was von tot! Er würde langsam krepieren, insgeheim verfluchte ich mich, meine ursprünglichen Pläne nicht gleich wahrgemacht zu haben.

All das wäre ihr nicht geschehen, hätte ich ihm in Mias Wohnung schon das Licht ausgeblasen. Zur Not hätte ich ihr Kopfhörer aufgesetzt und sie im Fernsehen Bambi sehen lassen. Nein, jetzt im Ernst, es wäre so einfach gewesen. Mia hätte ich unter einem Vorwand rausschicken können, während die Schreie des widerlichen Stück Drecks durch einen Knebel gedämpft worden wären. Obwohl, es wäre doch weitaus befriedigender alle geräuschhemmenden Elemente bei meiner Abrechnung wegzulassen. Denn ich wollte alles in mich aufsaugen, sein Stöhnen, Ächzen, sein Flehen und Betteln. Er sollte sich erniedrigen und vor Angst zugrunde gehen.

Allein seine Schreie würden mir den gigantischsten Orgasmus aller Zeiten bescheren. Und erst der Anblick seines verseuchten blutbeschmierten Körpers ...

Oh ... Fuck!

Tief in mir war ich ein total degeneriertes Arschloch und verdammt – ich liebte diese Seite an mir.

Doch all das musste warten, jetzt war erst einmal mein Mädchen dran. Mein geschundenes, vergewaltigtes, missbrauchtes, so hilfloses Mädchen ...

Einige irre Sekunden schmiegte ich mein Gesicht gegen ihren Schenkel und gestattete mir tatsächlich, die Beherrschung zu verlieren. Die Gefühle übermannten mich, und es war besser, das Ganze kontrolliert geschehen zu lassen, als dass ich mich in wilder Panik gewälzt hätte.

Im ersten Moment entging mir die Veränderung, und als es mir dann auffiel, war es mir nicht mal peinlich. Denn ich lehnte an ihren samtigen Oberschenkel und heulte wie ein verdammtes Baby.

Dabei hatte ich dazu nicht das geringste Recht! Mia war die Einzige, der so was zustand, wovon sie auch Gebrauch machte ... Wenigstens etwas ... Unter der Tränenflut murmelte ich immer wieder, wie leid es mir tat, dass ich das nie gewollt hatte und dass sie mir vergeben sollte. Ich flehte sie geradezu an, doch sie erhörte mich nicht.

Sobald es ging, riss ich mich zusammen, auch wenn es verdammt schwerfiel, denn der Kloß in meinem Hals wollte nicht verschwinden. Ich räusperte mich und stand auf. Sie musste vielleicht nicht genäht werden, doch auf jeden Fall versorgt, außerdem würde sie garantiert duschen wollen.

Ich an ihrer Stelle hätte es gewollt und nicht nur wegen des Blut/Schweißgemischs, das an ihr haftete.

»Mia? Würdest du dich gern waschen?«, erkundigte ich mich leise. »Soll ich dir ein Bad einlassen?«

Nichts.

»Es würde dir sicher gut tun ...«

Nichts.

»Fuck!«, fluchte ich leise vor mich hin und biss die Zähne aufeinander. Ich war gelinde gesagt überfordert. Denn im Grunde war ich ein egoistisches Arschloch, das sich null für die Psyche seiner Mitmenschen und den ganzen Scheiß interessierte.

Viel zu kompliziert, schwammig, peinlich und überhaupt.

Aber hier ging es um mein Mädchen ... was mich in gewisse Konflikte trieb. Mal wieder ...

»Okay Baby ...«, sagte ich, nachdem ich tief durchgeatmet und mir mit beiden Händen durch die Haare gestrichen hatte. »Ich werde dich jetzt einfach baden, ob du willst oder nicht ...« Damit marschierte ich ins angrenzende Bad und ließ schon mal Wasser einlaufen, natürlich ohne jegliche reizenden Zusätze. Als ich zurück ins Zimmer kam, lag sie immer noch unverändert da.

Entschlossen stellte ich mich so, dass sie mich ansehen musste.

»Ich werde dich jetzt ins Badezimmer tragen ... Mia.«

Ich rechnete schon gar nicht mehr mit einer Reaktion und genauso war es auch. Sie fing nicht an zu zittern, als ich sanft unter ihre Knie griff, um sie hochzuheben. Ihre kleinen Hände krallten sich allerdings sofort in meinem Shirt fest und ihr Gesicht presste sich an meinen Hals. Sie weinte nicht mehr, ansonsten blieb alles beim Alten.

Aber nur die Tatsache, dass sie sich so verzweifelt an *mir* festklammerte, sobald ich sie hochhob meinen Armen hielt, gab mir Hoffnung.

Demnach war ich immer noch ihr Tristan und sie war immer noch mein Mädchen.

Vorsichtig brachte ich sie ins Bad und setzte sie auf dem flauschigen Badvorleger ab. Was sich als gar nicht so einfach herausstellte, weil sie sich erneut weigerte, mich freizugeben. Doch letztendlich schaffte ich es, sie von mir zu lösen. Ihren zerstörten Zustand ignorierend – ansonsten wäre ich komplett verrückt geworden –, überlegte ich eine Sekunde, ob ich gleich mit ihr in die Badewanne gehen sollte, entschied mich aber sofort dagegen.

Ein jetzt schon sehr genervter Teil von mir wusste, dass es erst mal mit der Überallrumfickerei zu Ende war. Aber das bedeutete mir im Moment herzlich wenig.

»Jetzt werde ich dich ins Wasser heben. Halt dich an mir fest!«

Sie sah mich nicht an, aber schlang automatisch ihre Arme um meinen Hals. Doch als ich sie hinablassen wollte, lockerte sie keineswegs ihre Umklammerung. Ich verlor langsam aber sicher das Gleichgewicht.

»Baby ... du musst mich loslassen ... Fuck ... Mia!« Langsam geriet ich in Panik. Aber nichts da! Sie krallte sich so fest, als würde es den Weltuntergang bedeuten, wenn sie mich losließ. Also blieb mir wohl keine Wahl und ich musste mit. Angezogen oder nackt.

»Oh Mann!« Kurzerhand stieg ich ... mitsamt meiner Lederhose, meinem Shirt und der Shorts in das verdammte Wasser ... Zum Glück hatte ich meine Knarre im Büro gelassen. Was anderes blieb mir ja nicht übrig.

Vorsichtig setzte ich mich hin und ignorierte, wie ekelhaft es sich anfühlte, als meine Kleidung sich mit dem Wasser vollsaugte und an mir klebte. Die Badewanne war groß, weshalb es kein Problem war, Mia mit dem Rücken zu mir an meine Brust zu lehnen.

Sie ließ den Kopf an meine Schulter fallen und schloss die Augen, während ich mich zwanghaft davon abhielt, ihre Titten zu umfassen und sie sanft zu massieren. Ein Blick auf ihre Brandblasen genügte und jegliche Erotik verflog sofort.

»Ist die Temperatur so okay?«, fragte ich idiotischerweise. *Verdammt!*, sie würde mir ja sowieso nicht antworten. Ich ließ noch ein bisschen heißes Wasser einlaufen und nahm mir den roten Schwamm von der Ablage neben meiner Schulter.

»Ich werde dich jetzt waschen, Baby«, kündigte ich an und fing an, mit dem verkappten Sponge-Bob hauchzart über ihren Körper zu streichen. Dabei beschäftigte ich mich ausgiebig mit ihren Armen und ihrem Oberkörper, sparte ihren Intimbereich jedoch erst mal bewusst aus. Mir war so, als würde sie sich unter dem Schwamm einen kleinen Tick entspannen. Trotzdem war es nichts im Vergleich dazu, wie zufrieden sich ihr kleiner Körper früher unter meinen Händen gerekelt hatte.

Das widerliche Brennen in der Brust ignorierend, hob ich ihre Arme und sie hielt sich an meinem Nacken fest, während ich ihre Achseln wusch. Ab und zu hörte ich, wie sie die Zähne zusammenbiss, wenn ich über eine besonders ramponierte Stelle strich. Das war auch schon alles. Ich konnte mich nicht davon abhalten ihre Schläfe zu küssen, worauf sie sich komplett versteifte und so ließ ich es lieber bleiben.

»Sorry!«, entschuldigte ich mich hastig und hätte mir am liebsten in den verdammten Arsch getreten.

Nachdem ihr Oberkörper sauber war, schob ich sie ein Stück nach unten, sodass ich ihr die Haare waschen konnte. Ich war dabei vorsichtig und achtete darauf, ihre Platzwunde nicht zu berühren. Der Ausdruck auf ihrem Gesicht verriet nichts davon, was in ihrem Inneren vorging und die Stille machte mich von Minute zu Minute wahnsinniger.

Ein kleiner masochistischer Teil in mir wollte wissen, was genau passiert war. Ich wollte sie in den Armen halten und sie an meiner Brust weinen lassen. Ich wollte ihr sagen, dass ich sie liebte und immer lieben würde. Ich wollte ihr den Schmerz nehmen. Ihn mit ihr teilen. Ihr helfen, ihn zu bewältigen. Aber solange sie mich nicht an sich ran ließ, würde ich nichts davon tun können, und diese Machtlosigkeit fühlte sich erdrückend an.

Als ich mit ihren Haaren fertig war, stand ich auf und setzte mich zwischen ihre angewinkelten Beine. Dort wusch ich ihre wunderschönen Unterschenkel. Beschäftigte mich mit jedem einzelnen Zeh und massierte ausgiebig ihre Füße. Sie duldete es, zuckte nicht weg, aber sie zeigte mir auch nicht das Gegenteil.

Nachdem das Wasser nun fast kalt war, entschied ich, dass es reichte. Also erhob ich mich und ließ sie kurz allein, um mir die nassen, ekelhaften Klamotten vom Leib zu zerren. Dann hechtete ich ins Schlafzimmer, wo ich in eine schwarze Jogginghose sprang und mir ein weißes Muskelshirt überschmiss. Ein Nachthemd nahm ich für sie mit und kam in dem Moment rein, als sie mit dem Gesicht unter die Wasseroberfläche rutschte.

Verdammt, ich hätte es wissen müssen, versuchte nicht auszuflippen, hob sie aus der Wanne, trocknete sie ab und half ihr beim Anziehen. Nach wie vor zeigte sie keine Regung, zischte nur einmal, als ich ihr ein Höschen überstreifte. Zum wiederholten Mal kämpfte sich ein Knurren meine Kehle hoch. Francesco würde dafür büßen. Doppelt und dreifach. Für jede einzelne Wunde, die er meinem Mädchen zugefügt hatte, für jeden Albtraum, den er ihr beschert hatte. Er würde zahlen – mit seinem Leben.

Nachdem sie ein langes blaues Nachthemd anhatte, wollte ich sie in mein Bett legen, aber sie spielte wieder Klette und hielt mich erneut fest, weshalb ich kurzerhand mit ihr unter die Decke schlüpfte. Nun war ich zum ersten Mal in meinem Leben unsicher wie und ob ich sie im Bett anfassen sollte. Eine Entscheidung nahm sie mir ab, in dem sie ein Bein um meine Hüfte schlang und ihre Wange an meine Brust schmiegte ...

Dann weinte sie. Den ganzen verdammten Tag.

13. DIE ERWECKUNG

Tristan ›in Pain‹ Wrangler

Die nächsten Wochen änderte sich nichts. Mia fand einfach nicht aus ihrem Loch heraus.

Dabei versuchte ich wirklich alles. Stundenlang kniete ich vor ihr, streichelte ihr leeres Gesicht und flehte sie geradezu an, mit mir zu reden. Mir endlich zu sagen, was ich tun konnte, damit es ihr besser ging. Doch sie schwieg eisern, und meine Verzweiflung wuchs.

Es war, als würde ich mit einer atmenden Leiche zusammenleben.

Wenn wir gemeinsam in der Küche waren, saß sie starr und leblos auf meinem Schoß – das Gesicht mit geschlossenen Augen an meinem Hals vergraben. Ihre Fäuste, die sich an mein Shirt oder an meinen Nacken klammerten, lockerten sich für keinen Moment, als würde sie denken, dass sich alles noch mal wiederholen würde, sobald sie mich losließ.

In der Nacht schlief sie kaum, weil sie weinte. Und *wenn* sie schlief, hatte sie Albträume, rief nach mir, warf sich herum und flehte, dass er aufhören sollte. Bei diesen Gelegenheiten hatte sie mir nicht nur einmal aus Versehen eine reingehauen.

Ich konnte es kaum ertragen, neben ihr zu liegen, die Tränen an ihrem bleichen Gesicht hinablaufen zu sehen und sie schwach und zerbrechlich flehen oder gellend schreien zu hören.

Wenn ich arbeiten musste oder sie aus anderen Gründen nicht halten konnte, saß sie in meinem Zimmer auf ihrem Stuhl mit Stanley auf dem Schoß, und starrte mit leerem Blick über die Dächer der Stadt.

Ständig zitterte sie, es sei denn, ich war da.

In meiner Verzweiflung hatte ich Vivi, Phil, Tommy, und sogar Lena gebeten, mit ihr zu reden. Es war aber nie ein Dialog daraus entstanden, auch wenn Vivi jeden Tag versuchte, sie mit einzubeziehen und mit ihr zu plaudern, als wäre sie nicht ... traumatisiert.

Mit der Zeit machte sich in mir ein Gefühl der Leere breit, was wohl dem glich, was mein Mädchen fühlen musste. Natürlich waren das alles nur Mutmaßungen, aber ich war mit meinem Latein am Ende.

Sogar Katha hatte probiert, zu ihr durchzudringen, denn sie hatte in ihrer frühen Kindheit Ähnliches durchgemacht. Auch nachdem sie Mia unter Tränen ihre komplette Lebensgeschichte berichtet hatte, sprach diese kein Wort. Allerdings hatte Mia die Hand gehoben und sie auf Kathas bebenden Unterarm gelegt. Das war die heftigste Reaktion, die sie bisher gezeigt hatte. Ansonsten blieb alles beim Alten.

Wenn ich am Abend neben dem Bett kniete, meine Stirn an ihre lehnte und einfach nicht mehr KONNTE ... Wenn die Tränen stumm über meine Wangen liefen, ich hilflos schluchzte und ich für den Moment dachte, ich müsste verrückt werden, dann legte sich unvermutet ihre Hand auf meine Wange oder strich durch mein Haar. Mehr konnte sie für mich nicht tun. Und eigentlich machte ich ihr keinen Vorwurf daraus. Denn verdammt, keiner von uns konnte sich vorstellen, was sie erlebt hatte. Keiner konnte sich auch nur ansatzweise in sie hinein versetzen.

Keiner konnte ihr helfen.

Sie ging auch nicht zur Arbeit, was eine der schlimmsten Konsequenzen war, denn Robbie rief jeden Tag an und fragte nach seiner Mirti. Es brach mir das Herz ihm ständig aufs Neue sagen zu müssen, dass sie morgen *wieder* nicht kommen würde. Wegen dieser Sache wäre ich fast wütend auf sie geworden. Es war ja legitim, wenn sie *uns* im Stich ließ, aber Robbie ... vergötterte und BRAUCHTE sie! Noch mehr als ich ...

Ich tat mein Möglichstes, um ihn abzulenken, und verbrachte den Großteil meiner Freizeit mit ihm. Entweder ich nahm ihn mit ins Box-Studio, denn er liebte es, den starken Männern dort stundenlang zuzusehen oder mit mir zu trainieren.

Oder ich ging mit ihm an die Alz. Schmiss Steine über das Wasser oder gaffte eingesperrte Tiere im Zoo an. Verdammt ... ich hatte sogar einmal versucht, mit ihm Lebkuchen zu backen, war aber kläglich gescheitert. Mir war klar, dass ich Mia nicht ersetzen konnte, aber ich wollte Robbie so oft wie möglich ein Lächeln ins Gesicht zaubern, denn der kleine Scheißer hatte sich in mein Herz geschlichen. Es tat weh, die Enttäuschung zu hören, wenn ich ihm sagen musste, dass seine Mirti wieder nicht kommen würde und ihm damit jedes einzelne Mal das Herz zu brechen.

Ansonsten gab es auch noch einiges zu regeln. Im Heim führte ich ein paar Gespräche mit der Oberschwester, die mir regelmäßig schöne Augen machte. Mit Sicherheit hätte sie mir als Erste ihr Höschen an den Kopf geschmissen, wäre sie keine Nonne gewesen. Aber ganz davon abgesehen war sie Feuer und Flamme und voller Dankbarkeit, dass ich mich des kleinen Waisenhauses annahm und es renovieren lassen würde. Das war ja wohl das Mindeste. Vivi und Katha befanden sich schon in der Planungsphase, machten Entwürfe, redeten mit Schwester Carmen und den Behörden, damit alles losgehen konnte, sobald der Frühling anfing.

Und im Bezug auf mein Mädchen gab es ebenfalls ein paar Sachen zu erledigen. Denn verdammt, ich wollte SIE. Meine Geduld war langsam erschöpft. Jetzt, wo sie endlich wieder bei mir war, hätten wir beginnen können, unsere erträumte Zukunft umzusetzen. Aber ich kam einfach nicht an sie ran. Sie war so nah und doch unerreichbar. Manchmal fühlte es sich so an, als hätte ich sie schon wieder verloren. Als gäbe es sie nicht mehr. Als wäre mein Herz wieder verschwunden.

Ja ... in letzter Zeit passierte viel und alles schien an ihr vorbei zu gehen.

Als der erste Schnee fiel, und sich still und leise über das Land legte, genauso wie mein Mädchen sich benahm, war ich dermaßen verzweifelt, dass ich überlegte, sie einweisen zu lassen. Die Anmeldepapiere hatte ich bereits da. Die Therapeuten, die scharenweise ihre Aufwartung gemacht hatten, waren auch nicht zu ihr durchgedrungen, und ich hatte die besten Seelenklempner aus aller Welt kontaktiert und sie einfliegen lassen. Nur, um enttäuscht zu werden.

Also ... Klinik. Aber ich wusste, wenn ich sie dorthin bringen und sie sich wieder zitternd, weinend und vor allem verzweifelt an MICH klammern und mich stumm anflehen würde, sie nicht allein zu lassen, würde ich es nicht übers Herz bringen, ihr das letzte bisschen Schutz auch noch zu nehmen – mich. Anscheinend gelang es mir, ihr das zu vermitteln, wenn ich sie in den Armen hielt. Niemals könnte ich sie in diesem wehrlosen Zustand in die Obhut eines Fremden geben! Und so wurden die Papiere wieder zerrissen und weggeworfen.

Weihnachten näherte sich. Alles war bereit, doch ich konnte es ihr nicht sagen. Konnte es nicht tun, denn sie war noch tot.

Vivi dekorierte wie eine Verrückte mein Büro, die Küche und sogar mein Schlafzimmer. Mia saß nur stumm daneben und sah hinaus in die Welt, zu der sie nicht mehr gehörte. Ihre Seele war ein eingesperrter Vogel mit gebrochen Flügeln ... Ich musste sie irgendwie befreien ... und ihr zeigen, dass es sich lohnte wieder Mut zu fassen und zu fliegen. Aber dafür musste ich sie aus dem sicheren Nest stoßen, sie zu einer Reaktion zwingen.

Sonst würde ich sie ganz verlieren.

Garrett und Georgi hatten eines kalten Morgens dazu eine heftige Idee. Ich verwarf sie sofort entschieden, doch immer wieder kam sie mir in den Sinn. Sie klang so verrückt, dass es klappen könnte. Ich hatte versucht über Mitgefühl, über Verständnis, über Freundschaft und sogar über Liebe zu ihr durchzudringen – immer erfolglos.

Also blieb mir nur noch eine letzte Möglichkeit, bevor ich sie zwangseinweisen lassen würde, denn sie aß kaum, genauso wenig wie sie schlief. Ihr Gesundheitszustand gab mir ernsthaft zu denken.

So ging das nicht weiter.

Es war der 11. Dezember, als ich mich zu dem extremsten Schritt entschied. Ich hatte verdammten Schiss davor, ihr das anzutun, aber es führte kein Weg daran vorbei. Es musste sein.

Ich kannte Mia ... oder zumindest die alte, und ich wusste ganz genau, was sie normalerweise zum Ausflippen brachte – total. Dass ich ihr dafür noch mehr Schmerzen zufügen musste, war zwar eine Tatsache, aber momentan der mit Abstand dämlichste Gedanke, der mir kommen konnte. Ebenso wie der, dass ich sie dadurch komplett verlieren könnte. Alles, was zählte, war das verdammte Ergebnis!

Also musste ich das absolute Arschloch raushängen lassen. Ich musste ihr glaubhaft das Gefühl vermitteln, sie könnte *mich* verlieren. Denn ich wusste, dann würde ihr Kampfgeist wieder erwachen. Zumindest hoffte ich das.

Genauestens sprach ich alles mit Mary ab. Sie war die perfekte Komplizin, weil mein Mädchen sie nicht ausstehen konnte. Zwar wäre die Oberhobelschlunze dafür perfekt gewesen, aber die hatte ich kurzerhand an Leo verschenkt – als Zeichen des guten Willens.

Mary war fassungslos, als ich mit meiner Idee an sie herantrat, aber in ihren Augen leuchtete diese Gier auf, die ich bei den Schlunzen immer wahrnahm, wenn es um meinen Ficker ging. Natürlich sagte sie zu.

Schon ein paar Tage vor dem Masterplan fing ich an, mit ihr zu flirten. Und das nicht gerade subtil. Es tat weh zu sehen, wie sich Mia auf meinem Schoß versteifte. Wie sie den Atem anhielt, wenn ich Mary mit einem typischen Spruch auf den Arsch schlug, oder wenn ich sie vor meinem Mädchen blickfickte während ich zweideutige Andeutungen machte. Ich fühlte mich wie ein elendiger Verräter. Wie ein gewissenloser Penner. Wie das letzte Stück Dreck!

Aber allein schon diese kleinen Reaktionen sagten mir, dass ich mich mit meiner neuen Taktik auf dem richtigen Weg befand. Aber es war zu wenig. Ich musste sie zum AUSFLIPPEN bringen, musste mit einem gewaltigen Knall ihr Schneckenhaus sprengen.

Also ging ich einen Schritt weiter.

Ich verschloss den guten alten Tristan schön in sein Kästchen und stellte mich auf Tristan – absolutes Oberarschloch – ein. Ihre ausgeprägte Eifersucht war die stärkste Waffe, die ich im Kampf geben ihre Apathie benutzen konnte und unsere letzte Chance.

***

Es war schon abends und Schneeflocken rieselten lautlos vom Himmel herab als Mary und ich uns auf in mein Schlafzimmer machten, in dem Mia wieder auf ihrem Stuhl sitzen und vor sich hinstarren würde. Mary trug Arbeitskleidung, also ein zartes rosa Negligé, das ihre zierlichen Kurven vorteilhaft umspielte. Ich war immer noch in meinem legeren Look: graues Hemd und schwarze Jeans, als ich mein Schlafzimmer betrat und Mary sofort in meine Arme zog.

Verstohlen warf ich einen kurzen Blick durch den Raum.

Mia saß wie immer am Fenster. Ihr Kopf hatte sich uns nicht zugewandt, es war, als hätte sie uns nicht einmal bemerkt. Ich packte Mary abrupt am Arsch und sie keuchte auf. *Jetzt* versteifte sich Mia, worauf ich Mary hochhob, sie sofort ihre dünnen Beine um meine Hüften schlang und sich an mir festhielt.

»Boah ... Süße ... immer mit der Ruhe ...«, lachte ich heiser, als sie meinen Hals küsste und ich bemerkte, wie Mias Augen sich einen winzig kleinen Tick verengten, sie glitten zu uns. Dann wandte sie den Blick wieder ab.

VERDAMMT!

Ich fühlte mich so dermaßen SCHEISSE! Hier mit einer anderen Tusse vor meinem leidenden Mädchen rumzumachen. Aber es musste sein, denn mir blieb keine Alternative.

»Du hast doch nichts dagegen, wenn ich mich etwas vergnüge oder, Mia Baby?«, fragte ich sie und klang leicht abgelenkt. »Ich bin schließlich auch nur ein verdammter Mann und du lässt dich von mir ja nicht mehr ficken ... aber ... ich werde dir den Gefallen tun und ins Bad gehen ... Natürlich werde ich auch einen Gummi benutzen.« Verdammte Drecksfotzenscheiße!

Schon für mich war es die Hölle das auszusprechen.

Wie musste es dann erst ihr gehen? Aber ich konnte nichts weiter tun, als mich selber zu verfluchen, die Zähne zusammenzubeißen und weiterzuspielen.

Somit marschierte ich mit Mary auf den Hüften ins Bad, ohne mein Mädchen noch mal anzusehen.

FUCK ECHT! Wenn das nicht klappte, dann würde ich wirklich nicht mehr weiterwissen! Ich hatte eigentlich gehofft, dass sie SOFORT ausflippen würde ... aber anscheinend brauchte sie ein paar Minuten. Hoffentlich würde das ganze Theater überhaupt was bringen!

Nachdem ich die dünne Badtür hinter mir geschlossen und abgesperrt hatte, setzte ich Mary auf den Badewannenrand und zwinkerte ihr zu. Ich selbst pflanzte mich auf den geschlossenen Klodeckel und nahm die Zeitung von dem kleinen Beistelltisch, die dort immer lag, denn ich brauchte Lektüre beim Kacken.

Aja ... Der neue Audi war draußen, sogar mit Turbo-Funktion. DAS würde mein neues Baby Nummer zwei werden.

Während ich interessiert die Anzeige las, legte ich mit samtener Verführerstimme los. »Hmmm, Mary ... du weißt nicht, wie lange ich dich schon ficken will!« Sie schnappte sich die kleine Feile vom Waschbeckenrand und fing an, gelangweilt ihre langen Nägel zu bearbeiten.

»ICH wollte dich schon ficken, seitdem ich dich das erste Mal gesehen habe ... OHHH, du bist ein Gott!« Sie klang lüstern und erregt. Was kein Wunder war – jahrelange Telefonsexübung. Ich grinste hinter meiner Zeitung.

»Dann zeig mir, dass ich dein Gott bin!«

»OHHH ... jaaa ...«, keuchte sie lauter.

»Pack meinen ... äh ... Stab Gottes aus und geh auf die Knie«, rief ich hinterher.

»Woah ... Tristan ... ER IST SOOOO GROSS!« Mary tat so, als würde sie mich verwundert anblinzeln. Ich verdrehte die Augen und stöhnte ... »Das ist so geil. Man merkt, dass du Übung hast!«

»Ich bin besser als deine Leiche da drüben, hm? Vergiss sie

doch einfach u...«, murmelte sie und ich knickte eine Ecke der Zeitung um, um ihr einen warnenden Blick zuzuwerfen, woraufhin sie sofort verstummte.

»Halts Maul und blas weiter ... Oh ... yeah ...« Ich musste anscheinend noch eine Stufe weitergehen. »Okay, das reicht«, verkündete ich heiser. »Setz dich auf die Waschmaschine und mach die Beine breit!« Ich klatschte auf meinen nackten Unterarm. »Breiter, Mary ... Ich will dich *lecken!*«

»Tristan Edward Wrangler, WAGE ES NICHT, DEINE ZUNGE IN SIE ZU STECKEN!«, brüllte es von draußen. Gleichzeitig wurde damit mein wahrer Zweitname offenbart, den ich seit gefühlten Jahrzehnten sorgsam vor der Öffentlichkeit verborgen hielt. Meinen Geschwistern war es bei Todesstrafe verboten, ihn zu erwähnen. Zu peinlich!

Sofort durchschoss ein glühender Blitz meinen Bauch – keine Wut, das Gegenteil war der Fall!

Kein Scheißer auf diesem Planeten hätte glücklicher sein können! Sie klang laut, verzweifelt und irre. YEAH!

Ich senkte meine Zeitung und war einen Moment wie erstarrt, als ich ihre feste, grelle, hysterische Stimme vernahm, die sich anhörte wie eine Melodie! Fast hätte ich vor Mary zu heulen begonnen! Als sie anfing, an der Klinke zu rütteln und gegen die Tür zu hämmern, zuckte ich zusammen.

»MACH AUF VERDAMMT! Dann bring ich dich um!«

Mary schaute mich mit großen Augen an, denn sie hätte wohl nicht gedacht, dass die kleine Mia Engel so ein Organ hatte und vor allem nicht den Mumm, es mir gegenüber zu benutzen. Ich nickte stolz. »AUFMACHEN! HÖR AUF! FASS SIE NICHT AN! FASS IHN NICHT AN! FASST EUCH NICHT AN! AUFMAAACHEEEEN!« Die Klinke sprang so schnell auf und ab, dass ich nur vom Zusehen ein Schleudertrauma bekam.

»Du solltest ganz schnell gehen. Ich lenke sie ab«, flüsterte ich Mary zu und war mit einem Schritt bei der Tür.

»Baby, du reißt gleich die Klinke ab!«, scherzte ich, während ich sie öffnete.

Kaum war der Spalt groß genug, kam mir eine kleine feste Faust entgegengeflogen und landete direkt auf meinem Kiefer. WOW! Damit hätte ich nicht gerechnet!

»DU DRECKSAU!« Ich musste Mia nicht von Mary ablenken, die sofort aus dem Zimmer eilte, denn Mia war total auf mich fokussiert und zerrte mich am Hemd aus dem Bad. Wow! Unbändige Wut verleiht den Menschen wirklich ungeahnte Kräfte!

»Mir geht es Scheiße und du hast nichts besseres zu tun als deinen Ficker in eine andere zu stecken?! Sag mal, geht's noch?!« Mit großen Augen und offenem Mund schaute ich auf sie hinunter. Ihr Blick war nicht länger tot, sondern voller Leben. Da loderte ein wildes Feuer. Da war Verzweiflung und vor allem war da *Wahnsinn*. Letzteres gab mir *etwas* zu denken, aber wenigstens konnte ich davon ausgehen, auf dem richtigen Weg zu sein. Irgendwie.

Also verdrehte ich die Augen ... und gluckste.

»Sorry ... aber du weißt, ich bin ein Ficker ...«

»Du bist nur genauso ein Hurensohn, wie jeder andere Kerl!«, zischte sie zwischen den Zähnen hervor, und zerrte mich zum Bett. OH FUCK! Das würde hart werden. Sie zitterte am ganzen Körper, als sie mich grob auf die Matratze schubste und sich breitbeinig auf meine Hüften hockte.

Ganz plötzlich schlug sie mir erneut mit der Faust ins Gesicht. OH FUCKIGER FUCK! DAS tat tatsächlich weh!

»Soll ich dir zeigen, wie es sich anfühlt, so erniedrigt zu werden? Soll ich es dir zeigen?« Das war eindeutig eine rhetorische Frage, denn schon presste sie besitzergreifend ihre salzigen Lippen auf meine. Einen Moment drang ihre süße Zunge in meinen Mund ein, es war himmlisch. Als Nächstes hatte sie mir schon wieder mit der flachen Hand auf meinen sowieso schon leicht ziehenden Kiefer geklatscht.

»Hol dein Messer, Arschloch!«, befahl sie und stieg von mir runter. Wie eine Todesgöttin kniete sie sich aufs Bett und verschränkte die Arme vor der Brust. Ich starrte sie ein paar

Sekunden fassungslos an. Knallhart erwiderte sie meinen Blick, das lodernde Feuer des Kamins spiegelte sich in ihren nicht mehr zurechnungsfähigen, irre funkelnden Augen und tanzte gleichzeitig verlockend auf ihren zarten Zügen. Ihre langen Haare standen wirr ab, ihre zierliche Figur bebte. Die Ringe unter ihren Augen gaben ihr einen besonders dämonischen Touch oder einen durchgeknallten ... Das war vermutlich Ansichtssache.

Wenn ich an mein Messer in ihrer Hand dachte, bekam ich ein wenig Angst. Aber ich musste hier durch. Ich musste ihr helfen, auch wenn sie alles an mir auslassen würde, was sich die letzten Wochen in ihrem Inneren angestaut hatte. FUCK! Der Gedanke ließ mich erzittern, doch ich beugte mich vor und holte das Messer aus der Schublade meines Nachtkastens, das ich ihr mit der Klinge zu mir reichte. Sie packte es mit sicherem Griff, während ich sie wachsam betrachtete. Mein ganzer Körper war bis zum Bersten gespannt, bereit, mich in Sicherheit zu bringen, wenn sie jetzt damit wie eine wilde Furie auf mich losgehen würde. Sie starrte mich an, feurig und gleichzeitig doch eiskalt, und legte es schließlich mit einem winzig kleinem, überheblichen Grinsen neben sich aufs Bett. Ihre Stimme klang sanft. Ruhig. Emotionslos.

»Hat der große Tristan Wrangler etwa Angst vor seinem Mädchen?« Im nächsten Moment hatte sie mich schon wieder mit der flachen Hand ins Gesicht geschlagen.

OH FUCK! Diesmal zischte ich und fasste an meine Wange. Sie schwang ihr Bein über meine Hüfte, setzte sich auf mich, packte mein Hemd und riss es einfach auf. Die Knöpfe flogen quer übers Bett und landeten kullernd auf dem Boden.

»Zieh das aus, du notgeiler Arsch!« Wieder klatschte sie mir eine, und das immer nur auf die eine Seite!

»Kannst du mal die andere nehmen?« Ich konnte es mir nicht verkneifen und bekam umgehend dafür die Quittung – natürlich auf dieselbe Wange.

»Verdammt«, murmelte ich und sie zerrte mir das Hemd runter.

Sobald es auf dem Boden lag, stieß sie mich grob gegen meine Brust. Sie hätte mich zwar nicht wirklich umwerfen können, aber ich folgte ihrer Bewegung und legte mich auf den Rücken mittig aufs Bett. Fasziniert betrachtete sie meinen nackten Oberkörper.

»So perfekt ... so ... muskulös ...«, hauchte sie abwesend und ließ ihre Fingerspitzen über meine hart antrainierten Muskeln gleiten. »So rein ... so ... unverbraucht ...« Ich wusste, sie dachte gerade an die Narben auf ihrer einst so makellosen Haut und musste hart schlucken, als ihr fast schon sehnsüchtiger Blick sich von meinem Körper löste und sie mir kühl in die Augen sah. Fuck, ich hätte sofort ihre zerstörte Haut genommen und ihr stattdessen meine gegeben!

»Du bist der Traum einer jeden Frau. Ich sehe wie sie dich anglotzen ... Sehe, wie du sie in ihren Köpfen fickst ... Aber du gehörst NUR MIR und du fickst NUR MICH! Also werden wir dich ... *markieren.* Was hältst du davon, Baby?«, fragte sie verdächtig freundlich und nahm das Messer. Misstrauisch taxierte ich sie und musste dabei schwer gegen den Impuls ankämpfen, es ihr spontan zu entreißen. Doch dann ging ich im Kopf ihre Worte durch und mir wurde einiges klar. Wie sie mich ansah, mich berührte und was sie sagte ... Ich erkannte, dass sie genau das mit mir tat, was ihr Kleinschwanz angetan hatte.

Das war ihre Art der Bewältigung der Ereignisse, ihre Art mir alles zu erzählen. Denn SAGEN konnte sie es nicht. Aber sie konnte es mir ZEIGEN. Sie konnte ihren Schmerz wahrhaftig mit mir teilen ... Sie konnte ihn auf mich übertragen und ich würde ihn annehmen. Stumm, schweigend, reglos. Das war ich ihr schuldig. Körperlicher Schmerz bedeutete mir NICHTS, im Gegensatz zu der Bürde, die ich damit von ihr nahm. Und es WÜRDE ihr helfen, Macht über mich zu haben. *Besonders* über mich, weil ich sie in der Vergangenheit so oft dominiert hatte und sie immer nur das Opfer gewesen war. Ihre Therapie war es, aus der Opferrolle herauszufinden, indem sie selber zum Täter wurde.

Also biss ich die Zähne zusammen, als sie mir die Klinge an

meine Kehle hielt und leicht dagegen presste. Gleichzeitig beugte sie sich vor, sodass ihre Lippen beinahe meine berührten. Ihre Haare fielen zu beiden Seiten meines Gesichtes herab und hüllten uns ein.

»Wirst du ein braver Tristan sein?«, säuselte sie und drückte noch etwas fester zu.

Ich nickte und schluckte.

»Gut.« Zufrieden richtete sie sich auf und legte das Messer neben meinen Kopf auf das Kissen. Was sehr ablenkend war, denn sie trug nur eines meiner uralten weißen Shirts sowie ihre dunkelblauen Hotpants, und machte es sich auf mir richtig gemütlich.

Andächtig strich sie über meinen Oberkörper und neigte dabei leicht ihren Kopf zur Seite. So als würde sie sich seine Makellosigkeit noch mal einprägen wollen. Ihr musste wohl gerade klar geworden sein, dass ich nach ihrer Behandlung nie wieder so aussehen würde wie jetzt. Doch ich war bereit, den Preis zu zahlen, solange ich mein Mädchen zurückbekam. Gleichzeitig ballte ich die Hände zu Fäusten, als ich mich daran erinnerte, dass ALL DAS Francesco mit meinem Mädchen gemacht hatte.

Genüsslich summend beugte sie sich vor und ließ ihre weichen Lippen an meinem Kiefer entlang gleiten. Weiter nach unten, bis zu der Seite meines Halses. Sie leckte und nippte an meiner Haut und ich erschauerte, als ihr warmer Atem mich streifte.

»Wieso müsst ihr Männer eigentlich immer so schwanzgesteuert sein?« Damit biss sie mich ... HART. Ich packte das Bettlaken, um den Schmerz zu absorbieren und still liegen zu bleiben. Sie wusste, dass sie mich nicht festbinden musste. Sie wusste, dass sie alles an mir auslassen konnte. Sie vertraute mir komplett – endlich! So oft schon war fehlendes Vertrauen ihrerseits ein Problem gewesen! Jetzt hatte sie es überwunden.

Von mir konnte ich das nicht behaupten. Sie würde mich nicht umbringen, dessen war ich mir sicher, aber alles andere war mehr als ungewiss.

Wie sich unsere Rollen doch vertauscht hatten.

Klar war ... dass ich Schmerzen haben würde. Klar war, dass sie mich gerade dominierte, und die komplette Kontrolle über mich hatte ... Doch ich würde meine Seele für sie verkaufen, wenn es half.

Sie leckte über die Bissstelle an meinem Hals und ihre Lippen wanderten weiter hinab, als wäre nichts geschehen, bis zu meinem Schlüsselbein, an dem sie ausgiebig knabberte und saugte. »Wieso müsst ihr Männer immer nur an euch denken. An eure Befriedigung. An eure Bedürfnisse?« *BISS* und zwar mitten ins Schlüsselbein! Sie rammte ihre Zähne wirklich hart in mein Fleisch. Ich presste meine fester zusammen und schloss die Augen, als sie sich weiter nach unten arbeitete. Ich wollte nicht wissen, was mich ganz unten erwarten würde. *Wirklich nicht!*

Sie beschäftigte sich ausgiebig und wieder total unschuldig und sanft mit meinem rechten Nippel. Umkreise ihn mit der Zunge und saugte mit wunderbar weichen Lippen daran. Bis ich mich stöhnend auf dem Bett wand, er hart war und mein genauso harter Ficker auslief.

Dann kam der linke an die Reihe. Dort wo meine Tätowierung war. Sie verwöhnte auch ihn hingebungsvoll und zwirbelte den anderen Nippel zwischen ihren kleinen Fingern. Mein Herz schlug wie wild und der Schweiß brach auf meiner Stirn aus.

»DAS hier gehört mir. ALLES!« Dann biss sie mir in den Nippel. Ich keuchte auf, denn der Scheiß tat wirklich verdammt weh! Sie schaute wissend und mit einem schiefen Grinsen zu mir hoch, wie der sexy Teufel persönlich. Schwer atmend krallte ich mich fester in das Bettlaken, anstatt meine Hand, so wie sonst, in ihren Locken zu vergraben und sie von mir weg zu ziehen.

Mias Finger glitten währenddessen an meinem Bauch hinab. Zart. Langsam. Sie grinste breiter, als sie über meinen harten Schritt strich ... worauf ich leicht debil zurücklächelte ... Im nächsten Moment packte sie fest zu und hatte mich wortwörtlich an den Eiern.

»ARGH!« Nun krallte ich mich *richtig* unter mir fest und mein Rücken bog sich vor Schmerzen durch.

»Du glaubst du hast die Macht über mich? VERGISS ES! Das hast du nicht, denn du bist mein! In Wahrheit kann ich mit dir alles tun, was ich will ... in Wahrheit bist *du meine* Pussy ...«, raunte sie die volle verschissene Wahrheit und drückte fester zu. Ich wurde vor Schmerzen fast ohnmächtig und schloss gequält die Augen. Mein gesamter Körper war steif wie ein Brett.

»Fuck ... Mia!«, piepste ich.

»Halts Maul, Tristan!«, knurrte sie.

»Ich ... tue, was du willst ... ABER lass los ... Mia ... Marena!«, stammelte ich. Sie ließ los und ich sackte erleichtert zusammen, aber dafür klatschte sie mir schon wieder eine auf die besagte, sowieso schon pochende Wange.

»Nenn mich nie wieder Mia Marena!«, zischte sie warnend. OH FUCK! Sie war die perfekte Domina!

»Mia-Baby ... ist OKAY!« Ich keuchte noch etwas und war froh, dass der unsagbare Schmerz zwischen meinen Beinen immer mehr nachließ. Denn ich war weder der perfekte Sklave noch stand ich auf Folter. Sie sah mich noch ein paar Sekunden nachdenklich an.

»Weißt du eigentlich, was du mir alles angetan hast?«, verkündete sie fast schon schwach und mit einem Mal sprang sie auf die Beine. »Du wirst erfahren, wie es ist Schmerzen zu haben und Narben davonzutragen, die dich ein Leben lang daran erinnern werden.« Mit diesen Worten zog sie sich mein Shirt über den Kopf, entblößte sich vor mir. Ich schaute gequält ihren geschundenen Körper an. Die blassrosa kreisrunden Narben, die überall verteilt waren, und schluckte laut, denn der Anblick tat mir jedes Mal aufs Neue weh. Sie holte meine Kippen und ein Feuerzeug von dem Tischchen neben der Terrassentür.

FUCK!

Wortlos starrte ich sie an, als sie sich wieder gemütlich auf mich setzte und eine Zigarette aus der Schachtel nahm. Sie schob sie mir zwischen die Lippen und zündete sie an.

»Du siehst so verdammt sexy aus, wenn du rauchst. Darüber könnte man einen Porno drehen.« Noch einmal ließ sie mich tief ziehen, fixierte dabei fasziniert meine Lippen, die sich um den Filter legten. »Das reicht!« Damit hielt sie die Zigarette wie einen Stift mit zwei Fingern und senkte sie über meine linke Brust, sodass ich die Hitze der Glut spüren konnte, dabei schaute sie mir in die Augen.

»Du hast mir die letzten Wochen ständig zugeraunt, dass du alles auf dich nehmen würdest ... dass du dir nicht vorstellen kannst, was ich durchgemacht habe ... Soll ich dich fühlen lassen, wie es war?« Mit den sanften Worten drückte sie die Glut GANZ LEICHT gegen meine Haut. Mitten in das Herz meiner Tätowierung.

»ARGH ...« Mein Körper bäumte sich auf und ich krallte mich fester ins Bettzeug. Kniff die Lider und Zähne zusammen. Zwang mich dazu, sie *nicht* von mir runter zu stoßen.

»Tut das weh?« *Nein! Das ist wirklich ganz toll, Mia, verfickte Drecksscheiße noch mal! Wie eine Behandlung im Wellnesscenter!*

Sie ging noch einen Millimeter weiter runter, achtete aber darauf, dass meine Haut nicht verbrannt wurde. Fast schon hingebungsvoll fuhr sie mit der Zigarette über meinen kompletten Oberkörper.

Über meine linke Brust zu meiner rechten und an meinem Bauch herab. Eine heiße brennende Spur aus Schmerz. Am Bund meiner Hose hielt sie inne und schaute hoch in mein angespanntes Gesicht. Sie lächelte fröhlich, als sie bemerkte, wie ich mich quälte, und drückte mir die Kippe wieder zwischen die Lippen.

»Rauch!« Voller Elan beugte sie sich vor und küsste entschuldigend den Pfad, den sie so eben mit der Glut beschritten hatte. Ich stöhnte, denn ihre weichen Lippen waren ein heftiger

Gegensatz zu der Qual der Hitze. Ihre Haare kitzelten mein empfindliches Fleisch. Ihre Lippen entlockten mir leise Keucher.

»Ich hasse es Tristan ...«, murmelte sie, an meinem Bauchnabel und richtete sich leicht auf. Sie nahm das Messer und setzte plötzlich die Klinge zwischen meinen Brustmuskeln an.

»Ich hasse dich, weil du zweigeteilt bist. Ein Engel ...«, ohne Vorwarnung schnitt sie in mein Fleisch eine gerade Linie und ich presste die Lippen aufeinander, knurrte, warf meinen Kopf zurück ... »Und ein Teufel«, verkündete sie, als sie unten ankam. Der Schnitt brannte wie die Glut, doch ich hielt es mit zusammengepressten Zähnen gerade so aus, ohne zu schreien.

»Und doch liebe ich dich ... weil beide Seiten ein Teil von dir sind.« Sie leckte von unten bis oben über die Wunde. Sammelte das Blut genüsslich mit ihrer Zunge auf und summte dabei »Mmmhmm!« Unverhofft küsste sie mich. Blut und Mias süßer lieblicher Geschmack ... Ihre samtene Zunge, die meine besänftigte und gleichzeitig unterwarf.

Eine irre Mischung!

Das hier war so krank ... und so unsagbar erotisch auf einmal ...

Schwer atmend löste sie ihre Lippen von mir, strich mit der Klinge träge über meine Hose und meine Augen wurden etwas größer. Sie grinste dämonisch, als sie die Panik aufflackern sah.

»Hast du Angst?«, fragte sie mit diesem bösen Lächeln und leiser Stimme.

»Verdammt, JA!«, stieß ich hervor und provozierte bei ihr ein humorloses Lachen.

»Keine Angst, Baby ... IHM würde ich nie etwas antun.« Ich entspannte mich nur etwas, denn im Moment hätte ich ihr alles zugetraut.

Sie öffnete meine Jeans.

»Arsch hoch!« Ich tat wie mir befohlen und sie zog die Hose hinab. Schmiss die dann auf den Boden und legte das Messer neben meine Hüften, während sie sich neben mich kniete.

Im nächsten Moment beugte sie sich über meinen harten Schwanz und nahm ihn tief und fest in den Mund. Ungezügelt stöhnte ich auf, denn aus einem komischen Grund war ich bereit, sofort abzuspritzen. Sie fühlte das verdächtige Zucken und murmelte um meine Härte herum.

»Wehe, du kommst!« Dann saugte sie fester. Umkreiste die Spitze mit ihrer Zunge und massierte gleichzeitig meine Eier, genauso wie ich es gern hatte.

»Gott ... Mia ... Bitte ... hör auf!« Ich hielt es kaum aus. Dachte abwechselnd an Hängeomatitten im Schwimmbad und den Papst, während ich meine Augen schloss und ja nicht dort hinsah, wo sie mich quälte. Sie richtete sich grinsend auf und wischte sich über den Mundwinkel.

»Womit denn?«

Jetzt war sie fast schon wieder meine alte Mia, mit den lebendigen Augen und dem strahlenden Lächeln. Sie kletterte an meinem Körper nach oben, beugte sich über mich und küsste mich hart. Ich stöhnte in ihren Mund, als sie ihr nasses Höschen an meinem Ficker rieb.

Viel zu abrupt brach sie den Kuss ab, stellte sich aufs Bett und zog sich die Hotpants aus.

Dann hockte sie sich wieder über mich und umfasste meinen Ficker mit einer Hand. Langsam am Paradies lehnend holte sie mir einen runter. Ich fühlte ihre samtige, verführerische Nässe an meiner Spitze und hielt mich zwanghaft und tief stöhnend davon ab, einfach nach oben zu stoßen.

Mein Blick glitt wirr über ihren blassen wohl gerundeten Körper, auf dem das Feuer tanzte. Sie sah aus wie Satan persönlich. Ihre langen vollen Haare fielen ihr glänzend über die Schultern, kringelten sich auf ihren runden, perfekten Titten. Fasziniert folgte ich der ausgeprägten Linie ihrer Taille bis nach unten, dort wo das feuchte Paradies auf mich wartete. Sie senkte sich noch einen Millimeter herab, sodass ich genau am Tor lehnte.

Ich stöhnte rau, war im Moment absolut überempfindlich.

»Gefällt dir, was du siehst?«, fragte sie schelmisch. Meine

Augen flogen nach oben zu ihren und ich nickte eifrig und durchaus dämlich.

»Mia Ma...«

Mit einem Mal landete schon wieder ihre flache Hand auf meiner Wange. Im gleichen Moment senkte sie sich komplett auf mich herab, umschloss mich fest und bestimmt.

»AHHH«, stöhnte ich hilflos.

»Nenn mich nicht so, verdammt!« Und dann fing sie an, sich auf mir zu bewegen. Sie warf den Kopf zurück, packte leidenschaftlich meine Hände und platzierte sie auf ihren wippenden Titten. Ich knetete sie automatisch, ohne dass ich es hätte verhindern können, und keuchte mit ihr zusammen.

»Mia ... BABY ...« Ein tiefes Stöhnen entrang sich meiner Kehle, während sie sich zu mir runterbeugte.

»Yeah ...« Dann küsste sie mich, blieb an mich gepresst. Meine Hände wanderten über ihren Rücken bis zu ihrem göttlichen Arsch. Sie ließ ihre Lippen auf meinen, atmete heftig in meinen Mund und zog sich um mich herum zusammen, während sie mich fickte, wie sie mich noch nie gefickt hatte. Ich kam fast und biss die Zähne aufeinander.

»Hast du mich vermisst, Tristan?«, säuselte sie. »Hast du DAS hier um dich herum vermisst?« Sie spannte sich erneut an, änderte etwas den Winkel, sodass ich ganz tief in ihr steckte.

»FUCK!«, stöhnte ich verbissen.

»Hast du es vermisst meine Titten und meinen Arsch zu kneten. Oder, wenn meine Zunge mit deiner spielt ... wenn ich mich auf deiner Brust abstütze und schamlos meine Lust rausschreie?«

»FUCK JA!«

Zufrieden richtete sie sich auf, strich mit beiden Händen über ihren göttlichen Körper, blickte mir in die Augen und hielt dann meine Hände auf ihren Hüften fest.

»Das kann dir keine andere geben. Du bist süchtig nach mir ... Ahhh.«

Ich kreiste mit den Hüften. Schweiß bildete sich auf ihrer zarten Haut, ihre Augen schlossen sich, als sie mich noch intensiver fühlte. »Du willst nur meinen Körper, nur meine Pussy ... du willst nur meine ... Seele.« Mit einem Mal zitterte ihre Stimme leicht und ich umfasste sie fester, biss die Zähne aufeinander, als sie ihre Augen wieder öffnete.

Die Stimmung kippte innerhalb von ein paar Sekunde von absoluter Gewalt zu absoluter Hingabe.

»Und sie gehört dir. Nur bei dir fühle ich mich so ... *geborgen.*« Eine Träne löste sich plötzlich, und lief über ihre Wange und ich wusste, meine alte Mia war endlich zurück. Mein Mädchen war wieder am Leben. Ihr Blick wurde weich und verletzlich, während ich sie hielt und ehrfurchtsvoll den Wandel beobachtete. Sie war so zart und strahlte dennoch sogar jetzt in dem Moment ihres Zusammenbruchs Stärke aus. Obwohl sie schon so viel Scheiße mitgemacht hatte.

Auch mit mir ...

Und doch war sie jetzt hier ... und gab mir ALLES.

Selbst ich konnte die Tränen kaum stoppen, die sich in meinen Augen sammelten.

»Nur ich kann das Blut in deinen Adern zum Kochen bringen. Nur ich kann deine Tränen zum Überlaufen bringen ... Nur ich kann dich FÜHLEN lassen – intensiv, heftig, tief«, wisperte sie mit bebenden tiefroten Kirschlippen und wiegte sich sanft weiter.

»Ja, Baby«, flüsterte ich. Unsere Bewegungen verklangen fast komplett. Wir genossen nur noch die tiefe körperliche und seelische Verbindung.

Fuck ... Meine Tränen liefen über, während ihre auf meinen Bauch tropften.

»Sag es, Tristan. Ich MUSS es hören!«, forderte sie und krallte sich verzweifelt an meinen Händen fest, die sie noch verzweifelter hielten. »BITTE«, schluchzte sie und schaute mich flehend an – kniff dann ihre Augen zusammen. Quälte sich offensichtlich, denn sie hatte die Hoffnung aufgegeben, die Worte jemals wieder von mir zu hören, auch wenn sie mittlerweile doch wissen musste, wie es um mich und meine Gefühle stand.

Oder etwa nicht?

Oh FUCK!

»Ich liebe dich, Mia-Baby!« Voller Inbrunst verließen die Worte meinen Mund. Sie schluchzte schockiert, riss die Augen auf und starrte mich an, als könnte sie ihren Ohren nicht trauen.

Ich zog einen Mundwinkel zu einem schwachen Lächeln hoch, das war so typisch mein Mädchen.

»Jetzt heul nicht schon wieder, weil so ein Arschloch, wie ich, sich ein zweites Mal in dich verliebt hat«, flüsterte ich sehr leise und fasste nach oben, um meine Handfläche an ihre rosige Wange zu schmiegen. Im nächsten Moment bückte sie sich und ihre Lippen krachten heißhungrig auf meine. Ihre Hände umfassten mein Gesicht, ihre Zunge focht mit meiner. Meine Finger krallten sich in ihren Rücken, pressten sie enger an mich und ich richtete mich auf. Wollte ihr so nah wie möglich sein. Sie wühlte währenddessen in meinen Haaren, ihr Atem vermischte sich mit meinem Stöhnen, als ich sie noch fester an mich zog und sie mir in die Lippe biss.

Abrupt riss ich sie an den Haaren zurück und flüsterte heiser an ihren vollen Lippen, während sie ihre Bewegungen wieder aufnahm und mich hart weiter ritt, als würde es kein Morgen mehr geben.

»Ich liebe dich, Mia-Baby ... Ich habe dich die ganze Zeit geliebt. Ich wollte es nicht wahrhaben, aber ohne dich bin ich verloren. Bitte, bleib bei mir ... bitte ...«

»Ja, Tristan«, stöhnte sie ergeben. Jeden Moment würde ich so was von kommen ... Aber ich fühlte, dass sie auch so weit war – wir zitterten beide am gesamten Körper.

»Ich bin dein, Tristan Wrangler. Schon immer gewesen und ich werde es auch immer sein. Und jetzt komm mit mir, Baby«, keuchte sie ... und zog sich um mich zusammen.

Wir kamen so heftig wie nie zuvor ... und besiegelten somit das eben Gestöhnte.

14. HIMMLISCHES ERWACHEN

Mia ›free‹ Engel

Die Luft, die mich umspielte, war frisch und etwas kühl ... Auch wenn der Körper unter mir mehr als warm war. Genau genommen war er sogar ziemlich heiß. Ein träges Lächeln huschte über meine Züge, als ich den Geruch wahrnahm, der von seiner glatten Haut ausging. Er roch nach SEX. Nach gutem, altem, wildem Sex ...

Ich lächelte breiter, als ich merkte, dass er immer noch in mir war. Lasch, aber wir waren anscheinend die ganze Nacht vereint gewesen. Meine Beine waren eingeschlafen und ich legte mich komplett auf ihn, während ich sie nach hinten ausstreckte. AHH ... tat das gut ... selig schmiegte ich meine Wange an seine Brust, wollte ein bisschen seinen ruhigen Atemzügen und seinem Herzschlag lauschen, als es mir auffiel ...

Abrupt setzte ich mich auf und schlug schockiert beide Hände vor den Mund, während ich fassungslos den tiefen Schnitt betrachtete, der sich mittig über seinen perfekten Oberkörper herabzog. Mein Geist war wirr ... Bilder flogen an mir vorbei ...

Meine Hand mit einem blitzenden Messer ... meine Lippen um seinen Ficker ... meine Finger auf seinem Körper ... Zigarettenglut ... über seiner Haut ... Seine Hände, die sich fester in das Laken krallen ...

Wild schaute ich mich im Zimmer um und kniff die Augen zusammen, während ich »Nein!« flüsterte. »Nein!«, wiederholte ich schluchzend, als mir klar wurde, was ich ihm angetan hatte. Hastig hob ich den Blick und mir wurde fast schlecht, als ich sein Gesicht sah. Er hatte einen Bluterguss auf der Wange und ich merkte, dass meine rechte Hand auch ganz schön pochte ...

Die Bilder von gestern strömten jetzt unbarmherzig auf mich ein. Geistesblitze wie Fotos, auf denen ich Tristan bedrohte und ihn, *meinen* Tristan, verletzte ...

Panisch schüttelte ich den Kopf, während ich mich nach und nach gnadenlos an jedes noch so winzige Detail erinnerte. An seinen Gesichtsausdruck, als ich ihm Schmerzen zugefügt hatte. An seine Arme, die er die ganze Zeit reglos neben seinem Körper gehalten hatte. An seine Knöchel, die weiß hervorgetreten waren. An jedes schmerzerfüllte Keuchen ... Jedes Zusammenbeißen seiner Zähne ...

Das Messer, mit dem ich ihn aufschnitt, mit dem ich seine makellose Haut verstümmelte, mit dem ich den Körper verletzte, den ich so sehr liebte ... Sein Blut, das ich ableckte ...

OH GOTT! Mit wurde schlecht!

Fast schon panisch schwang ich mein Bein von ihm, denn jetzt musste ich erst mal laut und vor allem hysterisch heulen, was ihn unter Garantie wecken würde. Doch bevor ich aus dem Bett krabbeln konnte, schnellte seine Hand nach vorne und packte mich fest an der Hüfte. Er zog mich mit Schwung zurück in die Kissen, sodass ich auf dem Rücken landete, und hielt mich fest.

»Was ist hier los?«, fragte er ein Drittel verschlafen, ein Drittel amüsiert und ein Drittel aufgebracht. Die Tränen liefen. Ich schüttelte nur den Kopf und betrachtete seine stoppelige Wange, die sich grün und blau verfärbt hatte.

»Weinst du?« Verschlafen runzelte er die Stirn.

»Nein«, quietschte ich und wischte hastig meine Tränen weg. »Ich schwitze aus den Augen!«

Er warf mir einen skeptischen Blick zu und beugte sich dann über mich, um mit seiner Nase über meine zu streichen.

»Alles klar, Baby«, sagte er ironisch.

»Nein«, kreischte ich erneut. »Gar nichts ist klar! Ich habe dich misshandelt!«

Er hob den Kopf und verdrehte die Augen. »Ich habe dich herausgefordert.«

»Aber ich hätte nicht ... ich hätte das nicht tun dürfen!« Sanft blickte er mich an und strich mir die Haare aus dem Gesicht.

»Das war deine Therapie, Mia! Und es war ja wohl nicht so, als hätte ich mich nicht wehren können«, verteidigte er mich und lehnte seine Stirn an meine. »Ich bin froh, dass es geholfen hat. Unglaublich froh sogar. Ich dachte schon, ich hätte dich wieder verloren ...«

Prompt bekam ich ein schlechtes Gewissen, wegen der letzten Wochen, war aber auch so gerührt von seinen Worten, dass ich sein Gesicht mit beiden Händen umfasste und seine schönen Züge streichelte. Einfach um ihm zu zeigen, dass ich wieder für ihn da war.

»Ich konnte nicht ... Tristan ... Ich hab einfach nicht mehr rausgefunden. Es war alles schwarz und grau. Ich konnte nur an ihn denken. An das, was er mit mir gemacht hat ... Da war nur er ... und ich konnte dich nicht finden ...«, flüsterte ich.

»Ich weiß ... deswegen habe ich so getan, als würde ich Mary ficken ... ich wollte dich mit Gewalt aus diesen Gedanken reißen.«

Fest kniff ich die Lider zusammen. »Es tut mir so leid, Tristan ... ich wollte nicht ... ich wollte dir nicht so wehtun ... ich wollte dir nicht das antun, was er mit mir ...« Ich konnte nicht mehr weiterreden, denn die grausamen Bilder, die sich die letzten Tage in Endlosschleife in meinem Hirn abgespult hatten, drangen wieder an die Oberfläche. Keuchend wehrte ich mich dagegen – wie üblich vergebens.

»Baby, ich bin hier!« Ich riss die Augen auf und sah in Tristans braungrüne mitfühlende Tiefen. Er zog mich an seine Brust und sprach sanft weiter, seine Fingerspitzen tanzten über meinen Oberarm.

»Entschuldige dich nicht. Du hast es gebraucht und ich habe es dir gegeben. Nach allem, was ich dir angetan habe, war es das Geringste, was ich tun konnte.« Unter seinen tiefen regelmäßigen Atemzügen und mit seiner warmen Haut so nah, beruhigte ich mich langsam, schüttelte den Kopf und berührte vorsichtig den verkrusteten Schnitt auf seiner Brust.

»Aber das hier ... das hätte nicht passieren dürfen ... es wird eine Narbe zurückbleiben.«

»Ich weiß ...« Er legte sich neben mich und zog mich mit dem Rücken an seinen Körper.

Seine Lippen strichen über meinen Nacken.

»Aber die Narbe wird mich immer daran erinnern, dass ich dich nie wieder so behandeln darf, wie ich es zu Beginn getan habe. Sie wird mich immer daran erinnern, im Licht zu bleiben ...«, murmelte er nah an meiner Haut und wanderte mit den Fingerspitzen über meine Seite. Seufzend entspannte ich mich unter seinen zarten Berührungen tatsächlich vollkommen.

Das hier war das, wofür ich gekämpft hatte. Das hier war MEIN Tristan. Egal ob alt oder neu – er gehörte mir.

»Deine böse Seite kannst du im Bett gerne rauslassen. Du weißt, ich finde sie scharf.«

Er lachte rau. »Ich weiß ... und du weißt, dass ich es tun werde ... aber ohne dich so zu demütigen, wie in der Vergangenheit.« Seine Finger fuhren über meinen Bauch, besänftigten mich mit ihren zärtlichen Berührungen. Es fühlte sich so gut an ... Tristan war immer für mich da ... Er hatte schon so viel für mich geopfert ... er war mein strahlender Held und ich konnte mich auf ihn verlassen ... war nie wieder allein und stand unter seinem Schutz.

Endlich.

Ich schloss die Lider und drängte mich enger an ihn.

Einige Zeit genoss ich stumm das Gefühl seiner streichelnden Finger, aber etwas bohrte in mir ... es war das letzte Quäntchen, um es perfekt zu machen. Ich fühlte es zwar in jeder seiner Berührungen, aber dennoch brauchte ich die verbale Bestätigung.

»Du hast gestern etwas gesagt. War das dein Ernst?«, flüsterte ich fast lautlos und nahm seine große Hand in meine. Ich zog sie nach oben, strich mit meinen Lippen über jeden Zentimeter seiner Handfläche. Als er sanft meinen Nacken küsste, fühlte ich, dass er lächelte.

»Du weißt, dass ich so was sicher nicht zum Spaß sagen würde, Mia Baby.« Zufrieden grinste ich an seiner Hand.

»Sagst du es mir noch mal? Sonst kann ich es nicht glauben.«

Mit Sicherheit verdrehte er gerade die Augen, dann packte er mich an den Schultern, sodass ich auf dem Rücken zum Liegen kam, damit wir uns ansehen konnten. Zum Glück lag er auf der ramponierten Seite seines Gesichts und lächelte mich sanft an. Noch nie war er mir schöner vorgekommen und das hatte was zu bedeuten.

»Ich liebe dich, Mia Baby ... und ich habe dich wirklich die ganze Zeit geliebt. Unter all dem Hass war die Liebe immer verborgen. Ich habe sie nur nicht an die Oberfläche gelassen. Aber sie war DA und sie wird es immer sein. Dagegen kann ich ankämpfen, soviel ich will ... Etwas zu ignorieren, heißt nicht, dass es dadurch verschwindet.«

»Also hast du den Kampf aufgegeben?«, fragte ich leise und strich über seine Schläfen, seine hohen Wangenknochen, seinen ausgeprägten Kiefer. Das Grübchen in seinem männlichen Kinn. Er schüttelte schnaubend den Kopf.

»Ich bin ein egoistischer Scheißer. Und ich habe festgestellt, dass es besser für mich ist, wenn ich *mit* dir und nicht gegen dich kämpfe.« Seine grünbraunen Augen glühten geradezu vor Leidenschaft. »Mia, ich will dich ... für den Rest meines Lebens. Ich will mit dir alt werden. Ich will mit dir in deinem Holzhaus in der Pampa leben, mit dem Gemüsegarten vor dem verkackten Küchenfenster, und drei Kinder mit dir haben. Ich will, dass unsere Träume wahr werden ... Wir haben lange genug gewartet und so viel Zeit vergeudet. Aber eigentlich geht es nur um eines: Ich will das hier jeden Abend vor dem Einschlafen tun können.« Er hob seine Hand und tat es mir gleich. Strich mit den glatten Fingerspitzen hauchzart über meine Augenbrauen, meine Wangen, meine Nase ...

»Es tut mir so leid ... Baby ... alles tut mir so unendlich leid. Ich war so ein ... *Arschloch* ...«, hauchte er nah an meinem Gesicht. In seinen Augen brannte das tiefe Bedauern, das er empfand, sichtbar für jedermann.

»Nein, Tristan.« Mein Finger verschloss seine vollen Lippen. »Ich darf mich nicht entschuldigen, also wirst du es auch nicht tun! Das musst du auch nicht ... denn jetzt ist alles gut ... und das ist das Einzige, was zählt.« Lächelnd nahm ich meinen Finger zurück und beugte mich vor, um ihn sanft und leicht durch meinen Mund zu ersetzen.

»Besser als gut«, summte er an meinen Lippen. Ich lachte heiter und legte mich wieder zurück. In meinem Bauch tanzten die Schmetterlinge Samba und Tango, denn mit einem Mal war ich so glücklich.

Es gab so vieles, was wir besprechen mussten.

»Was nun?« Ich verschränkte unsere Finger miteinander und ließ sie zwischen uns liegen.

Tristan runzelte leicht die Stirn. »Wir werden zusammenziehen ...«

»WAS?«, schrie ich. Mir wurde ganz schwindlig, so schnell drehte sich alles. Die verflixten kleinen Biester begnügten sich nämlich nicht mehr nur mit zwei Tänzen, sie vollführten nun auch Pirouetten, versuchten zu steppen und machten den russischen Kosaken alle Ehre.

Tristan verdrehte die Augen. »Baby ... ich habe dir gesagt ICH WILL DICH! KOMPLETT! Also tu jetzt nicht so schockiert ... ich habe schon alles in die Wege geleitet. Allerdings ... gibt es da ein paar ... *Bedingungen*, die dir wahrscheinlich nicht gefallen werden.«

»Die wären?«, fragte ich etwas grummelig.

»Ich kann und will nicht in dieser Stadt bleiben. Sie ist nicht gut für dich und was nicht gut für dich ist, ist nicht gut für mich! Ich will ein NORMALES Leben mit dir. Ein stinknormales, genau genommen. Jeder Mensch sollte sich irgendwann für das normale Leben entscheiden, einfach um seine verdammte Ruhe zu haben – schätze ich. Und ich will dich in Sicherheit wissen. Das geht hier nicht, an diesem Ort ist zu viel passiert. Verstehst du das?« Ich kaute auf meiner Lippe.

»Aber das Heim ...« Gequält schaute ich ihn an, denn es zerriss mir das Herz ... »*Robbie* ...«

Er lächelte sanft und irgendwie beruhigend. Aber dann schien er auch etwas nervös zu werden und sah weg.

»Es war nie die Rede von eigenen ...«, wisperte er und erst verstand ich ihn nicht ... doch dann ... traf es mich wie ein Schlag. Gänsehaut überzog meinen Körper und mein Herz fing an zu rasen. Ein Strahlen breitete sich merkbar über meinem ganzen Gesicht aus.

»DU WILLST ROBBIE ADOPTIEREN?«, brach es aus mir heraus.

Tristan lachte erleichtert – hatte er echt mit meinem Veto gerechnet?

»Ich bin schon seit Monaten dabei, mit Schwester Carmen zu den Behörden zu rennen. Mein Führungszeugnis steht uns im Weg ... Allerdings sind seit meiner Jugend keine neuen Vorstrafen mehr dazu gekommen. Im Grunde bin ich ein sehr erfolgreicher Geschäftsmann und durchaus gesitteter Bürger. Außerdem unterstütze ich viele gemeinnützige Organisationen und sogar neuerdings diesen dämlichen Staat ... und da du eine sozialpädagogische Ausbildung hast, jung bist, finanzielle Sicherheiten besitzt ...« Ich wollte ihn unterbrechen, denn die besaß ich sicher nicht, doch er hielt mir einfach den Mund zu, um weiter auszuführen ... »... du in dem Heim arbeitest, und bereits seine Bezugsperson für ihn BIST, wird es relativ einfach werden. Wir müssen dafür noch ein paar Sachen in die Wege leiten ... aber eigentlich könnten wir nächsten Frühli... boah Mia!«

»AAAAAAAAAAAAAAAAAAAAAHHHHHHHHHHH«, schrie ich heulend und stürzte mich stürmisch auf ihn. Setzte mich auf ihn. Küsste ihn. Sein ganzes Gesicht ... Alles, was ich erwischen konnte. Blau oder nicht Blau. Ich war so glücklich. Dieser Mann war einfach nur der Wahnsinn!

Er wollte nicht nur mich, sondern auch ROBBIE! Ich würde also doch beide bekommen.

»Ich liebe dich, Tristan Wrangler. Ich liebe deine Großherzigkeit. Ich liebe dein Mitgefühl! Deine Leidenschaft, ich liebe sogar deine Härte, weil du nur bei mir weich bist. Ich liebe deinen Kampfgeist und deinen Mut und deine ganze Art! Ich liebe dich so ... Einfach alles an dir!«

Ich konnte nicht aufhören zu schniefen, aber Tristan war es anscheinend egal. Er lachte ausgelassen unter meinen Küssen und hielt mich fest umschlungen. Das hier musste der Himmel sein.

Er machte all das wahr, was ich wollte.

Mein Kampf hatte sich gelohnt. Wieder einmal!

Nachdem der erste Schock der Freude überwunden war, blieb ich gleich auf ihm liegen.

Vergrub mein Gesicht an seinem Hals, genoss, wie er mit seinen Fingern über meinen Rücken strich und einen Gänsehautschauer nach dem anderen über meinen Körper rieseln ließ.

»Mia ...«

»Hm?« Ich lächelte zufrieden.

»Wieso hast du damals ... in der Nacht ... vor diesem beschissenen Morgen, nicht die Wahrheit gesagt!?« OH GOTT! Er klang so eindringlich. Ich kniff die Augen zusammen, presste mich enger an ihn, denn ich wollte nicht an diese grausame Zeit denken.

»Ich war feige und eingeschüchtert von meinem Vater, denn ich wusste, wozu er imstande ist. Und ich war siebzehn Jahre seiner Manipulation ausgesetzt ... Das geht an einem nicht einfach so vorbei. Ich war total ... verängstigt«, flüsterte ich an seiner Haut und strich über seinen Haaransatz.

Einige Zeit war er still.

»Und danach? Als ich im Knast war? Du hättest mich anrufen ... mir schreiben ... IRGENDWIE Kontakt zu mir aufnehmen können ... Es fiel dir offensichtlich so leicht, mir fernzubleiben – all die Jahre ...«

»Gott, Tristan ...«, erwiderte ich seufzend. »Ich habe dich so vermisst. Jeden Tag. Jede Minute. Jede einzelne *Sekunde!* Und ich habe dir ungefähr eintausend Briefe geschrieben – ehrlich, damit könnte man ein ganzes Buch füllen – aber niemals einen abgeschickt.

Ich wusste, dass du mich hassen würdest, und habe gleichzeitig gehofft, du hättest ein neues Leben ohne den Truthahn und seine verrückten Eltern angefangen. Ich wollte dir nicht noch mehr schaden ... Und ich hatte Angst – vor dir. Nach deiner ersten Reaktion war es, als hättest du mich nie geliebt, als wären wir wieder ganz am Anfang. Da war nur noch Missachtung in deinen Augen. Du hast uns *sofort* aufgegeben ... Deine Geschwister auch ... Ich habe mich so geschämt, fühlte mich bestätigt ... Ich war nie gut genug für dich ...« Ich küsste seinen Hals. »Außerdem siehst du ja, was du bekommst, wenn du mit mir zusammen bist ... Nur Probleme ... Meine Mutter ... Francesco ... Patrick ...«, fuhr ich mit gebrochener Stimme fort.

»JA ...«, knurrte Tristan und seine streichelnden Hände stockten einen Moment. »Ich dachte wirklich, das wäre nicht möglich, aber dein ONKEL-FICKER ist genauso Abschaum wie dein Vater ... Der wird von Familienfeiern ausgeschlossen!«

»Siehst du! Das alles nur wegen m...«

»Halt die Klappe!«, blaffte er mich an. »Ich will so was nicht hören! Deine Probleme sind meine Probleme, und ich bin durchaus in der Lage mit ihnen fertig zu werden. Francesco ist bereits in Arbeit.«

»Was?« Ich richtete mich auf und starrte ihn schockiert an. Er schaute grimmig zurück. »Wie?«

Jetzt grinste er, aber alles andere als freundlich.

»Du kennst doch meine Masseuse Babette ... Sie ist auch Auftragskillerin in ihrer Freizeit. Es ist eine lange und total ausgeflippte Geschichte, wie ich zu ihr kam ...« Er verdrehte die Augen. »Tja ... ich weiß zufällig, in welchem Studio sich Kleinschwanz immer durchkneten lässt ... Und der Besitzer ist zufällig ein Kunde von mir ... so läuft alles zusammen. Als Nächstes wird ihn Babette massieren und ihm dabei ganz aus Versehen das Genick brechen, aber erst nachdem sie ihre sadistische Ader an ihm ausgelebt hat ... Ich würde es ja liebend gerne selber tun. Du weißt gar nicht wie sehr ...« Erneut stoppte er mich und hielt mir mit tödlich funkelnden Augen den Mund zu, als ich wild protestieren wollte. »Aber ich *werde nichts tun*, was unsere gemeinsame Zukunft *irgendwie* gefährden könnte. Und ich bin mir sicher, du wärst sowieso nicht damit einverstanden, wenn sein Blut an meinen Fingern klebt. Babette ist ganz Feuer und Flamme mal wieder jemandem langsam und qualvoll das Leben zu nehmen. Besonders seitdem ich ihr erzählt habe, was er dir angetan hat! Oh du kannst es dir nicht vorstellen ... Außerdem muss ich wegen Leo vorsichtig vorgehen, sonst verscharrt der uns irgendwo im Wald. Darauf hab ich keinen Bock.« Er zuckte mit den Schultern.

Ich starrte ihn an.

Eigentlich hätte ich es schrecklich finden müssen, dass er meinen Ex-Lover ermorden lassen wollte. Doch ich war nicht Francescos erstes und letztes Opfer und nur mit dem Leben davon gekommen, weil Leo mich unbedingt gewollt hatte. Ansonsten wäre ich jetzt tot ... Und es würde weitere Frauen geben, dessen war ich mir sicher ... Frauen, die keinen Tristan hatten.

»Okay«, antwortete ich schwach und senkte mein Gesicht wieder auf seine Schulter. »Reden wir nie wieder darüber.«

»Hmmm«, erwiderte Tristan und streichelte mich weiter. Meine Lippen glitten träge über seinen Hals. Trotz des gerade besprochenen Themas war es ein Moment vollkommener Harmonie – der Moment, für den ich gekämpft hatte, doch gleichzeitig fühlte er sich noch immer so zerbrechlich an.

Auf bizarre Weise noch mehr als sonst.

»Ich hab so Angst, Tristan«, flüsterte ich und schmiegte mich fester an ihn, legte sogar ein Bein über seine Hüfte.

»Wieso?« Er verstärkte den Druck seiner Arme, presste mich an sich, und vergrub seine Nase in meinem Haar.

»Ich habe Angst, dass alles wieder zerstört wird.«

»Das wird nicht passieren, wenn du mir vertraust!« Jetzt klang er etwas verärgert, aber ich konnte ihn verstehen. Ich hob mein Gesicht und schaute in seine tiefen, klaren Augen. »Ich werde dir ab jetzt immer alles erzählen.«

»Gut.« Sanft glitten seine Lippen über meine.

Er wollte es nicht vertiefen, aber sein Mund fühlte sich zu gut auf mir an ... Sein Ficker drückte sich hart und verlangend gegen meinen Bauch. Also strich ich mit meiner Zunge genüsslich über seine Unterlippe, die sich daraufhin zu einem Grinsen verzog.

»Ahhh ... wieder mal unersättlich, Miss Angel?«, zog er mich amüsiert auf. Ich kicherte und lachte richtig laut, als er mich plötzlich herumschwang, sodass er zwischen meinen Beinen zum Liegen kam, die sich automatisch um ihn wickelten. »In der Hinsicht hast du dich wirklich kein bisschen verändert, Baby ... und ich bin froh darüber.« Sein perfekter Mund wanderte langsam über meinen Hals. Ich lächelte, strich durch seine vollen Haare und rekelte mich unter ihm, genauso wie er es liebte.

Nach dem, was geschehen war, sollte ich es nicht so unendlich genießen ... aber das hier war Tristan und ich wusste, er würde mir NIEMALS auch nur ein Haar krümmen! Im Gegenteil! Er liebte mich ... und genau diese bedingungslose Liebe würde mich wieder gesund machen.

»Schlaf mit mir, Tristan Wrangler, und zeig mir, wie sehr du mich liebst«, hauchte ich.

»Dein Wunsch ist mir Befehl. Immer wieder Mia-Baby. Ich stehe unter deinem verdammten High Heel.« Somit schob er sich unerwartet tief in mein Inneres und küsste mich dabei sanft ...

So hatte er mich noch nie geküsst und geliebt ...

***

Nachdem wir geduscht und uns angezogen hatten, entschieden wir, wieder in die Realität zurückzukehren.

Es war, als hätte ich die gesamte Zeit alles nur durch den dicken Boden eines Marmeladenglases betrachtet. Ich war schockiert, weil alles schon weihnachtlich dekoriert war und draußen bereits Schnee lag. Es fühlte sich so unwirklich an. Gerade eben war noch Herbst gewesen!

Was hatte ich noch alles versäumt?

Tristan hielt meine Hand, während wir die Küche betraten.

»Guten Morgen, meine lieben Sklaven«, scherzte er und zog

mich in den Raum. Alle Blicke flogen zu mir. Sie sahen meine Hand in Tristans, bemerkten das schüchterne Lächeln auf meinem Gesicht, worauf ich prompt knallrot wurde. Zaghaft winkte ich Lena, Garrett und Georgi.

»Ich bin wieder da.« Mehr brachte ich nicht raus, bevor sie auf mich einstürmten und mich umarmten, was Tristan mehr als nervte.

Es war mir fast zu viel – aber nur fast. Denn Tristan ließ meine Hand nicht los und beobachtete mit Adleraugen, ob sich Garretts und Georgis Finger in verbotene Zonen verirrten.

Dazu die etlichen Bemerkungen über seine blaue Wange. In ihm brodelte es, aber er blieb cool und ließ kein Wort darüber verlauten, was letzte Nacht geschehen war. Zum Glück, ansonsten wäre ich auf Nimmerwiedersehen im Erdboden verschwunden.

Als wir schließlich gemeinsam frühstückten, kam Mary in die Küche und warf mir einen genervten Blick zu, den ich eiskalt ignorierte. Alle waren darauf bedacht, die Gespräche locker lässig zu halten und sich über den vielen Schnee aufzuregen. Ich hingegen beobachtete die Flocken fasziniert durch die Scheibe, während Tristan mich eifrig mit Nutella-Brötchen vollstopfte.

Irgendwann ließen uns die anderen allein, um in den Tag zu starten. Lena und Georgi (bei denen es neuerdings ganz schön knisterte!) wollten einkaufen, Garrett trainieren, Mary ins Wellnesscenter.

Nachdem alle weg waren, schnappte ich mir das Telefon, um meinen kleinen Schatz anzurufen – meine erste Amtshandlung als funktionierender Mensch.

***

Jede freie Minute verbrachte ich mit Tristan. Schlief in seinem Bett, klammerte mich an ihn, wenn ich Albträume hatte, und redete mit einem Therapeuten über das, was mit mir geschehen war. Zur Arbeit konnte ich noch nicht, denn wenn mich die Gedanken an Francesco überwältigten, verfiel ich regelmäßig in Lethargie und war nicht mehr ansprechbar.

Nur Tristan konnte mich aus diesen Flashbacks befreien, die jedoch immer weniger wurden.

Trotzdem telefonierte ich viel mit Robbie, besuchte ihn so oft es ging, war aber noch nicht dazu imstande, in meinen Beruf zurückzukehren. Doch von Tag zu Tag wurde es besser, und ehe ich mich versah, zeigte der Kalender den 21. Dezember.

Zufrieden saß ich auf Tristans Schoß und genoss die traute Zweisamkeit nach dem Frühstück mit allen. Meine Beine baumelten seitlich herab und ich schmiegte mein Gesicht an seine Schulter.

Er roch so gut ... Mhm ...

»Wir müssen gleich los«, verkündete er nach einem Blick auf seine Rolex plötzlich.

»Wie bitte?« Ich wollte ehrlich nirgendwohin. Besonders nicht ›los‹. Denn ›los‹ hatte immer was mit *raus* zu tun. Und draußen war es kalt ... weiß ... und nass!

»In drei Tagen ist Weihnachten, Baby ...«

»Und ich hab keine Geschenke!«, fiel mir ein und ich richtete mich schockiert auf. Wie hatte ich das nur verdrängen können!?

»Du brauchst keine verdammten Geschenke. Du musst die Erwartungen von gar keinem erfüllen, außer dir selbst! Und wir werden Weihnachten sowieso nicht hier verbringen!«

HÄ? »Nicht?« Grinsend strich er mir eine Strähne aus dem Gesicht, denn ich trug meine Haare nach langer Zeit mal wieder offen.

»Nope«, antwortete er locker und hob mich von seinem Schoß.

»Was machen wir dann?« Tristan richtete meinen Pullover, der an meiner Schulter verrutscht war, und sah mich ungewohnt nervös an.

»Wir fahren nach Hause zu meinem Vater ... A.L.L.E.«

Bevor ich diesen Schock verdaut hatte, zog er mich in mein altes Zimmer, in dem mich bereits ein geöffneter roter Koffer auf meinem Bett erwartete. Okay?! Mister Sexgott lehnte sich an die geschlossene Tür und befahl mit einer genervten Handbewegung, dass ich mit dem Packen anfangen solle. Und ich folgte, während ich ihn mit Fragen löcherte.

»Ich verbringe jedes Jahr Silvester und Weihnachten zu Hause, mit meiner Familie.«

»Auf Cran Canaria?« Meine Augen füllten sich sicherlich mit einem sehnsüchtigen Schimmer, als ich daran dachte. Meer ... Palmen ... WÄRME.

»Nein ...« Tristan schüttelte den Kopf und die Palmen-Vision löste sich in eiskaltes Wintertreiben auf. »Wir haben das alte Haus behalten. Mein Vater pendelt zwischen seiner Arbeit und dort hin und her. Eigentlich ist er im Winter auf Cran Canaria, aber zu Weihnachten und Silvester treffen wir uns immer alle hier ...« Er atmete tief durch, nachdem er die letzten Worte mehr als unwillig gesprochen hatte.

»Alle, alle?«

»Hm, hm ...« Tristan trat von hinten an mich heran und umarmte mich.

»Aber was ist mit Robbie?« Ich wollte, nein, ich *musste* Weihnachten mit ihm verbringen ... »Gott ich habe nicht mal ein Geschenk für ihn ...«

»Baby.« Er versuchte mich zu unterbrechen, aber ich steigerte mich immer weiter in meine plötzlichen Gewissensbisse rein. »Nein, Tristan, das geht nicht! Du musst ohne mich fahren! Ich lasse ihn an Weihnachten nicht allein. Das kann ich ihm nicht antun!« Bestimmt schloss ich den Koffer.

»Mia!« Tristan hielt mich an den Hüften auf, als ich vor ihm zurückwich.

»Was?«, blaffte ich ihn genervt an.

»Ich weiß doch, dass du Weihnachten nie ohne ihn feiern würdest.« Ich blieb wie erstarrt stehen und wehrte mich nicht mehr gegen seine Hände, die mich wieder an sich zogen.

»WAS?«

»Könntest du jetzt fertig packen? Er wartet darauf, dass wir ihn abholen.«

Ich schüttelte konfus den Kopf. »Schwester Carmen ...«

»Hat es erlaubt.«

»ECHT?« Ich wurde immer lauter.

»Ja ...«

»Und die Behörden?«

»Interessieren mich einen Fuck.« Tristan lachte, als ich ihn erneut attackierte und mit glücklichen Küssen überhäufte.

»Wir machen jetzt echt so richtigen Urlaub? Mit Robbie?« *Als Familie?* Aber DAS traute ich mich nicht zu sagen. Tristan verdrehte die Augen.

»Nein, Mia, das wird ein gefälschter Urlaub und jetzt beeil dich!«

***

Nachdem ich mich zu Ende gefreut hatte, packten wir meinen Koffer und Tristan führte mich aus dem Club, hinein in die richtige Welt, in der alles von einer weißen Schicht bedeckt war und verträumte Flocken herabrieselten. Zum Glück hatte Vivi bereits alles an Kleidung besorgt, was ich bei diesen winterlichen Temperaturen brauchen würde. Im Stillen dankte ich ihr, während ich den Kragen meines dicken, beigefarbenen Mantels enger zusammenzog.

Wir lachten, scherzten und tauschten unendlich viele unnötige Küsse aus, hielten Händchen und freuten uns des Lebens, als wir ins Heim fuhren, um Robbie abzuholen. Ich hüpfte auf meinem Sitz wie ein Flummi auf und ab, während Tristan sich über mich amüsierte. Er blieb auf dem geräumten Parkplatz zwischen riesigen Schneetürmen stehen und rief seine Geschwister an, um zu fragen, ob sie auch schon aufgebrochen waren.

Kaum angehalten, hechtete ich bereits aus dem Auto, rutschte aus, fiel fast auf die Nase, schlitterte über den vereisten Weg, durch das kleine Gartentor und wollte gerade die Tür des Heimes aufreißen, als sie schon geöffnet wurde.

Ich sah nur glänzende blonde Strähnen wirbeln und ging rechtzeitig in die Hocke, um den kleinen Mann aufzufangen, der mir laut schreiend entgegen flog. »MIIIRTIIII!«

Er umarmte mich mit Stahlgriff und ich tat es ihm gleich. Drückte seinen kleinen, festen Körper an mich, schnupperte an seinen duftenden Haaren und ... weinte still und heimlich.

»Hallo, mein kleiner Schatz«, murmelte ich und küsste seine samtig weiche Wange. Er versteckte sein warmes Gesicht in meiner Halsbeuge und sagte nichts, hielt sich einfach nur an mir fest, als ich mit ihm aufstand.

Schwester Carmen kam auch raus, lächelte mich warm an und überreichte Tristan einen alten abgewetzten Koffer. Ich wischte mir unauffällig die Tränen aus den Augen und gab ihr einen kleinen Kuss auf ihre runzlige Wange. Sie war wirklich eine gute Frau, die ihr Leben den Kindern verschrieben hatte. Dennoch wusste ich, dass es normalerweise nicht so einfach gewesen wäre, ein Kind aus dem Heim in den Urlaub zu entführen. Doch irgendwie hatten sie und Tristan das bewerkstelligt. Er sagte mir nur nicht wie.

»Danke.« Sie tätschelte mir fürsorglich den Arm.

»Robbie und du, ihr gehört zusammen. Und mit diesem wunderschönen Mann an deiner Seite steht dir Robbie noch viel besser als alleine. Nicht wahr?« Sie knuffte Tristan mit ihren strammen Fingern in die Wange! Er hatte den Anstand etwas zu erröten und ich lachte ausgelassen.

»Wir sind dann, wie besprochen, in zwei Wochen wieder da«, meinte Tristan zu der freundlichen Frau mit den mitfühlenden Augen und nahm Robbies Reisepass nebst einer Bestätigung des Heimes entgegen. Nur zur Sicherheit, nicht dass irgendjemand annahm, wir hätten den Jungen gekidnappt. Andererseits sah er Tristan so ähnlich, dass wahrscheinlich niemand auf die Idee kommen würde, es wäre nicht *sein* Kind. Wenn sie so nebeneinander standen, erstaunte es mich immer wieder.

»Pass mir bloß gut auf die beiden auf«, antwortete sie und strich Robbie noch mal durch die Haare, der sich immer noch an mir festklammerte.

»Mit meinem Leben«, versicherte Tristan mit einer leichten Verbeugung und küsste galant ihren Handrücken.

Tja, Tristan schaffte es sogar, das Höschen einer Nonne zu überschwemmen, denn kaum berührten seine Lippen ihre Haut, wurde sie rot wie eine Tomate, und der Blick der alten Frau verschleierte sich verträumt. Ich drückte ihre ziemlich robuste Gestalt noch mal mit der freien Hand an mich und sie murmelte Robbie zu, dass er sich benehmen solle.

Dann gingen wir zu dritt zum Auto – wieder so ein unwirkliches Gefühl, aber es war richtig.

Tristan verstaute das Gepäck im Kofferraum, während er schon von dem Kleinen gelöchert wurde, wieso er keine Schneeketten am Auto habe.

»Weil ich einen Audi fahre!« *Ja, superverständliche Antwort, Tristan.* Aber Robbie kapierte anscheinend, denn er gab sich damit zufrieden.

Für diesen Anlass hatte Tristan extra einen Superman-Kindersitz gekauft, in dem ich Robbie festschnallte. Unentwegt strahlte er wie ein Honigkuchenpferd und krallte sich aufgeregt an seinem kleinen gelben Spongebob-Kuscheltier fest. Bis er Stanley entdeckte, der neben ihm auf der Rückbank thronte. Das Kuscheltier wurde kurzerhand durch den winzigen schwarzen Hund ersetzt und Robbies Gesicht einer gründlichen Säuberung unterzogen, woraufhin der kleine Junge vor Freude quietschte und ihn gleichzeitig von sich schob. Es war immer wieder göttlich, vor allem weil Stanley Kinder normalerweise nicht ausstehen konnte. Aber bei den beiden war es Liebe auf den ersten Blick gewesen, sobald ich Stanley das erste Mal mit ins Heim genommen hatte. Alle anderen Kinder brauchten nicht in seine Nähe kommen – nur Robbie wurde nicht ignoriert.

Schließlich rollte sich Stanley einfach auf Robbies Schoß ein, schloss die riesigen Augen und war trotz dem ständigen Gewusel und Geplapper selig.

Ich setzte mich auf den Beifahrersitz, gab Robbie etwas zu trinken, zog ihm und mir die Schuhe aus und machte es mir gemütlich. Wir würden unter normalen Umständen zwar nur etwas über eine Stunde brauchen, aber die Straßen waren vereist und glatt, also würde Tristan nicht besonders schnell fahren können.

Er hatte es ausnahmsweise mal nicht eilig. Locker lenkte er sein Schlachtschiff durch den dichten Stadtverkehr hinaus auf die Autobahn, während seine langen Finger heiß auf meinem Oberschenkel lagen, sein Daumen kleine Kreise malte und er sich mit Robbie unterhielt. Ungläubig bemerkte ich, dass ich selbst von dieser einen kleinen, fast schon nebensächlichen, Berührung seinerseits Herzklopfen bekam und verschränkte lächelnd seine Finger mit meinen. Küsste seine Knöchel und bekam dafür ein so wunderschönes Lächeln, dass ich fast in Ohnmacht fiel.

»Wieso fahren wir eigentlich mit so einem großen Auto? Wieso fährst du so langsam? Warum schneit es überhaupt? Wie kalt ist Schnee? Warum schaust du Mirti immer so an? Willst du sie essen? Krieg ich ein Eis? Krieg ich Schokolade? Ich hab Durst! Ich muss aufs Klo! Trisan ... sing mit mir ... Wieso nicht? Mirti singt auch immer mit ... Okay ... wir singen Hänschen klein ... Trisan sing lauter ... LAUTER!«

Ja ... so in etwa gestaltete sich die Fahrt.

Tristan und ich redeten nicht sonderlich viel, da wir von dem kleinen Radio auf dem Rücksitz bestens unterhalten wurden. Und tatsächlich: Robbie brachte Tristan dazu, zu singen ... Ich erwischte Mister Sexgott genau dabei, und das Beste, es machte ihm sogar Spaß, sich mit Robbie zu beschäftigen. So als wäre es selbstverständlich für ihn, und als wäre der Junge bereits ein Teil seines Lebens ...

Auch wenn er ständig darauf achten musste, sein dreckiges Mundwerk in Zaum zu halten, so wurde er nie ungeduldig, und beantwortete jedes einzelne Warum, Wieso und Weshalb ... Man merkte, dass er viel Zeit mit Robbie verbracht hatte. Sie waren vertraut miteinander und ergänzten sich, wie ein gut eingespieltes Team. Fast so wie Vater und Sohn.

Ich hätte nie gedacht, dass der Tristan Wrangler, den ich vor drei Monaten wieder kennengelernt hatte, mal neben mir sitzen und aus vollem Halse »Fuchs du hast die Gans gestohlen« singen würde.

Es war nicht komisch oder gar peinlich, sondern so, wie es immer hätte sein sollen.

Tristan und ich, wir hatten beide unseren Platz im Leben gefunden. Beieinander. Mit Robbie in unserer Mitte.

Nach eineinhalb Stunden im Stau gab der kleine Pavarotti aber auf und schlief schließlich ein. Ich stellte leise Musik an und vertrieb mir die Zeit damit, Tristans Linien auf seiner Hand nachzufahren. Es war für mich immer noch wie ein Wunder, dass ich ihn berühren durfte und er das auch noch mochte. Dieser atemberaubende Mann gehörte nur mir und nichts würde uns noch einmal trennen.

Breit lächelnd schlief auch ich ein, was für mich einen enormen Vertrauensbeweis darstellte, weil ich normalerweise nicht schlafen konnte, wenn jemand anderes fuhr ... Aber bei Tristan bereitete es mir keine Probleme. Ihm legte ich bedenkenlos mein Leben in die Hände.

***

Als ich wieder aufwachte, hoben mich vertraute Arme aus dem Auto. Meine Augen flogen auf, nur um mich an dem Ort wiederzufinden, wo mein Leben vor acht Jahren auf so schreckliche Art beendet worden war.

Vor dem Haus der Wranglers in der kleinen Schickimicki-Villen-Siedlung.

Ich war sofort hellwach, als ich erfasste, wo ich mich befand, und schaute mir die Umgebung an. Es hatte sich so gut wie nichts verändert, die Vorgärten waren penibel gepflegt. Grinsende Marias und sonstiger Mist prangten mir entgegen. Ein Haus war weihnachtlicher dekoriert als das andere, und Rentiere mit Santa Claus ließen alles wie eine Märchenwelt erscheinen. Die Straße war leer, nur an den Seiten reihten sich Luxuskarossen auf.

Der viele Schnee blendete ein wenig, aber es war still, fast schon friedlich, durch die vereinzelten Schneeflocken, die sich vom Himmel lösten und sich als weiße Schicht auf den Asphalt legten. Ich bemerkte, wo wir gerade standen: genau an der Stelle, auf der ich zusammengebrochen war, bevor ich von Patrick eingesammelt wurde.

»Oh Gott ...«, murmelte ich und schaute mir das große gelbe Haus an.

»Das kannst du laut sagen.« Erst jetzt fiel mir auf, dass Tristan sich nicht von der Stelle rührte und mit komischem Gesichtsausdruck auf mich herabblickte. Plötzlich flüsterte er. »Ich weiß es noch, als wäre es gestern gewesen. Ich habe noch deinen Blick vor mir ... wie du mich angeschaut hast ... als ich dir gesagt habe, dass ich dich hasse ... Deine Augen ... Ich habe gesehen, dass du mich liebst, aber ich WOLLTE es nicht wahrhaben. Es war so leichter für mich zu akzeptieren, dass es kein Wir mehr geben würde.« Sein Kiefer verhärtete sich bei den Erinnerungen.

Ich sah ihn auch genau vor mir, diesen jungen wunderschönen Tristan, der mir mit einem einzigen offenen Lächeln das Herz gestohlen hatte, aber auch das hasserfüllte Lodern in seinen schönen Augen. Die abwehrende Haltung seines Körpers mir gegenüber, und es tat weh. Ohne es verhindern zu können, löste sich ein Schluchzer aus meiner Kehle, den ich in Tristans Jacke zu dämpfen versuchte.

»Mia!« Er klang ungeduldig.

»Es ist gleich vorbei ...«, grummelte ich an dem Daunenstoff.

»Boah, Baby ... ICH habe dir vergeben! Aber wirst DU dir auch jemals vergeben?«, fragte er leicht genervt.

»Niemals«, murmelte ich ehrlich und niedergeschlagen. Er seufzte und ich fühlte, wie er seine Wange auf mein Haar lehnte.

»Dann geht es dir so wie mir. Das ist wohl ausgleichende Gerechtigkeit. Denn ich werde mir auch niemals vergeben, wie ich mein Mädchen die letzten Monate behandelt habe.«

»Pffff ...«, machte ich nur, aber weiter kamen wir nicht, weil die Haustür aufgerissen wurde und eine dick eingepackte Vivi auf uns zustürmte. Sie umarmte uns beide, kreischte mir ins Ohr und nervte Tristan, indem sie ihm die Haare zerwuselte. Er wäre FAST ausgeflippt. Aber nur FAST, denn er konnte sich gerade noch so beherrschen.

Gott ... er war SO SEXY, wenn er sich zusammenreißen musste und es durchflutete mich siedend heiß. Ich wollte, dass er seine Wut an mir ausließ ... Im Bett natürlich. Aber das ging jetzt nicht.

Tom gesellte sich zu Vivi und schließlich folgten auch Phil und Katha, deren Bauch einer Kugel glich, die von Phil förmlich mit den Augen verehrt wurde. Katha strahlte von innen und wirkte erstmals in ihren Leben komplett mit sich im Reinen. Ein ungewohnter Anblick, der sie aber zu einer noch schöneren Frau machte – als ob dies möglich wäre!

Ich wurde von jedem Einzelnen freundlich begrüßt, was mich ehrlich gesagt etwas verwirrte. Denn das letzte Mal, als wir uns getroffen hatten, waren sie relativ verhalten gewesen. Am meisten schockte mich aber, als mich Phil umarmte und mir ins Ohr flüsterte. »Na, endlich angekommen?« Ich wusste, er meinte nicht die Autofahrt und seufzte erleichtert, als ich seine riesige Gestalt zurück umarmte und flüsterte: »Ja, endlich.«

Tristan hob übervorsichtig, als hätte er es mit einer Ladung Nitroglyzerin zu tun, den schlafenden Robbie aus dem Auto, während die anderen unser Gepäck reinbrachten. Ich liebte es, ihn mit dem Jungen zu beobachten. Als wäre das kleine Geschöpf ein rohes, unbezahlbares Ei. Der Kleine hatte den mächtigen Tristan Wrangler eindeutig um den Finger gewickelt. Aber wie auch nicht? Mit diesen Augen?

Er wachte erschrocken auf, als die kühle Luft ihm entgegenschlug, war aber sofort beruhigt, als ich ihm über die Wange strich, und ihm zuflüsterte, dass alles gut sei.

Anfangs schämte er sich ein wenig vor den anderen und versteckte sich schüchtern hinter mir, nachdem Tristan ihn im Flur abgesetzt hatte. Aber sobald ihm Phil ungefragt die alten Boxhandschuhe von Tristan überzog, war er sein bester Freund. Die Koffer ließen wir erst mal im unteren Bereich stehen, während wir uns auszogen und zu einer Tasse Tee in der ans Wohnzimmer angrenzenden Küche versammelten. Die anderen hatten das Haus bereits auf Vordermann gebracht. Nur David fehlte noch. Er musste sich wohl noch um ein Projekt in Cran Canaria kümmern ...

Ich entspannte mich schnell in der alten Umgebung und war schlussendlich froh, hier zu sein. Ebenso wie Robbie. Seine Begeisterung für die kleinen Dinge steckte uns alle an.

Vivi kannte und vergötterte er ja schon und Katha gab ihm was von ihren Keksen ab – somit war alles in Butter. Phil versprach Robbie das beste Sportprogramm seines Lebens und Tommy tat so als würde er um Vivi mit ihm kämpfen. Sie waren alle auf ihre Art so gute Menschen. Es rührte mich, wie ehrlich erfreut der kleine Junge in der Familie empfangen wurde. Das bemerkte er natürlich auch und war bereits nach zwanzig Minuten wie daheim.

Vor lauter Rührung musste ich mir ein paar Tränen verkneifen. Tristan entging es natürlich nicht und er stellte sich wortlos hinter mich, umarmte mich fest, legte sein Kinn auf meine Schulter, und beobachtete mit mir das Bild von Harmonie und Glück, das Robbie so sehr verdient hatte.

Das alles hatte Tristan zuerst mir und dann Robbie ermöglicht.

»Deine Mutter wäre stolz auf euch. Auf euch alle – ihr seid so eine außergewöhnliche Familie. Aber besonders auf dich ...«, flüsterte ich nach einiger Zeit und strich mit meinen Fingerspitzen über seinen Handrücken. Er seufzte tief und gab mir ein paar sanfte Küsse auf den Nacken. Eine Antwort war nicht erforderlich, denn ich fühlte sein Lächeln nah an meiner Haut und lächelte genauso zufrieden.

Am Abend wurde die Weihnachtsdekoration aus dem Keller geholt. Die Frauen schmückten das Haus, während sich die Männer Robbie packten und im Wald einen Weihnachtsbaum holten. Tristans Kommentar auf mein Stirnrunzeln bestand lediglich aus einem: »Klar, Baby, glaubst du etwa, wir kaufen so ein Ding, nein auf keinen Fall! Das ist verfickte Tradition! Kennst du nicht den Film mit Chevy Chase?«

»Na, hoffentlich lasst ihr die Eichhörnchen im Wald!«, antwortete ich grinsend.

Er versprach es mir und folgte genervt Kathas Anweisungen, mit seinen Schuhen sofort aus dem Wohnzimmer zu verschwinden, die sich für den Boss hielt, auf dem Sofa lag und Vivi und mich herumscheuchte ...

»Nein, die Girlande muss noch ein Stück nach unten, noch weiter, noch weiter, noch weiter, ein wenig nach links ... ach ne, doch nicht, tu sie wieder zurück!« So ungefähr klang das. Insgeheim fragte ich mich, wie viel Kekse die Frau noch in sich reinstopfen konnte, ohne zu platzen oder ihre trotz der Schwangerschaft wunderbare Figur zu verlieren. Wenigstens war sie einigermaßen zu ertragen, wenn sie ihre Schwangerschaftsgelüste befriedigen konnte. Neigten sich die Macadamia-Nuss-Cookies allerdings dem Ende, mutierte sie zur Furie, wie mir Phil heimlich erzählte. Das End von der Geschicht war, dass ich immer ängstlich in Richtung ihrer Schüssel schielte, um im Zweifelsfall nachzufüllen oder mich rechtzeitig aus der Schusslinie zu bringen und Vivi hineinzustoßen. Die kannte Katha länger und konnte mit ihren Launen besser umgehen.

Als die Männer mit dem Baum zurückkehrten, schlief Katha – völlig erschöpft von ihren Anweisungen. Also dekorierten wir die Tanne in aller Ruhe und tranken dabei etwas Glühwein, aber nicht zu viel ... Sonst wäre es zu laut geworden und dann wäre Katha vielleicht aufgewacht!

Robbie setzte, von Tristan hochgehoben, sogar die Spitze auf. Er war so stolz!

Ich brachte den Kleinen um neun ins Bett. Er hatte ausnahmsweise so lange wach bleiben dürfen, weil Ferien waren.

Während er sich die Zähne putzte, redete er nur davon, dass Trisan ihm versprochen hatte, wir würden morgen Schlitten fahren gehen, und dass er sich schon ganz doll freute, und dass Trisan einen gaaanz großen Schlitten hatte. Und dass Trisan ihm neue Handschuhe gekauft hatte und das Trisan mit ihm den Baum getragen hatte ... kurz: Robbie war Tristan schlimmer verfallen als ich und das sollte was heißen!

Sobald ich ihn in das Gästezimmerbett legte und sein Kopf

das Kissen berührte, schlief er.

Und ich hatte auch noch Bedenken gehabt, ihn alleine im Gästezimmer einzuquartieren. Es befand sich zwar neben Tristans altem Schlafzimmer, aber trotzdem hätte ich Robbie bei uns im Bett schlafen lassen, wenn er allein Angst gehabt hätte. DIES allerdings sicherlich nur unter heftigem Protest der erwachsenen zweiten Partei!

Die Sorgen waren unbegründet: Robbie war fix und fertig und schlummerte mit einem seligen Lächeln. Ein paar Minuten schaute ich mir einfach nur sein entspanntes Engelsgesicht an, dann atmete ich tief durch und ging in den Nebenraum.

In Tristans altes Zimmer.

In den Raum, wo ich die glücklichsten Stunden meiner Teenagerzeit verbracht hatte. Es war ziemlich leer, aber das Heiligtum, der Schreibtisch und der Schrank standen unverändert an ihrem alten Platz. Die Möbel waren immer noch auf Hochglanz poliert und spiegelten das Licht der Lampe wider – ebenso wie das Parkett. Jenes Parkett, auf das er mich ein paar Mal geschmissen hatte, weil keiner wissen durfte, was zwischen uns lief ... Ich wanderte durchs Zimmer, versank in Erinnerungen. Verträumt betrachtete ich den Schreibtisch, an dem ich heulend gesessen und uns auf dem Bild der Lichtung verewigt hatte. Den Kleiderschrank, aus dem er die Sachen für mich genommen und mir das erste Mal offenbart hatte, WIE VIEL ich ihm eigentlich bedeutete ... Letztendlich ging ich zu seinem Heiligtum, in dem er mir gezeigt hatte, was Glück war, wo er mich gekitzelt, geküsst, gefickt und geliebt hatte.

Seufzend strich ich über das bereits golden bezogene Kopfkissen, schwelgte in Erinnerungen und unterdrückte ein paar melancholische Tränen. Ich musste daran denken, wie ich den ersten Morgen in diesem Bett aufgewacht war, als er schon tief in mir gewesen war und mich um den Verstand gebracht hatte – als er mir klar gemacht hatte, dass ich die BESTE sei und immer sein würde. Nun glaubte ich ihm endlich.

»Du warst einfach so unsagbar anziehend«, ertönte plötzlich eine leicht raue Stimme hinter mir. Ich erschauerte, als ich die Verheißung in ihr vernahm.

»Woher weißt du, an was ich gerade denke?«, murmelte ich, drehte mich nicht um, schaute stattdessen immer noch das Bett an.

»Ich weiß es nicht ... genau, aber ...« Sein imposanter Körper trat von hinten an mich heran und jede Faser meines eigenen spannte sich erwartungsvoll an. Seine Hand legte sich an meine Hüfte, strich nach vorne zu meinem Bauch und zog mich dann sanft nach hinten an sich. Seine Lippen liebkosten mein Ohr. »Manchmal glaube ich, ich sehe, was du denkst.« Er küsste meinen Hals und fing an, sanft mit meiner Haut zu spielen. Ich ließ meinen Kopf nach hinten an seine Schulter fallen, genoss und lächelte.

»Das glaube ich auch ...«, summte ich. Seine zweite Hand gesellte sich dazu und glitt an meinem Bauch nach oben. Sanft umfasste er meine Brüste und massierte sie.

»Ich weiß auch, was Sie jetzt denken, Miss Angel ...« Allein von seinen Worten und seiner Stimme bekam ich eine Gänsehaut. Mein Sexgott wusste wie immer, was er tat.

»Ach ja?« Träge rieb ich mich an ihm, seufzte leise, als seine Daumen über meine Brustwarzen strichen.

»Hm-Hm ... ich denke, Sie wollen vergangene Zeiten aufleben lassen ...« Ich lächelte breiter und fühlte, wie seine Hand langsam ... viel zu langsam in den Bund meiner Hose rutschte. Bestimmt umfing er meine Schnecke.

»Auf jeden Fall ...«, murmelte ich und stöhnte leise auf, als er mit einem Finger in mich eindrang ...

15. NEUES UND ALTES

Tristan ›Daddy‹ Wrangler

OH FUCK!

Ich hatte gerade ein Déjà-vu ...

Da lag ich hier also – der Morgen strömte schon unaufhaltsam durch die Balkontür – und neben mir war mein Mädchen. Als wäre ich achtzehn, sie siebzehn – und wir immer noch verdammt frisch verliebt.

Im Grunde war es ja auch so, nur das Alter hatte sich geändert.

Sie lag auf dem Rücken, hatte mir das Gesicht zugewandt und ihre langen Wimpern warfen Schatten auf ihre makellosen Wangen. Ein leichtes Lächeln zierte ihre vollen Lippen.

Dunkle Ringe unter den Augen zeugten von den Spuren der letzten Wochen, aber in dieser Nacht war sie zum ersten Mal nicht schreiend aufgewacht. Ich hoffte, dass sie irgendwann ganz darüber hinwegkommen würde, befürchtete aber gleichzeitig, dass dies wohl nie geschehen würde. So etwas Furchtbares überwindet man nicht komplett, sondern lernt nur, nicht ständig daran zu denken und sein Leben nicht davon bestimmen zu lassen. Man muss die negativen Erinnerungen mit neuen überlagern, und das gelang uns hier perfekt.

Es war eine gute Entscheidung gewesen, sie hierher zu bringen und mit den schönen Seiten unserer Vergangenheit zu konfrontieren! An das Mädchen zu appellieren, zu dem sie in diesem Bett geworden war.

Ich war dermaßen erleichtert, dass ich mich doch gleich mal zu ihr rüberbeugen und mit meinen Lippen hauchzart über ihre sanft geröteten, leicht offenen streichen musste. Sie seufzte leise meinen Namen und lächelte breiter.

Das delikate Geräusch fuhr sofort in Höchstgeschwindigkeit in meine Morgenlatte, die als Antwort natürlich zuckte.

»Fuck ...« Ich wusste, dass sie unter der leichten Decke splitterfasernackt war. Wusste, was dort auf mich wartete ... »Fuckiger fuck ...« Angestrengt rieb ich mir mit beiden Händen das Gesicht und schloss die Augen. Aber mein Kopfkino hatte ganz bestimmte Pläne und würde mich nicht in Ruhe lassen, bevor ich sie nicht in die Tat umgesetzt hatte. Bilder von ihren Beinen um meinen Körper geschlungen, von ihren Händen in meinen Haaren, ihren Lippen auf meinen ...

Mir fehlte nur etwas dazu – der Geschmack.

Ich grinste teuflisch, als ich unter die Decke kroch, um mich meinen Trieben hinzugeben. Es wird immer behauptet, die wichtigste Mahlzeit des Tages sei das Frühstück. In diesem Sinne würde mir ein bisschen Pussy sicherlich guttun.

Unter der Decke war es stockdunkel und sie murmelte irgendwas, als ich ihre Beine sanft an den Knien auseinander schob und mich dazwischen auf den Bauch legte. HA! Hier könnte ich jede Nacht schlafen und ihre Pussy als Kissen benutzen – als warmes, feuchtes Duftkissen.

Sie schmeckte wie immer fantastisch, als ich mit meiner Zunge zwischen ihren unteren Lippen nach oben strich. Träge rekelte sie sich und stöhnte hauchzart.

Genauso wie vor Jahren, als ich sie mit meinem Ficker in ihr aufgeweckt hatte ...

Ich grinste und pustete ein bisschen gegen das warme Fleisch.

»Wow ...«, murmelte sie und erschauerte spürbar. Ich fühlte, wie ihre Hände matt in meine Haare wanderten und sich dort vergruben. Sie war wach, dann konnte ich ja richtig loslegen.

»Mhhmmm«, summte ich direkt an ihrer empfindlichen Haut, weil ich wusste, dass sie es liebte, wenn sie meine Stimme hörte ... Immer ... Aber besonders, wenn ich dabei an ihr rumspielte und durchdringende Vibrationen durch ihren Körper sandte. Ich besaß ja auch eine verdammt üble, raue Sexstimme. Vor allem nach dem Aufstehen ...

Genüsslich strich ich mit meiner Zunge träge langsame Kreise um ihre Clit, drückte aber nicht genau darauf. Schon zuckten ihre Hüften und sie zog mich an den Haaren in die gewünschte Position. Natürlich folgte ich nicht ...

»Oh, Gott ... und so was in der Früh!« Ich strich direkt über das Nervenbündel und ihre Hüfte schoss nach oben. In gleichen Moment legte ich meine Hände unter ihre Götterbacken und fing an, sie im Takt meiner Zungenstreiche zu kneten. Die Zeit der Folter war vorbei. Nun wollte ich, dass sie schnell ihren Höhepunkt erreichte ... Denn ich musste da rein ... und zwar exakt in dem Augenblick, in dem sie kommen würde. Hatte ich schon mal erwähnt, dass ich es liebte, das erste Mal in sie zu stoßen, wenn sie gerade in einem Orgasmus explodierte?

Sie ruinierte meinen Plan, als sie sich plötzlich am ganzen Körper versteifte und schmerzhaft an meinen Haaren riss – von ihrer Pussy weg!

»AUA!«, beschwerte ich mich, aber sie stammelte schon.

»R ... Robbie ... Süßer ... W ... was ist los?«

»Was macht Trisan da unter der Decke?«, hörte ich ihn unschuldig fragen und konnte es mir nicht nehmen, entnervt an ihr aufzuschnauben. *Tja ... was mache ich hier wohl ... Frühstücken!*

Warnend schlug sie mir auf den Kopf.

»Ähm ... öh ... also ...« Ich pustete grinsend noch ein bisschen vor mich hin.

»Ähh ...« Sie schubste mich heftiger von sich weg, während ich mir das Lachen verkneifen musste. Das sollte sie mal mit dem Kleinen allein regeln. »Ich, ich habe meinen Ohrring verloren und Tristan sucht ihn ...« Bei der schwachen Ausrede verdrehte ich die Augen, denn ich wusste, dass der Scheißer Mia kannte.

»Aber Mirti, du trägst doch gar keine Ohrringe!« Jetzt war sie es, die frustriert schnaufte. Ich konnte ihre Röte förmlich FÜHLEN. Sie glich inzwischen einem Ofen, und ich beschloss ihr ein wenig zu helfen, denn mein Frühstück würde ich so oder so nicht mehr bekommen.

Also streifte ich mir den Ring ab, den ich immer am Daumen trug, ließ es mir aber nicht nehmen, sie noch einmal sehnsüchtig auf den Kitzler zu küssen. So zum Abschied ...

»Ohhh, ich meinte auch nicht den Ohrring ...« Sie klatschte mir leicht auf die Wange.

»Sie meinte den Ring!«, verkündete ich und richtete mich einfach auf den Knien auf ... um Robbie den Ring zu präsentieren. ICH hatte ja Shorts an ... aber Mia nicht. Die kreischte auf, als die Decke zu Boden fiel, und rollte sich über den Rand meines Bettes in Sicherheit ... genau dorthin, wo sie vor acht Jahren schon gelandet war. Ich wusste, sie hätte mich in diesem Moment am liebsten umgebracht, was mich nur noch mehr amüsierte.

Robbie kam in seinem Superman-Pyjama sofort zu mir gelaufen und schmiss sich mit Vollkaracho aufs Bett.

»DER IST JA SCHÖN!« Er nahm ihn aus meiner Hand und betrachtete eingehend den dicken, schlichten Silberring.

»Hm, das ist er. Der ist von meinem Vater. Meine Brüder und ich haben die Gleichen.« *Und Robbie wird auch einen bekommen, wenn die Zeit reif ist.* Ich tätschelte ihm den Kopf und lehnte mich übers Bett zu Mia. Als ich sah, wie sie frierend auf dem Boden lag und mich mörderisch anfunkelte, lachte ich.

»Decke gefällig?« Ich hielt sie ihr hin und konnte mir einen weiteren Kommentar nicht verkneifen. »Ich wusste gar nicht, dass du immer noch so gerne auf dem Boden schläfst und PS: Wie geht´s deinem Ar... äh Hintern?« Sie riss mir den Überwurf ruppig aus den Händen und motzte.

»HA, HA, Mista Wrangler. Ich lach mich TOT!« Dabei wickelte sie sich genervt darin ein wie ein Wurm. »Ich gehe jetzt DUSCHEN! ALLEIN!« Umständlich rappelte sie sich auf, fiel beinahe wieder, weil sie über ihren Kokon stolperte, und versuchte dann mit dem letzten Rest Würde ins Bad zu verschwinden.

Verdammt, so hatte ich mir den Morgen nicht vorgestellt. In dem vollen Haus blieben nicht viele Möglichkeiten für Zweisamkeit – nackte Zweisamkeit. Und in einer davon sah ich uns unter der Dusche, wo ich ihren göttlichen Körper einseifen, jede Stelle ihrer zarten Haut küssen würde, um meinen Ficker anschließend von ihrem Mund waschen zu lassen. Aber Robbie, der inzwischen auf dem Bett auf- und abgehüpft war, landete in diesem Moment auf mir, was mir fast den Atem raubte.

»SCHLITTENFAHREN!   SCHLITTENFAHREN! SCHLITTENFAHREN!«

Den nächsten Sprung fing ich blitzschnell ab und warf ihn in die Kissen.

»Ich geb dir gleich Schlittenfahren!« Und dann kitzelte ich erst mal seinen kleinen Körper durch, bis er sich vor Lachen fast in die Hosen machte ...

Schnell hatte ich ihn als handliches Paket an mich gepresst. Er versuchte zwar sich freizustrampeln, doch er hatte keine Chance. Seine Hände drückten gegen meine Brust. Als er meinen Schnitt berührte, hörte er plötzlich auf zu lachen und schaute verwundert zu mir hoch. In seinen grünen Augen strahlte mir sofort Besorgnis entgegen, als ich ihn losließ, auf meinen Oberschenkel setzte und er mit seinem Zeigefinger an dem verkrusteten Schnitt nach unten fuhr.

»Was ist das denn?«, fragte er frei heraus.

Ich biss die Zähne zusammen und lächelte ihn an. »Da hat mir jemand wehgetan, den ich liebe ... aber ich bin stark und halte Schmerzen für diese Person aus.«

»War das Mirti?« Seine Augen weiteten sich voller Schock und ich lenkte schnell ein.

»Nein! Mirti würde mir nie wehtun ... Das war jemand anders – irgendwie – und es ist nicht so schlimm, wie es aussieht ... Es wird bald verheilen.« *Und solange es ihr hilft, ihre seelischen Qualen zu überwinden, werde ich jeden Schmerz auf mich nehmen.*

»Und wieso hast du da so ein hässliches Bild? Was ist das?« Robbie gab sich zum Glück mit meiner Erklärung zufrieden und fuhr die Linien der schnippenden Frauenhand, des detailgetreuen, splitternden Herzens und der hinabprasselnden Brocken nach. Sein kleiner glatter Finger kitzelte auf meiner Haut.

Ich atmete tief durch, bevor ich mir eine Antwort im Kopf zurechtlegte.

»Weißt du ... Es gab eine Zeit, da dachte ich, mein Herz wäre zerbrochen, so sehr hat es wehgetan. Da habe ich mir diese Tätowierung stechen lassen.« Nachdenklich strich ich über meine Brust. »Aber jetzt ist es wieder heil. Mia hat mir dabei geholfen.«

Robbies betroffene Kulleraugen wurden noch einen Tick größer.

»Aber mit kaputtem Herzen kann man doch gar nicht leben!« Ich lachte, denn fuck ... der kleine Kampfkeks nahm alles immer so wörtlich ... Klar ... Er war sechs Jahre alt ... Aber eigentlich hatte er recht ...

»Das habe ich auch nicht. Mein Leben beginnt erst so richtig mit dir und Mirti zusammen, und jetzt komm, machen wir uns fertig!«

***

In seinem Zimmer zerwühlte ich erst einmal seinen kompletten Koffer auf der Suche nach etwas Geeignetem zum Anziehen, während er mich mit Fragen darüber löcherte, warum mein Pipimann heut früh so gestanden und ob das nicht wehgetan hatte. Ich erklärte ihm ganz sachlich, dass jeder Mann, auch er ... so etwas in der Früh mit sich rumtragen muss. Woraufhin er sich vergewisserte, dass seiner gerade nicht so lustig stand. Ich verdrehte die Augen und fand einen blauen Kapuzenpullover mit passenden Baggie-Jeans, in denen er sicher scharf aussehen würde.

Grinsend zog ich ihn an, während er mich weiter ausquetschte, wieso Mirti vorhin ausgesehen hatte wie eine Tomate und ob ich sie gekitzelt hätte. Der Kleine merkte sich wirklich alles – ich musste aufpassen, was ich ihm erzählte.

»Mirti ist rot geworden, weil ihr warm war ... Ganz einfach und jetzt putzen wir unsere Zähne.«

»Ich will nicht!« Robbie schaute mich grummelnd an und schob schmollend seine Lippe vor. Dabei verschränkte er die Arme vor der Brust. Mit dem Kapuzenpulli sah er aus wie ein kleiner Gangster ... Es fehlten noch die Goldketten.

»Willst du nicht auch die Frauen mit nur einem Lächeln umschmeißen?«

»Wie soll ich sie denn umschmeißen, wenn ich lächele?« Ich lachte.

»Nicht wirklich umschmeißen ... Sondern sie dazu bringen, dass sie dich ALLE mögen.«

»Ich würde sie lieber umschmeißen, Mädchen sind doof und nerven, nur Mirti nicht«, antwortete er todernst. Ich grinste.

»Da hast du recht, aber versuch es trotzdem, dann ärgern sie dich nicht. Das geht ganz einfach ... du musst nur einen Mundwinkel ein wenig nach oben ziehen ... Siehst du ... so ...« Ich demonstrierte ihm mein patentiertes schiefes Fickerlächeln. Er machte es vorsichtig nach und sah dabei aus wie der Oberburner! Die Mädchen würden ihm aus der Hand fressen!

»Genau so Kumpel, und wenn du willst, dass sie ALLES für dich tun ... also ich meine wirklich ALLES ... Dir all ihre Schokolade und mehr geben ... dann mach so ...« Ich lächelte, sodass man meine strahlend weißen Zähne sehen konnte und legte den Kopf provozierend und ziemlich abcheckend schief. Robbie schaute sich alles SEHR genau an, und als er es dann schließlich nachahmte, schmiss ich mich fast weg vor Lachen.

»Yeah ... du bist eindeutig der Obercasanova! Jetzt musst du dir dazu nur noch durch die Haare streichen ... Aber das bringt alles nichts, wenn du keine gepflegten Beißerchen hast! Gelbe Zähne sehen nämlich ... sch ... äh ... schlecht aus ... und versauen alles!« Ich verwuschelte ihm die weichen Haare und stand auf, denn ich hatte die ganze Zeit in der Hocke vor ihm gesessen.

»Ober-Ca-sa-no-va ... was heißt das?«

»DAS, Robbie, sind die Jungs, die mit einem gekonnten Superlächeln die Welt erobern können.«

***

Ob Mia fertig war oder nicht ... Ich öffnete die Badtür und ging mit dem kleinen Scheißer rein.

Sie duschte nicht mehr – leider –, sondern putzte sich in nichts als schwarzer Unterwäsche die Zähne ... OH FUCK!

Akuter Hotpantsalarm!

Ich schrie meinen Ficker innerlich an, den Ball flach zu halten, denn ich hatte keine Ahnung, wie ich Robbie erklären sollte, wieso er denn jetzt schon wieder ›so lustig‹ stand ...

Leider hatte sie sich in der Zwischenzeit nicht abgeregt, sondern wirkte noch wütender. So wie sie mir den Rücken zudrehte und genervt die Augen verdrehte, als ich »WOW« mit den Lippen formte und neben sie an den großen Spiegel trat. Robbie quetschte sich zwischen uns und schaute uns abwartend an.

»Was?«, fragte ich ihn belustigt und drückte Zahnpasta auf meine Zahnbürste.

»Na ... wie soll ich mein Superlächeln pflegen OHNE ZAHNBÜRSTE?« Er sah mich an, als wäre ich schwer von Begriff. Mia schnaubte nur.

»War ja klar, dass du die Hälfte vergisst ...« Sie umrundete mich, darauf bedacht, meinen ablenkenden Körper nicht zu berühren oder anzusehen und eilte aus dem Zimmer. Robbie schaute ihr verwundert nach.

»Sie holt nur deine Zahnbürste, Keks ...«

»Mich kann man doch nicht essen«, konterte der Kleine kichernd.

Doch ... genau genommen ... war er schon irgendwie zum Anbeißen ... Diese rosige Haut, diese duftenden Haare ... dieses süße Gesicht und dieser unzerstörbare Charakter. Einfach knuffig ... keksig ... Fuck, ich mutierte zum Weib, wenn es um ihn ging!

»Du bist süß und knackig. Also Keks!« Ich verdrehte die Augen, weil ich nicht glauben konnte, dass ich so etwas Weibisches tatsächlich gesagt hatte, aber bei dem Kleinen ging es nicht anders.

»Ach soooo ... klar!« Er grinste mich an und ich grinste verschwörerisch zurück.

Mia kam wieder und ließ sich vor Robbie nichts anmerken.

»Hier, Schatz!« Sie drückte ihm Kinderzahnpasta auf die Zahnbürste und er fing an, fröhlich seine Zähne zu putzen. Dabei beobachtete er mich heimlich und imitierte jede meiner Bewegungen. Ich konnte nicht aufhören zu grinsen, was meinem Mädchen nicht entging. Nebenbei penetrierte ich sie mit meinem Blick über den Spiegel, und als ich an ihr vorbei griff, um mir den Kamm zu nehmen, strich ich gaaaanz zufällig mit den Knöcheln über ihre Titte.

Sie biss die Zähne zusammen und erschoss mich förmlich mit ihrem Blick. Ich grinste sie nur unschuldig mit hochgezogener Augenbraue an und bückte mich, um meine Zahnpasta auszuspucken und mir den Mund auszuspülen. Robbie machte eifrig mit, als wäre er mein Schatten.

Als ich wieder hochkam, hing Robbie noch über dem Waschbecken. Scheinbar geistesabwesend strich ich an meinen Bauchmuskeln entlang und lehnte mich mit dem Arsch gegen das große Waschbecken. Zufrieden bemerkte ich, wie Mias Augen sich verengten, als sie meine Hand anstarrte, und verkniff mir nicht mein nächstes Grinsen.

»Ich hab ganz schön Hunger, denn ich konnte ja mein voriges Frühstück nicht beenden ...« Besorgt tätschelte ich meinen Bauch.

»Hmmm!«, war ihre einzige Antwort, als sie mir den Kamm aus der Hand nehmen wollte. Ich hielt ihn fest. Angepisst schaute sie in meine vor Belustigung tanzenden Augen. Sie presste die Lippen aufeinander und zerrte, doch ich ließ nicht los – hob nur eine Braue und spitzte die Lippen, woraufhin sie die Augen verdrehte, doch das Rot in ihren Wangen verriet sie ...

Langsam zog ich sie an dem Kamm zu mir. Mit einigen Problemen umrundete sie dabei Robbie, der gerade fleißig mit dem Wasser gurgelte. Ihr Griff um das Plastikteil war genauso stahlhart wie meiner. Natürlich war ich stärker als sie und irgendwann hatte ich sie so weit zu mir dirigiert, dass ihre Brüste auf meine Brust trafen und sie an mich gepresst dastand. Den Kamm hielt ich in die Luft gestreckt. Sie kicherte, weil wir bescheuert aussahen.

»Küss mich«, flüsterte ich und hob meinen Arm noch ein Stück höher.

»Robbie!« Sie konnte einfach nicht mehr ernst bleiben, ihr Körper wurde von Lachanfällen geschüttelt. Allein die Hitze, die sich auf ihren Wangen ausbreitete, war köstlich.

»Ja, so heißt er ... küss mich trotzdem!« Ich warf einen kleinen Seitenblick zu dem Kleinen, der gerade mit seiner und meiner Zahnbürste kämpfte, wie mit Schwertern, und dazu auch noch die passenden Geräusche von sich gab.

Einen Schritt ging ich noch weiter, ließ meine Hand über ihre Wirbelsäule nach oben gleiten und umfing dann ihren Nacken – fest und bestimmt –, bevor ich ihn sanft mit den Fingerspitzen verwöhnte. Ich wusste, sie liebte das ...

Mein Mädchen konnte nicht anders, als sich komplett an mich zu lehnen, die Augen zu schließen und fast zu schnurren wie eine kleine rollige Katze. Nachdem ich ihr Hirn erfolgreich ausgeschaltet hatte, beugte ich mich hinab und strich mit meinen Lippen sanft über ihre. Dabei sanken unsere Hände, die den Kamm umklammerten, nach unten.

Sie lächelte an meinen Lippen und ich fuhr mit meinen Fingern durch ihre Haare. Fühlte die feuchte Hülle und Fülle ... doch bevor ich dieses wunderbare Spiel vertiefen konnte, zupfte Robbie an meiner Hose und brachte mich zurück in die Realität.

»Schlittenfahren! Nicht Mirti beißen!«

Ich grinste an ihrem perfekten Kirschmund und gab ihr einen kleinen, keuschen Kuss. Dann löste ich mich von ihr, zumindest lippenmäßig, und schaute auf den kleinen Kampfkeks hinab.

»Pfannkuchen?« Und somit hatte ich ihn schneller in der Küche, als ich schauen konnte.

***

Zwei vollgefressene Stunden später hatten wir es tatsächlich geschafft, uns anzuziehen und aufzubrechen. Ich war etwas angepisst, weil Mia sich in eine schwarze Winterjacke und Schneehosen dermaßen dick eingemummelt hatte, dass ich ihre herausragenden Konturen nicht mehr erkennen konnte. Aber ich sah an ihrem Blick, dass es ihr genauso ging. Sie versuchte, meine Hose am Arsch mit ihrem Röntgenblick zu durchleuchten, hatte aber keine Chance und schmollte schließlich einfach nur, während ich mich in meinen Kofferraum bückte, um den großen Holzschlitten rauszuholen, auf dem ich schon als Kind mit meinen Brüdern den Berg hinunter gepfeffert war.

Einen kurzen Moment musste ich seufzend innehalten, weil ich mich im Alter von fünf Jahren sah. Meine Mutter war auch immer dabei gewesen und hatte mit uns Jungs einen Heidenspaß. Schneeballschlachten und Schlittenfahren, das hätten wir jeden Tag tun können. Jubelnd und jauchzend. Die Zeit war so unbeschwert und glücklich, wie sie es anschließend nicht mehr sein sollte. Die Erinnerung zog im selben Augenblick an mir vorbei, als Mia ihre Hand auf eine meiner Arschbacken legte und fest zupackte. Ich keuchte auf und grinste breit. Spannte für sie meinen Arschmuskel an und sie gluckste, während sie ihre Stirn an meinen Rücken lehnte.

»SCHLITTENFAHREN! SCHLITTENFAHREN!« Phil und Katha fuhren gerade in ihrem weißen Bonzen-Mercedes mit Robbie vor. Ich hörte wie sein Sing-Sang aus dem geöffnetem Fenster drang, und grinste mein Mädchen an, das mit leuchtenden Augen zu mir aufschaute, nachdem ich den Schlitten abgestellt hatte.

»Ich liebe es, wenn du schwere Dinge hebst«, flüsterte sie mir zu.

»Ach ja?« Ich schloss den Kofferraum und lehnte mich lässig gegen mein Auto, um noch eine zu rauchen. »Da gehörst du ja eindeutig nicht dazu.«

»Ja, ja ... ich werde ja wieder zunehmen.« Sie wuselte sich unter meinen Arm, sodass er auf ihrer Schulter lag. Nebenbei zündete ich mir meine Zigarette an, verstaute Feuerzeug und Rauchzeug in meiner Jackentasche und drückte sie an mich. Fasziniert beobachtete sie, wie ich an der Kippe zog und den entspannenden Rauch in Kringeln ausstieß.

»Gott ... eigentlich ist Rauchen ja ungesund, aber du bist SO sexy dabei, dass es ein Vergehen wäre, es dir zu verbieten ...«, säuselte sie verträumt und ich verdrehte die Augen. Im nächsten Moment schnappte sie mir plötzlich das schöne Nikotin zwischen den Lippen weg. »ABER der Keks kommt, und du bist ein Vorbild!« Knallhart schmiss sie meine gerade angefangene Zigarette in den Schnee. Bevor ich sie deswegen anmachen oder ordentlich fluchen konnte, war der besagte Brüll-Keks auch schon da. Manchmal ... ging sie zu weit – genau genommen so sehr, dass ich drohte zu platzen, besonders, wenn ich nicht ordentlich befriedigt war, und mir das Objekt meiner Begierde so verführerisch vor der Nase rumtanzte. Aber es heizte mich auch an, wenn sie so selbstsicher war. Scheiße einfach!

Um wieder klar im Kopf zu werden und mich abzuregen, ließ ich Mia mit meiner Familie stehen und ging erst mal los, um die Karten für die Seilbahn zu kaufen. Dazu musste ich in die Station betreten und mich am Schalter anstellen. Es herrschte schönes Wetter, weshalb mich der Schnee schon die ganze Zeit blendete, was mich zusätzlich anpisste, weil ich meine Sonnenbrille vergessen hatte. Wir waren nicht die Einzigen, die auf die grandiose Idee gekommen waren, mit der Gondel auf den Hochfelln zu tuckern und dabei ganz nebenbei die wolkenlose Aussicht zu genießen.

Und als ich da so gelangweilt in der Schlange wartete und versuchte, nicht allzu genervt von den Blicken zu sein, die mir jedes weibliche Wesen, jeden verdammten Alters zuwarf, hörte ich es – ein Scheißkichern. So ein Kichern, das nur Obertussis zustande bringen ... Zu allem Übel wusste ich auch, wem es gehörte. Was hätte ich dafür getan, es ignorieren zu können, aber ich hatte keine Chance ...

»Tristan Wrangler?« Augen rollend drehte ich mich um.

Verdammt, auch noch Schlunzen im Doppelpack – blond und blonder. Weiß die Muschi, wie diese aufgetakelten Silikonersatzteillager hießen, sie waren auf jeden Fall Anhängerinnen der Eva-Eber-Fraktion gewesen.

»Oh ... Hi, Hobelschlunzen«, entgegnete ich locker und schob meine Hände in die Hosentaschen meiner weißen Skihose.

»OH GOTT, du bist es wirklich!« Sie fassten sich an den Händen und hätten fast angefangen, auf und ab zu hüpfen wie zwei Teenager, die vor dem Schwarm der Schule standen. So sehr es nervte, im Grunde hatten sie recht. Nur dass ich jetzt ein paar Jahre älter war und mich zum Gott geupgradet hatte. Alles davor war nur Kindergarten gewesen, in den beide ganz klar immer noch gehörten. Eindeutig zurückgeblieben.

»Wie geht es dir, Tristan? Das war ja wirklich schrecklich, was damals passiert ist ... wir hätten nicht gedacht, dass du dich irgendwann wieder hier blicken lässt ...«, säuselte Blond und ich sah genau, dass sie sich gerade in ihrem kleinen Schädel aufregte, dass sie nicht eine fettere Schicht Make-up aufgelegt hatte. Leider kann aber keine Schminke der Welt eine hässliche Seele überdecken ...

»Ich bin jedes Jahr hier«, erklärte ich schulterzuckend und war froh, dass ich an die Reihe kam, um die total überteuerten Karten zu kaufen.

Als ich sie in den Händen hielt, wollte ich eigentlich gerade verschwinden, doch Blonders Hand schnellte in Höchstgeschwindigkeit nach vorne und packte mich am Oberarm. Ungläubig blieb ich stehen und starrte ihr mit hochgezogener Augenbraue in die aufgeregten Glupscher.

»Geh noch nicht ...«, nuschelte sie völlig eingeschüchtert von meinem Blick und ließ mich doch los. Ich wollte gerade erwidern, dass sie einen FETTEN Pickel auf der Nase hatte, da hörte ich schon ein vor Wut zitterndes: »Tristan!«

Im nächsten Moment wurde ich herumgeschleudert und die Lippen meines Mädchens pressten sich mit Hochdruck auf meine.

»Boah ... Mia ...«, murmelte ich in ihren Mund, während sie knallhart meinen mit ihrer wendigen Zunge vergewaltigte. Sie entlockte mir ein heiseres Stöhnen, als sie mit ihren Händen besitzergreifend an meinem Rücken hinabglitt und meinen Arsch packte, so wie ich es sonst immer bei ihr tat. Ihr Verhalten schrie förmlich: MEINS!

Ich grinste an ihren Lippen, spielte aber mehr als gerne mit, als sie vor den Schlampen ihre Besitzansprüche ein für alle Mal klar machte. Fast hätte ich angefangen zu lachen, aber ich konnte es mir verkneifen. Irgendwann ging ihr der Atem aus. Absolut außer Puste und mit geröteten Lippen löste sie sich von mir.

»Ihr kennt noch mein Mädchen, ja?« Ich schlang Mia einen Arm um die Hüfte, während sie BEIDE Arme um meinen Bauch legte und die Schlunzen kämpferisch anfunkelte.

»Äh ja ... klar ... hi ... Trut...« Blond riss die Augen auf, als ich meine verengte. »Äh, Mia Engel! Nicht wahr? Lang nicht mehr gesehen!«, rief sie.

»Hi«, säuselte Mia zuckersüß. »Na, wie geht es euch?« Sie genoss eindeutig, mich an sich pressen zu können und zu wissen, dass die anderen vor Neid vergingen, weil sie mich wollten. Nach alldem, was sie früher durchgemacht hatte, konnte ich es verstehen und vergrub meine Nase in ihren kühlen Haaren.

»Ganz gut ... und ihr beide seid also immer noch ...«

»SCHLIITTEEEENFAAAHREEEEN«, brüllte es durch die Halle und ich verdrehte die Augen, als der kleine Knirps mit Vollkaracho gegen mein Bein knallte. Blond und Blonder kriegten ihre Münder beim besten Willen nicht mehr zu, und Mia konnte nicht mehr aufhören, selbstzufrieden zu grinsen. »Wann geht's los? Die Bahn ist da!«, quietschte Robbie rum und Mia kicherte.

»Gleich, mein Schatz.« Sie strich Robbie über die rote Mütze mit dem Bommel oben drauf und ich bemerkte, dass die Blondies zu einer Erkenntnis kamen, zu der wohl jeder gelangen musste, der mich und Robbie zusammen sah.

»Ihr habt ein Kind?« Ihre Stimmen klangen noch hohler als normalerweise. Mia versteifte sich etwas und Robbie schaute die zwei Frauen an, als wären sie nicht mehr ganz dicht.

»Robbie, sag den Ladies doch erst mal Guten Tag!« Ich verhielt mich ganz wie der Papa und plädierte auf seine guten Manieren, die ihm Mia sicher beigebracht hatte.

Robbie musterte die beiden skeptisch und mit hochgezogener

Augenbraue, also manchmal glaubte ich fast selber, er sei mein Sohn, bei der Mimik, die er an den Tag legte. Doch schließlich streckte er ihnen brav seine Hand entgegen und lächelte SCHIEF. »Servus!«

Ich wäre fast an meinem zwanghaft unterdrückten Gelächter krepiert, als sie erröteten, etwas unsicher seine kleine Hand nahmen und schüttelten. Dieser kleine Casanova machte sie tatsächlich verlegen und Mia gluckste lauthals, weil ihr wohl gerade derselbe Gedanke kam.

»Wie der Vater so der Sohn, hm?«, ergänzte sie grinsend und griff Robbies Hand. »Also, viel Spaß noch ...« Sie zwinkerte ihnen zu und wir ließen sie ratlos stehen, um mit den restlichen Wranglers in die Gondel zu steigen und den verschissenen Berg hochzutuckern. Und wer musste den Schlitten die ganze Zeit schleppen? ICH natürlich!

Doch Mia und Robbie dabei zu beobachten, wie sie am Fenster der Bahn standen und zufrieden dabei zusahen, wie wir durch die weiße Landschaft immer weiter nach oben getragen wurden, machte alles wieder wett.

Und mit alles meinte ich ALLES.

***

Auf der Mittelstation angekommen ließen wir Katharina die Große in einem Café zurück, die darüber heilfroh war, und begannen, den kleinen Berg, der zum Schlittenfahren geeignet war, zu erklimmen. Hier fuhren sonst nur ein paar kleine Skianfänger oder andere Schlittenfahrer, also hatten wir genug Platz zum Austoben. Mia kapitulierte bereits nach der Hälfte, legte sich in den Schnee und seufzte theatralisch.

»Lasst mich zurück und geht allein weiter. Wenn ich noch einen Schritt machen muss, falle ich tot um!«

Tommy trug Robbie, also gab ich Phil den Schlitten und warf mir mein Weib kurzerhand über die Schulter, um es kreischend den Berg hochzuschleppen.

Zurücklassen?

Sie hatte sie wohl nicht alle! Allein der Gedanke ging gar nicht, und als Strafe klatschte ich ihr auf den Arsch.

Oben stellten wir dann fest, dass unser Schlitten für sieben Personen nicht ausreichte und schauten blöd aus der Wäsche. Ich überlegte, die zwei Jungs neben uns auszuknocken und ihnen den Schlitten zu klauen, aber ich wusste, dass Mia so was nicht toleriert hätte.

Also schickte ich erst mal die erste Ladung runter, die aus Robbie, Phil und Vivi bestand, und nutzte die Zeit, um eine zu rauchen. Mia warf mir einen schiefen Blick von der Seite zu, dem ich absolut unschuldig begegnete.

»Was denn? Er ist nicht daaa!«, rechtfertigte ich mich grinsend und sie verdrehte die Augen.

Dieses Mal musste Robbie alleine den Berg hochlaufen und war knallrot, als er ankam.

Ich setzte ihn gleich wieder mit Tommy auf den Schlitten und schubste sie mit voller Kraft an – Tommy – die Pussy – schrie lauter als das Kind!

Mia und ich blieben allein zurück. Ich musste lachen, als ich sah, dass Robbie nicht noch mal alleine hochgehen wollte, weshalb Tommy und Phil Schnick Schnack Schnuck darum spielten, wer ihn tragen würde. Über zehn Runden! Die ganze Scheiße dauerte mir zu lange und ich nahm jetzt doch einen kleinen Jungen in Augenschein, der direkt neben uns stand.

»Hey«, sprach ich ihn an und hockte mich vor ihn. Mia zerrte genervt an meiner Jacke.

»Tristan, lass dem Jungen seinen Schlitten!« Fuck, woher wusste sie, was ich von dem Kind wollte? Der Kleine schaute mich misstrauisch an, aber ich zog lächelnd einen Schein hervor.

»Fünf Euro ... wenn du mir deinen Schlitten für eine Fahrt leihst.« Der Scheißer war einer von der ganz üblen Sorte, denn er wägte ab und schürzte dann die Lippen. »Zwanzig!«, verlangte er eiskalt.

»Zwanzig Mäuse? Verdammt, das ist Wucher!« beschwerte ich mich, aber er blieb hart und verschränkte die Arme vor der

Brust.

»Okay, du gieriger Sch... Schlupfh... hund ...«

»Cool!« Der Junge schnappte sich den Schein und reichte mir die Schnur seines Schlittens.

Mia warf mir einen halb Bist-du-Verrückt halb Bist-du-total-bescheuert Blick zu, als ich mich zu ihr umdrehte und ihr siegreich meine Beute präsentierte.

»Was?«, fragte ich amüsiert und stellte den Schlitten vor ihr ab. »Ich bin kein geduldiger Scheißer und bis die sich da unten geeinigt haben, frieren mir die Eier ab. Der Junge kriegt den Schlitten gleich wieder, nachdem er ihm den ganzen Berg runter hinterher gelaufen ist ... also komm ... und setz dich!« Ich wollte sie auf das Gefährt ziehen, aber sie versteifte sich.

»Ich will nicht!«

»Wieso nicht?« Sie wand sich etwas und verdrehte niedlich die Augen.

»Ich bin noch nie Schlitten gefahren!« Ich starrte sie verwirrt an.

»Du bist noch nie ... BOAH FUCK! DAS GEHT GAR NICHT!« Und ehe sie sich versah, hatte ich sie einfach hochgehoben und vor mich auf das Holz gesetzt.

»Nein, Tristan! ICH werde ... uns gegen einen Baum lenken!« Sie klammerte sich an meinen Oberschenkeln links und rechts fest und presste sich gegen mich. Ich lachte und stöhnte in einem, denn ihr Arsch drückte sich auch gegen … jenen gewissen Teil von mir, den sie so gern hatte und der sie auch über alles liebte.

»Hier sind keine verdammten Bäume. Entspann dich. Ich übernehme das Lenken, stell einfach deine Treter hier auf die Kufen!«

»Treter? Kufen?«, fragte sie skeptisch, und verspannte sich noch mehr, als ich ihre Beine systematisch so platzierte, wie ich sie haben wollte.

»Gott, Tristan ... ich habe doch gesagt, es wäre besser gewesen, wenn ihr mich zurückgelassen hättet«, scherzte sie schwach und klammerte sich noch fester.

»HALT MICH!«, befahl sie in der nächsten Sekunde panisch und ich schlang mit einem »Mhmm« meine Arme um ihren Bauch.

Wir mussten bescheuert aussehen, denn der Junge, der immer noch mein Geld in seinen Fingern hatte, lachte sich seinen kleinen gierigen Arsch ab.

»Okay, Baby ... jetzt geht's los!« Ich schob uns an und sie biss die Zähne zusammen.

Wir fuhren anfangs ganz langsam, weil der Berg oben nicht besonders steil war und ich musste uns ein paar Mal abstoßen, bis wir EIN WENIG Geschwindigkeit erreichten.

»Ist doch nicht so schlimm, oder Baby?« Ich grinste an ihrem Ohr und küsste sie auf die Wange. Sie lachte leise, was ein gutes Zeichen war, entspannte sich aber nicht einen Millimeter, als wir die weiße Piste hinunterschlichen. Gerade wollte ich uns nochmal abstoßen, da hörte ich, wie mein Name gerufen wurde. Eigentlich hätte ich es besser wissen müssen, denn mir war nicht entgangen, dass es eine Tussenstimme war, aber ich schaute trotzdem in die Richtung und konnte mir ein »Heilige SCHEISSE!« einfach nicht verkneifen. Die blonden Schlunzen standen da, hoben einträchtig grinsend ihre Jacken, Pullover, T-SHIRTS und BHS hoch und präsentierten mir ihre blanken TITTEN!

Zu spät fiel mir auf, dass ich das ungewohnte und ungehörige Bild für eine Piste, wo ihre Eltern mit ihren Kindern Schlitten fuhren, mit offenem Mund anstarrte. Ich klappte ihn wieder zu, doch es brachte nichts mehr. Mein Mädchen hatte mich eiskalt erwischt ... und im nächsten Moment schubste sie mich mit aller Kraft gegen die Brust, und zwar so fest, dass ich rückwärts vom Schlitten kippte und im Schnee landete. Ungefähr im selben Moment raste der Schlitten los.

»Fuck, verdammte ...«, fluchte ich, als ich mich vollbepackt mit der weißen Scheiße aufrappelte, um gerade noch zu sehen, wie Mia in Panik ausbrach und schrie.

»Tristan, ICH KANN NICHT LENKEN!« Das fiel ihr aber früh ein!

Mit leichter Beklemmung musste ich dabei zusehen, wie sie mit einem Affenzahn auf die einzige Sprungschanze dieser verdammten Piste zuhielt. Mir war klar, jetzt konnte ich nicht mehr tun als beten. Alles zusammenkreischend rauschte sie darüber und flog mitsamt dem Schlitten gute zwei Meter durch die Luft.

Das sah ich sogar in Zeitlupe – sehr eindrucksvoll!

»FUCK!« Der Schlitten zischte einfach geradeaus weiter, Mia hingegen stürzte schreiend in den weichen, weißen Schnee unter ihr. Da war ich auch schon losgelaufen. Teils lachte ich Tränen über diese Aktion, teils machte ich mir Sorgen um sie. Hatte sie sich verletzt?

Alle kamen gleichzeitig bei ihr an, als sie sich aufrappelte und noch ein bisschen Schnee ausspuckte. Ich stieß meine Familie mit meinen Ellbogen beiseite und half ihr beim Aufstehen.

»Baby ... alles okay? Hast du dir wehgetan? Hast du Kopfschmerzen? Ist dir übel? Soll ich einen Arzt holen?« Sie strich sich ein paar Strähnen aus dem Gesicht. Ihr Atem ging hektisch, doch dabei funkelte sie mich TÖDLICH an.

»Fass mich nicht an!« Blindlinks packte sie Robbie an der Hand und marschierte mit ihm den Berg runter.

»WOW! Das war ein Stunt ...« Meine Geschwister hatten immer noch Lachtränen in den Augen und ich prustete ebenfalls los, als ich an die Bilder zurückdachte, die sie so eben geboten hatte. Das war wirklich der Hammer gewesen! Doch sie war auch wirklich angepisst, also lief ich ihr hinterher.

»Mia!«

Sie ging schneller.

»Boah, Mia! STOPP JETZT!« Sie rannte noch schneller. Ich musste schon fast laufen. Erst bei der Station holte ich sie ein und das nur, weil noch keine Gondel da war, die sie nach unten bringen konnte.

»Mann!« Ich packte sie am Oberarm und sie wirbelte mit wütend funkelnden Augen zu mir herum.

Am liebsten hätte ich sie an die Wand gedrückt, geküsst und gefickt, aber da hing ja noch Robbie an ihrer Hand, der verwirrt zwischen uns hin und her schaute.

»Robbie«, sagte ich streng, aber nicht unfreundlich, denn ich war NIE unfreundlich zu ihm. »Ohren zuhalten!« Er tat sofort wie ihm befohlen, weil er das schon ein paar Mal hatte tun müssen, und fing an ein Lied zu singen. Als ich sichergehen konnte, dass er kurzfristig taub war, zog ich sie ein wenig von ihm weg – während sie auch noch die Arme vor der Brust verschränkte.

»Ich kann nichts dafür ... Ich hab es nicht erwartet und die Titten waren einfach *da!*«

»DAS WAREN KEINE TITTEN. DAS WAREN SCHLÄUCHE! Schläuche, die du schon mal in den Händen und was weiß ich wo hattest«, spie sie mir sofort kämpferisch entgegen. Ich konnte nichts gegen das Lachen tun, das mir entwich.

»Im Ernst?!« FAST schmunzelte sie, aber sie schaffte es, mich weiter anzufunkeln.

»Das ist nicht witzig. Es verletzt mich, wenn du dir die ... die ... Schläuche von anderen ansiehst ... Hast du es echt so nötig?«

»Ich bin nun mal ein verdammter Mann, der auf optische Reize reagiert ... und wenn sie mir ihre Titten ...«

»Schläuche, Tristan«, unterbrach sie mich sachlich. Ich verdrehte die Augen und hörte Robbies Stimme, die lustig ›Ein Männlein steht im Walde‹ trällerte. »Schläuche ... wenn sie mir ihre Schläuche entgegenstrecken, dann kann ich im ersten Moment nicht anders, als zu starren. Es kam einfach so unvorbereitet!« Sie verengte sofort ihre Augen und ich erkannte, dass sie sich überhaupt nicht beruhigen *wollte*.

»Du *hast* sie also angestarrt?« Mit einer Hand raufte ich mir die Haare und atmete tief durch, um meinen eigenen Ärger im Zaum zu halten, der langsam aber sicher aufkeimte. Schließlich war ich nicht gerade ein friedlicher Scheißer, und es behagte mir nicht, wenn ich angeschrien und meiner Meinung nach ungerechtfertigt beschuldigt wurde.

»Mia Marena«, knurrte ich also ... warnend.

»WAS?«, blaffte sie mir sofort entgegen.

»Sei nicht so beschissen eifersüchtig! Du hast keinen Grund dazu!«

»Okay«, sagte sie einfach.

»Okay, was?«

»Okay, ich glaube dir, aber genervt bin ich trotzdem! Das ist ja wohl noch erlaubt!« Sie warf mir einen abschließenden wütenden Blick zu und wandte sich von mir ab, um schmollend auf die verschissene Gondel zu warten. Dabei ignorierte sie mich knallhart. Einige Sekunden stand ich ratlos daneben und seufzte schließlich.

»Du übertreibst ...«

»Pfff ...«, machte sie nur und ignorierte mich weiter.

»Gottverdammte Schlumpfhodenscheiße!« Ich erinnerte mich daran, Robbies Hände von seinen Ohren zu nehmen, und zündete mir eine Zigarette an, bevor ich mich zu meinen Geschwistern stellte, die auch angetrudelt kamen. Vivi und Katha gesellten sich zu Mia, die Robbie auf den Arm genommen hatte, um ihm die umstehenden Berge zu benennen. Mit verengten Augen beobachtete ich das auf den ersten Blick friedliche Bild, während mir Phil und Tommy auf die Schulter klopften.

»NA, das wird ja was heut Abend ...«

»Wieso?« Ich zog eine Augenbraue hoch.

»Wir wollten in den Club gehen, der hier neu eröffnet hat ...« Tommy rieb sich die Hände und grinste voller Vorfreude. Na toll ... eigentlich hatte ich von Clubs die Schnauze gestrichen voll ... denn ich wollte im Grunde nur noch meine Ruhe haben.

»Geht doch«, meinte ich gelangweilt und schnippte meine Kippe weg. Danach vergrub ich die Hände in meinen Hosentaschen, denn Mia trug meine Handschuhe und es war schweinekalt.

Sie warf mir einen kleinen Blick zu, als ich genervt schnaufte. Ich nickte ihr auf die Art zu-mir-oder-zu-dir zu.

Sofort verdrehte sie die Augen und schaute wieder weg, redete weiter mit Katha, Vivi und Robbie, der momentan an Kathas Bauch hing, weil er das Baby hören wollte.

»Wir sollen ALLEINE mit deinem Mädchen weggehen?«, fragte Phil hinterhältig und versuchte seinen Fingern wieder Leben einzuhauchen. Auch er hatte seine Handschuhe opfern müssen ...

»Wieso mit meinem Mädchen?« Tommy und Phil schnauften ironisch.

»Hallo? Glaubst du etwa, Vivi lässt es sich nehmen, mit Mia Party zu machen? Sie hat ihr förmlich die Pistole auf die Brust gesetzt!«

»Aber wer passt auf Robbie auf?« Verdammt, ich wollte nicht, aber ich würde Mia sicher nicht ohne mich in einen Club lassen.

»Dad müsste heut Abend kommen.«

»Verfickt toll!« Murrend fuhr ich mir durch die Haare ... »Dann gehen wir eben FEIERN!«

16. Eifersucht

Mia ›provocating‹ Engel

Ich ignorierte Tristan die komplette Fahrt über – nicht nur in der Seilbahn, selbst im Auto würdigte ich ihn kaum eines Blickes. Denn ehrlich gesagt konnte ich es nicht mehr länger ertragen. Dieser Zweifel brodelte schon seit Tagen gewaltig und wurde mit jeder Stunde größer: Wenn Tristan schon bei mir so triebgesteuert war, wie verhielt es sich dann erst bei anderen Frauen? Hätte er sich seinen dummen Kommentar vorhin nicht verkneifen können? Wieso hatte er überhaupt mit ihnen geredet?

Ja, er war ein wahnsinnig begehrenswerter Mann – und ich im Gegensatz dazu nur ein graues Mäuschen. Wenn ich mit ihm einen Raum betrat, wurde ich chronisch übersehen, aber er stand sofort im Fokus. Sämtliche anwesenden Frauen fingen an zu sabbern und sich die Fingernägel spitz zu feilen, um diese im Zweifelsfall in sein Fleisch rammen und ihn an sich reißen zu können. Ihm war klar, dass er die Ausstrahlung eines Gigolos besaß, und die nutzte er aus, um sich mit und vor allem über das weibliche Geschlecht zu amüsieren. Dieses Spiel hatte er perfektioniert und es bereitete ihm ungemein Spaß.

Diesbezüglich beschränkte es sich derzeit zwar auf mich, aber was, wenn er sich irgendwann auf eine andere einlassen wollte? Was, wenn ich ihm zu langweilig wurde, jetzt, wo wir anscheinend alle Hürden hinter uns gebracht hatten? In seinem SEXclub gab es sicherlich genug, was ihn insgeheim reizte. Wie lange würde er dem nackten Fleisch noch widerstehen können, wenn er von meinem gelangweilt sein würde?

Ich schaute ihn von der Seite an und sog sein umwerfendes Profil förmlich in mich auf. Die markanten Augenbrauen, die gerade Nase, die vollen rosa Lippen, dieses aussagekräftige Kinn mit der kleinen Mulde in der Mitte ...

Meine Augen verengten sich. Irgendwo hatte ich mal gehört, dass Männer, die ein Grübchen im Kinn hatten, zum Fremdgehen neigen würden.

Diese ganze Sexclubsache störte mich zunehmend, denn eines war mir in den letzten Tagen bewusst geworden: So stellte ich mir unser weiteres Leben nicht vor. Schon allein wegen Robbie, aber vor allem wegen mir. Tristan hatte mich gelehrt, mehr an mich zu denken. Mission erfolgreich abgeschlossen! Ich wusste, ich würde auf Dauer nicht damit klarkommen, dass er Frauen beschäftigte, die nicht davor zurückschreckten, ihn auf alle erdenklichen Arten schamlos anzumachen. Frau oder nicht Frau. Kind oder nicht Kind.

In dieser Hinsicht traute ich ihm nicht über den Weg.

»Ich will, dass du den Club aufgibst!« Die Worte waren raus, noch bevor ich den Gedanken beendet hatte und ich schlug schockiert die Hand vor meinen Mund.

»Wie bitte?« Tristan war noch wegen meines Aufstandes angepisst. Dass ich die Einzige war, die sich so etwas bei ihm überhaupt leisten konnte, zähmte meine Wut übrigens nur geringfügig.

Er blähte leicht seine Nasenflügel, als er mir sein Gesicht zudrehte und wunderschön und gleichermaßen überheblich auf mich herabblickte – wie der Obergott persönlich.

Zeit, für dich einzustehen, Mia! Komm schon! Was habe ich dir verdammt noch mal beigebracht?, hätte Tristan gesagt, wenn er nicht so sauer auf mich gewesen wäre.

»Ich habe lange genug meinen Mund gehalten, weil ich dachte, ich kann für dich alles ertragen, aber das kann ich nicht, okay? Ich will die Einzige sein, die du nackt siehst. Also musst du die anderen Frauen loswerden!« Zweimal nickte ich und schob trotzig mein Kinn vor.

»Sag mal, Mia Marena, hast du irgendwas genommen? Wenn ja, solltest du das in Zukunft dringend unterlassen ...« Der Penner!

»Klar, es gibt ne neue Droge auf dem Markt und die heißt:

Tristan Wrangler ... anscheinend tötet sie alle Gehirnzellen ab ...«
Er ignorierte meinen ironischen Einwand.

»Ich habe dir bereits gesagt, dass ich das alles mit meinen Händen aufgebaut habe, und nahm an, du würdest natürlich verstehen, dass ich nicht alles hinschmeiße, für das ich ...«

»Okay! Wie du willst! So besser? Es ist mir scheißegal, was du tust, okay? Und wenn du sie alle fickst, ist es natürlich auch deine Sache, tut mir leid, dass ich überhaupt den Mund aufgemacht habe ...« Keine Ahnung, wieso ich gerade jetzt den Aufstand probte, ihm so etwas vorwarf und nicht mehr an mich halten konnte. Zu allem Überfluss fing ich an zu heulen ...

Abrupt trat er auf die Bremse, denn wir waren angekommen, sprang aus dem Auto und knallte die Tür so laut zu, dass ich auf meinem Sitz zusammenzuckte. Verzweifelt beobachtete ich, wie er mit aggressiven Schritten aufs Haus zustapfte, und wischte mir schnell die Tränen aus den Augenwinkeln.

Gott! Wie war das denn jetzt geschehen? Das Letzte, was ich wollte, war Streit mit ihm.

»Scheiße, Scheiße, Scheiße!« Drei Mal hämmerte ich meinen Kopf gegen das Armaturenbrett, dann richtete ich mich wieder auf, weil ich jetzt auch noch Kopfschmerzen hatte. Als ich mir an die Stirn fasste, sah ich gerade, wie ein sehr attraktiver und kaum gealterter David Wrangler aus dem Haus kam und seinen Sohn unverhofft in die Arme schloss.

Tristan riss sich zusammen und stieß ihn nicht weg, sondern tätschelte ihm den Rücken und tauschte ein paar Worte mit ihm aus. David hatte sich nicht verändert. Seine dunklen Haare waren etwas länger, er hatte einen Dreitagebart und war tiefbraun gebrannt. Ansonsten strahlte er die Ruhe und Gelassenheit aus, die er immer an den Tag gelegt hatte. Er schlenderte mit dem kiefermahlenden Tristan zum Auto zurück und öffnete meine Tür.

»Und wenn das nicht Mia Engel ist«, begrüßte er mich fröhlich, als ich ausstieg.

»Hallo, David!« Etwas befangen hielt ich ihm meine Hand entgegen, die er ergriff, mich an sich zog und dann fest umarmte.

WOAH! Tristan schaute mit weit erhobenem Kinn an mir vorbei, zog mich aber wortlos an sich, nachdem sein Vater mich losgelassen hatte. Seine Hände fühlten sich kalt auf meiner Haut an und ich merkte mit jeder Faser, wie wütend er war. Gott ... ehrlich gesagt war ich jetzt so eingeschüchtert, dass ich überlegte, ob es nicht besser wäre, erst mal nicht mit ihm allein in einem Zimmer zu sein.

Die anderen kamen auch an. Alle begrüßten und umarmten sich fröhlich und Robbie war ganz hin und weg von den ganzen Gorilla-Geschichten, die David parat hatte. Sie verstanden sich auf Anhieb – natürlich. David ließ ihm einfach keine Wahl.

Während sich die Männer, allen voran Tristan, eine Flasche von dem alten Whiskey schnappten, der immer im Schrank stand, und sich einschenkten, wurde ich von Vivi die Treppe nach oben gezogen. Sie freute sich, dass ich jetzt auch ihre Klamotten tragen konnte, und drückte mir ein goldenes Kleid mit V Ausschnitt und schwarzen halterlosen Strümpfen in die Hände. Ich schaute sie an, als wäre sie verrückt geworden.

»Tipp Nummer fünftausend: Zeig ihm, was du hast! Bei jeder Gelegenheit!«, sagte sie nur.

Während ich in mein Zimmer ging, um passende Unterwäsche zu suchen, kamen auch die Männer polternd nach oben und machten es sich in Phils altem Zimmer gegenüber gemütlich. Tommys Raum wurde ja von uns beschlagnahmt. In den konnte man übrigens keinen Fuß mehr setzen. Alles war mit Klamotten und Make up verwüstet.

David war mit Robbie auf der Couch eingeschlafen, berichtete Phil – was ein Wunder war, bei dem Krach, den die Kerle veranstalteten.

Als ich bemerkte, dass sie schon die Hälfte der Flasche geleert hatten, sah ich verwundert auf die Uhr. Hilfe! Es war erst acht Uhr abends und wir waren gerade mal seit einer halben Stunde daheim! Das konnte ja was werden!

»Kommt schon, einer geht noch!«, überredete Tristan die beiden, als ich an der Tür vorbeiging, aber ich biss die Zähne zusammen, um keinen Kommentar abzulassen.

Sie ließen die Tür offen, sodass wir genau ihre Gespräche verfolgen konnten, die sich meistens um Autos und Geschäfte drehten. Um neun jedoch, als wir drei Mädels im Bad waren und uns schminkten, änderten sich die Themen abrupt.

»Weißt du noch die ... eine ... wie hieß se ... Irina? Die zuers dia einen geblasen hat un dann mia?«, erkundigte sich ein glucksender Tristan bei Tommy. Vivi und ich erstarrten in der Bewegung und schauten uns schockiert im Spiegel an. Ich mit der Wimperntusche, sie mit dem Rougepinsel in der Hand.

»Das hat er gerade nicht gesagt, oder?«, fragte ich leise.

»JAAA!!!!!!!!!«, grölte Tommy. »Boah ... Alder ... aber weißte noch ... die hatte voll denn Busch ...«

»Deswegn haben wir ja nur ... blasen lassn ...« Ich hörte ihre Gläser aufeinandertreffen und sah, wie Vivi förmlich der Dampf aus den Ohren stieg.

»Ich bringe ihn um!«, zischte sie und trug mit aggressiven Bewegungen das Rouge auf.

»Philip hat so was zum Glück nicht nötig«, grinste Katha auch noch überheblich und zog ihre perfekten Lippen mit Lippenstift nach.

»WARTET«, rief in dem Moment besagter Mann durchs ganze Haus und ich konnte ihn förmlich vor mir sehen, wie er Tristan und Tommy festhielt. »Ich hatte eine mit TITTEN, ALDER! DIE NIPPEL, DIE PASSTEN GAR NICH IN MEINEN MUND!«

»BOAH!«

»JA MAN, WIRKLICH! Solche hab ich nie wieda gsehn ... auch wenn Katharina ... Hammer-Dinga hat!«

»Mia ... hat die bestn Tittn ...«

»NEEE, klein aber fein ist viel bessa ...«

»Und Mia hat die engste Pussy!«

»Katharina hat die beste Figur und die größten Tittn!«

»Aber Vivi is am gelenkigsten!«

»Jetzt stell dir vor!«, lallte Tristan weiter, während wir Mädels überlegten, auf welche qualvolle Art die Jungs sterben würden. »DAS alles in einem!«

»Jaaaa«, riefen alle drei und die Gläser klirrten wieder aneinander. »DAS wär die PERFEKTE FRAU!« Wir waren fertig ... vor allem mit den Nerven.

»Tris ... weißt du noch ... damals meine Entjungferung – wir beide, zusammen mit der Hohlkuh? Als ich Katharina eifersüchtig...?«

»WOAH! Okay! DAS REICHT!«, schrie ich und wir alle drei stapften hinüber. Dort hockten sie alle einträchtig beisammen, während Tommy gerade versuchte, die zweite, dritte und was weiß ich wievielte Flasche zu öffnen. Schwer zu sagen, denn es lagen überall welche rum und es roch wie in einer Schnapsbrennerei. Sie sahen uns an, als wären wir irgendwelche geisterhaften Erscheinungen und besaßen auch noch die Frechheit, »Was is´n?« zu fragen und danach zu rülpsen. Also das brachte natürlich nur Tristan zustande.

»Wir *hören* euch!« Katha verschränkte die Arme vor ihrer Brust.

Allen klappten die Münder auf. »Ihr *hört* uns?«

»Gott, ihr seid so bescheuert!«, erwiderte Vivi. »Wie denn nicht bei dem Affengegröle? Ihr könnt ja gerne hier weitermachen und euch so niveaulos auslassen, aber wir gehen FEIERN!« Und somit packte sie Katha und mich an den Händen und zog uns nach unten. Von dort rief sie ein Taxi.

In ihrer schwarzen Jeans und dem transparenten gleichfarbigen Oberteil mit dem blinkenden Top darunter, den hohen Stiefeln, den meterlangen Ketten und ihren glatten roten Haaren würde sie der Star des Abends sein.

Katha hingegen ließ es wegen ihrer Schwangerschaft ein wenig langsamer angehen – sie trug eine Jeans und einen rosa engen, hauchdünnen Pullover dazu, während sie ihre Haare hochgebunden hatte. Obwohl sie für ihre Verhältnisse schlicht gekleidet war, sah sie atemberaubend aus – wie ein Supermodel-

Barbieverschnitt.

Ich richtete noch ein paar meiner von Vivi gezauberten Locken, als wir das Taxi vorfahren hörten. Wir hatten jedoch keine Chance einzusteigen, denn die Affen kamen grölend nach unten gelaufen, direkt nach draußen und schnappten es uns vor der Nase weg. Dabei lachten sie sich auch noch den Arsch ab ... *Idioten!*

Schnaubend mussten wir weitere zwanzig Minuten auf den nächsten Wagen warten, der uns dann zu dem Club brachte, welcher erst vor Kurzem etwas außerhalb der Stadt eröffnet hatte. Schon von Weitem konnten wir die bunten Strahler erkennen, die ihn in Szene setzten, aber auch die Schlange davor, die sicherlich vor einer halben Stunde noch nicht so lang gewesen war. Alles Feierwütige, die vermutlich nicht solche Idioten als Freunde hatten.

Genervt stiegen wir vor dem großen Backsteingebäude aus und gingen auf den Club zu.

»Mia ...«, hörte ich eine lallende und doch anziehende Stimme rufen. Ich rollte nur mit den Augen und drehte mich in Richtung Störung.

Tristan stand mit seinen drei Brüdern etwas abseits. Sie alle hatten uns den breiten Rücken zugewandt und ähm ... pinkelten ... in den Schnee!

»Was?«, fragte ich wutschnaubend und auch meine zwei Begleiterinnen wurden auf ihre Freunde aufmerksam.

»Komm mal her, Baby ... Ich hab was für dich«, rief Tristan mir über die Schulter zu und ich machte mich grummelnd zu ihnen auf den Weg.

»Was ist denn?« In sicherer Entfernung blieb ich stehen, denn Tommy und Phil erledigten auch gerade ihr Geschäft. Und da hieß es, nur wir Frauen gingen gemeinsam aufs Klo!

»Haha«, lachte Tristan und stieß Phil mit der Schulter an. »Jetzt ist das ›I‹ versaut ... Willst noch was von meiner Pisse? Hab noch was übrig!«

»Was zum Teufel tut ihr da?« Katha neben mir war völlig fassungslos und angewidert.

»Wir schreibn ... eure Namn ... in Schnee ... Aba ... Tris hat den kürzesten ... das is unfair«, antwortete Tommy fröhlich. Die waren total durchgeknallt! Oder auch total besoffen ... Idiotisch bis zum Abwinken! Männer eben!

»Ihr seid sooooooo eklig!«, entgegnete Vivi stirnrunzelnd, und in dem Moment wurde ich angetippt.

»Mia? Mia Engel?« Ich drehte mich und sah in zwei dunkelbraune freundliche Augen.

»Martin!«, rief ich und bemerkte kaum, dass Tristans Kopf zu mir herumschoss wie eine Kanonenkugel. Ohne lang zu überlegen, schlang ich meine Arme um Martins Hals und drückte ihn fest an mich. Dabei kreischte ich ihm ein bisschen ins Ohr. Es tat einfach so gut, ihn wieder zu sehen und ich freute mich kurz gesagt tierisch.

»Verdammter Fuck ...«, zischte Tristan. »Ich muss schneller pissn ...«, beschwerte er sich bei Phil, der soeben fertig war. Der lachte ihn aus.

»Was tust du denn hier?«, fragten Martin und ich gleichzeitig und ließen uns los.

»Das ist mein Club!«

»Ich mache hier Ferien«, antworteten wir wieder unisono. Die Mädels wurden hellhörig.

»Dein Club?«, erkundigten sie sich und Martin nickte stolz. »Japp! Hab ihn vor drei Monaten eröffnet ... Wenn ihr keine Lust habt, in der Schlange zu stehen, dann ...«

»Vergiss es!«, rief Tristan dazwischen und fluchte, weil er immer noch nicht fertig war. Das war meine Chance – ansonsten würde er mich nicht weglassen.

»Okay!« Ich packte Martins Arm und riss Vivi mit.

»Mia! NO! NEIN! NE! NJET! WEIB, WARTE! FUCK!« Ich ignorierte ihn, als wir durch eine Seitentür ins Innere des Clubs verschwanden. Ich weiß nicht, was in mich gefahren war, aber ich wollte ihn bis zum Äußersten treiben! Phil und Tommy konnten ihre Mädels auch nicht aufhalten. So fanden wir uns in der VIP-Lounge wieder und prosteten auf einen tollen Weiberabend. Paul, Stefan, Jared und Ludwig waren auch da und ich wurde sehr herzlich begrüßt. Es tat gut, die Jungs mal wieder zu sehen. Es tat gut mit Vivi und Katha – die natürlich nur alkoholfreie Cocktails trank – zu feiern, einfach mal loszulassen und zu wissen, dass Robbie und auch Tristan trotzdem zu mir gehörten. Es tat gut mal mit Freunden unterwegs – *ganz normal* – zu sein. Zuvor hatte ich das nie erlebt, also nahm ich mir vor, diesen Abend aus vollen Zügen zu genießen, auch wenn ich mich schon jetzt heftig nach Tristan sehnte.

Aber nach dem Streit von eben konnte ich einen tollen Abend mit meinem süßen alten Tristan wohl vergessen. Zumal ich auch noch Martin getroffen und ihn so innig begrüßt hatte und zu allem Überfluss mit ihm mitgegangen war. Stattdessen müsste ich mit meinem Psycholover vorliebnehmen und der war auch noch stockbesoffen. Also blieb ich lieber hier, in der Hoffnung, dass er sich bald beruhigen würde ... und trank ... *viel ...* bisher hatte ich keine Ahnung gehabt, dass Martini so lecker war – also das Getränk.

Bereits eine Stunde später, oder so, ich wusste es nicht genau, drehte sich alles ... und ich musste wirklich dringend aufs Klo, ansonsten wäre mein Höschen nass (ausnahmsweise nicht wegen Tristan) und ich hätte die teuren Ledersitze ruiniert. Also bahnte ich mir meinen Weg durch die Tanzenden, war dabei schon ziemlich wacklig auf den Beinen und hatte es FAST bis zu den Toiletten geschafft, als aus dem puren Nichts eine Hand nach vorne schoss und mich am Handgelenk packte. Mit einem Ruck wurde ich herumgeschleudert, wobei ich gegen *seine* Brust prallte, wie mir sein Geruch verriet. Im nächsten Moment zog er mich in eine etwas ruhigere Ecke, in die Chill-out-Lounge.

»Okay ... was soll ... das ...? Kannst ... mir mal sagn, wo du dich rumtreibst? Ich hab dich überall gesucht ...« Er keilte mich links und rechts mit seinen Armen ein und ich starrte hoch ich sein schönes Gesicht. HILFE!

Er war so sexy ... ganz in Schwarz ... wie Satan ... und mit genauso glühenden Augen.

»Hättste mich gsucht, hättste mich auch gfundn ... Is ne alte Bauernweisheit«, antwortete ich und merkte, wie sich meine Zunge dabei verknotete.

»Boah, Mia!« Seine Augen wurden groß. »Du bis total besoffn!«, stellte er sehr schlau fest.

»Nein ...«

»Doch!«

»Nein!«

»Doch!«

»Nur sooo ein bisschen.« Ich zeigte ihm das Bisschen mit Zeigefinger und Daumen.

»Ich seh doch, dass du stinkebesoffn bist ... Mach mir nichts vor, Frau ...«, knurrte er. Ahhh ... er beugte sich ein bisschen weiter vor ... sodass er mit der Nase über meine Schläfe streichen konnte ... Diese Spannung baute sich auf, noch stärker als sonst. Zwischen meinen Beinen pochte es schon wieder ... Besoffen oder nicht besoffen.

»Ist doch nich schlimm ... oda?«

»Natürlich is das ... schlimm ... wenn ich nich da bin ... und du mit dem Köta rumhängst ...«

»Martini is nett und kein Köta!«

»Aber nur, weil er dich fickn will ... Genauso wie ich übrigens ...« Eine Hand löste sich von der Wand und er strich mir über die Taille. Seine Finger waren viel sicherer als seine leicht lallende Aussprache.

»Hast du noch keine passenden Schläuche gefundn ...?«

Er grinste und lachte leise. »Doch! Deine!« Ich schubste ihn von mir weg, was mir leichter fiel als normalerweise, weil auch er dezente Koordinationsschwierigkeiten hatte.

»Ich habe KEINE SCHLÄUCHE«, schrie ich. Die Leute in unserem Umfeld starrten mich an und unterzogen sie gleich mal einer näheren Inspektion. Tristan verdrehte die Augen und fuhr sich schwankend durch seine Haare.

»Is doch egal, wie man's nennt ... deine sind die BESTN ... Baby ... Und ich will keine andern Schläuche, Titten oder Brüste! Check das endlich und gib Ruhe!«

»Leck mich!«, zischte ich ihm entgegen und schlüpfte schnell an ihm vorbei.

»Sag, wann und wo, ich bin bereit ...!«, brüllte er mir ungehalten hinterher, aber da war ich schon davonmarschiert. Jetzt hatte ich ganz vergessen aufs Klo zu gehen, aber ich war so wütend, dass ich Martin fast eine knallte, als er mich plötzlich am Oberarm festhielt.

»Hey, Signiorita ... gönnst du mir einen Tanz?« Ich drehte mich um und sah Tristan, der sich wie der schwarze Hai durchs Meer der feiernden Leiber einen Weg zu mir bahnte. In meinem Kopf spielte sogar die passende Musik dazu, worauf ich ein Déjà vu hatte und leicht panisch wurde.

»Klar!«, rief ich und zerrte Martin zur Tanzfläche, die sich rechts von uns befand.

Hastig warf ich einen Blick über seine Schulter zu Tristan, als ich anfing, mich zu bewegen. Tristan stand mit geballten Fäusten am Rand und ich zwinkerte ihm zu! Er legte den Kopf schief, verschränkte die Arme und sah sich nach links und rechts um. Er suchte ein Opfer!

DAS WÜRDE ER NICHT WAGEN!

Über sein Gesicht huschte ein triumphierendes Lächeln, als ihm zu seiner Linken eine kleine rothaarige Tussi mit Schottenminirock und aufgepumpten Brüsten auffiel. Er schürzte die Lippen, schob eine Hand in seine Hosentasche, fuhr sich mit der rechten durch seine Haare und schlenderte dann locker lässig auf sie zu. Plötzlich wirkte er gar nicht mehr besoffen, und das machte mir Angst! Als hätte sie die Anwesenheit dieses Sexgottes hinter sich gefühlt, drehte sie sich um und erstarrte, sobald sie ihn erblickte. Ihre Augen wurden groß, glitten voller Faszination über seinen Körper und wieder nach oben in sein ausnehmend männliches, verschmitztes und so attraktives Gesicht. Schüchtern lächelte sie und errötete tief, als er etwas sagte.

Ich sah genau seine schönen Lippen, die sich um die Worte legten. Sah das verheißungsvolle Funkeln in seinen Augen, das nur mir gehören sollte, und klammerte mich fester an Martins Oberarme.

Das Lied wechselte zu ›Chica‹ von *Culcha Candela*.

Martin zog mich enger an sich.

»Du gefällst mir immer noch so wie früher, weißt du, Mia?« Er wirbelte mich herum, sodass ich die beiden nicht mehr sehen konnte. Mein Magen verknotete sich in banger Vorahnung und ich wollte am liebsten sterben. Was, wenn er gleich mit ihr aufs Klo verschwand? Aber das würde er mir nicht antun, oder?

»Ja, ja, danke ... Martin.« Mit all meiner Kraft brachte ich uns wieder in eine Position, in der ich Tristan unter den vielen Leuten ausmachen konnte. Erleichtert stellte ich fest, dass er die Tussi lediglich auf die Tanzfläche gezogen hatte. Aber seine Hände lagen an ihrem Becken, das einladend unter seinem Griff kreiste, während seine Augen an ihrem Ausschnitt klebten. Er bewegte gekonnt die Hüften, seine Gürtelschnalle reflektierte das blitzende Discolicht ... und er näherte sich ihr noch ein bisschen – faktisch gab es jetzt keinen Millimeter mehr zwischen ihnen.

NEIN! WAGE ES NICHT DEINEN FICKER AN IHR ZU REIBEN! NEIN, NEIN, NEIN!

Er rieb! Sie klammerte sich an ihm fest, und ich konnte sehen, dass ein Stöhnen von ihren widerlichen Lippen fiel.

AAAAAAAAAAAAAAAAAHHHHHHHHHHHHHHHH!

VERDAMMT, VERDAMMT, VERDAMMT!

Im Vorbeischwingen packte ich mir einen leeren Trinkbecher und pfefferte ihn einfach in seine Richtung. Ich traf! JUHU! Genau seinen Hinterkopf und duckte mich sofort. Tristan zuckte zusammen ...

Leichthändig schwang er sie so herum, dass sie mit dem Rücken zu ihm stand, und starrte mich tödlich an. Ich schluckte, als seine Hände provokativ an ihrem Körper nach oben wanderten. Zentimeter für Zentimeter.

»WOAH!«, rief ich und im nächsten Moment dachte ich mir.

DER KANN MICH MAL!

Ich löste meinen Blick von ihm und lächelte Martin an.

»Martin ... du hast so viele Muskeln ... Ich mag Männer, die auf ihren Körper achten, aber trotzdem so cool drauf sind!« Selbstsicher strich ich über seine Oberarme und verschränkte meine Hände in seinem Nacken. Drückte mich an ihn und bewegte meine Hüften nun auch an seinen. Es wurde hart und er keuchte leise.

Ich konnte quasi fühlen, wie grünbraune Augen jetzt tödliche Blitze auf mich schossen, und grinste. Leckte mir über die Lippe und hob ganz langsam ein Bein ... direkt an Martins hartem Schenkel nach oben und schlang es schließlich um ihn.

»OH Gott, Mia!« Er seufzte und presste mich gegen sich. Wieder riskierte ich einen Blick über seine Schulter, während ich mich an ihm rieb, und verengte die Augen, als ich erkannte, was Tristan tat. Er wirkte nicht mehr belustigt, sondern eher verbissen ... seine Zauberhände schwebten einige Sekunden über ihren dürftig eingepackten Ballons.

»NEIN!«, formte ich mit den Lippen, aber er grinste lediglich kühl. Dann packte er zu! Innerlich war ich außer mir und kreischte hysterisch, aber äußerlich drängte ich mich intensiver an Martin und sah mich kurz um.

Auf einer Seite der Tanzfläche standen Vivi und Katha – beide mit panischem Gesichtsausdruck – und gestikulierten wild, während sie schrien: »CUT! STOP! NEIN! CUT!« Auf der anderen Seite Tommy und Phil, die wild johlend ihre Fäuste schwangen und mich anfeuerten. »HU! HU! HU! HU! HU!«

Mittlerweile war ich so sauer, dass ich fast heulte vor Wut, aber ich tat es nicht ... stattdessen ließ ich meine Hände nach unten wandern und packte Martins Knackarsch, so wie ich das sonst immer bei meinem Götterarsch da drüben praktizierte.

Ungläubig erstarrte Tristan kurz, dann schwang er fast schon aggressiv sein willenloses Opfer zu sich herum, betäubte sie noch ein bisschen mehr mit seinem schiefen Lächeln und hielt sie an den Hüften fest, während er sich zu ihr hinunterbeugte.

Demonstrativ schaute er mir in die Augen, als er mit den Lippen Millimeter über ihrem Schlüsselbein stoppte.

Ich erdolchte ihn mit Blicken. Schmiss Granaten nach ihm. Stach ihn mit Messern ab und zerkratzte sein viel zu schönes Gesicht, während ich ihm gedanklich gleichzeitig den Ficker abschnürte.

Tristan grinste nur, als er die Mordfantasien auflodern sah, und tat es ...

Er leckte ihre Haut ab.

Mit SEINER ZUNGE!

Das war der Todesstoß!

Er entweihte gerade MEINE ZUNGE! OKAY! Dann würde ich eben SEINE HÄNDE entweihen und die verbotene Zone betreten. Ich lächelte Martin an, hatte schon fast ein schlechtes Gewissen, weil ich ihn so benutzte, aber die Wut war viel zu stark, außerdem gab es kein Zurück mehr.

Er grinste unsicher und leider ziemlich süß, als ich mein Bein von seinen Hüften nahm. Dabei schaute ich Tristan an, zwinkerte ihm zu und ... wollte gerade Martins Heiligtum berühren ...

Tristan schmiss die arme Frau förmlich von sich und mein Herz begann in meiner Brust zu rasen, als er wie ein wild gewordener Berserker auf mich zustürmte.

Oh, oh – Tristan hatte in den Kampfmodus geschalten ... Ich war wohl doch etwas zu weit gegangen, aber wer weiß, wie weit er es noch getrieben hätte!

»DAS hättest du nicht tun sollen«, zischte er, als er mich weit überragte, und mich am Oberarm von Martin losriss, der, ziemlich vor den Kopf gestoßen, sofort nachgab.

»Dasselbe könnte ich dir sagen!«, lautete meine Antwort. Ich zerrte, zog, um mich aus seinem Griff zu winden, und biss mir auf die Lippe. Aber Tristan war unnachgiebig – natürlich. Was er wollte, bekam er.

»Du wehrst dich gegen *mich*, aber *ihn* berührst du?« Ungläubig starrte Tristan auf mich herab, eine Ader an seiner Stirn pochte verdächtig.

284

»Wie du siehst!«, schrie ich und Martin wollte gerade dazwischen gehen, da reichte es Tristan. Mit einer fließenden Bewegung packte er mich um die Hüften, und ehe ich mich versah, hatte er mich über seine Schulter geschmissen. Mir wurde ein bisschen schlecht, weil es erstens zu hoch war und zweitens der Alkohol seinen Tribut forderte.

»Tristan, lass mich los!« Ich trommelte auf seinen Rücken ein, doch er bahnte sich bereits unbeeindruckt seinen Weg durch die Menge, als hätte er keine kreischende Frau dabei. Martin schaute uns nur verdattert hinterher, als ich ihm bedeutete, dass er nicht dazwischen gehen sollte. Ich würde schon allein mit meinem ausflippenden Psycholover fertig werden ... Irgendwie. Das tat ich immer wieder.

Ich verrenkte mich bei dem Versuch zu sehen, wo wir hingingen, und bekam fast Panik, als ich das Schild für die Toiletten erblickte! Ich wusste doch, dass ich was vergessen hatte, denn in dem Moment meldete sich meine Blase erneut sehr dringend mit dem Versprechen gleich zu platzen, sollte ich nicht Abhilfe schaffen.

»WAG ES NICHT! LASS MICH RUNTER! TRISTAN! DU FICKER!«, brüllte ich lauthals und wollte mich an der Ecke festhalten, um die wir bogen, aber Tristan war hartnäckig. Das Einzige, was ich als Antwort bekam, war ein schnalzender Schlag auf den Hintern und ein geknurrtes »Klappe!« Das Herz schlug heftiger in meiner Brust. Ich war so sauer ... SO WÜTEND auf ihn ... und gleichzeitig SO erregt.

Das Damenklo war dreckig ... Klopapier lag auf dem Boden, und zwei Frauen starrten uns schockiert an, als Tristan eine gelbe Kabinentür aufschwang und sie hinter uns zuknallte. Es war ziemlich eng, weshalb er mich erst mal auf dem Klodeckel abstellte.

»Lass mich sofort gehen!« Ich versuchte nach ihm zu treten, wäre aber fast vom Klo gestürzt, weil ich das Gleichgewicht verlor. Er hielt mich an den Hüften fest.

»Lass DAS, oder willst du im Scheißhaus landen?!«, zischte er und funkelte mich tödlich von unten an. Sein zusammengepresster Kiefer und die immer noch pochende Ader an seiner Stirn verrieten, dass er mindestens genauso wütend war wie ich. Oh ... das hier würde hart werden! Denn vor mir stand gerade mein Psycholover. Mein besoffener ... stinkwütender Psycholover ... Aber gleichzeitig war er noch nie erotischer gewesen! Was würde er jetzt tun? Seine Augen waren so dunkel, so aussagekräftig, und die Delle in seiner Jeans gab mir den Rest.

»Wage es nicht, mich jetzt zu ficken, Tristan Wrangler!«, warnte ich ihn, doch das war genau der falsche Beitrag.

»Maul halten!« Mit einem Mal hatte er mich auf den Boden gehoben.

»AHH!«, kreischte ich, als er mich mit dem Gesicht voran grob gegen die Klokabinenwand presste.

»Tristan! NEIN!« Ich wand mich, doch er drückte sich enger an mich, sodass mein Arsch vorteilhaft genau über seinen Schritt rieb. Daraufhin zischte er mir ungehalten ins Ohr und nestelte bereits ungeduldig an seiner Hose rum. Gott ... konnte ich eigentlich noch feuchter werden? Konnte mein Herz noch schneller rasen?

»Hör auf dich zu wehren!« Er biss mir ins Ohrläppchen.

»DU bist so ein Arsch und verlangst auch noch, dass ich mir so was gefallen lasse? NIMM DEINE HÄNDE VON MIR, Tristan!« Er schlug mir unbeteiligt auf die Arschbacke.

»Hör auf zu schreien, Frau! Es bringt ohnehin nichts!« Empört fühlte ich, wie seine Finger mein Höschen zur Seite schoben und sein Knie meine Beine weiter spreizte. Ich kämpfte energischer, wand mich heftig und trat ihn so fest, dass ich ihn ein wenig von mir stoßen konnte, aber auch nur, weil er betrunken war. »Hör auf!«

Gerade so konnte ich Luft holen und wollte an im vorbei zur Tür, da packte er mich schon an beiden Händen, hob sie über meinen Kopf und drückte mich nun mit dem Rücken gegen die Kabinenwand. Das davor war nur Spaß gewesen ... das machte mir meine absolute Hilflosigkeit nun klar. Seine Augen loderten, verbrannten mich. Sein hübsches Gesicht war von Lust beherrscht und er keuchte genauso wild wie ich.

Einige Sekunden starrten wir uns an, ein Kampf, der ausschließlich mit Blicken geführt wurde.

Dann beugte er sich ohne Vorwarnung zu mir und küsste mich fest. Gebieterisch. Seine Lippen waren hart, seine Zunge dennoch geschmeidig.

Ich stöhnte in seinen Mund, denn dies war das Faszinierendste, was ich je gefühlt oder erlebt hatte. Scheinbar gegen meinen Willen von dem Mann genommen zu werden, den ich liebte. Es war berauschend und unwirklich; sein unnachgiebiger Körper, seine dominierenden Berührungen, seine glühenden Blicke – die Gefahr gepaart mit dem Wissen, dass er mich niemals ernsthaft verletzen und immer aufhören würde, sollte ich es wirklich nicht wollen.

Seine Finger glitten zielsicher zwischen unsere Körper zu meiner Mitte und fingen an, mich dort zu massieren.

»AHHH«, stöhnte ich in seinen Mund und biss ihm in die Lippe – so fest, dass ich Blut schmeckte.

Keuchend zuckte er zurück, schaute fast schon ungläubig auf mich herab und hob die Hand, die mich nicht befriedigte, um sich langsam das Blut von der Lippe zu wischen. Unverhofft schnellte sie vor, packte beide Wangen und presste meinen Mund zusammen.

»Du hast mich gebissen!«, stellte er zischend fest.

»Du hast sie abgeleckt!«, war mein genuscheltes Gegenargument. »Und jetzt lass mich los! Ich will jetzt nicht mit dir ficken!«

Einen Moment schaute er mich nachdenklich an, wahrscheinlich ergründete er, ob ich das tatsächlich ernst meinte, doch dann breitete sich langsam dieses diabolische Lächeln auf seinem hübschen Gesicht aus, das ich nur zu gut kannte. Vor dem ich gleichermaßen zitterte, mir die Beine weich wurden und mein Atem vor Spannung in der Kehle stockte.

»Ich *werde* dich ficken. Du bist mein Mia-Baby ... Meine Schlampe ... mein Mädchen ...« Plötzlich hatte er mich wieder herumgeschwungen, sodass er mir den Blick auf sich selbst verwehrte. Ich krachte gegen die Kabine und ächzte auf. »Wenn ... ich die Frau ficken will, die ich über fucking alles liebe ... wenn ich ihn dir tief reinstecken möchte ... bis zum Anschlag ... Wenn ich dein Stöhnen und deine Schreie hören will ... Immer wieder meinen Namen, der von deinen verdammt verführerischen Kirschlippen fällt ...« Ich musste hilflos hinnehmen, wie seine Finger mein Höschen zur Seite schoben und meine triefende Nässe freilegten. Ich fühlte mich SO entblößt und es war ... phänomenal. »DANN ... meine liebe Mia Marena ... DANN ... werde ich das tun ... und nichts kann und wird mich je aufhalten! Nicht einmal ... du!« Es war nur ein Spiel und ich sturzbetrunken, aber diese Worte kamen in meinem Hirn an, und ob ich wollte oder nicht, sie setzten Angst in mir frei.

ECHTE Angst.

Sobald ich mich leicht versteifte, hielt er sofort inne. Ein zärtlicher Finger strich mir das Haar aus dem Gesicht und seine Stimme klang für einen Moment überhaupt nicht mehr Psycho. »Du nimmst den Scheiß jetzt aber nicht Ernst, Mia-Baby?«

Das genügte, um mein Herz wieder zum Explodieren zu bringen und dafür zu sorgen, dass verdammt noch mal alles in Ordnung war. »Halt die Klappe, Tristan ...« Das atemlose Raunen genügte, er lachte leise nah an meiner Schläfe, küsste sie zärtlich und packte mich dann noch grober.

Prompt setzte er seinen Ficker an meinen Eingang an. Als ich mich umherwand und ihn erneut wegschieben wollte, presste ich ihn ausversehen fast von selbst in mein Inneres und stöhnte auf.

»Es macht mich so heiß, wenn du kämpfst«, knurrte er mir ins Ohr und ergriff plötzlich meinen Unterarm ... verdrehte ihn auf meinem Rücken, sodass es leicht zog, aber keineswegs wehtat. Ich wusste, er würde mich nie ernsthaft verletzen, deswegen genoss ich das Ganze hier auch klammheimlich.

»Mich auch ...«, keuchte ich, aber wehrte mich noch etwas,

führte die Show, die meine Gegenwehr im Grunde war, noch ein wenig fort. Er lachte rau, strich mir aber äußerst sanft die verschwitzten Haare über die Schulter zurück.

»Hör jetzt besser auf, Baby, sonst tust du dir noch weh. Du kannst gegen mich sowieso nie gewinnen und das willst du auch gar nicht.« Er drang nun weiter in mich ein, verbog aber gleichzeitig den Arm noch ein kleines bisschen mehr. So sehr, dass es etwas schmerzte, ich die Zähne aufeinanderbiss und mich ergab – vorerst. Ich spürte wie er, an meinem Eingang lehnend, ein paar Mal hoch und runter wichste ...

»Braves Mädchen«, hauchte er und dann drückte er sich komplett und unbarmherzig in mich – bis zum Anschlag – und ließ meinen Arm los.

»AHHH«, stöhnte ich hilflos ... und stemmte mich gegen die Kabine ... als er in mir war. Tief ... wie immer ... tief ... so wunderbar tief. Ich warf den Kopf zurück, schob ihm meinen Hintern entgegen, fühlte ihn in mir. Jede Ader ... ALLES!

»Fuck ... Du bringst mich um ...!« Er nahm meine Hände, verwob unsere Finger und stützte sich mit unseren Händen rechts und links von mir an der Wand ab, während er rausglitt und eine Sekunde fast komplett so verharrte. Seine Finger umfingen meine fester. Ich fühlte die Stärke in jeder seiner Bewegungen. Egal ob an seinen Händen, seiner Brust oder seinen Hüften ...

»Ich liebe dich so, Mia ...« Er vergrub seine Nase an der Seite meines Halses und küsste meinen Nacken ... Dann stieß er noch mal in mich, und zwar so heftig, dass die Wände wackelten.

»GOTT, Tristan!« Ich konnte einfach nichts gegen das Stöhnen tun, das aus mir brach. Es war zu intensiv ... zu heftig ... als er anfing, mich hart zu ficken und mich dabei so festhielt, dass ich mich keinen Millimeter rühren konnte.

»Du. Bist. Die. Einzige. Für. Mich. Fühlst. Du. Das?« Er kreiste mit seinen Hüften, knabberte leicht an meinem Hals und presste sich noch enger an mich. »Alle. Anderen. Sind. Mir. Scheiß. Egal. Mia. Baby.« Er klang angestrengt ... war es genau genommen auch, aber mir ging es nicht anders.

»Ich. Habe. Angst. Dass. Du. Mich. Bei. Der. Auswaaaaahl ... Ahhhh!« Er traf meinen G-Punkt und grinste an meiner Haut. »Nicht. Mehr. Willst ...«

Plötzlich war er draußen und schleuderte mich wieder herum. Alles, was ich sah, war glühendes, dunkles Grün-Braun, als er mein Gesicht mit beiden Händen umfing und mich ernst ansah.

»Das glaubst du ... nicht wirklich ... oder?« Er war so außer Atem, dass er kaum reden konnte und dennoch versuchte er es. Sein Ficker presste sich zuckend am Bauch gegen den dünnen Stoff meines Kleides ... Ich pulsierte und tropfte ... konnte kaum denken und er fragte mich das JETZT?

»Kannst du mich erst zu Ende ficken?«, fragte ich nur und hob ein Bein, schlang es um seine Hüfte, klammerte mich an seine Unterarme und hoffte, er würde mich festhalten, wenn ich mich gleich mit dem anderen Bein an ihm hochziehen würde.

»WARTE!«, stieß er hervor und hinderte meinen anderen Oberschenkel daran, sich um ihn zu legen. »Glaubst du *wirklich*, ich könnte jemals irgendeine Frau mehr wollen als dich?«

Oh mein Gott ... Wo war der Zorn hin? Die Aggression? Wo war das rasende Glühen in seinen Augen? Es war hingebungsvoller Zärtlichkeit gewichen, und ich wusste, mein Tristan war wieder da und der Psycholover gegangen, aber ich konnte ihm nicht hinterher trauern, weil ich ALLE Seiten von Tristan abgöttisch liebte.

»Du hast viel Auswahl ...« Meine Wut war auch längst verpufft. Meine Stimme zitterte verdächtig und Tränen traten in meine Augen ... Wie konnte ich hier bloß so erregt stehen und so was mit ihm besprechen? In einem Discoklo? »Ich bin nicht ... so toll«, fügte ich noch hinzu und biss mir auf die Lippe, als sein Blick fast schon ... traurig wurde.

»Baby ...« Er lehnte seine Stirn an meine, überwältigte mich komplett mit dieser einen so intimen Geste, die wir immer teilten. Eine Träne löste sich, rann an meiner Wange hinab. »Wie oft noch? DU bist die Beste ... Fuck ... ich liebe dich, und wenn ich einmal liebe, dann verdammt noch mal für immer ... Es GAB nie eine andere und es wird NIE eine andere für mich geben!« Er küsste mich sanft und ich küsste ihn mit allem, was ich hatte zurück, klammerte mich fester an ihn ... Mit Herz und Seele, denn es tat gut, dass es bei ihm genauso wie bei mir war. Ich musste es einfach immer wieder von ihm hören, unsicher, wie ich war.

»Ich liebe ... dich auch ... So sehr ...«, murmelte ich und strich mit meiner Zunge über seine Unterlippe. Er ließ meinen Oberschenkel los, packte dafür mein Knie und schlang sich jetzt mein Bein selber um seine Hüfte. Küsste mich dabei um den Verstand und hob mich ohne jegliche Anstrengung hoch. Ich fühlte die harten Muskeln seiner Oberarme unter meinen Händen, wanderte weiter in seinen Nacken und vergrub meine Finger in seinen wirren Haaren. Zog daran ... liebte ihn ... über alles ...

Sein Ficker drückte sich wie von selbst in mein Inneres – unsere Körper harmonierten einfach perfekt, sogar ohne gedankliche Anleitung – und wir beide stöhnten auf. Tristan löste sich von meinen Lippen, glitt jetzt langsam und sanft in mich, schaute mir dabei tief in die Augen, und dann sagte er etwas, was mich geradezu schwindlig werden ließ.

»Ich werde meinen Club aufgeben. Die Entscheidung steht schon lange fest.«

17. UNSERE ZUKUNFT

Tristan ´sexy´ Wrangler

Endlich Weihnachten und passend zum Heiligabend war der Garten mit weißem dichtem Schnee bedeckt. Wir hatten heute den halben Tag draußen verbracht. Hatten verdammte Schneemänner und Schneefrauen gebaut ... natürlich hatten die Frauen Nippel und die Männer Ständer verpasst bekommen ... Und alles endete in einer epischen Schneeballschlacht, obwohl alle an einem elendigen Kater litten.

Am Nachmittag hatten wir dann aber alle ein wenig Schlaf nachgeholt. Robbie lag zwischen uns in meinem heiligen Heiligtum und ließ es sich gutgehen. Fast wäre ich eifersüchtig geworden, weil Mia sein Gesicht in den Schlaf streichelte und nicht meins ... aber ich konnte nicht. Denn es fühlte sich gut an, wenn der kleine Keks so vertrauensvoll zwischen uns ruhte, man den Frieden förmlich fühlen konnte, den er ausstrahlte und den er sich so verdient hatte und wie er schließlich schmatzte und mich umarmte. Es war etwas verwunderlich, dass er überhaupt schlafen konnte, denn er hatte uns schon die ganze Zeit genervt, weil er es nicht abwarten konnte, mit der Bescherung zu beginnen. Wie ein Flummi war er durch die Gegend gehüpft und hatte gerufen: "Geschenke, Geschenke, Geschenke!" Aber es war unmöglich, ihm böse zu sein, denn es war sein erstes richtiges Fest in einer Familie, daher hatte er mehr oder weniger Narrenfreiheit.

Mia ließ uns dösen und schlich aus dem Bett, um mit den Vorbereitungen für das Weihnachtsessen anzufangen.

Ich hatte um ein ganz bestimmtes Gericht gebettelt – mit meinen Lippen zwischen ihren Schenkeln – und sie war gnädig. Es würde das legendäre Paprikahähnchen geben. Verdammt war ich froh, dass sie sich nicht an irgendwelche beschissenen von anderen Leuten erdachten Traditionen hielt, denn wir waren von

Haus aus keine konventionelle Familie.

Als ich meine schweren Glupscher das nächste Mal öffnete, roch es im gesamten Haus köstlich nach Paprika, Glühwein, Zimt und Hähnchen. Eine witzige Weihnachtsmischung. Robbie ließ ich schlafen, denn es wäre eine Sünde gewesen, ihn zu wecken. Leise zog ich nur meine Jogginghose an und schlenderte oben ohne nach unten. Verschlafen rieb ich mir die Augen und suchte wie immer den Raum nach Mia ab. Sie stand in schwarzem engen Wollkleid und rotem Schürzchen vor dem Ofen.

»Was ist da drin?« Unverhofft umarmte ich sie von hinten, worauf sie keuchte, und setzte zwei Küsse auf ihren Nacken, bevor ich an ihrem Hals schnüffelte, wie der räudige Köter, der ich manchmal war. Sie kicherte und auch ich musste grinsen.

»Stanley«, sagte sie todernst und ich verdrehte die Augen, als sie in niedliches Gelächter ausbrach. Als hätte sie ihn gerufen, was sie im Grunde ja getan hatte, kam er angelaufen und sprang wahnsinnig weit an meinem Bein hoch. Bis zum Knöchel oder so. Weil ich das kleine Sabberteil mittlerweile echt ins Herz geschlossen hatte, ging ich in die Hocke und kraulte seinen kleinen, samtigen Bauch, während ich den Ofeninhalt unter die Lupe nahm.

Es waren Plätzchen ... PLÄTZCHEN! Wann hatte ich das letzte Mal so was gegessen? Die Antwort fiel mir sofort ein und sie war gleichermaßen zerstörend wie traurig: als meine Mutter noch da gewesen war. Schemenhaft konnte ich mich daran erinnern, wie sie an Weihnachten durchs Haus wirbelte und es in ein wahres Wunderland verwandelte. »Ich hab das Rezept in einem Kochbuch gefunden, das mit der Hand geschrieben wurde ...« Mia neben mir kaute auf ihrer Unterlippe rum, während ich blicklos in den Ofen starrte.

»Das Rezept war von meiner Mutter.« Ihre Finger, die sanft und gleichzeitig wissend durch mein Haar strichen, waren unsagbar tröstlich. Wortlos erhob ich mich und zog sie an mich, umarmte sie fest und vergrub mein Gesicht einige Sekunden an ihrem zarten Hals. Ich mochte den Plätzchengeruch ...

Gemischt mit meinem Mädchen war er perfekt und lenkte mich von allen negativen Gedanken ab – die stellten sich zu dieser Jahreszeit irgendwie zwangsläufig ein.

An Weihnachten wurde ich immer so verschissen sentimental.

»Aus dem Weg!« Vivi wirbelte ans uns vorbei – trennte uns somit –, schmiss etwas in den Mülleimer und huschte wieder zurück ins Wohnzimmer. Mit gerunzelter Stirn sah ich ihr nach und nahm das Bild auf, das sich mir bot. Im Wohnzimmer herrschte Betrieb wie in einer Bienenwabe. Vivi zupfte mal hier und mal dort, hängte ein paar Kugeln um, war dabei aber so übergenau, dass ich mich wunderte, warum sie kein Maßband benutzte ... Katha lag wie immer fressend auf der Couch und gab währenddessen meinem Dad, Phil und Tommy genaueste Anweisungen, wie die armen Pisser den Tisch decken sollten. Sie wirkten leicht verloren, ziemlich verschwitzt und überrannten sich fast gegenseitig bei ihrem Versuch Kathas Befehlen nachzukommen.

Schlappschwänze!

Diesem jämmerlichen Beispiel wollte ich nicht folgen und entschied, mich unauffällig aus dem Kriegsgebiet zurückzuziehen.

»Ich geh eine rauchen«, flüsterte ich Mia zu, küsste sie unter ihr Ohr, nahm ihr wissendes Augenrollen grinsend entgegen und schlich mich auf Zehenspitzen nach draußen.

FUCK! War das kalt! Doch mich würden keine zehn Pferde wegen einer Decke in die Nähe von Katha und der Couch kriegen. Da fror ich mir lieber den Ficker ab. Ich rauchte nicht mal die Hälfte der Kippe, da war ich schon am Zittern und meine Nippel halb vereist. Also ging ich wieder rein.

Robbie war mittlerweile aus seiner Totenstarre erwacht und hüpfte wie ein Weltmeister durchs Wohnzimmer. Mein Mädchen holte diese krümeligen, duftenden Dinger aus dem Ofen. Ich wollte wieder zu ihr in die Kochnische schleichen, doch Vivi ertappte mich und hielt mich von hinten am Hosenbund fest.

»So nicht, mein Freundchen!« Sie fuchtelte gespielt verärgert mit ihrem manikürten Zeigefinger rum. Ich verdrehte die Augen. »Nimm den Staubsauger und leg los!«

Jegliche Belustigung verging mir, als sie diesen schrecklichen Satz von sich gab.

»Bist du irre?« Ich hatte seit meinem einundzwanzigsten Lebensjahr nicht mehr selbst geputzt! Als ich ein kleines Kichern aus der Küche hörte, rief ich ihr zu. »Baby, das ist nicht witzig!«

»Oh doch!«, konterte sie lachend. Vivi hatte den Staubsauger komischerweise fünf Sekunden später bereits in der Patschehand und schob ihn mir entgegen.

»Leg los!« Augen rollend nahm ich die Höllenmaschine an mich. Das Getöse ging los und ich fluchte, was das Zeug hielt.

Was für eine stumpfsinnige Beschäftigung! Sauger vor zurück, da war gar kein Dreck, und wenn ich das sage, war das auch so. Aber bitte ... Offenbar war ich hier der Arsch. Wo ich auftauchte (und mein Freund der Staubsauger), konnte man sein eigenes Wort nicht mehr verstehen, was gut war, denn so blieb ich von Toms und Phils blöden Kommentaren verschont.

In der Küche angekommen, setzte sich Mia auf die Anrichte. Ihre Beine baumelten umher, wie die eines kleinen Mädchens und ihre sehnsüchtigen Glupscher wurden immer dunkler, je länger sie das Spiel meiner Muskeln beobachtete, während ich den scheiß Hausmann mimte. Gerade als ich hinausgehen wollte und ihr den Rücken zudrehte, packte sie mich plötzlich am Hosenbund und zog mich zurück.

»Du bist SO SEXY, wenn du staubsaugst!« Ihre Augen glühten verschmitzt. Im nächsten Moment fühlte ich schon ihre weichen Lippen auf meinen und ihre delikaten Hände in meinen Haaren.

BOAH! Also wenn sie immer so reagierte, wenn ich dieser an und für sich sinnfreien Beschäftigung nachging, würde ich das öfter tun. Grinsend schlang ich einen Arm um ihre Taille, während ich den Kuss vertiefte, und mit der Hand zu ihrem Arsch wanderte. Sie quietschte auf und schlug mir kichernd gegen die nackte Brust, als ich zudrückte.

Viel zu früh ließ sie mit geröteten Wangen und geschwollenen Lippen von mir ab und ich machte mich tief durchatmend weiter an die Staubbekämpfung.

***

Irgendwann war tatsächlich alles fertig.

Die Weihnachtsmusik trällerte, der Tisch war gedeckt, die Fressalien standen reichlich darauf und der bunte, funkelnde Baum wurde von Kerzen erhellt.

Robbie saß zwischen uns und seine Augen glänzten vor Aufregung, als Dad das Gebet sprach und meiner Mutter dankte, weil sie auf uns aufpasste und dafür, dass sie uns diesen Abend ermöglicht hatte. Ohne sie wären wir gar nicht da und erst recht nicht die Menschen, die wir heute waren. Wie immer heulte Vivi wie ein Schlosshund, sodass Tommy sie an sich zog, während wir alle den Worten meines Vaters lauschten.

Im Großen und Ganzen war die Stimmung ... *friedlich.*

Ich fühlte mich ausgeglichen. Glücklich. So, als hätte ich endlich meinen Platz im Leben gefunden. Genau hier – neben diesem kleinen Jungen und der wunderbaren Frau, die gerade ihre Hand hob, um mir über den Nacken zu streicheln. Bevor sie mich berühren konnte, fing ich sie ab und küsste sie auf die Handfläche. Drückte ihre zarte Haut an mein Gesicht und dankte still und leise meiner Mutter für diesen Moment, für das Leben, das nun endlich wahr werden würde, und das sie uns sicherlich immer gewünscht hatte – wo auch immer sie sich jetzt befand.

Wir aßen nicht, *wir fraßen,* und unterhielten uns über die Pläne für die nächsten Tage, denn wir hatten noch einiges vor.

***

Robbie war als Erster fertig und konnte es kaum erwarten, bis wir zu Ende gegessen hatten. Er hüpfte auf seinem Stuhl herum wie ein Gummiball auf Speed und ich überlegte, mir extra viel Zeit zu lassen, doch bei ihm konnte ich meine sadistische Ader irgendwie nicht ohne wirklich schlechtes Gewissen ausleben. Außerdem schmeckte es einfach zu gut und musste alles in

Höchstgeschwindigkeit bis auf den kleinsten Krümel vernichtet werden.

Als alle sich die Bäuche hielten, ging Mia mit Robbie und den Frauen hoch ins Zimmer, während wir die Geschenke aus dem Keller holten und sie unter dem riesigen Baum verteilten. Verzückt klingelte mein Dad mit dem kleinen bescheuerten Glöckchen, das ich schon als Kind gehört hatte, wenn das Christkind da gewesen war. Sofort war lautes Gepolter zu vernehmen, weil Robbie in Lichtgeschwindigkeit die Treppen runtergestürmt kam.

Er sah aus wie ein verdammter Engel in schwarzer Hose und grauem Hemd, welches das Grün seiner Augen betonte. Darüber trug er eine schwarze stylische Weste. Die wilden Haare hatte ihm Mia anscheinend gekämmt, doch es war umsonst gewesen, weil sie beim ersten Hüpfer wieder in alle Richtungen abstanden. Ich kannte das Elend – schon vor Jahren hatte ich aufgegeben, gegen das Chaos auf meinem Kopf zu kämpfen.

»BOAH, SO VIELE GESCHENKE!« Auf Knien schlitterte er zum Baum und ich folgte ihm breit grinsend, setzte mich im Schneidersitz auf den Boden und schaute zur Treppe, auf der Mia gerade nach unten kam.

Wenn Robbie der Engel war, so war sie die Heilige. Ihre langen braunen Haare fielen in sanften, glänzenden Wellen über die Schultern. Ich liebte es, meine Finger durch ihre fülligen, seidigen Strähnen gleiten zu lassen und sie im nächsten Moment fest zu packen ... Fast konnte ich sie unter meinen kribbelnden Fingerspitzen fühlen.

Das dunkelgrüne, knielange Kleid schmiegte sich eng um ihre Kurven, die das perfekte Abenteuerland für meine Hände und Lippen darstellten. Um das zufriedene Lächeln immer zu sehen, das sich nun auf ihrem schönen Gesicht ausbreitete, als sie mich und Robbie zusammen erblickte, hätte ich getötet. Es war schlichtweg atemberaubend, und es galt nur mir ... MEIN LÄCHELN von MEINEM Mädchen. Und Robbie, aber mit ihm teilte ich gerne.

Sie war wie eine Offenbarung, als sie die Treppe runterschwebte, und ich war froh, dass mein schöner Schwan letztendlich mir gehörte.

Absolut idiotisch grinste ich sie an. Sie lächelte schüchtern zurück und biss sich auf die Lippe, denn aus irgendeinem Grund war sie mir genauso verfallen wie ich ihr. OH FUCK! Unschuldig und heiß in einem. Diese Mischung brachte auch wirklich nur diese Frau zustande.

Ich streckte ihr eine Hand entgegen, denn ich wollte nicht, dass sie irgendwo am anderen Ende des Zimmers saß. Sie umfasste sie sofort und ließ sich mit dem Rücken zu mir auf meinen verschränkten Beinen nieder.

»Mhmmmm«, summte ich an ihrem zarten Nacken und strich ihre Haare zur Seite, um die duftende Haut darunter zu küssen. Sie umfing meine Arme, die ich um ihren Bauch geschlungen hatte, und lehnte sich vertrauensvoll an mich.

Der kleine süße Moment wurde ... naja ... sagen wir mal ... zerstört, als Robbie sich auch mit einem Plumps auf Mia setzen musste, den sie kichernd und gleichzeitig ächzend in die Arme schloss. Ich fand es ebenso witzig und umfing einfach seinen anstatt ihren Bauch – womit ich beide hielt.

Die anderen trudelten auch endlich ein und suchten sich einen Platz, nachdem mein Vater den Glühwein ausgeschenkt hatte. Mia trank bei mir mit, während Katha und Robbie mit Kinderpunsch vorlieb nehmen mussten. Nachdem Vivi und Tom sich zu uns gesetzt und die anderen sich auf der Couch niedergelassen hatten, durfte der Jüngste, in dem Fall Robbie, die Päckchen verteilen.

Zum Glück hatte sich Lena in erster Linie um die Geschenke gekümmert und meine Vorschläge oftmals ignoriert, weswegen ich der Sache beruhigt entgegensah. Den anderen schien es ähnlich zu gehen. Die letzten Jahre schauten sie schon im Vorfeld ziemlich beschissen aus der Wäsche, dabei wusste ich bis heute nicht, was an Sexspielzeug so schlecht sein sollte.

Vivi und Tommy bekamen Bücher. ›Immer diese

Körnerfresser‹ und ›Gibt es ein Leben nach den Körnern?‹, worüber Phil noch eine Stunde später lachte. Außerdem noch so eine Körnerzerkleinerungsmaschine oder auch Mühle genannt.

Katha wurde mit einer Familienpackung ihrer Lieblingskekse und einem Gutschein für einen persönlichen Fitnesstrainer bedacht, damit sie nach der Geburt ihre Figur wieder zurückerlangen konnte. Kurioserweise schien sie zu wissen, welches Geschenk von mir stammte, weswegen sie mich böse anfunkelte. Dabei hatte ich so hart kämpfen müssen, um den Gutschein durchzusetzen, denn Mia und Lena waren dagegen gewesen. Der *Ich habs dir ja gleich gesagt*-Blick, den mein Mädchen mir nun zuwarf, sprach Bände.

Phil und Tommy erhielten einen Männertrip nach Amerika in den Wilden Westen, mit auf-den-Pferden-durch-die-Prärie-reiten und Schafe hüten. Tommy freute sich wie ein Kind, denn er war wirklich ein verkackter Naturbursche und außerdem – so wie wir alle – der größte Bud Spencer und Terence Hill - Fan auf Erden. Phil nahm das Ganze eher mit gemischten Gefühlen auf. Zu lange Trennungszeit von seinem blonden Gift – das mochte er nicht wirklich.

Mein Dad bekam von Mia und mir eine nigelnagelneue Spiegelreflexkamera sowie ein Moleskin, damit er seine Affen ordentlich fotografieren und dokumentieren konnte.

Robbie machte sich fast in die Hosen, denn als Erstes packte er die Boxhandschuhe aus, die ich ihm versprochen hatte. Es folgte von Dad was zum Anziehen – natürlich Markenware – und ein neues Super-Hightech-Fahrrad. Außerdem noch ein ferngesteuertes Auto von Phil und Katha. Vivi und Tommy schenkten ihm Holzbausteine, woraufhin er fragte, ob die Würfel für den Kamin seien. Dann packte er den Knüller aus. Zwei Karten für einen Klitschko-Kampf, natürlich in der VIP-Lounge und persönlichem *Meet and Greet.* Ab dem Zeitpunkt konnte er sich nicht mehr beruhigen. Umarmte jeden Einzelnen und blieb schließlich glücklich an Mia kleben. Sie versuchte ihre Tränen zu verbergen, aber mir machte sie nichts vor.

Dann war es an uns, den restlichen Präsenten an den Kragen zu gehen. Darunter befand sich ein Erholungsurlaub auf den Malediven, weswegen es nun Mia war, die vor Freude fast ausflippte. Außerdem bekam sie von meinen Brüdern einen Selbstverteidigungskurs geschenkt, damit sie sich gegen mich wehren konnte. Ich verdrehte die Augen und verklickerte den anderen, dass Mia vieles bräuchte, aber sicher nicht das. Mittlerweile konnte sie es allemal mit mir aufnehmen, denn sie hatte mich an den Eiern. Auf Dauer machte ich mir eher um mich Sorgen!

Ich erhielt das übliche Parfum, die Kamera, die ich mir gewünscht hatte, und ein selbst gemaltes SEHR ABSTRAKTES Bild von Vivi, auf dem ich nichts weiter erkennen konnte als pissgelbe Farbkleckse. Als ich es misstrauisch und leicht angewidert von allen Seiten beäugte, brach sie in schallendes Gelächter aus. Offenbar wusste sie, was ich mutmaßte, und betonte, dass sie das Bild mit biologischer *Farbe* gemalt hatte und mit NICHTS anderem!

Von Phil und Katha bekamen wir ein Gratisessen in MEINEM Restaurant, was ich mit einem ironischen Schnaufen quittierte und noch schnell einen Gutschein ausstellte für zwei Gratisficks in meinem Club, der schon bald nicht mehr mir gehören würde.

Worauf sich Katha wie eine Irre auf mich stürzen wollte und von Phil mit Ach und Krach zurückgehalten wurde. Als ob er den jemals eingelöst hätte … der war doch selig mit seiner blonden Barbiepuppe, seitdem sie ihn das erste Mal rangelassen hatte und er vor Muskelkater fast gestorben wäre!

Selbst Stanley hatten wir nicht vergessen. Der vor ihm liegende Knochen war größer als er und mit einer netten roten Schleife verziert, die er gerade skeptisch beschnüffelte.

Jeder hatte irgendwann sein Geschenk, nur das für mein Mädchen fehlte noch.

Und obwohl alle schon bedacht wurden, saß sie glücklich auf meinem Schoß und streichelte meine Unterarme – als ob ich so dämlich wäre, gerade *sie* zu vergessen! Sie erfreute sich anscheinend an dem Spaß der anderen. Robbie und Opa David spielten mit dem neuen ferngesteuerten Auto und versuchten, damit Stanley zu jagen. Tommy und Vivi waren in die Bücher vertieft und kuschelten sich aneinander. Phil streichelte Kathas Bauch und flüsterte ihr Schweinereien ins Ohr, woraufhin sie sogar ab und zu aufhörte, ihre Kekse zu futtern und in Gelächter ausbrach.

»Baby«, flüsterte ich in Mias Ohr und strich mit meiner Nase durch ihre Haare.

»Hmm?«, gab sie verträumt zurück.

»Glaubst du etwa, ich habe mein Mädchen vergessen?« Ich grinste und küsste sie auf die Schläfe.

»Oh ... ähm, deine Liebe zu mir ist Geschenk genug«, antwortete sie todernst. Ich verdrehte die Augen.

»Das ist kein verdammtes Geschenk, sondern das Einzige, was ich dir für deine bloße Existenz zurückgeben kann. Aber ich habe noch etwas anderes für dich ... Etwas sehr Großes ... das nicht unter den Baum passt.«

JETZT richtete Mia sich auf und drehte mir ihr Gesicht zu.

»Echt? Was ist es!?«, fragte sie schockiert.

»Nichts Besonderes ...« Ich zuckte mit den Schultern und hob sie von meinen fast eingeschlafenen Beinen.

»Nichts Besonderes? Wo ist es?« Verwirrt schaute sich mein Mädchen im Wohnzimmer um, aber da war nichts außer einem Berg Geschenkpapier und darunter begraben unsere Familie.

»Komm einfach mit«, antwortete ich mit einem Grinsen und nahm sie an der Hand.

»Wohin?«, erkundigte sich Mia aufgeregt.

»Dorthin wo wir hingehören.« Ich beugte mich hinab und gab ihr einen kleinen Kuss ... dann zog ich sie zur Garderobe.

18. Unsere Träume oder das Happy End

Mia ›not poor‹ Engel

»Tristan, was hast du mit mir vor?« Wir fuhren einen verschlungenen Waldweg entlang. Links und rechts säumten dichte Tannen die holprige Fahrbahn, alles war mit Schnee bedeckt. Es glich einem Wunder, dass die Strecke überhaupt freigeräumt war.

Schemenhaft kam mir der Wald um mich herum selbst nach all den Jahren mehr als bekannt vor. Aber ich war stutzig, denn ich wusste, dass es diesen Weg damals noch nicht gegeben hatte. Wenn mich nicht alles täuschte, fuhren wir tatsächlich zur Lichtung. Trotzdem hoffte ich, schon davor etwas aus Tristan rauszubekommen, was natürlich bescheuert war, denn dieser Mann liebte es, mich im Ungewissen zu lassen.

So auch jetzt. Er zog eine markante Augenbraue nach oben und schaute lediglich arrogant auf mich herab.

»Was werde ich wohl mit dir hier mitten im Wald vorhaben? Ich werde ranfahren, dich vergewaltigen, abstechen und deine Leiche verscharren!«

»HA, HA! Vor drei Monaten hätte ich dir das sofort geglaubt, aber jetzt hast du einiges von deiner einschüchternden Killer-Psycho-Art eingebüßt. Die winzige Tatsache, dass du mich liebst, nimmt dir jegliche Bedrohlichkeit, Baby.« Als Bestätigung meiner Worte umfasste ich seinen Arm, mit dem er meinen Oberschenkel festhielt, und schmiegte meine Wange dagegen wie eine rollige Katze. Was ich in seiner Nähe ja auch war – nebenbei bemerkt. »Ich wusste, dass wir irgendwann glücklich werden, Tristan. Es war nur eine Frage der Zeit. Wenn es irgendeine Gerechtigkeit in diesem Universum gibt, dann hatte das Happy End keinen Ausweg.« Seine Hand drückte meinen Oberschenkel fester, sein Daumen malte kleine Kreise.

»Du bist ja auch mein Mädchen«, antwortete er leise und gab mir einen Kuss auf das Haar. Ich seufzte wohlig und blieb an ihn gelehnt. Ja, sein Mädchen, *hm*.

»Wir fahren zur Lichtung stimmt's?«, versuchte ich es noch mal.

»WAS!«, rief er empört. »Wie kommst du darauf? Welche Lichtung meinst du überhaupt? Ich kenne keine verdammte Lichtung!«

»Du bist so bescheuert!« Das Lachen konnte ich mir dennoch nicht verkneifen, als ich ihm gegen die Schulter boxte, mir dann die schmerzende Hand rieb und mich in meinem Sitz zurücklehnte, um nach draußen auf die verschneite, nächtliche Landschaft zu schauen. »Aber ich LIEBE es ...«

»Ich weiß ...« Über seine gewohnt überhebliche Erwiderung konnte ich nur die Augen verdrehen. Dicke weiße Flocken fielen vom Himmel, doch mit Tristans Allradantrieb war es kein Problem, durch den immer höheren Schnee zu kommen.

Ich dachte daran, dass wir bald eine Familie sein würden. Eine richtige ... Klar, wir hätten einigen bürokratischen Mist zu erledigen, mussten zu Richtern, Notaren und dem Jugendamt. Beweisen, dass ich es wert war, Robbies Mutter zu sein. Aber da ich vom Jugendamt sowieso schon geprüft worden war und meine Kollegen nur das Beste über mich berichten konnten, dürfte es nicht so kompliziert werden. Der reguläre Weg sah vor, dass wir Robbie erst einmal zur Pflege bei uns aufnehmen mussten, um dann nach ungefähr einem halben Jahr die endgültigen Papiere unterschreiben zu können.

Tristan hatte schon gute Vorarbeit geleistet. Nicht nur sein eigenes Verhalten einem Kind gegenüber betreffend, vor allem im Bezug auf die Adoption an sich. Er hatte sich informiert und mit der Heimleitung gesprochen. Hatte einen guten Familienanwalt besorgt und den Richter bestochen, sodass alles schnell ablaufen würde.

»Wir fahren zur Lichtung!« Ob verschneit oder nicht ... ob acht Jahre später oder nicht ... ich erkannte den Wald, spätestens jetzt, als die Straße leicht nach oben führte und das Unterholz sich lichtete. Dieser riesige Baum lag hier immer noch entwurzelt.

»Hast du hier tatsächlich einen Weg hinbauen lassen, du Baumkiller?«

Tristan grinste nur geheimnisvoll, bog um die letzte Kurve und ... der Pfad nahm ein Ende. Wir waren an unserem Ziel angekommen.

»WOAH! DAS HAST DU NICHT GETAN!«, schrie ich in dem begrenzten Raum des Autos und Tristan zuckte zusammen. Tränen schossen in meine Augen und liefen sofort über.

JETZT schaute er mich verunsichert an, schnallte sich ab und strich mir mit den Fingerknöcheln über die Wange.

»Gefällt es dir nicht?«, hauchte er leise und fast schon ängstlich.

Ich riss meinen Kopf herum und starrte ihn entsetzt an. Sein wunderschönes, liebliches Gesicht, für das ich töten würde, um es jeden Tag zu sehen.

»Hast du mich gerade echt gefragt, ob es mir nicht gefällt?«, wollte ich schniefend wissen. Er wischte mit dem Daumen die Tränen weg und blickte mich weiterhin verunsichert und fragend an. Ich umfasste sein Gesicht, lehnte meine Stirn gegen seine, schloss die Augen und atmete seinen unbeschreiblichen Geruch tief ein.

»Das ist der Wahnsinn ... DU bist der Wahnsinn! All meine Träume, du machst sie alle Stück für Stück wahr. Bitte weck mich nicht auf! Bitte löse dich nicht in Luft auf ... Sag mir einfach nur, dass es wahr ist!« Jetzt lächelte er. Ich sah es nicht, aber ich fühlte förmlich, wie die Anspannung von ihm abfiel.

»Du wirst erkennen, dass es wahr ist, wenn du unser Schlafzimmer gesehen hast.« Er drückte mir einen flüchtigen Kuss auf die Lippen und stieg aus, öffnete meine Tür und half mir.

Zittrig hielt ich seine Hand und nahm für einen kurzen Moment das Bild in mich auf.

Die Lichtung war vergrößert worden. Der Bach führte immer noch an der linken Seite vorbei, war nun aber zugefroren ... Die schneebedeckte Weide war noch da – natürlich größer und mächtiger, aber hinter ihr stand kein kleines rotes Zelt mehr ... Oh nein ...

Da befand sich ein schnuckliges, zweistöckiges Holzhaus im kanadischen Stil.

»Unser erstes gemeinsames Haus«, flüsterte ich schwach und brachte Tristan damit zum Lachen, während er mich hochhob und durch das Gartentor des hüfthohen, zugeschneiten Holzzaunes trug.

Ich war mir sicher, unbemerkt gestorben und im Himmel gelandet zu sein.

***

»Wenn du noch ein einziges Mal ›mein Gott Tristan‹ sagst, dann stopfe ich dir den Mund mit meinem Ficker, Baby«, warnte mich mein persönlicher Gott, als wir besagtes Schlafzimmer im oberen Stockwerk betraten.

Aber es war einfach alles so wahnsinnig überwältigend! Ich konnte nicht anders.

Natürlich standen noch keine Möbel in den Zimmern, weswegen unsere Schritte laut hallten. Aber die Wohnküche war schon so gut wie fertig. Es gab eine Kochinsel in L-Form, einen lilafarbenden Superkühlschrank, der auf Hochglanz poliert regelrecht einschüchternd wirkte, und einen topmodernen Herd, der eher an einen Computer erinnerte, weswegen ich mich ihm nicht auf einen Meter näherte. Wie ich den mal bedienen sollte, war mir schleierhaft, aber ich war zu abgelenkt von der Pracht um mich herum.

Die Kochinsel bildete das Kernstück des Wohnzimmers, in dem noch unglaublich viel Platz für eine gemütliche Couch, einen Esstisch und vieles mehr war.

Verzückt sah ich die komplette Einrichtung schon vor mir und war völlig hingerissen. Von Licht durchflutet machte alles einen unsagbar freundlichen Eindruck, was vermutlich zum Teil an der Außenwand lag. Die bestand natürlich nicht aus schnödem Holz, schließlich ging es hier um Tristan Wrangler, nein, sie war komplett aus Glas. Mit Blick auf die ausschweifende, überdachte Terrasse, den riesigen Garten, der einst die Lichtung gewesen war, ein Klettergerüst, eine Rutsche, einen Sandkasten, viele Hundehütten und zwei Schaukeln. Das komplette Areal war umzäunt und bot Einlass durch zwei Gartentore. Ein Weg führte zum Parkplatz, wo Carports geplant waren, und einer nach unten in den Wald und vor allem zum Bach, in dem wir uns schon vor acht Jahren geliebt hatten.

Neben dem Wohnbereich, der mit dunklem edlem Parkett ausgelegt war, gab es unten noch ein Gästezimmer, eine Abstellkammer direkt neben der Küche und ein kleines Bad mit Luxus-Dusche. Aber das Beste ... ich konnte das Küchenfenster öffnen und da war es! Ein Hochbeet, direkt davor! Tristan hatte wirklich an alles gedacht und NICHTS vergessen.

Als ich das sah, sprang ich ihn kreischend an und küsste ihn ... genauso wie beim Kamin ... bei der Holzterrasse mit dem Steingrill, den Treppen, denn die waren wirklich schön und aus warmem Kirschbaumholz … und bei den *zwei* Kinderzimmern, die alle einen Balkon und raumhohe, helle Fenster hatten. Es war alles wie im Traum.

Allein das Marmortraumbad mit den drei Waschbecken, zwei Toiletten, einer verglasten Dusche mittendrin und der riesengroßen Eckwhirlpool-Badewanne hatte es mir angetan!

Natürlich bestand auch im Bad eine Wand aus Glas, sodass man in der Badewanne liegen und den Wald überschauen konnte. Wenn man allerdings Privatsphäre wollte, waren am ganzen Haus elektrische Rollos angebracht, die man per Knopfdruck bedienen konnte. Genauso wie die Fußbodenheizung. Es gab keine hängenden Lampen, sondern nur Deckenleuchter und Wandlampen, neben dem schönen alten Plexiglas-Polarlicht, dessen Intensität man durch Drehregler an der Wand steuern konnte.

Die Zimmer waren noch nicht gestrichen. Tristan meinte, dass ich sicher auch ein bisschen was mitentscheiden wollte.

GOTT! Das war mir so was von EGAL! Dies hier war UNSER TRAUMHAUS an unserem TRAUMORT! Es war fucking perfekt!

Irgendwann kamen wir dann im Schlafzimmer an, das natürlich auch einen riesigen Balkon besaß. Aber als ich auch noch die verspiegelte Decke und Wand bemerkte, konnte und wollte ich mir das letzte »Oh mein Gott Tristan!« beim besten Willen nicht verkneifen. Unmöglich.

Als hätte er nur auf diesen Fauxpas gelauert, zog er seine Augenbraue nach oben und blieb abrupt stehen. Er hatte es sich nicht nehmen lassen, mich bei seiner ersten Führung durch unser Haus auf den Armen zu tragen, als würde ich nichts wiegen, nun beugte er sein Gesicht zu mir.

»Du hast es schon wieder gesagt ... Es gab diesbezüglich eine eindeutige Warnung, Mia Marena!« Als er mir ins Ohr flüsterte und mit seiner Nase durch meine Haare fuhr, erschauerte ich. Ich starrte hoch in die Spiegel und wisperte mutig.

»Mach sie wahr!«

»Zu gern ... Aber du weißt schon, dass es nicht sanft sein wird?« Mit einem Ruck stellte er mich auf die Beine und schaute selbstgefällig auf mich herab, während er die Arme vor der breiten Brust verschränkte.

OH mein Tristan! In meinem Bauch zog sich unter seinem intensiven Blick alles zusammen.

»Wenn, dann weihen wir unser Schlafzimmer schon richtig ein, oder machen Sie seit Neuestem halbe Dinge, Mista Psycholover?«, konterte ich keck und biss mir auf die Lippe.

Tristan hatte Probleme damit, sich sein Lachen zu verkneifen, als er die Hand nach mir ausstreckte und mir zärtlich eine Strähne hinters Ohr strich.

»Dann geh auf die Knie ... *Schlampe* ...«, raunte er langsam, betont und düster, was im totalen Gegensatz zu seiner liebevollen Berührung stand. Ich erschauerte erneut ... und musste nun mein Grinsen unterdrücken, denn während er mich so betitelte, sah ich genau die Liebe, die mir aus seinen immer dunkler werdenden Augen entgegenstrahlte. Ich war unfähig, mich zu rühren, weil ich in seinem Blick versank.

»Baby, du musst eindeutig schneller darin werden, meine Befehle auszuführen!« Ruppig packte er mich an den Oberarmen und beförderte mich grob auf die Knie.

Einen Moment schaute er vollkommen zufrieden auf mich herab.

Im gegenüberliegenden Spiegel sah ich seine Rückansicht und konnte nicht glauben, dass dieser breitschultrige, mächtige Sexgott tatsächlich in unserem Haus vor mir stand und mich liebte. Nur mich. Ich wollte meine Hände ausstrecken und ihn an den Hüften zu mir ziehen, um seinen Ficker zu befreien, aber er schlug schnalzend meine Finger weg.

»Oh, oh ... Miss Angel, habe ich etwas davon gesagt, dass Sie mich begrapschen sollen? Sie sind wirklich ein böses Mädchen ... und können mir einfach nicht widerstehen, hm? Da muss ich wohl Maßnahmen ergreifen?«

»Maßnahmen?«, wiederholte ich verwirrt.

»Zieh deinen Pullover aus, Mia Marena, und zwar SOFORT!«, hauchte er gelangweilt, aber ich wusste, dass er auch ganz anders konnte, wenn ich nicht schnell dem soeben Gesagten nachkam. Daher tat ich wie mir befohlen und streifte mir den dunkelgrünen Pullover hektisch über den Kopf. In dem Moment war ich wirklich froh, dass wir vor der Fahrt unsere Klamotten gewechselt hatten. Mein Kleid wäre doch mehr als unpraktisch gewesen. Tristan trat den einen verbliebenen Schritt zu mir und nahm den flauschigen Stoff an sich. Mit einer Hand glitt er über meinen Hals, während er mich langsam umrundete. Die Schritte seiner schweren Boots hallten im Raum wider. Fasziniert beobachtete ich im gegenüberliegenden Spiegel, wie er hinter meiner knienden Gestalt stehen blieb. Dann hockte er sich hin und erwiderte über die Reflexion meinen Blick, strich die Haare von meinem Nacken und mit seinen Lippen einmal von meiner Schulter bis unter mein Ohr, wo er mich sanft küsste. Ich lehnte mich leicht gegen ihn, seufzte leise und vertrauensvoll und er lächelte mich über den Spiegel hinweg dämonisch mit funkelnden Augen an.

»Hände hinter den Rücken, Baby«, flüsterte er in mein Ohr, leckte über meine Ohrmuschel, ließ mich mit diesen kleinen gekonnten Berührungen bereits bis tief in mein Innerstes beben.

Ich gehorchte und fühlte, wie er meine Handgelenke mit dem weichen Stoff meines Pullovers eng zusammenband. Sobald er fertig war, grinste er mich diabolisch im Spiegel an, und steckte die langen Finger zwischen Stoff und Haut, um zu testen, ob sie nicht zu eng waren.

Probeweise versuchte ich mich rauszuwinden, merkte aber sofort, dass ich keine Chance hatte. Fest biss ich mir auf die Lippe und Tristan fasste mit einem tadelnden Zungenschnalzen nach vorn, um sie zu befreien ... Als Dank biss ich ihm leicht in den Zeigefinger, leckte mit meiner Zunge über die Spitze und bemerkte zufrieden, wie sich sein Atem rapide beschleunigte.

»Du legst es darauf an, dass ich mich voll an dir auslebe, hm, Baby?«, hauchte er verspielt an meinem Hals und klatschte mit der Hand gegen meine Wange.

Ich keuchte leise, fühlte, wie sich die Flüssigkeit zwischen meinen Beinen ansammelte, und schloss die Augen, weil ich diesem brennenden Blick im Spiegel mir gegenüber einfach nicht mehr standhalten konnte. Anstatt zu antworten, drehte ich nur mein Gesicht und biss ihm in den Hals. Er keuchte und stand mit einem Mal auf. Umrundete mich, stellte sich vor mich und wartete, bis ich die Lider wieder öffnete und ihn aufmüpfig anfunkelte.

»Na, Mista Wrangler, was tun Sie jetzt?«

Als ich das schmunzelnd sagte hob er herausfordernd eine Augenbraue und öffnete als Antwort, in Zeitlupe direkt vor meiner Nase seinen Gürtel.

Ich beobachtete sehnsüchtig seine langen, talentierten Finger und wünschte, sie würden schon in mir stecken und mich meinem ersten Orgasmus entgegentreiben. Doch so bald würde das nicht geschehen, weil mir vollkommen klar war, womit mir Tristan jetzt den Mund stopfen würde ... Die Vorfreude ließ mein Herz schneller schlagen, denn ich liebte es, ihn mit meinen Lippen gefügig zu machen.

Langsam zog er den Reißverschluss herunter, nachdem er auch den Knopf geöffnet hatte. Er genoss es, zu beobachten, wie sich mein Atem beschleunigte, genoss es, dass ich wie gebannt auf das Spiel seiner Hände blickte. Genoss es, die Anspannung auszudehnen, bis ich es kaum noch aushielt und ihn anschreien wollte, endlich mal einen Zahn zuzulegen.

Sobald die Hose offen war, fuhren seine Finger hinein und ich sah, wie er sich umfasste und anfing, langsam über seine Härte zu streichen. Allerdings holte er ihn nicht raus und verwehrte mir so den visuellen Spaß gekonnt – der Sadist!

»Tristan!«, wimmerte ich anklagend und drückte die Schenkel aneinander, denn das Pochen wurde immer stärker. Vorwurfsvoll löste ich meinen Blick von seiner wichsenden Hand und schaute in sein amüsiertes und doch lustdurchtränktes Gesicht.

»Ich könnte hier und jetzt einfach in meiner Hose kommen, ohne dass du eine Chance hättest, ihn zu berühren oder auch nur zu sehen. Und dann würden wir wieder nach Hause fahren, wo ich dich wegen dem Terrorkeks nicht ficken kann.« Seine Stimme war rau, heiser und vor allem fies! Mein Mund klappte auf, als er diese bodenlose Gemeinheit großkotzig von sich gab, und meine Augen verengten sich tödlich.

Jetzt konnte er nicht mehr. Er lachte melodisch und warf dabei seinen Kopf zurück.

»Oh, Baby ... Dein Gesicht müsstest du jetzt sehen!«

»Schön, dass wenigstens du deinen Spaß hast! Wolltest du mir nicht den Mund stopfen?«, fragte ich schnippisch.

Schneller, als ich blinzeln konnte, hatte er seine Drohung

wahr gemacht und war hart und pulsierend tief in meinem Mund. Mein Lieblingsficker! Ich musste würgen, die Tränen traten mir in die Augen, doch ich umschloss ihn sofort, wollte ihn nie wieder hergeben und umkreiste mit der Zunge seine Eichel. Er zog sich etwas zurück und stieß erneut leicht zwischen meine Lippen.

Wir beide stöhnten auf.

»OH FUCK ... Baby ... ICH LIEBE DICH!«, keuchte Tristan ... »Schau, wie geil du aussiehst!« Unverhofft griff er mit beiden Händen in meine Haare und drehte uns ein Stück, sodass ich mich im Spiegel beobachten konnte.

Ich wurde noch feuchter, als ich die schöne, selbstbewusste Frau in dem weißen Tank-Top, der engen schwarzen Jeans erkannte, die mit verbundenen Händen hilflos am Boden kniete, den steinharten Schwanz von einem Sexgott mit zurückgeworfenem Kopf im Mund hatte, und von ihm dominant in den Haaren gehalten wurde, während er seine Hüfte bewegte, um sich an ihr zu befriedigen.

Meine Augen schlossen sich genussvoll, als er sich nahm, was er brauchte ... Gleichzeitig bemerkte ich, dass er darauf achtete, mich nicht mehr zum Würgen zu bringen, denn Tristan war ein unbeschreiblich rücksichtsvoller Liebhaber. Auch wenn es auf den ersten Blick nicht so wirkte. Ich stand immer an erster Stelle und ihm war klar, dass ich es liebte, mich ihm zu unterwerfen. Vor diesem wunderschönen Mann zu knien – ihm vollkommen ausgeliefert zu sein und ihm Genuss zu bescheren, machte mich selbst zu etwas Schönem und erregte mich ebenso wie ihn. Wir verbanden uns damit auf eine Art, die nur durch Sex zu erlangen ist.

Sollte er jedoch den Eindruck haben, dass mir dieses Spiel zu viel wurde, dann würde er ohne mit der Wimper zu zucken unsere Rollen tauschen und sich mir unterwerfen. Das liebte ich auch so abgöttisch an ihm. Denn damit bewies er wahre Größe und Männlichkeit.

Seine Finger massierten meine Kopfhaut und jagten einen Schauer nach dem anderen meinen Rücken hinab, und sein gekonnter Dirty-Talk ließ mich wie immer das Hier und Jetzt vergessen, während ich mit geschlossenen Augen saugte, als würde es kein Morgen geben und es aus vollen Zügen genoss.

»Fuck ... Fuck ... Fuck ... ich werde dich vollspritzen und ich will, dass du es dir ansiehst ... mach die Augen auf, Baby!« Ich stöhnte, als ich an diesem muskulösen Traumkörper nach oben sah und auf seinen dunklen, erregten Blick traf. Dieser Ausdruck allein sorgte dafür, dass ich eine Vorwelle meines Höhepunktes durch meine Schnecke rauschen fühlte. Obwohl er mich eigentlich gar nicht berührte! Einzig seine Worte und Taten lösten dieses Kribbeln in mir aus und heizten mein Kopfkino an.

»Lass die Augen offen! Vergiss es, Baby ...«, presste er hervor und fickte meinen Mund jetzt eine Stufe tiefer. Dabei biss er die Zähne so hart zusammen, dass ich allein von dem Anblick seiner ausgeprägten angespannten Kiefermuskeln und seines schmerzverzerrtes Gesichtsausdruck fast kam.

Gezwungenermaßen huschten meine Augen zu unserem Spiegelbild und eine weitere Welle durchrauschte mich, denn uns dabei zu beobachten, wie ich ihn auf den Knien befriedigte, war besser als jeder Porno. Hilflos wimmerte ich auf und er stöhnte laut als Antwort zurück. Ich stand kurz vor dem ultimativen Sprung ... und er hatte mich noch nicht mal berührt. DAS war Tristan sexy Wrangler, wie er leibte und lebte.

Meine verzweifelten Laute um ihn herum gaben wohl den Ausschlag. Er zog sich aus meinem Mund zurück – und ich starrte wie hypnotisiert und schwer keuchend das anmutige Spiel seiner Bewegungen an. Vor allem, wie die weiße Flüssigkeit aus ihm herausschoss und sich pulsierend und schamlos über meine Brüste verteilte. Oh ... ja ... Er liebte es mich vollzusauen, mich zu *markieren*, sich völlig gehen zu lassen. DAS war auch typisch.

Für den letzten Strahl hob er ihn ein Stück hoch, hielt mich mit einer Hand in den Haaren fest und schob ihn mir noch einmal zwischen die Lippen – sah mir dabei tief in die Augen – und ich schluckte gierig. Ich vergötterte seinen gequält wirkenden Gesichtsausdruck, wenn er kam, und ihm dabei zuzusehen, wie er dabei komplett die Kontrolle verlor.

Tristan machte mich so an.

Ein letztes Mal glitt er an seinem heiligen Ficker rauf und runter, sodass auch wirklich der allerletzte Tropfen in meinem Mund landete, denn er war strikt gegen Spermaverschwendung. Teuflisch grinsend strich ich mit der Zungenspitze über den kleinen Schlitz an seiner Eichel, woraufhin er mit einem leisen »Fuck!« zusammenzuckte, weil er jetzt überreizt war. Er verdrehte die Augen, nahm ihn mir weg, und sperrte ihn hinter seinen Reißverschluss. Dabei hätte ich so gerne noch ein bisschen an ihm rumgespielt.

»DU ARSCH!«, stieß ich hervor und brachte ihn damit endgültig zum Lachen.

»Ich habe dich gerade von oben bis unten vollgewichst, wie ein Assi, aber du beschwerst dich darüber, dass du ihn nicht sauber machen darfst ...«

Eindeutig etwas sauer musterte ich ihn und antwortete nicht.

»Weißt du, dass ich deine kranke Denkweise abgöttisch liebe?«, fügte er um einiges weicher hinzu. Dann hob er mich plötzlich an der Hüfte hoch, stellte mich mit immer noch verbundenen Händen rücklings an die Wand und ging VOR MIR auf die Knie.

»Willst du mir auch die Hände festbinden, Mia-Baby?«, fragte er, während er mit langsamen Bewegungen meine Jeans öffnete und sie an meinen Schenkeln hinabzog.

Ich konnte ihn nur mit gierigen, ausgehungerten Augen anstarren und meine Beine heben, damit er mich von der Hose befreien konnte. Im gegenüberliegenden Spiegel beobachtete ich mittlerweile ungefragt das erregende Bild, das sich mir bot.

Ein dunkel gekleideter Sexgott vor mir auf den Knien ... der mit seinen großen Händen an meinen glatten Beinen nach oben strich und dann einfach so mit einer fließenden Bewegung meinen schwarzen Stringtanga zerriss.

Sein ausgeprägtes Muskelspiel zu bewundern und ihm dabei zuzusehen, wie er mir die Kleidung vom Körper zerrte, war wahnsinnig erotisch.

»OH ... Gott«, stammelte ich und warf den Kopf nach hinten.

»Ich liebe dich ... Seit dem ersten Moment«, flüsterte er an meinem empfindlichen feuchten Fleisch und ich wusste, er meinte diesmal nicht mich, sondern meine Schnecke. Ich verdrehte die Augen, wusste aber, dass es sich bei ihr genauso verhielt – sie liebte ihn auch. Behände legte er sich ein Bein von mir über die Schulter. Ich konnte meinen Blick nicht von ihm lösen, als er mit funkelnden Augen mit seiner Zunge zwischen meinen Falten entlang strich.

Sein Kopf zwischen meinen Schenkeln war das schönste Bild auf Erden.

Mein Atem raste und mein Herz klopfte unbändig in meiner Brust. Es war wie damals, als er mich, den Truthahn, spielerisch über diese Lichtung gejagt hatte. Zwar war ich letztendlich im eiskalten Wasser gelandet, doch gleichzeitig hatte dies auch den Anfang gebildet, der uns jetzt – Jahre später – wieder an diesen heiligen Rückzugsort geführt hatte. Hier, wo nun unser gemeinsames Zuhause stand und ich einen der schönsten Tage in meinem Leben hatte verbringen dürfen. Den letzten Tag von unserem vergangenen Leben vor acht Jahren.

Und den ersten von unserem neuen Leben.

Hier hatte es aufgehört.

Hier würde es anfangen.

Und zwar SO wie ALLES begonnen hatte.

Mit Sex.

Oh ja, Sex mit Tristan war atemberaubend! Jedes Mal überraschend, ein wenig anders, aber immer leidenschaftlich. Kein Wunder, dass es die intensivste und schönste Art der Vereinigung zwischen Menschen ist, die sich lieben. Daran ist nichts verwerflich.

»AHHHH«, seufzte ich durch den leeren Raum, denn Tristans samtene Zunge war phänomenal. Nur nebenbei drang sein heiseres Knurren an meine Ohren.

»Oh fuck ... du kommst jeden Moment ...«, stellte er fest. »Ich muss dich nur mit der Zungenspitze anstupsen und du wirst explodieren ... Soll ich? Ich liebe dich, du weißt ja, ich würde es für dich tun, Mia-Baby. Natürlich nur für dich, ganz allein – total uneigennützig«, nervte er mich und zögerte es somit hinaus, denn er konnte es einfach nicht lassen, mich IN DEN WAHNSINN ZU TREIBEN!

Nicht ein Mal konnten wir normalen Sex ohne irgendwelche Spielchen haben. Zwar liebte ich im Grunde genau diese Spielchen, was ich unter Todesandrohung nie zugeben würde, doch jetzt wünschte ich es mir ganz banal. Nach dem Motto: Mann leckt Frau. Frau kommt. Fertig ...

Mit freien Händen hätte ich ihm eine geschmiert und mit genügend Luft in den Lungen hätte ich ihn angeschrien. Aber beides war nicht möglich, weswegen ich ihm meinen tödlichsten Blick schenkte. Er interpretierte ihn vollkommen richtig und grinste verschmitzt, bevor er sich vorbeugte und mit der besagten begabten Zungenspitze einmal fest und erbarmungslos über meinen sehnsüchtigen Punkt schnippte.

Ich explodierte ... schrie ... seinen Namen ... Und beobachtete verwischt im Spiegel, wie sinnlich es aussah, wenn ich kam und einzig seine starken schönen Hände – auf die ich mich immer verlassen konnte – mich davon abhielten, unter dem Sturm der Ekstase zusammenzubrechen.

In unserem ersten gemeinsamen Haus, in dem wir den Rest unseres Lebens verbringen würden.

So war es schon immer gewesen.

Wir hatten uns gegenseitig durch die verschiedensten Stürme getragen und das würden wir auch weiterhin tun.

Der wahre Ficker und sein Mia-Baby. Bis in die beschissene Ewigkeit.

Amen.

EPILOG

Tristan Wrangler

Der Sommer neigte sich dem Ende zu, die Blätter fingen langsam an sich zu verfärben und wie besoffene Idioten dem Boden entgegenzusegeln.

Wir feierten gerade Robbies siebten Geburtstag, doch ich befand mich im dritten Stock in meinem Fotostudio, auf der Dachterrasse – denn ich brauchte dringend etwas Zeit für mich.

Immer und immer wieder las ich die mit PC geschriebenen, so unschuldig wirkenden Zeilen durch. Und noch immer weigerte ich mich zu begreifen, was sie mir so dringend zu verklickern versuchten.

Das konnte nicht wahr sein!

Seufzend hob ich den Blick und ließ ihn über die Lichtung schweifen, wo meine Frau und mein Sohn durch das noch grüne Gras tobten und Fangen spielten.

Phil stand am Grill mit einer peinlichen Kochmütze. Stanley bewegte sich keinen Millimeter von seinen riesigen Tretern weg und wartete sabbernd darauf, dass etwas abfiel. Katharina, die Übermama, krabbelte mit ihrem kleinen Scheißer über die Terrasse. Lena hatte endlich ihrer Vorliebe für einen gewissen Russen, nämlich Georgi, nachgegeben, und auch sie war schwanger und verdammt glücklich damit, so eine Kugel vor sich herzuschieben. Ich hatte ihnen eine fette Abfindung gezahlt und sie danach fristlos gekündigt, bevor Leo sie in die schmierigen Finger bekommen konnte. Genauso wie Mary und Garrett. Letzterer war zurück zu seiner Familie gegangen und Mary von meinem Radar verschwunden.

Aber das alles, was so lange meinen gesamten Lebensinhalt ausgemacht hatte, war nun vollkommen unwichtig. Sogar Mia verblasste neben *ihr* ein wenig.

Tommy saß bei Vivi und grinste wie ein Idiot auf das kleine dunkelhaarige Lockenköpfchen herab, das Vivi streichelte. Das Köpfchen, das ich als Erster in meiner Hand gehalten hatte, während ich auf ihr zerknittertes, rotes Gesicht hinab geblickt hatte und das, neben Robbie, Mias und mein ganzer Stolz war. Die pure Perfektion.

Ich hatte alles, was ich jemals gewollt und gebraucht hatte und noch so viel mehr ... Ich war ... *glücklich.*

Eline Belle, mein kleiner Engel, mit den großen schokoladenbraunen Augen, rosigen Wangen und den schönsten Kirschlippen, die ich je gesehen hatte, war das Sinnbild der Schönheit. Denn sie war meinem Mädchen – welches nun eigentlich meine Frau war, aber immer irgendwie mein Mädchen bleiben würde – wie aus dem Gesicht geschnitten. Also war eines klar: Ich konnte sie nicht lang genug auf den Armen halten und in den Schlaf wiegen. Wenn sich ihre Lippen zu einem kleinen Engelslächeln verzogen, wusste ich, dass ich alles richtig gemacht hatte. Stundenlang konnte ich dabei zusehen, wie sie zufrieden vor sich hin schmatzend auf Mias Bauch lag und mich neugierig beobachtete. Scheiße, ich hatte für sie Fratzen erfunden, die für einen Tristan Wrangler eigentlich verboten werden sollten! Mit ihr sprach ich nicht – ich *säuselte.* Noch nie waren meine Hände vorsichtiger und mein Herz erfüllter gewesen, als wenn ich es mit diesem kostbaren Geschöpf zu tun hatte.

Ich hatte Mia bereits während der Schwangerschaft ABSOLUT in den Wahnsinn getrieben, weil sie, wenn es nach mir gegangen wäre, keinen einzigen Schritt mehr allein hätte tun dürfen. Natürlich hatte sich mein Mädchen durchgesetzt und vehement unterbunden, dass ich sie behandelte wie eine Todkranke.

Die kleinere Ausgabe ihrer selbst war schon jetzt typisch Mia.

Zum Beispiel, wenn sie meinen Zeigefinger mit ihrem Eisengriff umfasste und unzufrieden schauend, weil nichts rauskommen wollte, daran rumsaugte ... Nie gab sie auf, nie fing sie an, deswegen zu brüllen und sich zu beschweren.

Sie machte einfach weiter.

Mein Blick war schon wieder verdammt feucht, als ich ins Hier und Jetzt und zu Mia und dem kleinen Jungen, der ihr hinterherjagte, sah.

Wieder fiel mir auf, was ich in den Händen hielt und der Gedanken an die Zeilen drängte alles andere in den Hintergrund. Der Brief in meiner Hand war zerknüllt, weil ich ihn so fest mit der Faust umklammert hatte. Mit einigem geistigen Aufwand zwang ich sie, sich zu öffnen und lehnte mich abgekämpft mit dem Rücken gegen die Scheibe, bevor ich ihn erneut hob und die schwarzen Buchstaben zum tausendsten Mal las.

Sie verwischten vor meinem geistigen Auge und warfen mich in eine andere Erinnerung.

Bevor es zu diesem Brief gekommen war, hatte ich vor zwei Wochen einen anderen erhalten.

»Tristan Wrangler ...«, stand darin ... Ein unschuldiger Anfang, sollte man annehmen ...

»Oh ... ich habe es geliebt deinen Namen auszusprechen ... Und noch mehr gefielen mir die neidischen Blicke der anderen Frauen. Es war wirklich toll an deiner Seite zu sein, auch wenn ich mir nur eingebildet hatte, dass du mir gehört hast. Es tut mir leid, dass ich nie mehr in dir sah als dein Äußeres. Das wollte ich dir als Allererstes sagen.«

Natürlich wusste ich sofort, von wem dieser Brief stammte. Auch wenn er eines Morgens einfach unscheinbar und ohne Absender in meinem Briefkasten gelegen hatte. Nur *eine* Schlunze hatte mir ständig gesagt, wie sexy doch mein Name klang.

Was wollte die Schlampe von mir? Hatte sie meine letzten Worte an sie nicht geistig aufgenommen.

»Du fragst dich sicher, wieso ich dich nach all den Jahren belästige.« Genau! *»Ob ich deine Worte nicht verstanden habe, als du mir mitteiltest, dass du mich nie wiedersehen willst. Du hast zu mir gesagt, du weißt aus eigener Erfahrung, dass ich die*

Quittung für meine Taten irgendwann erhalten werde, doch dann wird es schon zu spät sein. Du warst so gemein, wie kein Mensch jemals zuvor. Mir ist jetzt klar geworden wieso, und für deine Ehrlichkeit möchte ich mich nun revanchieren, auch wenn ich dich so lange Jahre dafür gehasst habe. Wenigstens ein einziges Mal werde ich dir auch die Wahrheit sagen. Es ist meine letzte Möglichkeit, mein Gewissen zu erleichtern.

Ich habe einen Gehirntumor, der bereits gestreut hat. Diese Zeilen schreibe ich dir aus dem Bett eines Krankenhauses. Ich will kein Mitleid, ich will nur Absolution und du bist der Erste, aus einer langen Reihe von Menschen, die ich darum bitte ...

Es gibt etwas, was du erfahren musst.«

Auf eine gewisse Art und Weise hatte ich bei diesen Worten schon gewusst, was kommen würde – tief in mir. Und das war übel, denn als ich diesen Brief begonnen hatte, saß ich mit Robbie im Wohnzimmer an unserem runden Esstisch. Er thronte mir gegenüber und malte konzentriert, war dabei schon so wahnsinnig groß und gereift im Gegensatz zu dem Zeitpunkt, als ich ihn kennengelernt hatte.

Die Unterlippe war vorgeschoben; die mit jedem Tag dunkler werdenden Haare hingen ihm wirr in die Augen und er versuchte sie immer wieder wegzupusten, bevor er genervt aufstöhnte und seine Aufmerksamkeit wieder auf das Bild richtete. Wie gebannt starrte ich ihn an, als er den Stift immer fester umklammerte und immer aggressiver wurde, weil ihn seine Haare so aufregten. Plötzlich hob sich sein Kopf und unsere Blicke trafen sich. Grün auf Grünbraun.

»Was ist?«

»Nichts!« Nein! Ich konnte dem nicht standhalten und las stattdessen weiter, brannte plötzlich darauf, die nächsten Zeilen zu verschlingen.

»Du weißt nicht, was es für mich bedeutete, als ich von meiner Schwester (Mary) erfuhr, dass du gerade IHN adoptiert hast.«

Und somit hatte ich die Bestätigung und alles begann sich wild zu drehen, während ich alles tat, um die folgenden Worte auch zu entziffern, obwohl meine Sicht verschwamm und mein Herz in meinen Ohren dröhnte wie ein Presslufthammer. *»Du bist einer der wenigen Menschen auf dieser Welt, die noch ein gutes Herz haben, auch wenn du ständig versuchst, uns etwas anderes weiszumachen. Auch das ist mir erst sehr spät klar geworden.*

Dein Herz wusste es wohl schon immer ... Es hat ihn gefunden, zwischen all den Kindern dieser Welt, hat es dir den richtigen Weg gewiesen ... Zu Robert. Deinem Sohn.«

Ab da waren die Buchstaben komplett verwischt. Allerdings weniger aufgrund meiner Tränen, die sich unaufhaltsam einen Weg nach draußen bahnen wollten, sondern weil sie selber beim Verfassen dieses Briefes geweint hatte und die Buchstaben verschmiert waren. Immer und immer wieder las ich die letzte Zeile, immer wirrer wurden meine Gedanken.

»Papa?«, fragte mich das Kind – *mein Kind* –, das nichts ahnend mir gegenüber ein Bild von unserer glücklichen Familie malte, als wäre es für ihn schon immer klar gewesen. »Wieso weinst du?« Passenderweise hatte er vor zwei Monaten urplötzlich von alleine angefangen, seine Mirti und mich Mama und Papa zu nennen. Und schon damals war mein Herz in meiner geschundenen Brust zur doppelten Hälfte aufgegangen, aber jetzt fing ich den Schluchzer ab, der aus meiner Kehle brechen wollte, schloss die Augen und schüttelte den Kopf. Ich war total überwältigt.

»Ich weine nicht, weil ich traurig bin ... sondern weil ich glücklich bin, komm her Keks!«, murmelte ich schließlich, als ich mich gefasst hatte und lächelte auf sein offenes hübsches Gesicht hinab.

Das ließ er sich nicht zwei Mal sagen. So wie es seinem Naturell entsprach, hüpfte er mit Vollkaracho auf meinen Schoß, und ich gab ihm einen kleinen Kuss auf die Schläfe, als er sich wie selbstverständlich in meine Arme schmiegte. Er lächelte mich an und tätschelte mir fast schon abfällig, aber auch mitfühlend die

Wange, bevor er das Malzeug wieder heranzog und sein Kunstwerk vollendete. Dabei brabbelte er in einer Tour und ich sog unauffällig seinen Duft ein.

Vielleicht hatte ich es tatsächlich irgendwie schon immer gewusst.

Und sehr wahrscheinlich hatte auch Mia, mit ihrem patentierten Tristan-Radar, sofort gespürt, dass er ein Teil von mir war. Hundert Pro hatte sie sich deswegen sofort mit dem kleinen Scheißer verbunden gefühlt und nicht anders gekonnt, als ihm vollkommen zu verfallen, weil es ihr mit dem Vater nicht anders ging.

Den Test ließ ich natürlich trotz meines Instinktes machen, denn ich wollte die absolute Gewissheit – ein für alle Mal.

***

Jetzt hielt ich das Ergebnis in der Hand.

›Die Vaterschaft ist zu 99,9998 % erwiesen.‹

Die Vaterschaft war erwiesen ... auf dem Papier. Schwarz auf weiß.

Genau in dem Moment, als ich es vollends akzeptierte und tief einatmete, sah Mia natürlich zu mir hoch. Unsere Blicke trafen sich und ohne Worte verstand sie sofort – so wie immer. Ihre Schritte stockten, sie schluchzte mit großen Augen auf und schlug die Hände vor den Mund. Ihr Blick flog zu Robbie, der gerade auf sie zulief. Er nutzte seine Chance und umfing ihre Beine mit einem lauten »Hab dich, Mama!« Sie ging vor ihm auf die Knie und tat das, was ich eigentlich schon die ganze Zeit vorhatte: Sie überhäufte ihn lachend mit Küssen, während sein ausgelassenes Kichern bis zu mir dröhnte und meine Mundwinkel sich hoben.

Ein Riesenstein fiel mir vom Herzen.

Sie würde IMMER zu mir stehen. Sie war mein Mädchen und würde es IMMER bleiben!

Trotzdem war ich innerlich fast gestorben, als ich ihr beichten musste, wie es zu Robbie gekommen war ...

Wir hatten Eli nach einem ausgiebigen Tittensnack ins Bett gelegt und waren runter ins leicht erhellte Wohnzimmer gegangen.

Müde wartete ich nur darauf, dass sie mich auf den eingetrudelten Brief ansprechen würde. Er war nur *an TRISTAN WRANGLER* gerichtet gewesen und sie wusste, dass ich ihn mittlerweile gelesen hatte. Außerdem bemerkte sie natürlich an meinem mürrischen Verhalten, dass etwas absolut nicht stimmte und an meinem Starren – denn ich sah Robbie nun mit anderen Augen.

Natürlich hatte sie sich, solange die Kinder wach waren, zurückgehalten, aber sobald es Nacht wurde und Eli schlief, war meine Schonzeit abgelaufen.

»Was ist mit dir los, Baby?« Energisch zog sie mich zur beigefarbenen Couch und stieß mich in die Kissen. Schwach lächelte ich, obwohl sich mir die Kehle zuschnürte.

»Du bist gar nicht bestimmend, hm?«, scherzte ich gekünstelt, aber mein Lächeln fiel in sich zusammen, als sie sich breitbeinig auf meinen Schoß setzte und mir einen sanften Kuss auf die Lippen drückte.

»Egal was es ist, sag es mir einfach! Was stand drin?« Ihre braunen warmen Augen brannten vor ehrlicher Zuneigung und grenzenloser Liebe. Das war mein Mädchen, meine Frau, mein Ein und Alles. Die emphatischste Person, die ich kannte. Sie würde mich verstehen. Sie würde mich nicht von sich stoßen. Nicht nachdem was sie alles auf sich genommen hatte, um genau an diesen Punkt zu gelangen. Wir hatten beide gelernt, dass wir von der Vergangenheit nicht unsere Zukunft zerstören lassen durften! Schmerzlich!

Ich hob meine Hände, umfasste ihr makelloses Gesicht und strich mit den Daumen über ihre Wangenknochen. Noch ein wenig wollte ich schweigen ... Nur noch ...

»Tristan! Sag es!«, drängte sie, denn Geduld war ganz sicher vieles, aber nicht gerade eine von Mias hervorstechenden

Eigenschaften, wenn es um mich ging. Feige schloss ich die Lider, um ihrem neugierigen Funkeln zu entkommen und war verwundert, dass sie die Dinger nicht mit Gewalt aufzwängte.

Einen tiefen Atemzug gönnte ich mir noch, dann klemmte ich die verdammten Arschbacken zusammen und sagte es ihr verdammt noch mal einfach:

»Es geschah kurz nachdem ich aus dem Knast kam ...« Ein Augenlid öffnete ich vorsichtig und überprüfte ihre Mimik. Sie war offen und arglos und wunderschön und bezaubernd und sie hatte das nicht verdient! Verfickte Scheiße, sie hatte keine Ahnung, worauf ich hinauswollte! Fuck! Schnell ließ ich mein Lid wieder zufallen und sprach weiter. »Ich feierte zu der Zeit viel, wollte einfach nur vergessen und verdrängen. Wollte nicht fühlen. Wollte nicht ... SEIN.« Wieder öffnete ich die Augen – versuchte zu ergründen, ob sie vielleicht jetzt wenigstens eine Idee davon hatte, wohin meine Beichte führte. Aber sie runzelte verwirrt die Stirn und schaute mich weiterhin naiv und fragend an. VER-DAMMT!

»Durch sie habe ich Mary kennengelernt ...« Sofort verdüsterte sich ihre Miene, ich sprach schneller weiter. »Sie war ihre Schwester, was ich aber erst im Nachhinein erfuhr. Ihr Name war Victoria und sie war, um es kurz zu fassen: absolut von mir besessen. Jeden Abend saß sie mit anderen Junkies, die ich über Pete kennengelernt hatte, in meiner winzigen Bude und rückte mir auf die Pelle. Oft war sie zu drauf, um es nach Hause zu schaffen, also schlief sie manchmal bei mir. Ich bin vielleicht ein Arsch, aber ich setze sicher keine halb toten Frauen auf die Straße, weißt du ... Baby?« Ihre Finger, die meinen Nacken gekrault hatten, erstarrten zu Eis. Ihr Blick genauso. Nun hatte sie endlich gecheckt, wohin die Beichtreise ging und wappnete sich innerlich für das, was folgen würde.

Ich zwang mich sie weiterhin anzusehen, streichelte sie, hielt sie fest.

»Ich hatte sicher einen Kasten Bier und eine Flasche Whiskey getrunken, zwanzig Tüten geraucht und zehn Nasen Koks gerotzt ... ich war nicht zimperlich, wenn es um Drogen ging, wie du vielleicht weißt.« Ihr nun aggressiver Blick aus weit aufgerissenen Augen machte mir klar, dass ich jetzt keine verdammten Ausreden finden, sondern einfach mit der verdammten Sprache rausrücken sollte. Und so beeilte ich mich, weiter zu berichten. »Auf jeden Fall ... saß ich, wie jede Nacht, wie eine kleine Pussy da und betrachtete die Bilder von uns beiden auf der Lichtung. Vielleicht heulte ich auch, ich weiß es nicht mehr so genau, auf jeden Fall war ich das letzte, ekelhaftestete, kaputteste Wrack, das du dir vorstellen kannst. Und als mir plötzlich eine Hand über die Brust strich, bildete ich mir ein, es sei deine. Ich schwöre es, Mia, du warst eine echt coole Halluzination, so verdammt heiß und schön, und ich hatte dich so verschissen vermisst. Ich brauchte dich doch wie die Luft zum Atmen; alles, was ich wollte, warst du ... und es ging alles so schnell. Ich weiß nicht mehr genau, wie es dazu kam! Aber mit einem Mal saß die Schlunze auf meinem Schoß ... meine Hose war offen und ich steckte in ihr ...«

Mia zog scharf den Atem ein und wich mit einem Ruck zurück.

»Du hast sie ... gefickt?«, fragte sie atemlos. Verdammte Tränen sammelten sich in ihren ungläubigen Augen.

»Ja«, gab ich fest zu, ohne den brennenden Blick von ihrem zu nehmen. Was sollte ich auch sonst sagen? Eigentlich hatte das Miststück mich in meinem benebelten Zustand vergewaltigt. Am nächsten Morgen hatte ich gedacht, es wäre nur ein Horrortrip gewesen! Der Scheiß war für mich gar nicht existent! Was würde das schon ändern, obwohl es die Wahrheit war? Tatsache war doch: Ich *hatte* es getan. Punkt. Aus. Fuck!

»Du hast mir gesagt, du hattest keinen Sex!?« Ja, das war natürlich ein Problem und ihre Stimme auch, die schon wieder diesen leicht schrillen Klang angenommen hatte, der nie etwas

Gutes bedeutete.

Dabei hatte ich das Ende von der Geschichte ja noch gar nicht auf sie losgelassen. Sie wollte sich von mir schwingen, aber ich war egoistisch und hielt sie fest. Wenn ich sie jetzt so gehen ließ, würde sie abhauen – im Wald spazieren oder so. Damit folterte sie mich immer, wenn wir uns stritten. Und ich würde hier auf der Couch sitzen und einen Tod nach dem anderen sterben.

»Baby, bitte ... bitte, hör mir zu ...« Ich presste mein Gesicht an ihren duftenden Hals und fühlte, wie ihr Puls gegen meine Nase hämmerte. »Ich wollte sie nicht ficken ... Ich wollte sie nicht auf mir haben ... und diese Dinge mit ihr tun, die nur uns beiden gehören ...«

»Wieso erzählst du mir das! HÖR AUF!«, schrie sie panisch und versuchte mit Gewalt von mir wegzukommen. Ich hielt sie fester.

»Ich weiß ... ich weiß, Mia-Baby ... du MUSST es aber erfahren! Nachdem wir Sex hatten, wollte ich sie nie wiedersehen, woraufhin sie sich nach meiner Zurückweisung einen perfiden Racheplan ausdachte, um mich zu zerstören. Als der nicht aufging, wollte sie sich auch noch vor meinen Augen umbringen und ich ließ sie einweisen. Ich habe nie wieder was von ihr gehört, hatte eine weitere Lektion gelernt und war froh. Ich dachte, dieser abgefuckte Lebensabschnitt hätte keine Konsequenzen für mich ... aber er HAT welche!« Sie hörte sofort auf sich zu wehren und packte stattdessen mein Gesicht, damit sie mich prüfend von allen Seiten mustern konnte.

»Wie meinst du das? Hat sie dir eine Krankheit angehängt? Was hat sie getan?« Ich schüttelte resigniert den Kopf, als ich die endlose Sorge um mich Arschloch in ihren unschuldigen Augen aufblitzen sah.

»Nein, mach dir keine Sorgen um mich.« Zärtlich strich ich ihr die Haare aus dem Gesicht. »Mit mir ist alles in Ordnung.«

»Was meinst du dann mit Konsequenzen? Tristan, sag es einfach!«

»Sie wurde von mir schwanger!«, ließ ich die Bombe platzen, und quasselte auch schon weiter, als gäbe es nicht ihren plötzlich so bleichen Gesichtsausdruck. »Und heute Vormittag, als du zur Nachsorge warst, las ich den anonymen Brief – von ihr! Das Karma hat sie, so wie alle, gefickt und sie liegt im Sterben ... und sie wollte mir noch eine Sache mitteilen: Robbie ist ihr Sohn ... und es könnte sein, dass ich sein Vater bin.«

Zuerst einmal reagierte sie nicht direkt, sondern starrte mich nur mit offenem Mund an. Tränen bahnten sich ihren Weg über unsere Wangen und sie zitterte. Unglauben und Schock standen ihr ins Gesicht geschrieben.

»Das kann nicht sein!«, wisperte sie irgendwann atemlos. Aber in dem Moment, wo sie die Worte aussprach, vergrößerten sich ihre Augen noch einmal deutlich. Und sie schaute mich an, als würde sie mich zum ersten Mal im Leben sehen. »Das *kann* sein! Natürlich!« Dies war ebenso ein Flüstern, bevor sie mich wieder eine Zeit lang nur angaffte während ich das Gefühl hatte zu verkohlen, aufgespießt, gelyncht, getötet und ermordet zu werden. Plötzlich wischte sie sich die Tränen weg und richtete sich straff auf.

»Kannst du mich bitte loslassen?«, fragte sie pseudogefasst. Misstrauisch beäugte ich sie und rührte mich keinen Millimeter.

»Wirst du gehen?«, erkundigte ich mich geradeaus mit kehliger Stimme. Dies verwunderte sie mal wieder zutiefst.

»Nein!«, antwortete sie, als wäre ich komplett verblödet. »Ich brauche frische Luft«, setzte sie dann noch hinzu und ich zwang meine angespannten Arme auseinander, um sie loszulassen. Es fiel mir unsagbar schwer, doch ich konnte sie nicht aufhalten, wenn sie Abstand suchte.

Also ließ ich sie gehen und stützte meinen Kopf in meinen Händen ab, während ich hörte, wie sie die Terrassentür aufschob und nach draußen trat.

»Fuck, Fuck, Fuck«, flüsterte ich vor mich hin ...

»Was ist los?«, hörte ich plötzlich die verschlafene Stimme von meinem kleinen Pupser und blickte auf. Er stand am letzten

Absatz der Treppe, hielt seinen Spongebob fest an seine Brust gedrückt und trug seinen alten Superman-Pyjama, von dem er sich einfach nicht trennen wollte. Die Beine reichten inzwischen nur noch bis kurz unter seine Knie und die Ärmel bis zu den Ellenbogen, aber das interessierte ihn nicht.

»Ich bin manchmal ein Idiot, das ist alles.« Mühsam zwang ich mich zu einem Grinsen, als ich ihn zu mir winkte.

Bereitwillig und barfuß kam er angetapst und kuschelte sich zu mir auf die Couch. Genau wie Mia, hob er meinen Arm an und schlang ihn um seine kleine Schulter. Er war erfolgreich angedockt und ich konnte nicht anders und spielte mit seinen weichen Strähnen – nicht mehr lange, dann wäre er für so was sicher zu cool. Es war weibisch, aber ich musste es ausnutzen, solange er noch so anhänglich war. Ich küsste ihn aufs Haar und starrte in den ausgeschalteten Fernseher.

»Wieso sabbert Eli eigentlich immer so viel?«, fragte er nach einiger Zeit, in der ich schon längst dachte, er sei eingeschlafen, und brachte mich zum Lachen ... Fuck, das fragte ich mich auch ständig, wenn ich zum dritten Mal an einem Tag das Shirt wechseln musste.

»Weil sie klein ist und ihre Körperbeherrschung erst erlernen muss.«

»Pieselt sie deswegen immer los, wenn du ihre Windeln wechselst?« OH MANN! Der Kleine schaffte es immer wieder, mich zum Lachen zu bringen.

»Ja, und sicher auch deswegen, weil Mama das einfach besser kann ...«

»Was kann ich besser?«, hörte ich ihre sanfte Stimme hinter mir fragen. Ich drehte mich leicht und sah wie Mia verweint auf mich herab blickte. OH FUCK! Ich hatte geschworen sie in jeder Sekunde glücklich zu machen und jetzt tat ich das Gegenteil – schon wieder!

»Alles«, antwortete ich ehrlich und flehte sie förmlich mit den Augen an, sich nicht weiter von mir zu entfernen. Gerade jetzt brauchte ich sie ... DRINGEND! Ich brauchte sie IMMER!

Sie war meine Schlampe. Sie war mein Mädchen. Mein Mia-Baby ... Alles, was ich von einer Frau wollte, in einer einzigen Göttin vereint.

Mein Mädchen seufzte leise und lächelte schwach. Mit ruhigem Ausdruck gab sie nach, völlig uneigennützig und stark – hob ihre Hand und strich mir ein paar Strähnen aus der Stirn. Ich lächelte genauso, bevor sie sich zu mir herabbeugte und mir einen zarten, sehnsüchtigen Kuss auf die Lippen drückte, den ich aus vollstem Herzen erwiderte.

»WÄÄÄÄHHH! Immer müsst ihr KNUTSCHEN«, brachte Robbie uns schon wieder zum Lachen und mir wurde in diesem Moment erneut bewusst, Mia würde zu mir stehen, *egal* was geschah.

Ich war wirklich der verdammt glücklichste Scheißer dieser Welt mit ihr an meiner Seite.

Kurzerhand zog ich sie über die Lehne, sodass sie laut auflachte und mit dem Kopf auf meinem Schoß landete. Mia schlang einen Arm um Robbie, legte die andere Hand an meine Wange und streichelte mich zärtlich. Fuhr mein Gesicht verträumt und truthahnig lächelnd mit den Fingerspitzen nach, während ich ihren Nacken kraulte und ehrfurchtsvoll ihre unbändige Schönheit in mich aufnahm. Noch immer konnte ich nicht glauben, dass sie ENDLICH meine Frau und die Mutter meiner Kinder war.

Wir hatten einen langen Weg hinter uns gebracht, aber jetzt waren wir angekommen – am Ziel.

Aus Wut war Freude geworden.

Aus Verzweiflung Zufriedenheit.

Aus Gier Befriedigung.

Aus Sucht Verlangen.

Aus Dominanz Demut.

Und aus Hass war Liebe ... geworden.

Und so liebten sie sich tatsächlich für den Rest ihres Lebens, und wenn sie nicht gestorben sind, dann ficken sie noch heute.

The fucking End

DANKSAGUNG

Vier Jahre!

So lange habe ich Mia und Tristan jetzt begleitet und dieses ENDE tut besonders weh. Ich weiß, dass es euch auch so geht, weil sie euch genauso ans Herz gewachsen sind wie mir.

Für mich ist es ein extrem dramatisches ENDE ...

DESWEGEN VORSICHT! ICH WERDE MELODRAMATISCH, KRASS UND SCHNULZIG UND ÜBERHAUPT, UND ES KÖNNTE PEINLICH WERDEN, ABER ICH SPRINGE ÜBER MEINEN SCHATTEN UND SAGE ES TROTZDEM, WEIL ES MIR AM HERZEN LIEGT. (So, wie beim Schreiben meiner Geschichten.)

Also ... *theatralisch räusper*

Wenn meine Botschaft angekommen ist und vielleicht auch nur ein wenig geholfen hat –wie auch immer –, bin ich glücklich, und ihr beweist mir jeden Tag, dass es so ist.

Es GIBT noch verdammte Mias und Tristans auf dieser Welt! Leute, die versuchen, das Richtige zu tun! Nicht weil sie etwas dafür erwarten, sondern weil sie noch wissen, was das Richtige ist. Sie kämpfen verdammte Scheiße noch mal für das Gute in dieser Welt und ja verfickt noch mal, das gibt mir Hoffnung auf eine bessere Zukunft.

Gegen Missbrauch. Gegen Unterdrückung von Hilflosen. Gegen verdammte Korruption und das verfickte Geld, dem sie hinterherrennen und dabei das Wesentliche aus den Augen verlieren. Gegen die unsagbare Grausamkeit, die der Mensch an den Tag zu legen bereit ist.

Für Respekt, Mitgefühl, Anstand und Liebe!

Dies sind die treibenden Kräfte in meinen Romanen, weil es die treibenden Kräfte in meinem Leben sind. Das hat mir mein Vater, trotz dieser Scheißwelt, beigebracht bevor er ging.

Ich werde es immer zuerst mit einem Lächeln probieren und offen auf andere Menschen zugehen und ich danke euch dafür, dass ihr mich am Anfang dieser Reihe genauso empfangen habt. Wirklich!!!

Es gibt sie noch. Die guten Menschen.

Dazu gehören allen voran meine Eltern natürlich. Ohne sie wäre ich nichts. Meine Schwester, ihr könnt euch nicht vorstellen, was für ein toller Mensch sie ist, ich bin so stolz auf dich Vicki!

Natürlich mein Mann und JA er war oft die Vorlage für Tristan. Er nimmt kein Blatt vor den Mund, verstellt sich nicht, er ist ein verdammter Russe – schon damals an der Schule hatten alle Schiss vor ihm – dabei ist er der Erste, der sich für Schwächere einsetzt und einer Oma über die Straße hilft. Obwohl sie natürlich denken wird, er kommt auf sie zu, um ihr die Handtasche zu klauen. Ja, Scheißvorurteile eben! Der äußere Schein trügt sooooo unsagbar oft und ich danke dir, dass ich hinter deine Maske blicken darf, Alex.

Seht euch Robbie an und ihr seht meinen Sohn. (Mein Sohn war die Vorlage für ihn, egal ob von Alter, Art und Aussehen oder Wirkung auf andere Menschen). Er wickelt sie alle um den Finger, ganz besonders mich –, mehr muss ich zu dem kostbarsten Menschen, den es in meinem Leben gibt, nicht sagen, oder?

Sofia. Die stärkste Frau, die ich jemals kennenlernen durfte und die meine beste Freundin ist und die verdammt noch mal, weil sie so scheiße stark ist, wegen der Liebe nach Australien geht und der ich es von ganzem Herzen gönne, aber gleichzeitig tausend Tode sterbe, weil, du hättest dir nicht zufällig wenigstens nen Kerl in Europa suchen können? Nein? Dein verdammter Seelenpartner muss sich natürlich am verdammten anderen Ende der Welt befinden aber du weißt ja, ich hasse dich manchmal, weil du gehst, aber wir stehen das trotzdem zusammen durch ;)

Anke ... und Peter ... Die Familie, die man sich aussucht. Ich weiß nicht, es ist irre, aber ich fühle mich wirklich, als wärt ihr meine Eltern (ich weiß Anke, du tötest mich gerade, aber is mir Wurst *Zungeraussstreck!*) Ihr wollt nur das Beste für mich und ihr seid sooo gute Menschen! Zusammen können und werden wir alles schaffen! Ich liebe euch!

Und so langsam wird der gesamte APP-Verlag eine große Familie: allen voran Babels (meine Seelenschlampe, meine Schwester, mein Lieblingsossi und eine meiner besten Freundinnen. Baby, du bist ich in älter und weiser und ich danke dir dafür, dass du mir beistehst, egal was ist, und das du mir sagst es ist Scheiße, wenn es Scheiße ist!), Bella (dazu muss ich nicht viel sagen, außer ich bin wirklich froh dich zu haben und ich hab dich lieb und es tut mir immer noch leid, dass ich das Hundeteil nochmal in den Chiemsee geschmissen habe – kommst du nächstes Jahr trotzdem wieder?), Mandy (hinunter, hinüber hinauf, ich kotz ab, aber wenigstens nicht allein, danke, dass du mir hilfst! Egal bei welchem Buch oder bei welchem Problem!), Nicky! (grrrrrrrrrrr lol)

Ich liebe unseren Verlag und EUCH!

Aber auch Berenike, Tina, Nicole, Melanie, Mel, Kerstin, Natascha, Steffi, Rita, Susanne, Heike und vielen, vielen anderen wunderbaren Menschen, die ich übers Internet kennengelernt habe, habe ich so viel zu verdanken, dass es schwer in Worte zu fassen ist. Die Liste ist endlos und beinhaltet jeden Einzelnen von euch.

***

Und jetzt hört auf zu heulen, weil die immer wieder Reihe vorbei ist! ***tränenwegwisch***

Jedes Ende ist ein Anfang!

Rotzi betritt bald die Bühne, und wenn ihr Tristan schon liebt ... wird er euch auch umhauen. Versprochen ...

Bis dahin gebt Tristan Rezis, was das Zeug hält! Sprengen wir noch ein letztes Mal alles! <3

Er murmelt gerade: Bye ihr Schlunzen (irgendwie wirkt sogar ER traurig) und vielleicht ... irgendwann ... in zehn Jahren oder so ... sieht man sich wieder ... (NEIN, es ist KEINE Fortsetzung geplant!!!!!!!! Aber was haltet ihr von Tristans Geschwistern und mehr Einblicken in die Familienwelt der Wranglers inklusive böööööööööööööööösem Tristan?)

Wie auch immer! Schöne Weihnachten (dies ist mein einzig wahres Geschenk an euch!) Danke für alles.

Eure Don Both

EXKLUSIVER AUSSCHNITT AUS ROCK ODER LIEBE!

»Dieses sinnlose Rumgeschreie. Dieses permanente Rumgehüpfe. Dieses unnütze Gitarrenzerschlagen und dieses ordinäre RUMROTZEN! Frauen verachtende Satanisten. Hotelzimmer zerstörende Kunstbanausen. Motorrad fahrende Ampelignoranten! Drogensüchtige Frauenverschlinger!« Das sind Rockstars in den Augen der gefürchtetsten Anstandsdame des Landes.

Hannah Amalia Hauptmeier gerät an ihren härtesten Klienten: Spank Ransom, alias Mason Hunter. Selbst ernannter Sexgott, stolzer Schildkrötenbesitzer und dazu noch weltbekannter Rüpelrocker, muss von ihr auf den rechten Pfad der Tugend gebracht werden, denn seine Mutter bangt um das Ansehen ihres einzigen, heiß geliebten, Sprösslings. Grummelnd nimmt Hannah sich des hoffnungslosen Falls an, ohne auch nur im Geringsten zu ahnen, worauf sie sich einlässt.

Der sexy Rüpel hat es sich nämlich im Gegenzug zu *seiner* Aufgabe gemacht, *sie* zu bekehren ... Und zwar auf seine ganz spezielle Art. Diese ist alles andere als jugendfrei, erschreckend betörend und hält sich keineswegs an den *Knigge*.

Sein Angebot: nächtliche Spielstunden gegen tägliches Anstandstraining.

Letztendlich müssen sich beide jedoch entscheiden, zwischen

Rock oder Liebe.

Teil 1 – 2015
Teil 2 – 2015

1. I BLOW GOOD = ICH LIEBE GOTT

Lieber Gott! Wieso sah ich so aus?

Ich war in eine viel zu enge Jeans gezwängt – laut meiner Schwester eine Röhrenjeans. Obwohl ich Hosen nicht ausstehen konnte, denn ich fand, sie hatten an einer Frau nichts zu suchen. Aber das war nicht das Allerschlimmste.

Das war nämlich mein T-Shirt, welches förmlich an mir klebte wie eine zweite Haut und jede noch so kleine Kontur gnadenlos offenbarte.

Normalerweise trug ich nur schön hochgeschlossene strahlend weiße, gebügelte Blusen. Aber jetzt hatte ich ein schwarzes Oberteil mit der golden leuchtenden Aufschrift »I BLOW GOOD« an. Da ich mich vehement dagegen wehrte, die englische Sprache zu lernen, (schließlich lebten wir in Deutschland!), hatte ich keine Ahnung, was die grellen Buchstaben auf meiner Brust bedeuteten.

Magda und Rosi, meine lieben, kleinen Schwestern, die mir dieses Grauen angetan hatten, mussten jedes Mal lachen, wenn sie mich ansahen, was mich ja schon ziemlich skeptisch stimmte. Aber sie hatten mir geschworen, der Aufdruck hieße: ›ICH LIEBE GOTT!‹

Das entsprach meiner Überzeugung, und daher hatte ich das Shirt trotz des unmöglichen Schnitts am Ende voller Stolz und Inbrunst angezogen.

Außerdem waren meine Haare offen! Sie fielen mir in hinderlichen, kastanienbraunen Wellen über die Schultern – ansonsten trug ich sie immer hochgesteckt und glatt. Jetzt behinderten die losen, lockigen Strähnen ständig mein Blickfeld, weshalb ich in einer Tour versuchte, sie aus meinem Gesicht zu pusten.

»Worauf habe ich mich nur eingelassen?«, murmelte ich zum tausendsten Mal und sah meine jüngste Schwester an, die fröhlich ihren gelben Mini durch den dichten Verkehr lenkte.

»Es wird sooooo lustig! Ganz sicher! Vielleicht findest du ja die große Liebe oder wirst zumindest endlich mal flachgelegt!«, trällerte Magda mit ihrer viel zu hohen Stimme, die ein leichtes Pochen in meiner Schläfe verursachte.

»Nein, danke! Auf Sex kann ich gut verzichten, der wird ohnehin völlig überbewertet. Und wer braucht heutzutage noch Männer? Wir Frauen sind imstande, das Leben auch ohne diese rülpsenden, sich die Hoden kratzenden, viel zu lauten Kreaturen zu meistern. Ohne sie wäre die Welt bedeutend besser dran. Glaubt mir«, antwortete ich gewohnt trocken.

»Aber die Welt ist nichts ohne Spank Ransom!«, schaltete sich von hinten wild hüpfend meine mittlere Schwester ein. Ihre goldenen Locken kamen zum Vorschein, als sie sich zwischen Magdas und meinem Sitz nach vorne zwängte. Innerhalb der letzten Stunden hatte sich ihr Gesichtsausdruck nicht ein Mal geändert: Die blauen Augen waren groß und leuchteten wie bei einem Kind an Weihnachten. Auf den Wangen befanden sich rötliche Flecken, die darauf hindeuteten, dass sie mehr als aufgeregt war ...

Ich verdrehte die Augen, denn ich wusste, wie sie sich benahmen, wenn es um dieses eine bestimmte Subjekt ging. Magda kicherte auf die Art und Weise, wie Frauen eben kichern, wenn sie an ein photogeshoptes Sexsymbol auf zwei Beinen denken.

»Oh ja, eine Welt ohne Spank Ransom wäre ein schrecklicher, langweiliger Ort und ... so einödig ...« Magda hielt ihre Hand nach hinten, welche sofort eifrig von Rosi genommen wurde. Die Blicke ihrer Augenpaare verwoben sich im Rückspiegel.

»WIR WERDEN IHN HEUTE SEHEEEEEN!«, platzte es aus Magda heraus. Entrüstet schnaubte ich auf und zwickte mir mit zwei Fingern in den Nasenrücken.

Besser wäre es jedoch gewesen, mir die Ohren zuzuhalten, denn das hysterische Gequietsche ging soeben in die zweite Runde.

»JAAAAAAAAAAAAAAAAAA! Und er wird sicher wieder seinen Mikrofonhalter trocken ficken!«

»Und er wird ins Mikro stöhnen!«

»Vielleicht hat er wieder eins von diesen zerfetzten Muskelshirts an?«

»BOAH, JA! Nippelpiercing-Alarm! Und er wird sich durch die sexy Haare streichen!«

»JAAAA, und ... und ... und ... Er wird sich über die Unterlippe lecken!«

»Er wird wieder seinen Schlafzimmerblick aufsetzen ... oh, ich komme fast, wenn ich nur an diesen Fickblick denke!«

»WORTWAHL!«, rief ich dazwischen, wurde jedoch ignoriert.

Mit jeder Sekunde führten sie sich gleichermaßen lauter und jünger auf – aber eigentlich befanden sie sich bereits den ganzen Abend auf dem Level von vierzehnjährigen Pubertierenden. Unter normalen Umständen waren sie allerdings neunzehn und zweiundzwanzig Jahre alt.

»VIELLEICHT WIRD ER MICH ANSEHEN!«

»WENN, DANN WIRD ER *MICH* ANSEHEN!« Rosi richtete ihre voluminösen Locken im Handspiegel. Mir reichte es! Die ganze Fahrt über ging das schon so und genau an dieser Stelle setzte ich diesem Trauerspiel ein Ende!

»ER wird *keine* von euch beiden ansehen! In dieses Stadion passen 80.000 Personen, und *sollte* er euch zufällig doch bemerken, wird er versuchen, sich so schnell wie möglich in Sicherheit zu bringen. Denn er wird sofort erkennen, dass ihr von Satan besessen und absolut durchgeknallt seid!«, warf ich etwas lauter als üblich ein, denn ihr Pseudo-Teenager-Gehabe ging mir extrem auf die Eierstöcke.

Sofort brachen ihre Blicke auseinander und sie fixierten mich drohend.

»Jetzt hör mir mal zu, Han!« Magda zischte wie ein Schnellkochtopf – das war nie ein gutes Zeichen.

»Hannah! Magda, mein Name lautet: Hannah!«

»Ist mir scheißegal!« Unbeeindruckt zischte sie noch eine Stufe zischender. »Wenn ich etwas liebe, dann liebe ich es nun mal *richtig!* Und ich *liebe* diese Band! Ich finde sie machen Hammermusik und sie überbringen wirklich wichtige Botschaften. Ich finde Spank nun mal scharf, und wenn du nicht lesbisch oder total geschmacksverirrt wärst, dann würdest du ihn auch heiß finden! Heiß, heißer, Spank Ransom! Er ist nun mal der schönste Mann auf diesem Planeten! Er hat nun mal eine Stimme wie Samt und Feuer, und er kann nun mal seinen Hammer-Sabber-Lechz-Körper bewegen wie ein Gott! Außerdem: Wir warten seit *fünf Jahren* darauf, dass sie hier ein Konzert geben! SEIT FÜNF JAHREN! ALSO GÖNN UNS DEN SPASS, WENN DU SCHON KEINEN VERSTEHST! WAS IST DARAN SO SCHWER?« Aus dem Zischen war das bekannte murmelige Wispern durch die Zähne geworden, das sie immer an den Tag legte, wenn sie kurz davor war, die Contenance zu verlieren.

»Bist du jetzt fertig?«, erkundigte ich mich gelassen.

»JA!« Fuchsteufelswild schaute sie wieder auf die Straße und verlagerte kurzerhand ihre Wut. Sie fing an wie eine Verrückte zu hupen, weil sich die Schlange vor uns einfach nicht weiter bewegen wollte. »Verdammte Idioten!«, schrie sie grell. »Wieso geht da nichts weiter? Wir sind eh schon viel zu spät dran, verdammt!«

»Könntest du bitte etwas auf deine Ausdrucksweise achten? Dein Verhalten ist inakzeptabel!«, wies ich sie energisch zurecht.

»NEIN!« Sie warf mir einen glühenden Blick zu. Rosi von hinten kicherte, denn sie fand es immer komisch, wenn wir eine unserer lautstarken Diskussionen führten ...

Es war nicht schwer, sich mit Magda zu streiten. Mit ihrer aufbrausenden Art besaß sie das Temperament eines tollwütigen Maultiers, Rosi hingegen war lammfromm – eher ein Faultier, sozusagen.

Nichts konnte sie so schnell aus der Ruhe bringen – ich für meinen Teil war sogar noch schwerer zu provozieren. Als zertifizierte Anstandsdame hatte ich mir eine dicke Haut zugelegt, denn ich arbeitete stets mit den härtesten Fällen. Wenn ich jedoch trotzdem wütend wurde, dann richtig!

Davon war ich momentan allerdings meilenweit entfernt, weshalb ich mich in Amüsement rettete, während Magda immer weiter ausrastete, fluchte, hupte und einen hochroten Kopf bekam, welcher ihr im Übrigen überhaupt nicht stand.

Eine gute halbe Stunde später war meine Laune trotzdem dahin, weil in 33 Minuten das Konzert anfangen sollte und wir noch zur Olympiahalle LAUFEN mussten. Ich trug zwölf Zentimeter hohe High Heels und konnte schon unter normalen Umständen kaum damit gehen. Die Pflastersteine waren auch nicht gerade hilfreich, bestimmt bildeten die Blasen bereits Kolonien an meinen Füßen. Hoffentlich würden das keine Amerikaner werden.

Vor dem Eingang wurde das Gedränge richtig schlimm. Einerseits war es gut, dass ich zuvor nichts gegessen hatte, denn so befand sich nichts zum Übergeben im Magen, als ich in den Massen halb zerdrückt wurde. Andererseits begann meine Optik, unschön zu verwischen, was wohl auf den Sauerstoffmangel zurückzuführen war, der sich einstellt, wenn man von einer wilden Horde wahnsinniger Frauen fast zerquetscht wird.

Hinzu kam auch noch das ständige Gekreische in den grellsten Klangfarben: »SEX ON TWO LEGS! SEX ON TWO LEGS!« Nur um Missverständnisse zu vermeiden, so hieß die Band.

»Wir dürfen uns bloß nicht loslassen«, verkündete Magda. Ich hätte gerne gelacht, weil dies schier unmöglich war, was sich in der nächsten Sekunde bewies. Sie wollte meine Hand greifen, wurde aber weiter nach vorne gedrängt, sodass ich sie nicht packen konnte.

»Ist in Ordnung! Ich komme zu unseren Plätzen«, rief ich ihr zu und sie warf mir noch einen besorgten Blick zu. Doch dann erklangen die ersten Töne der Vorband und Magdas schwarzer und Rosis blonder Kopf verschwanden in der unübersichtlichen Masse.

Gleichzeitig begannen einige der Mädels und sogar die wenigen armen Männer um mich herum *noch lauter* zu kreischen, und stürmten los. Ich wurde hin und her geschleudert und wollte ihnen zurufen, dass dies nur die Vorband sei, aber es hätte mich wohl sowieso niemand gehört.

»Also bitte! Vorsicht! Aufpassen!«, empörte ich mich, als man wiederholt den Versuch unternahm, meine Füße zu zertrampeln. Meine Ansätze, mich mit den Ellbogen zu wehren, blieben relativ erfolglos – ich war einfach zu klein und dazu auch noch äußerst wacklig auf den Beinen ... Warum hatte ich bloß meinen Regenschirm nicht zur Selbstverteidigung mitgenommen?

Es kam, wie es kommen musste: Ich stürzte ... Und das Letzte, woran ich mich erinnern konnte, war, dass ich mir die Stirn am Geländer aufschlug und nahe der Absperrung auf dem Boden aufkam.

***

Na großartig!

Hatte ich eigentlich schon erwähnt, dass ich Rock ′n Roll und alles, was mit dieser Musikrichtung im Zusammenhang stand, abgrundtief verabscheute?

Dieses sinnlose Rumgeschreie. Dieses permanente Rumgehüpfe. Dieses unnütze Gitarrenzerschlagen und dieses ordinäre RUMROTZEN! Frauen verachtende Satanisten. Hotelzimmer zerstörende Kunstbanausen. Motorrad fahrende Ampelignorierer! Drogensüchtige Frauenverschlinger!

Meiner Ansicht nach war das die Lebensaufgabe aller Rockstars, und ich wusste nicht, wie man zu so einem Menschen werden konnte – möglicherweise wurden sie schon so geboren. In Stiefeln mit offenen Schnürsenkeln und langem Haar!

Das war nicht meine Welt. Ich lebte für gänzlich andere Ideale – ich BESASS wenigstens noch welche!

Und ich hatte keinen blassen Schimmer, was ich gerade tat und wo ich war ...

Ganz besonders, als ich die Augen aufschlug und mich auf einer ungemütlichen, grünen Krankenliege vorfand. Mein Kopf dröhnte, wie er es getan hatte, als ich mit 15 Jahren das erste und letzte Mal Alkohol getrunken hatte. Als ich aufsah, zuckte ich erschrocken zusammen, denn ich erblickte ein Mädchen, das neben mir auf meinem Lager saß. Anscheindend hatte sie noch nie was von Clearasil oder Wasser gehört, denn ihre Eiterbeulen sprangen mir unwillkommen in mein empfindliches Auge.

»Oh, du bist wach?«, fragte sie und entblößte grinsend ihre Zahnspange inklusive Essensresten für später. Ich glaube, sie hatte Spinat zum Mittag.

Von diesem grausamen Anblick bis ins Mark erschüttert setzte ich mich auf und fasste mir sogleich an den Kopf, in dem sich alles drehte und *von* dem ein Kühlpack direkt in meinen Ausschnitt fiel. Einen spitzen Aufschrei unterdrückend, holte ich dieses schnell heraus und das Mädchen mit der unreinen Haut nahm es mir freundlicherweise ab.

»Scheint so«, antwortete ich, als ich mich an ihre Frage erinnerte. Und leider fiel mir nach und nach auch alles andere ein. »Wo bin ich?«, fragte ich das Mädchen mit der unglücklichen Derma.

»Im Krankenzimmer im unteren Bereich des Stadions. Du hast Glück, dass ein Security gesehen hat, wie du umgerannt worden bist.«

»Aha«, meinte ich alles andere als begeistert. Unvermutet begannen die Augen des Mädchens zu leuchten.

»Aber weißt du was? Wir sind hier im VIP-Bereich, also könnten wir uns auf die Suche nach der Umkleidekabine der Band machen!«

»Kein Bedarf!«, erwiderte ich kurz angebunden und stand auf. Meine Schwestern waren sicher schon besorgt um mich und außerdem musste ja jemand ein Auge auf sie werfen.

Das Zahnspangenmädchen fiel aus allen Wolken. *»Kein*

Bedarf?«, wiederholte es ungläubig. »Was heißt hier kein Bedarf? Wir sind in der Nähe des sexiesten Mannes des Universums!«

Ich verdrehte die Augen. Schon wieder so eine Geistesgestörte – offenbar befand sich in unmittelbarer Nähe ein Nest.

»Du kannst gerne für mich mitsuchen«, bot ich an und ging zur Tür. »Also viel Spaß!«, wünschte ich noch höflich, denn der Anstand kam bei mir an erster Stelle.

***

Noch als ich das Krankenzimmer verließ, spürte ich einen unangenehmen Druck auf der Blase, der mir unmissverständlich signalisierte, dass die Natur ihr Recht einforderte.

Ich brauchte eine Toilette!

Aber wo um alles in der Welt sollte ich in diesem Labyrinth an Gängen eine finden? Ich beschloss schon mal loszulaufen, denn mein Bedürfnis wurde von Sekunde zu Sekunde stärker. Nur schwer gelang es mir, die eindeutigen Geräusche zu verkneifen, die man von sich gibt, wenn man unter derartigen Beschwerden leidet. Also viel Uhhh und Ahhhh. Meine Füße knickten auch noch bei jedem zweiten Schritt um, weshalb ich versucht war, mir die Heels runterzureißen und sie in den nächstbesten Mülleimer zu verfrachten. Aber Rosi hätte mir den Hals umgedreht, es waren nämlich ihre Lieblingsschuhe.

Gerade als ich dachte, ich würde ein unschönes Pfützchen auf dem Gang hinterlassen, bemerkte ich es: Das Schild, das in allen Ländern gleich aussieht. Eine Dame in einem Hausfrauenkleid.

Von meiner vollen Blase halb wahnsinnig stürmte ich mit vollem Elan durch die Tür und erstarrte, sobald ich erkannte, dass es sich hierbei *nicht* um ein gepflegtes Klosett handelte, sondern um eine Umkleidekabine.

Und in diese trat gerade nackt, wie ihn Gott schuf, mit Wasserperlen auf dem ganzen Körper verteilt, ein Adonis von einem Mann. Er trocknete sich das Haar mit einem schwarzen Handtuch ab, weshalb ich sein Gesicht nicht erkennen konnte.

Was ich allerdings sah, war überdimensional groß und absolut ablenkend vom Rest der Welt.

Seine Füße!

Ich hasste Füße!

Dann glitt mein Blick nach oben.

Mein empörtes Keuchen war wohl unüberhörbar, denn er ließ das Handtuch verwirrt sinken, und als mir dämmerte, *wem* ich gegenüberstand, folgte noch ein aussagekräftiger Keucher.

Es handelte sich um niemand geringeren, als den Leadsänger der Band, *Sex on two Legs.* Und ich musste zugeben, der Name traf den Nagel auf den Kopf. Denn das oder besser gesagt *er* war tatsächlich Sex auf zwei Beinen. Zwar hatte ich diesbezüglich keine Erfahrung vorzuweisen, aber meine Fantasie signalisierte mir, dass man es sich so vorstellen musste.

Glatter, überall rasierter, muskulöser Sex auf zwei Beinen.

Tätowierter, atemberaubender, böser Jungen-Sex auf zwei Beinen!

Selbstüberzeugter, frauenverachtender, Idioten-Sex auf zwei Beinen!

Dieser grinste mich verschmitzt an, als ihm auffiel, wie mein Blick über seinen athletischen, tätowierten und gepiercten Körper glitt und erneut an eindeutigen Stellen hängen blieb.

Seine Stimme war samten, doch was er sagte, strafte sie Lügen und brachte mich völlig durcheinander.

»Ja ... mach so weiter und er wird tatsächlich allein von deinem blickgeficke steif. OH! Jetzt hat er gezuckt. Hast du´s gesehen?« Ich konnte nicht glauben, was er mir da gerade mitteilte, während er auf seinen Penis deutete, der wirklich zuckte und sich Stück für Stück aufrichtete. Jetzt wanderte der Blick seines Besitzers ganz unverhohlen über meinen Körper und blieb nicht etwa zwischen *meinen* Beinen, sondern auf meinem T-Shirt hängen. Er zog eine markante Augenbraue nach oben.

»Nettes Shirt. Hältst du auch, was es verspricht?«

Verdattert betrachtete ich mein Oberteil und dann wieder den empörenden Bereich da unten. Ich konnte mich einfach nicht davon abhalten. Dort wurde es immer härter. Möglicherweise blieb ihm nicht verborgen, wie unendlich peinlich mir die Situation war. Doch anstatt mich daraus zu befreien, machte er es noch schlimmer. Ihn schien es überhaupt nicht zu stören, dass er komplett nackt und beinahe komplett erigiert vor mir stand. Na gut ... für seinen Körper musste er sich auch wirklich nicht schämen, denn dahinter steckte unter Garantie harte, disziplinierte Arbeit.

»Hast du da mit Absicht nichts drunter? Damit jeder deine steifen Nippel sehen kann? Ich muss ja sagen, du hast wirklich ansehnliche Nippel!«

SO! Jetzt hatte er den Vogel aber wirklich abgeschossen! Und Magda und Rosi auch, denn sie hatten mich förmlich dazu genötigt, keinen BH zu tragen. Natürlich verdeckte ich sofort mit beiden Händen die eben so ungeniert erwähnten Stellen.

»Wie bitte?« Ich bekam kaum meine Zähne auseinander, der Qualm schoss mir nur so aus den Ohren. »Ich denke, ich habe mich gerade verhört!«

Der arrogante Adonis war wohl nicht der Meinung, denn er schlenderte zu dem Buffet hinüber, das in einer Ecke des eher kleinen Raumes stand, und machte sich erst mal eine Coladose auf. Als er die kühle Flüssigkeit seinen Schlund hinunterlaufen ließ, fühlte ich mich wie in einer Werbung für dieses koffeinhaltige Getränk, das übrigens fast ausschließlich aus Zucker besteht, weshalb ich dessen Genuss kategorisch ablehnte. Wie gebannt starrte ich seinen Adamsapfel und diesen muskulösen, tätowierten Hals an.

Und heiliger Jesus, ich wollte Cola!

Jetzt!

Als er die leere Dose mit einer Hand zerknüllte und erst mal laut und ausgiebig rülpste, zuckte ich zusammen. Gütiger Gott! Er benahm sich wie ein Neandertaler! Auch wenn es sich hierbei um ein ungewohnt haarloses Exemplar handelte ...

»Ich denke, du hast schon richtig gehört, Babe. Ich habe gesagt, du hast geile NIPPEL!« Er zwinkerte mir locker zu.

»Babe?«, wiederholte ich ungläubig. Mein Verlangen nach der Zuckerlösung hatte sich soeben verabschiedet, stattdessen bekam ich spontan Diabetes. »Ich fordere Sie höflich auf, in angemessenem Jargon mit mir zu kommunizieren. Ihre Ausdrucksweise lässt mehr als zu wünschen übrig, und würden Sie sich BITTE etwas überziehen. Falls es Ihnen bisher entgangen ist, eine DAME ist anwesend!«

Jetzt fing er an zu lachen. Melodisch und aus vollem Halse.

»Damen würden wohl kein Shirt tragen, auf dem steht. ›Ich blase gut‹!«

»Was?« Perplex starrte ich ihn an. »Das heißt: Ich liebe Gott!«, murmelte ich vor mich hin und nun konnte er wirklich nicht mehr an sich halten. Dieser Mann lachte so ausgelassen, dass er sich mit beiden Händen an dem Buffet abstützen musste, was ein unglaublich anregendes Bild bot. Seine Hinterseite stand seiner Vorderansicht in nichts nach, und sie war genauso glatt ...

»Okay, lass mich das klarstellen«, meinte er, als er sich ein wenig beruhigt hatte. »Du bist kein verrücktes Groupie, das jetzt über mich herfallen wird? Du suchst keinen wilden SEX?«

»Nein, das bin ich sicher nicht!«, erwiderte ich empört. »Was ich suche, ist eine Toilette!«

»Oh! Da kann ich weiterhelfen. Aber die Tür bleibt offen!« Seine Augen tanzten vor Belustigung.

Ich konnte nichts anderes tun, als ihn anzustarren. Natürlich nur zur Sicherheit, damit ER sich nicht plötzlich auf MICH stürzte. Denn sein Penis hatte anscheinend genau das vor. Ich fragte mich, wie so ein Ungetüm je eine Frau begatten könnte, ohne dass es zu ernsthaften Verletzungen kam.

»Ja, der Schwanz eines Mannes ist wirklich interessant, nicht? Wenn du willst, kannst du ihn gerne mal anfassen.«

»Kommen Sie mir mit Ihrem PENIS bloß nicht zu nahe!«, rief ich schrill. »Wäre es eventuell möglich, ihn in eine Unterhose zu packen, wohin er meiner unbescheidenen Ansicht nach gehört?« Nur mit Mühe konnte ich verhindern, mir mit einer Hand die Augen zuzuhalten.

»Der gehört in keine Unterhose«, widersprach er sofort.

»Sondern in eine Frau!« Er klang, als wäre es das Selbstverständlichste der Welt und verschränkte die Arme vor der breiten Brust. Ich bemerkte die Tätowierung, die sich als dunkles Muster über seinen gesamten rechten Arm schlängelte. Sie reichte über seine Schulter bis zum Hals und ich sah errötend, dass sie an seiner rechten Seite wieder hinabfloss und sich in der ansehnlichen Leistengegend verlor.

»Sie werden mich doch nicht vergewaltigen?« Im Großen und Ganzen wirkte er nicht so, als würde er sich gleich kopflos auf mich stürzen, aber sein erregter Zustand zuzüglich dieses wilden, zügellosen Benehmens gab mir ernsthaft zu denken.

Er lächelte überheblich. »›Vergewaltigen‹ musste ich noch keine Schlampe, keine Sorge.« Ich zog scharf den Atem ein. Das war ja wohl die Höhe! Gut, dass ich mich nicht angesprochen fühlen musste, jungfräulich und fromm, wie ich war, aber allein diese Betitelung war eine unerhörte Frechheit.

»Ich beende jetzt dieses Gespräch«, verkündete ich sodann. »Es ist mir mehr als unangenehm, Sie getroffen zu haben, dennoch wünsche ich Ihnen noch einen erfolgreichen Abend!« Hoch erhobenen Hauptes wandte ich mich von ihm ab und wollte zur Tür marschieren.

Doch ich kam nicht weit, denn er rief mit voller Inbrunst. »Was für ein Arsch!«

Dann wurde ich schon am Oberarm festgehalten, umgedreht und plötzlich war er mir besorgniserregend nahe. Ich konnte mich glatt in diesen frech funkelnden, goldbraunen Augen mit den dunklen Sprenkeln verlieren. Aus dieser Distanz erkannte ich, dass seine Haut absolut eben war, ohne jeglichen Makel. Es war einschüchternd, wenn ein Mann so einen Teint besaß. Einschüchternd war auch das Gefühl, das seine Finger auslösten. Es war, als würde eine Kraft von ihnen ausgehen, die sogar meine Knochen in dem Bereich zum Pulsieren brachte, den er gerade berührte. Seine Mundwinkel hoben sich und er lächelte mit seinen vollen Lippen auf mich herab. Fast schon charmant, aber ich ließ mich nicht täuschen.

»Ich dachte, du musst aufs Scheißhaus?«

Sein nach Bier stinkender Atem fegte über mein Gesicht und riss mich aus meiner Starre.

»Haben Sie schon mal was von Kaugummi gehört? Das ist ja grauenhaft!« Angewidert hielt ich mir mit zwei Fingern die Nase zu. Der Schalk tanzte in seinen Augen und eine Strähne seiner chaotischen Locken fiel ihm in die Stirn. An den Seiten waren seine dunkelbraunen Haare aber raspelkurz. Er hatte eine wilde Frisur, die zum Rest seines wilden Auftretens passte. Meine Finger zuckten, und ich erschrak, als mir klar wurde, dass ich ihm eben jene Strähne aus der glatten Stirn streichen wollte.

Sein aufwühlender Blick wanderte über mein Gesicht und blieb schließlich an meinen Lippen hängen. Er leckte sich über seine glatte Unterlippe und ich visierte seine rosa Zunge an, die zum Vorschein kam, während sich eine ungekannte Hitze in mir ausbreitete.

Er würde mich doch jetzt nicht einfach küssen?!

»Wagen Sie es ja nicht! Denken Sie nicht mal im ...« Weiter kam ich nicht, denn im nächsten Moment *hatte* er es auch schon gewagt und seinen Mund tatsächlich gewaltsam auf meinen gesenkt. Zunächst war ich wie erstarrt. Die mich sofort durchrauschenden Gefühle waren mit nichts zu vergleichen, was ich jemals erlebt hatte. Eine Hand stützte er hinter mir an der Tür ab, die andere legte er bestimmend auf meine Taille und drückte mich gegen sich. Oder drückte er sich gegen mich?

Er war so warm, und so hart, und so NACKT!

Ich wusste nicht, was ich tun sollte; viel zu widersprüchlich waren meine Empfindungen. Dafür schien er allerdings ganz genau im Bilde darüber zu sein, was *er* tun musste, um meine Barrieren niederzureißen.

Seine Zunge strich über meine Unterlippe und mir entkam ein peinliches kleines Seufzen, als ich spürte, wie samtig sie sich anfühlte. Durch meinen kleinen Patzer öffnete sich mein Mund, was er offensichtlich als Einladung auffasste, die ich ihm überhaupt nicht hatte erteilen wollen!

Seine Lippen verzogen sich zu einem garantiert

triumphierenden Grinsen, was seinen herausragenden Kussfertigkeiten aber keinen Abbruch tat.

Ohne dass ich es verhindern konnte, berührte meine neugierige Zungenspitze die seine, worauf eine Art Elektroschock durch meinen gesamten Körper rauschte, dessen Auswirkungen sich pulsierend zwischen meinen Schenkeln sammelten. Ungefähr im selben Moment schalteten sich mein logisches Denkvermögen und mein Anstand aus, auf die ich so stolz war, und ein unbekannter Teil meines Unterbewusstseins kämpfte sich nach oben.

Er war dafür zuständig, dass ich beide Arme hob und mich in seinen vollen nassen Haaren festkrallte. Ebenso war es sein Verdienst, dass sich meine Hüften schamlos an seiner aussagekräftigen Härte rieben, was ihm prompt ein kehliges, überraschtes Stöhnen entlockte.

Mit diesem Gegenangriff hatte er nicht gerechnet.

Mein Herz versuchte, mich von innen heraus zu erschlagen. Meine Atmung ging stoßweise und vermischte sich mit seinem leisen Keuchen.

Plötzlich störte es mich nicht mehr, dass er getrunken hatte. Denn sein so süßes und gleichzeitig verruchtes Aroma, vermischt mit dem herben Geschmack von Cola und Bier war phänomenal. Die Geschmacksknospen in meinem Mund tanzten Samba.

Ich hätte nie gedacht, dass sich ein einziger Kuss so anfühlen könnte. So alles verzehrend. Außerdem registrierte ich total überrascht, dass er mich allein damit so durcheinanderbringen konnte.

Mein Name war mir entfallen, ich wusste nicht, dass ich nach einer Toilette gesucht hatte oder dass ich Männer wie ihn abgrundtief verabscheute.

Das lag wohl daran, dass der Mann, der mir gerade den Verstand raubte, der beste Küsser der Welt zu sein schien, obwohl sich meine Erfahrung auch hier gegen Null bewegte.

Leider, oder sollte ich sagen: gottseidank, ging er einen Schritt zu weit, weshalb sich mein Haupthirn wieder einschaltete.

Denn er fuhr in dieser Sekunde mit seiner Hand über meinen Bauch hinauf, bevor seine langen Finger unvermittelt meine Brust packten und sie mit einem eindeutig primitiven Laut drückten, der aus den Tiefen seiner Kehle stammte.

Und endlich, ENDLICH, tat ich das, was ich schon die ganze Zeit hätte tun sollen.

»Sie Rüpel!«

Mit aller Kraft stieß ich ihn an den breiten Schultern von mir, und im nächsten Moment landete meine flache Hand laut klatschend in seinem verdatterten Gesicht.

PATSCH!

Entgeistert und atemlos starrte er mich an, während seine langen tätowierten Finger langsam die geschändete Wange abtasteten.

Ich hingegen stürmte wortlos an ihm vorbei in den Raum, aus dem er gekommen war, in der Hoffnung, dass sich in den Duschen auch Toiletten befanden. Ich hatte Glück.

Natürlich sperrte ich ab und legte die Brille sorgfältig mit Papier aus, bevor ich mich erleichterte. Dabei ließ ich mir extra viel Zeit, denn schließlich müsste er ja wohl irgendwann auf die Bühne gehen.

So war es dann auch. Als ich die Geräusche einer zuschlagenden Tür hörte, linste ich vorsichtig in den Raum. Er war verschwunden.

Nur sein wundervolles Aroma verharrte noch in der Luft. Wie von selbst hob sich meine Hand und meine Fingerspitzen strichen über meine immer noch prickelnde Unterlippe.

Der Kuss war der Wahnsinn gewesen, aber den Rest konnte man vergessen. Ich betete, dass ich diesen primitiven Neandertaler nach diesem Konzert nie wiedersehen würde.

Doch ich hatte soeben gesündigt, weshalb meine Gebete nicht erhört wurden ...

2. Down with the Sickness!

Als es mir endlich gelang, mich in die Halle zu meinen Schwestern durchzukämpfen, trug ich die Mörderschuhe tatsächlich in den Händen. Unsere Plätze befanden sich praktisch direkt neben der großen Bühne. Erschöpft wie nach einem Tagesmarsch durch den Dschungel, ließ ich mich auf den unbequemen Plastikstuhl fallen, zog mir die Dinger wieder an und verschnaufte ausgiebig.

Rosi und Magda beobachteten derweil, wie die letzten Techniker über die Bühne liefen. Dabei hielten sie sich aufgeregt an den Händen und bekamen gar nicht mit, dass ich von den Toten auferstanden war.

Zum Glück!

Nach diesem verruchten Überfall hatte ich mich nämlich immer noch nicht gefasst. Nach wie vor spürte ich seine langen Finger auf der Haut, und fühlte mich einerseits beschmutzt und entehrt, aber andererseits auch irgendwie ... *anders.*

Ich wollte nicht, dass mich dieser Rüpel *anders* fühlen ließ. Doch er tat es. Wenn ich an die paar Minuten in der Umkleidekabine zurückdachte, in denen seine Lippen auf meinen gelegen hatten, geriet mein Blut in Wallung, ob ich wollte oder nicht.

Nachdem sich mein Puls normalisiert hatte, konnte ich mich wieder meiner Umwelt widmen. Die Bühne war rund und das schwarz funkelnde Schlagzeug mit der Riesenaufschrift »SEX ON TWO LEGS« befand sich auf einer Erhöhung. Rechts und links davon führten zwei Laufstege in die jetzt schon ungeduldig schreiende Menge, vermutlich um den Sänger seinen Fans näherzubringen oder dem Neandertaler in ihm die Möglichkeit zu geben, noch mehr unschuldige Frauen zu verwirren. Einer davon war vielleicht zwei Meter von uns entfernt.

Dies bereitete mir Angst, denn ich saß genau neben einem Gang und hoffte aus tiefstem Herzen, dass er mich nicht erkennen würde. Zur Sicherheit sank ich auf meinem Sitz unauffällig zusammen.

Gütiger Gott! Jetzt war ich schon genauso hirnumnebelt wie meine Schwestern! Wie sollte er mich bitte unter 80.000 anderen Menschen identifizieren? Meine Paranoia war grenzwertig! Es galt, sich zu beruhigen und endgültig zu einem normalen Blutdruck zurückzukehren. Außerdem empfahl ich mir dringend, einfach zu vergessen, was geschehen war. Denn andernfalls würde meinen Schwestern klar werden, dass etwas nicht stimmte. Und sie mich daraufhin KÖPFEN, wenn sie jemals herausfänden, dass ihr innigster Traum in Erfüllung gegangen war.

Für mich ...

Dabei hatte ich das gar nicht gewollt!

Gierig blickte ich auf das Wasser in Rosis Händen und zog an ihrem kurzen schwarzen Rock, um auf mich aufmerksam zu machen. Nur ungern nahm sie den Blick von der Bühne, um den Störenfried in die Schranken zu verweisen. Als sie registrierte, dass ich es war, huschte Erleichterung über ihr Gesicht. Sie ließ sich auf den Stuhl neben mich fallen. Obwohl es sehr unhöflich war, nahm ich ihr ihren Wasserbecher aus der Hand, und trank ihn in einem Zug aus.

»Zum Glück bist du da! Wir dachten schon, du wärst getürmt!«, sagte sie mit ihrer für eine Frau viel zu tiefen Stimme.

»Als ob ich dazu eine Chance hätte!«, murmelte ich spöttisch.

»Und wo warst du?«

Jetzt wurde auch Magda auf mich aufmerksam, nahm ihren Platz neben Rosi ein und beugte sich vor, um mich von unten bis oben mit Blicken zu scannen.

»Ja, wo verdammt noch mal warst du und wieso sehen deine Haare so komisch aus? So zerwühlt? Und deine Lippen, sind die geschwollen?« Magda schob Rosi aus dem Weg und kam meinem Gesicht so entsetzlich nahe, um meinen Mund zu begutachten, dass ich zurückwich. Ihr Blick inspizierte auch meine Stirn, auf der mit Sicherheit in dicken, roten Buchstaben blinkte:

Ich hatte Kuss-Sex!

Automatisch rieb ich darüber.

»OH BITTE, Magda. Hör auf zu fluchen ... Ich ... bin umgefallen und wurde ohnmächtig.« Rosi sog schockiert den Atem ein, doch Magda wirkte weiterhin skeptisch.

»SIEHST DU!« Ich hob meinen geraden Pony und zeigte ihr als Beweis die unschöne Beule auf meiner Stirn.

»OH!« Nun sah auch Magda mich mitleidig an.

»Ich wurde ins Krankenzimmer gebracht.« Die Augen meiner Schwestern weiteten sich. »Aber es war nicht der Rede wert«, winkte ich ab und drückte den kühlen Becher gegen die Beule. Alles, was weiter passiert war, ließ ich vorsichtshalber aus, denn mein Kopf gefiel mir eigentlich ganz gut auf meinen Schultern. »Es hat eben seine Zeit gedauert, bis ich mich zu euch durchkämpfen konnte. Zwischen den ganzen Verrückten hier könnte man glatt Angst bekommen!«, ergänzte ich und zuckte mit den Schultern, bevor ich mich erschöpft zurücklehnte und die Augen schloss

»Oh Süße, und wir haben dich einfach allein gelassen!« Rosi strich mir eine Strähne aus der Stirn, worauf ich ihr auf die Finger schlug.

»Ich kann schon auf mich selber aufpassen, vielen Dank!« Nebenbei kramte ich bereits in meiner Handtasche nach meinen Ohrstöpseln, die ich fast überall mitführte. Schließlich veranstalteten die in diesem Land Bauarbeiten an jeder Ecke und mein tadelloses Gehör bis in die höchsten Frequenzbereiche war mir heilig.

Doch die Ohropax wurden sofort meinen Fingern entwunden und kurzerhand nach hinten in die Menge geschmissen.

Rosi lachte ihr dunkles Lachen, wohl wegen meines Gesichtsausdrucks, und warf ihre Korkenzieherlocken über die Schulter. Ich betrachtete sie derweil düster und überlegte nicht zum ersten Mal, dass der Mann, der sie mal abbekam, ein armer aber auch glücklicher Kerl sein würde.

Rosi hatte all ihre Schönheit von unserer Mutter geerbt. Die goldblonden Haare, die groß gewachsene Figur, mit den perfekten Proportionen. Sie besaß von uns Dreien die größten Brüste, worum sie Magda schon immer beneidet hatte, denn diese war so flach wie ein Brett. Außerdem war Magda die Kleinste von uns. Dafür hatte sie die größten Augen und den extrovertiertesten Charakter.

Was das Selbstbewusstsein anging, lagen meine Schwestern gleichauf. Daran mangelte es beiden nicht. Sie wussten, dass sie intelligent und gleichermaßen schön waren. Magdas feingliedriges Gesicht wurde von einem modernen Bob umrahmt, während Rosis Züge weicher und klassischer ausfielen – so auch ihr Haarschnitt. Ihr Körper steckte momentan in einem kurzen schwarzen Rock, gleichfarbiger Strumpfhose, Glitzeroberteil mit Fledermausärmeln und sie war behängt mit allerhand Ketten und Schmuck. Die Strumpfhose hatte wohl einen zu wilden Waschgang in der Maschine durchgemacht, denn sie war über und über mit Rissen verunziert. Unmöglich. Ich hatte ihr angeboten, sie zu nähen, worauf sie mir allen Ernstes einen Vogel gezeigt hatte.

Magda wiederum hatte sich in ein dunkelblaues Korsage-Kleid mit Spitze gezwängt. Das kombinierte sie mit einer unversehrten Strumpfhose und vielen Armbändern.

Beide wirkten wie zwei Rockerbräute, was sie nebenbei bemerkt auch waren. Den ganzen Tag hörten sie nichts anderes als diese Musikrichtung. Bevorzugt ›Sex on two Legs‹. Dabei konnte ich Spank Ransoms grölende Stimme einfach nicht mehr ertragen, und sein Gesicht mochte ich auch nicht sehen! Denn wenn ich die Zimmer meiner Schwestern betrat, schaute er mich von allen Wänden mit diesem meines Erachtens hohlköpfigen Ausdruck an, der mein eigen Fleisch und Blut aber regelmäßig zum Seufzen brachte. Die Plakate bereiteten mir Angst und hatten mir den einen oder anderen Albtraum beschert!

Sie verhielten sich wie zwei kleine Mädchen und nicht Erwachsene, wenn es um ihn ging! Aber er hatte es wohl an sich, die Frauen mit nur einem Blick in den Wahnsinn zu treiben. Auch wenn er sie nur von einem Plakat aus anstarrte ... Jetzt wo ich ihn kennengelernt hatte, konnte ich diese Faszination ein wenig verstehen, denn auf eine frivole Art hatte er auch mich in seinen Bann gezogen. Es fiel mir schwer, mir das einzugestehen, und ich war froh, als das Licht plötzlich erlosch und die Bühne strahlend rot erhellt wurde.

Verschiedene Laserlichter schossen unkontrolliert, wie verirrt, durch die Halle und hüllten sie in mystische Farben. Flüchtig, dann wurde es stockdunkel und gleichzeitig sehr still. Man hätte eine Stecknadel fallen hören können.

Ein Rülpsen direkt ins Mikrofon durchbrach die Anspannung und alle begannen zu kreischen!

Die Musik setzte ein, heftiges Schlagzeug, dann E-Gitarre ... Sie war mitreißend, das musste ich zugeben, ob ich wollte oder nicht.

»Can you feel that?«

... hauchte eine tiefe männliche Stimme in das Mikrofon, die anscheinend den puren Sex symbolisierte!

»Oh Shit ...«

Die Worte fuhren leider direkt in meinen Intimbereich. Vermutlich klang er so, wenn er gerade in eine Frau eindrang ...

»OW WAHAHAHAHAHAHA!«

... grölte er plötzlich ins Mikro. Ein Feuerwerk erhellte den Saal, und brachte die Menge zum Ausflippen, als Spank Ransom auf die nun erleuchtete Bühne sprang. Alle hechteten auf die Beine, Hände schnellten nach oben, ungebändigte Energie flutete alles.

»Was für ein Affe!« Ich verdrehte die Augen und verschränkte die Arme, während die Masse um mich herum zu toben begann.

Er gab weitere Primatengeräusche von sich. Neben ihm hüpfte sein blonder Gitarrist umher wie Rumpelstilzchen und sein Bärenschlagzeuger schlug wie ein Besessener auf sein Instrument ein. Doch die waren eher nebensächlich.

Ich konnte nicht umhin, mir *ihn* genauer anzusehen, als er mit beiden Händen sein Mikrofon umfasste. Zu Magdas und Rosis absoluter Benebelung vergewaltigte er im Takt den Mikrofonständer, während er weiterhin widerliche Töne produzierte.

Mein Gott, konnten meine Schwestern nicht ›Richard Wagner‹ lieben?

Er hatte eine enge schwarze Lederhose und offene Stiefel an, über deren Schnüre er sicher noch stolpern würde und dadurch unter Umständen sich oder andere verletzen könnte, was ich persönlich sehr verantwortungslos fand. Dazu trug er ein zerrissenes enges, dunkles Muskelhemd, das mehr zeigte als verdeckte. Um seine ausgeprägten tätowierten Unterarme schlangen sich Lederarmbänder. An seinem Hals baumelte eine dicke silberne Kette, und die Haare hingen wirr in alle Richtungen. Seine schlanken Hüften – verziert mit ein paar Nietengürteln – bewegten sich im Takt der Musik, als hätte er das professionell gelernt. Dabei war seine Ausstrahlung wahnsinnig erotisch, das konnte ich nicht leugnen.

Und als er anfing zu singen ... zu *singen* ... nicht zu grölen ... fühlte ich mich von seiner Stimme in eine andere Welt davongetragen ...

Drowning deep in my sea of loathing
Broken your servant I kneel
(Will you give it to me?)

Die Menge schrie. »JAAAAAAAAAAAAAAAAAA!«

It seems what's left of my human side
It's slowly changing in me
(Will you give it to me?)

Die Masse flippte komplett aus, und auch mein Herz schlug inzwischen deutlich schneller. Entnervt merkte ich, wie mein rechter Fuß im Takt auf und ab wippte, weswegen ich mit beiden Händen mein Knie umfasste und es nach unten drückte.

Looking at my own reflection

When suddenly it changes
Violently it changes (oh no)

Seine Stimme nahm an Kraft zu, und ich erschauerte von dem Timbre, das unbarmherzig durch die Halle dröhnte. Ich spürte den Bass in jeder Nervenzelle, mein gesamter Körper kribbelte und vibrierte. Das Bein tat einfach, was es wollte und auch mein anderes wollte längst nicht mehr stillhalten.

There is no turning back now
You've woken up the demon in me ...

Und dann schaute er mich an!

Der Schreck fuhr mir derart in die Glieder, dass ich mich fast an meinem eigenen Speichel verschluckte. Denn sein Blick brannte sich in meine Augen – er fraß mich förmlich auf. Und er sah *mich!* Er wusste, wo ich saß und er sprach mit mir über sein Lied. Seine Stimme, die runter ging wie Honig, war atemberaubend ... wenn er nicht gerade brüllte und ich hockte nur mit erstarrtem Herzen da, während mir aus irgendeinem Grund die Tränen kamen. Auch wenn ich kein einziges Wort von dem verstand, was er von sich gab.

Er grinste zufrieden, leckte sich über die volle Unterlippe, wandte seinen Blick von mir ab und legte richtig los, als der Refrain begann. Während er beide Arme mit den Handflächen nach oben ausstreckte und das Publikum mitriss, es animierte mitzugehen. Wo und wie auch immer er es haben wollte.

Get up, come on get down with the sickness
Open up, your hate, and let it flow into me
Get up, come on get down with the sickness
Your mother get up come on get down with the sickness
Your fucker get up come on get down with the sickness
Madness is the gift, that has been given to me!

Mittlerweile nahm mich das Lied so mit, dass ich schon etwas schunkelte, und mein Kopf unkontrolliert von vorn nach hinten wippte. Von seinen fließenden Bewegungen war ich wie gefesselt.

Er war auf der Bühne zu Hause, man merkte genau, wie wohl er sich fühlte. Wie liebend gern er die Frauen zum Kreischen brachte und dazu, vor ihm zu knien und alles für ihn tun zu wollen. Sein durchtrainierter Körper und er waren eins. Eine mächtige Waffe gemischt mit dieser mitreißenden, vollen Stimme!

I can see inside you, the sickness is rising
Don't try to deny what you feel
It seems that all that was good has died
And is decaying in me
(Will you give it to me?)

Und immer noch hatte ich das beängstigende Gefühl, er würde mit *mir* reden!

It seems you're having some trouble
In dealing with these changes
Living with these changes
Oh no, the world is a scary place
Now that you've woken up the demon in me

Die Meute war nicht mehr zu beruhigen. Sie sprangen umher und rempelten sich gegenseitig an – flippten vollkommen aus. Schon jetzt flogen die ersten Höschen und Bustiers! Eines nahm er an beiden Enden und rieb es zwischen seinen Beinen. Dann rief er ins Mikrofon.

»Bringt euch deswegen nicht um, ihr notgeilen Wichser!« Er schwenkte es über seinem Kopf und schleuderte es zurück in die Menge. Ich sah nur die Hände, die hysterisch danach grapschten, und verdrehte die Augen. DAS war doch ekelhaft!

Das Lied ging mit einem lauten Knall zu Ende und Spank Ransom sprang gut einen Meter in die Luft, nachdem er sich offenbar völlig verausgabt hatte. Schließlich landete er in guter alter Rockerpose auf den Knien, während rechts und links von ihm rote Feuerwerke explodierten.

Dann stand er mit einer aufreizenden Bewegung auf,

schlenderte wie ein Raubtier zu seinem Mikrofonständer, während seine Bandkollegen schon die ersten tiefen Takte vom nächsten Lied spielten.

»Fickt euch alle!« Er zeigte dem Publikum seine zwei Mittelfinger und grinste dämonisch, dabei wurde er bejubelt, als wäre er ein Gott. Aber dieses Grinsen hatte es auch wirklich in sich ...

»Wollt ihr mit uns ausflippen?«

»Jaaaaaaaaaaaaaaaaaaaaaa!«

»Ich habe gefragt, wollt ihr mit uns ausflippen?«

»JAAAAAAAAAAAAAAAAAAAAAAAAAAAAAAAAAAAA!«

»DANN TUT ES, IHR FOTZEN! Vielleicht ist es das letzte Mal, DASS IHR ES KÖNNT!«, brüllte er ins Mikrofon und das nächste Lied fing an, während die Lasershow mir fast die Sicht raubte.

Ehrlich gesagt konnte ich meine Augen nicht von diesem rüpelhaften, aber faszinierenden Mann nehmen, der auf der Bühne herumlief, herumsprang, sogar herum*tänzelte* wie eine Prima Ballerina ... und ständig irgendwelche unschuldigen Gegenstände vergewaltigte, indem er sein Gemächt daran rieb – was meine zwei Schwestern im Übrigen jedes Mal zum WINSELN brachte. Er fasste sich immer wieder an den ausgefüllten Schritt und imitierte mit seiner Zunge eindeutige Bewegungen, die er offensichtlich gut beherrschte. Reihenweise fielen die Frauen neben mir in Ohnmacht, das hatte was von einem etwas chaotischen Dominospiel, und ich dachte, ich wäre in einem schlechten Film, als eine nach der anderen rausgetragen werden musste.

Rosi und Magda waren nicht mehr ansprechbar, sie nahmen nicht eine Sekunde den Blick von ihm. Ihre Augen mussten schon ganz ausgetrocknet sein, ich hatte sie noch nicht *einmal* blinzeln sehen.

Er schaute mich nicht noch mal an, daher wog ich mich in Sicherheit, was ich nur leider nicht war. Denn als er das Ende der Show ankündigte, grinste er besonders fies.

Während er ins Mikrofon sprach, und an den Rand der Bühne lief, über den er zu unseren Sitzreihen gelangen konnte, schwante mir bereits Übles.

»So, jetzt ist die Party gleich vorbei ... aber ein Knaller kommt noch ... Für diesen Song brauche ich allerdings weibliche Unterstützung ... denn ohne die ist ein guter Fick kein guter Fick!«

Anscheinend wusste die Masse, welches Lied jetzt folgen würde, denn man schrie schon mal vorsorgehalber los.

»CLOSER! CLOSER! CLOSER!«

»Yeah! Ihr habt so was von Recht! Je näher desto besser!« Entsetzt wich ich zurück, als seine glühenden Augen sich erneut wie Pfeilspitzen in meine bohrten.

Magda und Rosi hielten die Luft an, während er von der Bühne und über die Absperrung sprang und mit leichtfüßigen Schritten auf *mich* zumarschierte. Dabei wurde er von sechs Bodyguards flankiert, ansonsten wäre er untergegangen wie Ramses im Roten Meer.

»NIMM MICH! NIMM MICH! NIMM MICH!«, schrien alle weiblichen Wesen im Umkreis von zehn Metern aus voller Kehle, und ich befürchtete, dass der seit Stunden drohende Hörsturz doch noch kommen würde.

Da war er auch schon bei mir – *direkt vor mir!* – und grinste überheblich auf mich herab. Magda und Rosi erstarrten mit offenem Mund. Ich war wohl die einzige Frau von den 80.000 Anwesenden, die die Arme abweisend vor der Brust verschränkt hatte und ihn wütend anzischte.

»Auf keinen Fall! Ne... AHHHHHH«, kreischte ich, als er sich einfach bückte, mich an den Oberschenkeln packte, und mich über seine Schulter schwang! WAS?!

»Ich habe Beute gemacht, Leute! UGA, UGA«, scherzte er und ich fühlte seine Hand, die mir auf den Hintern klatschte.

»Ich muss doch sehr bitten!«, rief ich, doch das brachte ihn nur zum Lachen, während er mich mit sich schleppte. »Ich bin doch kein Stück Fleisch! Aber Sie sind wirklich ein Neander...

URGH!« Er setzte mich mit einem Ruck auf eine Art Thron, der mitten auf die Bühne gestellt worden war.

Inzwischen hielt er das Mikrofon nicht mehr in der Hand, sondern hatte eine kleinere Ausgabe hinter sein Ohr geklemmt ...

Seine Augen glühten mich verlangend und vorfreudig an und in diesem Moment wusste ich, dass ich verloren war. Vollkommen verloren ...

CUT!